A L'ABORDAGE

Fol. Y² 155

A L'ABORDAGE par M. de Brisay

HENRY DE BRISAY

A L'ABORDAGE

ILLUSTRATIONS DE ED. ZIER

CHARAVAY, MANTOUX, MARTIN
LIBRAIRIE D'ÉDUCATION DE LA JEUNESSE
7, RUE DES CANETTES, 7
PARIS

A L'ABORDAGE

PROLOGUE

L'HÉRITAGE DE L'AÏEUL

I

Le vent soufflait en tempête, et la mer démontée se ruait à l'assaut des rochers du rivage avec une incroyable furie. De grands nuages noirs venant de l'ouest couraient dans le ciel une sombre chevauchée qui galopait incessamment vers l'horizon. C'étaient, dans l'éclaboussement des écumes, de sourdes détonations et des roulements de galets culbutés.

Accroché aux pierres du rempart pour résister aux violences de la rafale, un homme de haute taille enveloppé d'un grand manteau de drap bleu, contemplait la mer dont la rage folle semblait augmenter à chaque instant.

A trois pas de l'étranger, un matelot, solidement planté sur ses jambes fortes, regardait aussi l'océan tout en fumant une petite pipe noire qui semblait taillée dans un bloc de charbon de terre.

C'était un vieux bonhomme, mais solide encore, et l'œil était bon qui clignait sous la touffe broussailleuse des sourcils gris.

— Quel temps ! murmura l'homme au manteau.

— Bien sûr que ça n'est pas un temps de demoiselle, sainte Estelle, riposta le marin qui paraissait désireux de lier conversation, mais j'ai vu plus mauvais.

— Actuellement il est impossible de sortir ? demanda son interlocuteur qui, en se retournant, laissa voir au marin son visage.

C'était un homme d'une quarantaine d'années, aux traits réguliers et durs. Les yeux étaient d'un bleu pâle, et aigus comme des dagues. Les cheveux, qu'il portait sans poudre, étaient d'un blond ardent, et son teint avait l'étonnante blancheur des roux.

Quoiqu'il parlât le français avec une grande pureté, il conservait un accent étranger dont il n'était pas facile tout d'abord de démêler l'origine.

A la question de l'homme roux, le vieux matelot d'abord se mit à rire.

— Si vous voulez faire une petite promenade en rade, dit-il enfin, je vas vous emmener ; ou même, si vous voulez aller jusqu'à Jersey, qui est aux Anglais, saint Parfait, nous irons tout de même, saint Polyphème.

— Non, non, se hâta de répondre l'étranger, je suis très bien à Saint-Malo, et j'y reste.

— Et vous avez raison, mon saint Léon, car Saint-Malo, c'est la plus belle ville du monde, sainte Cunégonde !

L'inconnu regardait le matelot avec surprise.

Le vieux se mit à rire.

— Je sais ce qui vous étonne, lui dit-il, c'est ma rage de mettre des noms de saints à tout bout de phrase, saint Damase !

« Vous n'êtes pas du pays, sans ça vous auriez entendu parler de Toussaint Joël, mon grand saint Noël.

— Mais, en effet, je vous avoue que je ne puis guère m'expliquer votre habitude.

— C'est pourtant pas bien malin, saint Antonin ! Mes parents défunts — Dieu ait leurs âmes — avaient eu l'idée de me nommer Toussaint à mon baptême de chrétien, saint Damien ! Alors, n'est-ce pas, pour patron j'avais tous les bienheureux, mon saint Fructueux...

« Impossible de les invoquer tous à la fois ; alors, j'ai pris l'habitude, sainte Gertrude, de prononcer leurs noms quand, dans la conversation, un mot viendrait qui les rappellerait à ma mémoire, mon doux saint Magloire.

Un sourire glissa sur les lèvres de l'étranger.

— Vous êtes un fameux original, dit-il, et vous auriez beaucoup de succès dans mon pays.

— De quel pays êtes-vous donc ? saint Timoléon ! demanda hardiment le marin.

Sans répondre, l'étranger étendit la main, et du doigt désigna un point de l'autre côté de la mer.

Toussaint Joël devint tout rouge.

Il vociféra :

— Vous êtes Anglais ! Qu'est-ce que vous venez faire ici, puisqu'avec les Godèmes nous sommes en guerre ?

Au lieu de répondre, l'insulaire interrogea :

— Connaissez-vous le pays de Galles ?

— Oui, donc, répondit Toussaint, j'ai bourlingué là-bas, il n'y a pas encore bien longtemps, mon saint Prudent.

— Eh bien, alors, vous devez savoir que les habitants de ce pays n'aiment pas les Anglais.

— Pour sûr ! grand saint Arthur.

— Ils aiment bien mieux les Bretons, car Gallois et Bretons sont de même race : la meilleure preuve, c'est qu'ils parlent la même langue.

Et il ajouta en langage gaélique :

— Êtes-vous content, mon camarade, et me prenez-vous toujours pour un diable d'Anglais ?

— Y a pas à dire, grands saints martyrs, fit Joël avec admiration, c'est qu'il parle le breton comme vous et moi, bon saint François !

— Et mon nom est-il anglais aussi ?

— Comment que vous vous appelez ? saint René.

— Allan Brecknock.

— A la bonne heure, voilà un nom qui sonne bien à mes oreilles, et qui n'est pas comme leurs sales noms, en *on* et en *er*, glorieux saint Norbert !

— Et qu'est-ce que vous direz quand je vous aurai raconté ce que je suis venu faire à Saint-Malo ?

— Pour ça, il faudrait d'abord le savoir, puissant saint Édouard.

— C'est trop juste, et en deux mots voilà la chose : je suis venu à Saint-Malo pour tâcher de me faire enrôler comme volontaire par l'un de vos capitaines qui arment en course.

— Vous voulez crocher l'Anglais, saint Paraclet !

— Et j'irai de bon cœur, allez !... Dites-moi, demanda Allan Brecknock après un silence, vous ne connaîtriez pas un bon navire en partance, où je pourrais m'engager ?

Toussaint Joël tira sa pipe de sa bouche, la fourra dans sa poche, toussa, cracha, et dit, après avoir examiné l'étranger de la tête aux pieds :

— Si ! que j'en connais un de navire, et beau, et bon, et un capitaine aussi qui n'a pas son pareil ; seulement, pour monter sur le brick, faut dire un peu qui on est, et sous quel pavillon on a déjà navigué.

Nos lecteurs ont remarqué que le vieux Toussaint a subitement renoncé à mêler à sa conversation tous les saints du calendrier. Il en était ainsi toutes les fois qu'il était violemment préoccupé, ou qu'une émotion violente le dominait.

La réponse du matelot parut contrarier Allan, et un pli rapide barra un instant son front lisse comme un ivoire ; mais ce ne fut qu'un éclair, et il dit au vieux gabier :

— Au lieu d'avaler du vent et de humer des embruns, ne ferions-nous pas mieux d'aller prendre un coup de rhum ? Vous pouvez me donner un bon conseil, et on cause mieux assis et devant un verre, que les pieds dans l'eau et le front dans la rafale.

— A votre aise, dit Joël, et si vous voulez m'en croire, nous irons chez la vieille Monique Servan ; c'est encore elle qui a le meilleur tafia de l'escale.

— Je vous suis. Vous connaissez Saint-Malo plus que moi, et je ne demande pas mieux que de vous accepter pour guide.

— Alors, descendons.

Les deux hommes dégringolèrent les quelques marches qui les séparaient de la rue, tournèrent à droite, traversèrent une petite place, et s'engagèrent enfin dans une ruelle, décorée pompeusement du nom de rue des Hautes-Salles. Toussaint s'arrêta bientôt devant un petit cabaret aux vitres crasseuses, à l'intérieur duquel il pénétra avec une évidente satisfaction.

La salle basse était déserte.

Seule, une vieille femme tricotait, assise près de la fenêtre.

Au bruit que firent les nouveaux arrivants, elle releva la tête, et dit sans bouger de place :

— Te voilà, mon Toussaint Joël ?

— En personne naturelle, ma commère, saint Exupère, répondit le vieux ; donne-nous une bouteille de tafia et des gobelets, mon bon saint Gervais.

Allan Brecknock s'était déjà assis dans le coin le plus obscur de la salle, Toussaint prit place en face de lui.

Quand le rhum fut apporté et qu'ils eurent chacun bu une première rasade, le vieux mathurin dit, en posant ses coudes sur la table et en regardant l'étranger bien en face :

— Or donc, comme ça, vous voulez embarquer ?

— Je ne suis venu à Saint-Malo que pour cela.

— D'où veniez-vous, avant d'accoster ici ?

— De Paris.

— Quoi que vous faisiez à Paris?

— J'étais à Paris afin de me faire accorder un permis de séjour, puisque ma qualité d'Anglais ne me permettait pas de rester en France.

— Et où est-il ce permis?

On le voit, c'était un interrogatoire en règle ; mais Toussaint était un homme prudent, et, avant de présenter le nouveau venu à son capitaine, il voulait bien connaître le particulier auquel il avait affaire.

Doucement, Allan plongea la main dans la poche intérieure de sa redingote, et prit dans un grand portefeuille en cuir jaune un parchemin, qu'il remit à Toussaint qui se leva et alla vérifier la pièce à la fenêtre.

— Remarquez que le marquis de Castries, le ministre de la Marine, a signé lui-même.

— Oui, oui, oui, c'est bon, dit Toussaint en se rasseyant et en lui rendant son permis, j'ai vu ; maintenant, autre chose : où avez-vous navigué ?

— J'ai d'abord fait du cabotage dans la Manche, et puis j'ai été aux Iles. En dernier lieu, je faisais de la contrebande sur les côtes d'Amérique.

— Vous avez toujours navigué sous pavillon anglais ?

— Toujours.

— Pourquoi alors que vous le quittez à présent?

— Parce que j'ai la haine de l'Angleterre.

— Ça vous prend bien tard...

Les yeux de l'inconnu lancèrent un double éclair, son front se crispa, et ce fut d'une voix sourde qu'il répondit :

— Jusqu'à ces derniers temps les Anglais ne m'avaient jamais fait de mal, mais depuis...

« Enfin, je veux me venger !

— Suffit, dit Toussaint, je ne veux rien savoir de vos histoires de famille. A chacun ses affaires, n'est-ce pas ? Il ne me reste plus qu'à vous demander ce que vous savez en fait de navigation ?

— J'ai été lieutenant, et en dernier lieu je commandais un trois-mâts.

— Bon, nous verrons ça. En tout cas, sur le bâtiment en question, vous ne serez ni lieutenant, ni capitaine, car les emplois ne sont pas vacants, saint Colomban.

— Ça m'est égal, je ne demande qu'à me battre.

Toussaint ricana :

— Pour ça, mon camarade, dit-il, vous en aurez à votre suffisance ; avec Yves Roëllo, il pleut des coups, mon joyeux saint Loup.

Allan Brecknock feignit un joyeux étonnement.

— Ce serait avec Yves Roëllo que j'embarquerais ? demanda-t-il.

— Une minute... Oui, c'est avec Yves Roëllo, mais faut d'abord savoir s'il voudra de vous, saint Maclou.

— Alors, ça serait l'*Agile*, que je monterais !

Le vieux dit, méfiant :

— Vous êtes rudement bien renseigné...

— Dame ! qui ne connaît Roëllo et son brick ? Tenez, même à Versailles...

— A Versailles ?...

— Mais oui, à la Cour, j'ai entendu raconter le dernier combat de l'*Agile* par M. le chevalier d'Estaing.

Toussaint hocha la tête d'un air approbateur.

— Un bon marin, dit-il.

Et il ajouta :

— Et de quel combat de l'*Agile* qu'on parlait ?

— C'était, je crois, par le travers d'Ouessant. L'*Agile* rentrait fatigué d'une campagne aux Antilles, quand deux frégates anglaises lui barrent la route. Roëllo pouvait prendre chasse et se réfugier dans le port le plus voisin ; mais il ne voulut pas qu'on pût dire qu'il avait reculé devant les Anglais, et il engagea le combat. Il fut terrible. Grâce à ses pointeurs, l'habile corsaire coula bas aux premières décharges l'une des frégates ; mais l'autre, qui maintenait le brick sous un feu très violent, le faisait beaucoup souffrir. Le commandant anglais crie au corsaire de se rendre.

« Pour toute réponse, Roëllo vint aborder en plein la frégate, et sauta sur le pont ennemi avec une cinquantaine d'hommes à peine. Après une demi-heure d'un carnage affreux, le yacht d'Angleterre était remplacé à la corne par le pavillon aux fleurs de lis, et Roëllo rentrait à Brest avec une prise de plus dans son sillage.

Durant tout ce récit, Toussaint avait siroté son tafia en écoutant le conteur avec un air de béatitude infini.

Quand il eut terminé :

— Eh ! oui, dit-il, c'est à peu près comme ça que ça s'est passé.

— Vous y étiez donc ?

Cette fois, Toussaint Joël éclata de rire pour tout de bon.

— Si j'y étais ! Mais vous ne savez donc pas que c'est moi le timonier de l'*Agile*, et que l'*Agile* sans Toussaint Noël, c'est comme qui dirait un corps sans âme ?

Allan retira son chapeau et salua le bonhomme avec une admiration qui parut le réjouir beaucoup, mais qui le flatta sans doute un peu, car, à cet instant, les dernières préventions qu'il avait encore contre l'étranger s'évanouirent tout à fait.

— Ah ! murmura Brecknock, comme s'il se fût parlé à lui-même, quel bonheur, si je pouvais embarquer sur l'*Agile*.

— Vous n'êtes pas dégoûté, mon garçon, fit Toussaint, qui devenait familier avec le douzième verre de rhum ; naviguer avec le père Toussaint et Roëllo l'Abordage, ça n'est pas donné à tout le monde, sainte Radegonde !

Les saints patrons de Toussaint allaient reparaître, le digne matelot avait retrouvé le calme de l'âme.

Il poursuivit, en clignant de l'œil :

— Enfin, ça pourra peut-être s'arranger, bon saint Léger ; soyez ici demain et je vous mènerai au capitaine, glorieux saint Étienne.

— A quelle heure ?

— A deux heures de relevée, pas plus tard, doux saint Friard, car le temps presse et dans huit jours nous appareillons.

Toussaint s'était levé et avait jeté un écu sur la table.

Allan voulut protester.

— Non, non, fit le timonier, aujourd'hui c'est mon affaire, saint Éleuthère, la prochaine fois ça sera à vous.

Monique lui rendit la monnaie. Le vieux, après avoir serré la main de l'étranger et lui avoir fait quelques recommandations sur la façon dont il devait se présenter à Roëllo, sortit du cabaret en chantant à pleine gorge cette vieille chanson malouine qui rappelle un des plus glorieux souvenirs de la vaillante cité :

> Vers la mi-août,
> Monsieur Marlborough
> Est v'nu d'Angleterre.
> Monsieur Marlborough
> Est venu chez nous
> Pour nous faire la guerre...

Cinq minutes plus tard, Brecknock sortait à son tour du cabaret. L'ouragan augmentait de violence. Au tournant de la rue, il eut son manteau à demi arraché par un furieux coup de vent ; mais il ne sembla pas prêter grande attention à ce petit accident.

Il allait à grands pas, et un étrange sourire ne quittait pas ses lèvres. Il circulait au milieu des rues étroites et enchevêtrées les unes dans les autres, avec une assurance qui permettait de croire qu'il n'avait pas dit la vérité quand il avait assuré à Toussaint qu'il connaissait à peine Saint-Malo, et il arriva dans la grand'rue qu'il suivit dans toute sa longueur jusqu'à la porte de Dinan, qu'il franchit ; puis, tournant brusquement à gauche, il s'engagea sur le quai qui conduisait aux bassins de radoub. Il traversa les chantiers et gagna les premières maisons de Saint-Servan. Devant une auberge de piètre apparence, à l'enseigne du *Grand-Amiral*, il s'arrêta et entra.

La nuit commençait à tomber. Un vieil homme allumait des chandelles.

— Est-ce que M. Duncan est rentré ? demanda Allan Brecknock.

— Oui, monsieur, répondit le vieillard, il est rentré il y a déjà quelque temps. Vous le trouverez dans sa chambre.

— Merci, donnez-moi de la lumière.

Le bonhomme lui remit un flambeau d'étain, et l'insulaire se dirigea vers l'escalier qu'il gravit.

Au premier étage, il frappa à la porte qui se trouvait en face de lui.

— Entrez ! dit une voix fraîche.

Allan tourna le bouton et entra. La chambre était pauvrement meublée, un lit à la bretonne tenait tout un panneau, une méchante commode, sur laquelle il y avait une cuvette et un pot à eau ébréché, deux chaises et une table boiteuse formaient un ensemble presque sordide.

Appuyé à la fenêtre, veuve de rideaux, un jeune homme était debout qui se retourna au moment où le visiteur pénétrait dans la chambre. C'était presque un enfant. Les traits fins, que deux grands yeux bleus éclairaient, étaient d'une parfaite régularité, mais la bouche était dure, dans son dessin impeccable, et le regard était froid. Les cheveux blonds qu'il portait sans poudre étaient retenus par un catogan de soie noire.

— Comme vous venez tard, Allan, dit le jeune homme en tendant son front à Brecknock qui y déposa un long baiser.

— Je n'ai pas perdu ma journée, en tout cas, Duncan mon ami, répondit celui-ci avec un rire bizarre, la première manche de la grande partie est engagée.

— Vous avez vu Roëllo ?

— Je le verrai demain, et j'espère bien qu'il nous embarquera, grâce à un vieil imbécile qu'on m'avait signalé comme étant son timonier et dont j'ai su capter les bonnes grâces...

— Cependant, il faut tout prévoir... Que ferons-nous si Roëllo refuse de nous prendre à son bord ?...

— Nous aurons le temps d'y songer si nous échouons demain.

— Un dernier mot encore...

— Parle...

— Tes résolutions ne sont pas changées ? Tu comptes toujours marcher à ton but sans te laisser arrêter par rien ?

— Par rien !

— Cependant nous entrons dans une voie terrible où, le premier pas fait, on ne peut plus reculer. As-tu bien réfléchi ?...

Allan s'approcha du jeune homme, et, lui saisissant le poignet :

— Duncan, dit-il d'une voix âpre, ces dernières années de ma vie, tu les a vécues à côté de moi ; tu sais ce que j'ai souffert !

« Eh bien, au moment où tu eus l'âge de comprendre, il y avait déjà quinze années que je souffrais de la même façon. Ah ! poursuivit-il en s'animant, sentir couler dans ses veines le plus vieux sang de l'Angleterre, porter un nom plus noble que celui du roi, et sentir qu'on végétera toute sa vie dans l'indigence et dans la bassesse, voilà ce qui exaspère, voilà ce qui révolte, voilà ce qui enfin pousse au crime.

— Tais-toi, fit vivement Duncan en prenant la main de son compagnon, quelqu'un monte l'escalier.

On entendait des pas qui gravissaient les degrés ; les pas s'arrêtèrent devant la porte, et l'on frappa.

— Entrez ! dit rudement Allan.

C'était l'hôtelier, qui venait s'informer si les voyageurs ne désiraient pas souper.

Allan allait le mettre à la porte, mais Duncan insista et demanda qu'on servît dans la chambre, et le plus vivement possible.

Cinq minutes après, l'aubergiste remontait. Il déposait sur la table un poulet froid, du pain et un pichet de cidre.

— Là, maintenant allez-vous-en, dit Allan en poussant le bonhomme dehors.

Quand la porte fut refermée, Brecknock demanda à Duncan :

— Tu as faim ?

— Pas plus que toi, mais cet imbécile nous laissera désormais tranquilles.

Il y eut un silence.

Au dehors, on entendait le vent qui faisait rage aux girouettes, et dont les rafales ébranlaient toute la maison.

Enfin Duncan demanda :

— Il y a une fille, je crois ?

Allan releva la tête qu'il tenait penchée et sembla un instant ne pas comprendre.

— De qui parles-tu ?

— De Roëllo...

— Ah ! bien... Oui, il y a une fille.

— Mais alors l'œuvre sera incomplète.

— Pourquoi cela ?

— Nous serons obligés de revenir ici, pour la faire disparaître à son tour, quand les autres n'y seront plus.

— Nous n'aurons pas cette peine, ricana Allan avec un accent sinistre, Maryvonne

Roëllo, depuis qu'elle a perdu sa mère, accompagne son père et son frère dans toutes leurs expéditions.

— Allan ! fit avec un petit rire froid le jeune homme, le ciel nous favorise !

— Le diable, veux-tu dire ! car c'est bien une trame diabolique que nous ourdissons en ce moment. Nous allons à notre damnation, mais qu'importe ! J'aurai au moins connu, durant quelques années, la richesse, les honneurs, la jouissance ; j'aurai écrasé de mon luxe ces orgueilleux bourgeois de la Cité qui n'avaient que des sourires méprisants pour le petit lieutenant qu'ils éclaboussaient des roues dorées de leurs carrosses... Oui... oui... tant pis pour ceux qui sont sur ma route, cet or, je le veux... je le veux... je l'aurai !

L'étranger était terrible à contempler. Ses traits durs avaient pris une expression féroce ; ses yeux, que la passion faisait flamber, s'aiguisaient encore, ses mains, ses longues mains nerveuses et pâles maniaient d'invisibles et monstrueux trésors, avec des gestes crochus de convoitise et de rapine.

— Mais, je n'ai jamais bien su, interrogea Duncan, comment tu as eu connaissance de ce fabuleux héritage ?

— Comment, je ne t'ai jamais raconté ?..

— Si, mais jamais dans tous ses détails.

— Écoute alors. Aussi bien il faut être instruit de toutes ces particularités, car, si je meurs à la tâche, je veux que tu continues et que tu poursuives l'œuvre entreprise.

Il se recueillit quelques instants, puis commença à parler :

— Il y a eu deux ans à Noël, comme je me promenais assez tristement sur les quais de Limerick — il me restait pour toute fortune une dizaine de livres sterling, et dans la journée on m'avait refusé trois commandements, — je m'entendis nommer par une voix joyeuse, et je reconnus Fred Libbins qui avait été mon second à l'un de mes voyages aux Antilles.

« C'était un bon compagnon et un bon marin, et je me rappelle que pendant les six mois de notre campagne je n'eus pas un reproche à lui adresser.

« — Où allez-vous comme ça, capitaine ? me demanda-t-il, vous avez l'air aussi joyeux que Patrick Mac Grégor le jour où le shérif lui annonça qu'il serait pendu avant déjeuner. »

« Je n'avais pas à me gêner avec Fred, et je le mis au courant de ma situation.

« — Voilà qui tombe à merveille, me dit-il, une grosse maison de Glasgow, qui m'écrit ce matin, veut bien m'accepter comme capitaine en second, mais me trouve encore trop jeune pour commander...

« Je vous propose, on vous accepte, et nous naviguerons encore ensemble en joyeux garçons et en braves Anglais que nous sommes. »

« La proposition était tentante, le navire était bon et les profits énormes, car, entre nous, il s'agissait d'un peu de contrebande ; et puis je n'avais vraiment pas les moyens de me montrer trop difficile.

« — En attendant, continua Libbins, je ne vous quitte plus, capitaine, et pour commencer nous allons aller souper chez mon vieux parent, James Parker, qui sera ravi de recevoir un ami de son cousin. »

« Je me laissai entraîner. Je n'avais plus guère de volonté, et je m'abandonnais aux hasards de la vie comme une épave en pleine mer. Je ne raisonnais plus, je ne luttais plus. J'existais, voilà tout.

« James Parker était un honnête solicitor dont les petits yeux gris pétillaient de malice et de jeunesse, malgré les cheveux blancs qui couvraient son front. Il nous reçut le plus aimablement du monde, et, pour me faire mieux voir, après les premières présentations, Libbins ajouta d'un ton emphatique :

« — Mais, mon cher parent, ce modeste nom de Brecknock cache un nom glorieux et dont l'histoire a retenti ; mon cher James, je vous présente Allan Harry Glendower, comte de Clamorgan, baron de Berwyn et de Levern, vicomte de... »

« James Parker, à l'énoncé de mon véritable nom, eut un mouvement si brusque, et son trouble fut si évident, que je m'empressai d'arrêter Fred et de lui faire remarquer l'état bizarre dans lequel se trouvait son parent.

« Le solicitor bégayait, gesticulait, et avait toutes les apparences d'un homme privé de raison.

« Enfin, quand il put parler :

« — Clamorgan ! vous avez dit Clamorgan ? » s'écria-t-il.

« Et il me secouait avec une force qu'on n'aurait guère soupçonnée dans ce corps frêle.

« — Vous vous appelez bien Clamorgan ?

« — Mais certainement, mon cher monsieur, Brecknock n'est qu'un nom de guerre, un nom de mon pays, que j'ai pris afin de déguiser mon nom patronymique, trop illustre pour ma triste situation de fortune.

« — Elle va changer, mon cher seigneur, elle va changer du tout au tout, car la Providence vous a conduit sous mon toit. »

« Je me tournai vers Fred stupéfait pour l'interroger du regard : le bonhomme n'était-il pas tout à fait fou ?

« Le vieux Parker comprit ma muette question, et ce fut lui-même qui y répondit :

« — Non, monsieur, je ne suis pas dément ; mais la rencontre est tellement curieuse, que vous comprendrez mon saisissement quand je vous aurai mis au courant de la situation. Figurez-vous qu'il y a un mois à peu près, ayant dû aller à Londres pour un procès de noblesse que je soutiens en ce moment, je travaillais aux Archives, quand le hasard me mit sous les yeux un vieux dossier oublié et dont la lecture m'intéressa tellement que je le résumai en une note que je vous demande la permission de vous lire. »

« Le solicitor courut à son secrétaire et revint bientôt avec une feuille de papier dont voici la teneur exacte, — ma mémoire en a conservé tous les détails :

« La famille des Clamorgan remonte à la plus haute antiquité. Quand les Romains eurent envahi la Bretagne, Edwin Clamorgan, ne voulant pas subir la loi du vainqueur, passa la mer et vint s'établir avec toute sa famille dans le pays de Galles.

« Ses descendants combattirent pour leur indépendance, contre les Saxons et les Normands, et traitèrent en qualité de princes souverains avec Henri Plantagenet.

« En 1272, après une lutte acharnée, Édouard Ier conquit le pays de Galles. Glendower Clamorgan, pris par trahison et amené devant le monarque, lui montra un si grand courage dans le malheur, que le prince anglais le combla de bienfaits, lui donna l'une des plus grandes charges de la Couronne, et lui accorda le titre de comte de Clamorgan.

« Dès lors, les Clamorgan furent les plus fidèles soutiens de la couronne d'Angleterre, et l'on retrouve leurs noms dans l'histoire jusqu'au moment où les persécutions de Henri VIII mirent les petits-fils d'Edwin dans l'obligation de choisir entre leur situation si brillante à la cour et leur foi religieuse.

« Roëllo, alors chef du nom et des armes, pair héréditaire du royaume, n'hésita pas. Il réunit tout ce qu'il avait d'argent monnayé et de bijoux, et passa sur le continent avec toute sa famille.

« Seul, son frère cadet Glendower resta en Angleterre, et tenta par sa soumission auprès du roi de se faire mettre en possession des biens et dignités de son aîné.

« Mais Henri VIII déclara que les immenses domaines des Clamorgan resteraient séquestrés par la Couronne jusqu'au jour où, la branche aînée étant éteinte, les héritiers de la branche cadette pourraient régulièrement être mis en possession des biens patrimoniaux. »

« James Parker, après m'avoir donné tous ces détails, ajouta qu'il avait fait faire des recherches en France, et que personne du nom de Clamorgan n'existait plus sur le continent. J'étais donc incontestablement, d'après lui, le seul héritier de la pairie et des immenses domaines.

« J'avais d'abord été un peu étourdi par cette histoire que je connaissais d'une façon confuse, mais que je n'avais jamais cru devoir sortir du domaine du rêve pour entrer dans la réalité ; mais un instant de réflexion m'avait bien vite fait comprendre toutes les difficultés, pour ne pas dire toutes les impossibilités, d'un procès avec l'État.

« Je lui fis part de mes doutes, mais le bonhomme s'enflamma et me demanda simplement une procuration pour agir en mon nom.

« Il se chargeait de toutes les démarches et de toutes les dépenses du procès, exigeant seulement une somme de vingt mille livres sterling en cas de succès.

« Comme, au fond, je ne risquais rien que seulement en cas de réussite, je lui donnai toutes les signatures qu'il voulut, et je quittai Limerick sans grande espérance, malgré les assurances réitérées de succès que me prodigua le bonhomme.

« J'obtins sans peine à Glasgow le commandement dont Fred Libbins m'avait parlé, et j'allai faire une croisière de sept mois sur les côtes d'Amérique.

« A mon retour, je trouvai une lettre de James Parker qui me priait de le venir voir aussitôt que je serais débarqué, ayant à me communiquer des renseignements de la plus haute importance.

« Un peu sceptique, je me rendis néanmoins à Limerick, et je trouvai l'honorable solicitor en proie à une crise de rage froide qui faisait craindre pour sa raison.

« Quand il put parler, il m'expliqua qu'il avait fait toutes les démarches nécessaires, et avait obtenu de la Couronne la promesse formelle que le jour où la preuve absolue du décès de tous les héritiers de la branche aînée serait faite, je serais mis en possession de la succession.

« James Parker exhiba aussitôt les extraits des registres de paroisses que ses agents avaient recueillis en Bretagne. A ses paperasses, le chancelier riposta par une série d'actes authentiques, qui prouvaient sans discussion possible que le corsaire breton Yves Roëllo, dit Roëllo l'Abordage, était le descendant direct de Roëllo Clamorgan, qui avait quitté l'Angleterre au XVIe siècle. De plus, le corsaire avait des enfants.

« Ces mauvaises nouvelles ne furent pas une déception pour moi, je remerciai le malheureux Parker, qui me dit adieu en me répétant :

« Allons ! c'est une affaire perdue,... car, à moins de les faire disparaître... »

« Nous nous séparâmes.

« Je ne pensai pas tout d'abord aux derniers mots de l'avocat, mais un jour ils revinrent à ma mémoire, et depuis me hantèrent constamment.

« A moins de les faire disparaître,... » avait dit le solicitor. J'allai à Londres, et j'acquis bientôt la certitude que le bonhomme ne m'avait pas trompé. Les Roëllo de France disparus, la fortune était à moi.

« Alors, mon plan fut vite échafaudé. J'allai te chercher, tu déclaras que tu t'associais à ma fortune. Nous passâmes en France. .

« Tu sais le reste.

Duncan se leva et, s'approchant de Brecknock, demanda doucement :

— A combien peut se monter la fortune des Clamorgan ?

Allan répondit :

— A deux millions sterling, plus de cinquante millions de France.

Les yeux de Duncan brillèrent étrangement.

Il y eut un silence, puis il ajouta :

— Les hommes ont leur destinée, Brecknock ; les Roëllo, pourquoi faut-il qu'ils aient le sang de Clamorgan dans les veines ?

— C'est toi qui vas t'attendrir, à présent ?

— Tu sais bien que ce n'est pas possible. Je songe simplement aux arrangements bizarres de la vie humaine.

— Il est certain que voilà trois êtres condamnés à une mort prochaine.

— Au fait, comment comptes-tu t'y prendre, quand tu seras à bord de l'*Agile* ?

— Compte sur moi, tu me verras à l'œuvre.

A ce moment, un coup de vent d'une violence inouïe se rua sur la maison qu'il ébranla du faîte à la base avec un hurlement si douloureux que Duncan frémit.

— As-tu entendu ? demanda-t-il.

— Eh bien quoi ! c'est la tempête.

— On aurait dit des voix humaines qui râlaient d'horribles plaintes.

— Tu perds la tête. Mange quelque chose et repose-toi ensuite, moi j'ai encore à courir la ville.

Il embrassa Duncan, s'enveloppa de son manteau, et sortit malgré la tempête qui rugissait autour de lui.

II

ROËLLO L'ABORDAGE

En 1782, il y avait à Saint-Malo deux hommes dont le renom d'habileté et d'audace était si bien établi que rien de leur part n'étonnait plus, et lorsqu'on apprenait quelque combat formidable ou quelque prise impossible, les vieux du port haussaient l'épaule et se disaient entre eux, avec un petit rire satisfait :

— Ce Roëllo, tout de même !

— Sacré Kerbraz, il n'y a que lui !

A chacun d'eux, la foule avait donné un surnom. On appelait Yves Roëllo, Roëllo l'Abordage ; Jean Kerbraz, Kerbraz Tête de Fer.

C'étaient les deux plus hardis corsaires des côtes de France, et leur renom s'étendait dans le monde entier.

Et ces deux hommes se haïssaient.

Élevés côte à côte, ayant fait leurs premières armes ensemble, rien, semblait-il, ne devait jamais troubler cette sainte fraternité du danger qui cimente les plus solides affections.

Mais un jour, cinq ans à peu près avant l'époque où commence notre récit, on avait vu la *Sainte-Marie*, la goélette de Kerbraz, qui rentrait seule à Saint-Malo.

Aussitôt que le corsaire eut débarqué, on le pressa de questions. Il répondit d'un ton farouche :

— Que personne ne me parle jamais plus d'Yves Roëllo. Je ne le connais plus, et il n'existe plus pour moi.

Personne ne se soucia de provoquer de plus amples confidences. On connaissait trop la violence du marin et la vigueur de son bras. Mais on se consola en pensant que Roëllo serait moins discret.

Un mois après Roëllo revint.

Aux premiers mots lancés, il comprit où l'on voulait en venir, et il s'arrêta devant les curieux.

— Rappelez-vous que celui d'entre vous qui aura le malheur de prononcer devant moi le nom de Kerbraz aura à s'en repentir.

Et c'était tout.

Parfois, dans la rue, les deux hommes se rencontraient. Alors leurs yeux lançaient des éclairs, leurs narines frissonnaient, tout leur corps tremblait, semblables à deux fauves qui vont se déchirer ; mais ils se contenaient et, sans une parole, sans un geste, passaient l'un près de l'autre et suivaient leur route.

Seulement, ces jours-là, quand Roëllo rentrait chez lui, il était pâle comme un mort, et dès que Kerbraz avait franchi le seuil de sa maison il éclatait en transports de fureur qui faisaient trembler les vitres et fuir les serviteurs éperdus.

Mais rarement les deux corsaires se trouvaient ensemble à leur port d'attache, car elles n'étaient pas longues, leurs escales. Le temps de caréner le navire, de remplacer ceux de l'équipage que le fer de l'ennemi ou le feu du soleil avait terrassés, de prendre de l'eau et des vivres frais, et l'on partait vers de nouveaux combats.

Et, cependant, depuis deux mois déjà, l'*Agile* réparé, radoubé, repeint, astiqué comme une frégate du roi, attend dans le bassin de Saint-Servan le bon plaisir de son capitaine, et les badauds du port s'étonnent d'un si long répit, tant on est habitué aux courtes apparitions du léger navire.

Plus curieux qu'eux, nous allons connaître immédiatement les causes de cette apparente apathie.

Roëllo habitait l'un de ces beaux hôtels encore debout qui dressent derrière les remparts leurs hautes murailles de granit sombre, et d'où l'on découvre toute la baie

Traversons la cour, gravissons l'escalier de pierre blanche, le long duquel court la rampe en fer forgé, et pénétrons dans le petit salon où Roëllo reçoit d'habitude.

Au premier regard, l'œil, surpris par l'étrange décoration de l'appartement, hésite et ne sait où se fixer.

Les hautes fenêtres, drapées d'une merveilleuse soie de Chine, et dont la broderie est un chef-d'œuvre de patience et d'habileté, laissent pénétrer un jour discret qui met bien en valeur la somptuosité des meubles. C'est d'abord une admirable console de bois doré de l'époque du grand roi, sur laquelle s'entassent des potiches rares et où fleurissent des fleurs inconnues ; dans un coin, une énorme statue d'idole regarde de ses yeux de diamants un divan sur lequel s'étale une riche collection d'armes orientales. Le secrétaire où travaille le maître de la maison est un des plus beaux spécimens de l'ébénisterie anglaise ; la marqueterie est faite de bois précieux, et les cuivres sont ciselés comme des joyaux. A côté des causeuses au dernier goût du jour, se dressent d'étranges brûle-parfums en bronze ancien où surgissent des dragons furieux. Le tapis qui recouvre

UNE PORTIÈRE SE SOULEVA ET ROELLO PARUT... (P. 19.)

entièrement le parquet, est digne d'un palais de sultan. Aux murs, des tableaux de maîtres. Deux portraits de Rembrandt, une étude de Franz Hals, un christ de Van Dyck, des marines de Vernet ; des Téniers, des Rubens et, perle de ce riche écrin, une adorable Madone de Raphaël qui occupe la place d'honneur.

Au moment où nous finissons notre rapide examen, la porte s'ouvre, et un laquais à livrée blanche et rouge fait pénétrer dans l'appartement un gentilhomme de belle mine, revêtu d'un élégant costume de voyage.

— Qui dois-je annoncer ? demande respectueusement le valet.

— Le marquis de Simiane, venant directement de Versailles, répond le gentilhomme qui regarde autour de lui avec étonnement.

Un instant après, une portière se soulève et Roëllo paraît.

A sa vue, la surprise de M. de Simiane semble augmenter. Néanmoins, il s'incline avec une parfaite bonne grâce, en demandant :

— C'est bien à monsieur Roëllo que j'ai l'honneur de parler ?

— A lui-même, monsieur le marquis, répond le corsaire avec un fin sourire, un peu railleur, car le mouvement du gentilhomme ne lui a pas échappé.

Puis il reprend, d'un ton de belle humeur :

— Décidément, monsieur le marquis, je commence à croire qu'on fait de moi à Versailles un portrait peu flatteur, car je surprends chez toutes les personnes de la cour qui me font l'honneur de me visiter, un étonnement pareil à celui que vous n'avez pas pu tout à fait dissimuler en ma présence.

M. de Simiane se mit à rire :

— Je vous avouerai bien franchement, dit-il, que je ne m'attendais guère à trouver le terrible Roëllo, Roëllo l'Abordage, avec une telle figure et sous un pareil costume.

Il faut avouer que la surprise du gentilhomme était bien légitime.

Yves Roëllo était un homme d'une cinquantaine d'années, et avait le plus beau visage qu'on pût voir. Sous un front élevé et d'un modelé parfait, deux grands yeux bleus rayonnaient de force et de pensée, le nez droit et fin surplombait une bouche bien dessinée et garnie de dents admirables.

La taille, moyenne, était bien prise, et d'une sveltesse toute juvénile.

Quant au costume, il était d'une suprême élégance.

Sous un habit de gros de Lyon gris de lin, le corsaire portait une veste de satin blanc broché. La culotte, semblable à l'habit, était serrée au genou par une boucle d'acier ciselé ; le bas de soie blanche moulait une jambe irréprochable, et les souliers, du bon faiseur, mettaient en valeur la petitesse du pied cambré.

Il était coiffé à l'oiseau royal, et poudré de frais de poudre odorante.

A l'aveu de M. de Simiane, Roëllo répondit :

— D'ailleurs, vous avez peut-être vu mon portrait à Paris ?

— Justement,... dit le marquis.

— Celui où je suis représenté avec une simple culotte, jambes et bras nus, et porteur d'une barbe aussi fournie que celle d'Hérode ?...

— C'est cela même.

— Alors, tout s'explique. J'ai été bien surpris moi-même un jour que je passais rue Dauphine, et que je vis à la devanture d'un libraire mon nom au bas de cette horrifique figure. J'entrai dans la boutique : « C'est bien Roëllo l'Abordage ? demandai-je au marchand. — Oui, monsieur, c'est lui-même. — Vous en répondriez ? — Sur ma tête. — Voilà une tête bien exposée, lui dis-je, car je suis Roëllo en personne ». Le drôle ne se troubla pas. « Ne le dites jamais, monsieur, me répondit-il, j'en vends tellement ; si on le savait, je serais ruiné. »

Tout cela fut dit d'un ton charmant, léger, la main aux dentelles.

M. de Simiane ne s'étonnait plus.

— Ça, dit enfin Roëllo, c'est bien longtemps parler de moi, monsieur le marquis ; vous plairait-il de me transmettre les ordres que le roi a bien voulu vous confier pour moi ?

M. de Simiane s'inclina et prit dans la poche de son habit une grande lettre cachetée de rouge qu'il tendit au corsaire en disant :

— Quand vous aurez pris connaissance de ce pli, je me tiens prêt à vous donner de vive voix tous les éclaircissements que vous pourrez désirer.

Les deux hommes causèrent longtemps. Nous verrons au cours de ce récit se dérouler ce plan si hardi qui devait porter un coup mortel à la puissance anglaise dans l'Inde.

Tout était à peu près terminé, quand on heurta à la porte.

— Entrez ! dit Roëllo.

La porte s'ouvrit, et la bonne figure de Toussaint Joël apparut dans l'encadrement. Derrière lui se dissimulait le mince profil de l'Anglais.

— On peut entrer ? demanda-t-il.

— Entre. Vous voudrez bien m'excuser, monsieur le marquis, mais Toussaint Joël est mon matelot, mon timonier et mon vieil ami, et comme tel il possède certains privilèges...

— Qui lui sont bien dus, riposta M. de Simiane. Être le matelot de Roëllo est un titre de gloire que bien des capitaines envieraient.

— Vous êtes un brave homme, mon cher saint Côme, répliqua le vieux loup de mer, et il faut que je vous serre la main, mon doux saint Germain !

La main du gentilhomme vint au-devant de la grosse patte calleuse du marin, et les deux hommes échangèrent une énergique étreinte.

Puis Roëllo mit le marquis au courant de la manie de Toussaint, ce qui amusa beaucoup l'envoyé du roi.

Durant tout cet entretien Allan Brecknock était resté silencieux et immobile, dans une raideur toute militaire.

Enfin Roëllo dit à Toussaint :

— Tu as quelqu'un à me présenter, je crois ?

— Eh oui ! fit le vieux qui semblait avoir parfaitement oublié l'objet de sa visite, c'est ce grand garçon-là qui voudrait faire campagne à bord de l'*Agile*, bon saint Gilles !

— Avancez, monsieur, fit Roëllo.

L'Anglais fit un pas en avant, et soutint sans sourciller le regard pénétrant du corsaire.

— Votre nom ?

— Allan Brecknock.

— Ce n'est pas un nom de famille, c'est un nom de comté, quelque part dans le pays de Galles.

— C'est un nom de guerre, en effet, capitaine ; mais, pour des raisons que j'ai eu l'honneur de présenter à M. le marquis de Castries, et qu'il a bien voulu trouver bonnes, je dissimulerai, si vous le voulez bien, jusqu'à nouvel ordre, ma véritable personnalité.

En même temps, il tendait à Roëllo le permis de séjour qu'il avait déjà exhibé à Toussaint.

Le capitaine le parcourut rapidement.

— Ah ! ah ! fit-il, vous êtes Anglais.

— Gallois, rectifia Brecknok.

— Ah ! tout cela est bien pareil, maintenant. La meilleure preuve, c'est que moi qui ai du sang gallois dans les veines, j'ai reçu dernièrement la visite d'un vieux solicitor qui me promettait une pairie et une fortune princière qui appartenaient à mes aïeux, si je consentais à abandonner ma nationalité française et à devenir Anglais.

Brecknock pâlit affreusement, mais personne ne le remarqua, car Simiane semblait trop intéressé par ce que venait de conter le corsaire, et Toussaint faisait des gestes amicaux à travers la vitre, à quelqu'un d'invisible qui passait dans la cour.

Brecknock avait eu le temps de se remettre.

— Capitaine, reprit-il d'une voix forte et qui tremblait — peut-être la haine, peut-être la colère, — je déteste les Anglais ; mettez-moi à l'épreuve, et vous verrez bientôt à quel homme vous avez affaire.

— Voilà un gaillard qui promet, murmura M. de Simiane.

Longuement, le corsaire continuait à examiner l'étrange personnage que Toussaint lui avait amené.

— Où avez-vous navigué ? demanda-t-il.

L'Anglais donna à Roëllo les mêmes renseignements que nous lui avons vu fournir à Toussaint.

Quand le corsaire eut fini d'interroger, il dit à Brecknock :

— J'ai bien peur, monsieur, de n'avoir pas à vous offrir à bord de l'*Agile* la situation qui vous conviendrait.

— Toute place me sera bonne.

— D'accord, mais encore faut-il qu'il y en ait une. J'ai mon fils qui est mon second, Marius Lacaussade est mon lieutenant, et Louis Le Jéguen mon deuxième lieutenant...

« Vous voyez que nous sommes au complet...

— Mais ne pourriez-vous m'accepter comme volontaire ?

— Non, monsieur. La vie serait trop rude pour un homme qui a commandé, et puis si, parmi nos matelots, on s'apercevait de la présence d'un camarade d'origine anglaise, l'existence pour vous ne serait plus tenable.

— Je vous assure que je m'accommoderais de tout.

— Mais, monsieur, cette insistance...

— Est bien excusable, capitaine, car si j'avais connu plus hardi marin que vous, c'est à celui-là que je me serais adressé.

— Vous me flattez, monsieur, il y a sur rade en ce moment des navires qui valent bien l'*Agile*, et des capitaines qui n'ont rien à envier à Roëllo.

— Vous êtes seul de votre avis, voilà pourquoi votre refus me désespère.

— Bah ! vous n'y penserez plus demain.

« Tenez, allez voir M. Surcouf, qui a épousé la nièce de notre grand Duguay-Trouin ; c'est un bon marin et un brave homme, peut-être trouvera-t-il à vous employer.

— Allons, capitaine, je vois bien que c'est un congé définitif. Recevez tous mes regrets, et veuillez agréer l'expression de toute ma gratitude pour votre accueil si courtois.

Les deux hommes se saluèrent cérémonieusement, et l'Anglais disparut.

— Eh bien ! veux-tu que je te dise, reprit Roëllo en s'adressant à Toussaint Joël : il ne me revient pas du tout, ton protégé.

— C'est cependant un bon marin, mon bon saint Gratien, répliqua le vieux, je lui ai fait passer un petit examen qui aurait fait éternuer un novice, et je ne l'ai pas trouvé en défaut sur une épissure, puissant saint Bonaventure !

— Il se peut qu'il connaisse son affaire, mais il ne fait pas la mienne. Il a un regard inquiétant, et il doit remuer derrière ce front-là je ne sais quelles idées troubles.

— Mais ça m'est bien égal, saint Pascal, et puis il est Anglais quoi qu'il en dise !

A ce moment, la conversation fut encore une fois interrompue par l'entrée bruyante d'un nouveau personnage qui mérite une description particulière.

Petit, trapu, rouge comme une brique, noir de cheveux, le nouveau venu ne pouvait rester un instant en place.

Il gesticulait, il criait avec un accent méridional extraordinaire, et semblait être perpétuellement agité par quelque ressort caché qui l'empêchait de rester calme une minute ; ce diable d'homme devait dormir en sautant en l'air ou en exécutant les culbutes les plus fantaisistes.

On le nommait Marius Lacaussade, natif de Marseille, et c'était le lieutenant de Roëllo.

— Té, bonjour capitaine et la compagnie, dit-il de sa voix joviale, après avoir salué M. de Simiane, donné une poignée de main au corsaire et envoyé une énorme claque sur l'épaule de Toussaint, et cela va bien comme vous voulez ?... A merveille !

— Quoi de nouveau, Marius ? demanda Roëllo.

— Peu de choses, en vérité. Jean-Marie Le Moué a été ramené ce matin ivre comme un sonneur ; et j'ai dû faire conduire à l'hôpital Joseph Kerneur qui, en se battant avec des hommes de la *Sainte-Marie*, a reçu un coup de couteau dans les côtes.

Roëllo fronça les sourcils.

— Quatre jours de fers à Jean-Marie Le Moué pour lui permettre de cuver son vin, et huit jours à Kerneur quand il sera guéri, pour lui apprendre à se laisser battre par les matelots de la *Sainte-Marie*.

— Pardon, rectifia le Marseillais, je crois bien que le pitchoun il a tué un de ses adversaires et blessé un autre, mais il en avait quatre sur la peau, ce qui est beaucoup pour un homme seul...

Oui, donc, j'ai entendu dire quelque chose comme ça.

Le front du corsaire s'éclaircit.

— Tu feras ton enquête, dit-il, et si l'affaire s'est passée ainsi que tu le rapportes, tu donneras de ma part dix écus à Kerneur. C'est tout ?

— Il y a encore autre chose, je crois bien, mais quoi donc ? quoi donc ? fit le lieutenant en ayant l'air de chercher...

En même temps, il lançait des regards sournois à Toussaint Joël qui ripostait par des œillades expressives...

— Allons, parleras-tu ! fit le corsaire.

— Voilà, voilà,... je me souviens... C'est à cause de Julien Cado.

— Eh bien ! qu'est-ce qui lui arrive, à Julien Cado ?

— Oh ! c'est pas une chose qui lui arrive, c'est une chose qui va lui arriver.

— Tu sais que je n'aime pas les énigmes, Marius...

— C'est bon, c'est bon, quand je tirerais des bords pendant deux heures, faudra bien accoster,... alors, allons-y,... pas vrai, Toussaint ?

— Grand largue et toutes voiles dehors, bon saint Victor !

— A la bonne heure ! Pointe à couler et feu partout. Sauf votre avis, Julien Cado voudrait bien se marier.

Encore une fois, le visage de Roëllo se rembrunit.

— Tu sais que je n'aime pas les hommes mariés dans mon équipage, Marius, dit-il d'une voix dure, ça fait trop vite des veuves et des orphelins.

— Nous sommes tous mortels !... comme disait le curé de Ventéjoul.

— Et puis nous appareillons dans huit jours...

— C'est demain la noce,... risqua étourdiment Marius.

Cette fois, le visage du corsaire se durcit tout à fait.

— Ah ! c'est bien cela ! sans me prévenir... Que suis-je donc pour mes matelots ?...

— Va y avoir un grain, mon bon saint Rogatien, murmura Joël.

Mais Marius ne se démontait pas pour si peu.

— Bien sûr, qu'on ne voulait pas vous prévenir ! reprit-il avec aplomb.

— Tu dis ?...

— Puisqu'on voulait vous faire une surprise...

— Une surprise... A moi ?

— Eh ! oui donc, capitaine, et une belle encore... Pas vrai, Toussaint ?...

— Pour sûr, mon beau saint Arthur !

— Vas-tu parler ! gronda Roëllo.

— La surprise, c'est que, comme la promise à Cado est orpheline, on voulait vous demander de remplacer le père de la fille...

Un sourire glissa sur les lèvres du corsaire, et ses traits crispés s'amollirent.

— Vous êtes tous d'affreux coquins, dit-il de sa bonne voix ; mais il ne sera pas dit que la fillette ira seule à l'autel, Roëllo y sera, c'est parole donnée.

Toussaint lança son bonnet en l'air, et Marius essuya une petite larme.

— Eh ! mais, j'y pense, poursuivit le marin, elle ne doit pas être riche, l'orpheline ?

— Une mauvaise bastide qui tombe en ruine, répondit Marius, une vache maigre, et c'est tout.

— Mais non, ce n'est pas tout, car je lui donne deux cents pistoles pour sa dot.

— Et moi, dit une voix fraîche, je lui donne sa robe de noce, pour que ma sœur fasse honneur à son père.

Chacun se retourna.

Debout près de la porte qui venait de lui livrer passage, était une belle jeune fille de seize ans, aux yeux bleus et aux cheveux blonds.

Sa taille élégante se dessinait dans une robe de soie vert pâle sans ornement; ses épaules étaient voilées par un léger fichu de dentelles.

— Ma fille, Maryvonne, dit Roëllo en prenant l'enfant par la main.

Le marquis de Simiane s'inclina profondément.

— Mademoiselle, dit-il après lui avoir respectueusement baisé le bout des doigts, vous me voyez au désespoir, car, pour la première fois que je vous vois, il faut que je vous cherche querelle...

— A moi, monsieur ?

— Eh ! oui, mademoiselle, car vous commettez un crime véritable en vous refusant à faire connaître à Versailles tant de grâce et tant de beauté.

Maryvonne éclata de rire, d'un bon rire frais et franc.

— Ma foi, monsieur le marquis, dit-elle, je ne m'attendais pas à pareil compliment, mais soyez persuadé que Versailles ne perd rien à mon absence, et que, pour ma part, je ne regrette pas Versailles !

— Marquis, marquis, dit Roëllo, vous allez me gâter Maryvonne !

— Ne craignez rien, mon cher papa, s'écria la jeune fille en embrassant son père, le palais du roi n'est pas plus beau pour moi que le pont de l'*Agile*, et j'ai des sujets bien plus obéissants que ceux de Sa Majesté.

« Qu'en dis-tu, Toussaint ?

— Je dis, ma fille, répondit le matelot très ému, que tu es la reine du bord, et que, sur un signe de ton petit doigt, tous nos gars se jetteraient, où et quand tu voudrais, dans l'eau ou dans le feu, à ton choix.

Maryvonne eut un petit sourire d'orgueil.

— Eh bien ! monsieur le marquis, que vous en semble ?

— Je n'ai qu'à regretter, mademoiselle, de n'être pas le plus obscur de ces matelots tout prêts à mourir pour vous.

— On croirait, en vérité, dit le corsaire en souriant, assister à quelque comédie de M. de Marivaux.

« Mais voilà bientôt une heure, et le dîner doit être prêt. J'espère que vous voudrez bien me faire l'honneur, monsieur le marquis, de partager notre modeste repas de famille ?

— J'accepte et de grand cœur, répondit M. de Simiane, votre compagnie est de celles qu'on désire conserver le plus longtemps qu'il se peut.

Roëllo remercia le marquis d'un sourire.

— Eh ! quoi donc... tu pars, Marius, et toi aussi, Toussaint !... Êtes-vous fous, mes vieux amis ? Comme tous les jours, votre couvert n'est-il pas mis à la table de Roëllo !

— Mais... balbutia Joël, très troublé... c'est qu'il y a là... M. le marquis qui... que...

— M. le marquis, dit le gentilhomme avec bonne humeur, est très heureux et très fier de s'asseoir à côté de braves tels que vous.

— Voilà qui arrange tout, pétilla Marius, qui ne tenait plus en place, car j'ai une faim de requin des Îles et une soif d'éponge des Célèbes qui serait... Et Marius s'arrêta net, en voyant le marquis qui l'observait en souriant... Puis il reprit :

— Monsieur le marquis, quelquefois la chair est faible, et bien manger les bonnes choses du bon Dieu n'est pas un crime quand on le fait avec modération, comme disait le curé de Ventéjoul !

Là-dessus, tout le monde passa dans la salle à manger.

Cette pièce, très vaste, était toute tendue de cuir gaufré ramagé d'or et d'argent. Le luxe de la table en cristaux et en argenterie allait jusqu'à la profusion, et le marquis ne put s'empêcher de jeter un regard d'envie aux dressoirs remplis de vaisselle plate et de curieuses pièces d'orfèvrerie.

On s'assit et, au premier plat, M. de Simiane put se convaincre que le cuisinier du corsaire valait bien celui de Mme de Polignac, qui pourtant passait pour un maître.

On venait d'apporter un canard aux huîtres qui avait la mine la plus appétissante du monde, quand la porte s'ouvrit brusquement et un grand jeune homme de vingt ans fit son entrée.

C'était un beau garçon, de taille bien prise, et qu'on devinait dans sa sveltesse d'une vigueur peu commune.

Les traits réguliers étaient éclairés par deux grands yeux gris au regard franc et hardi ; ses cheveux, qu'il portait sans poudre, étaient d'un blond doré et prenaient de métalliques reflets quand un rayon de soleil venait les éclairer. Il était vêtu d'un habit de drap fin couleur tabac d'Espagne, d'une veste de piqué blanc, d'une culotte de panne noire et de grandes guêtres en peau de daim.

— En retard, Guy ! dit Roëllo d'une voix qui voulait être sévère.

— Excusez-moi, mon cher père, reprit le jeune homme, j'ai fait l'impossible pour arriver à l'heure exacte, et *Daphné* en sait quelque chose ; malheureusement j'ai perdu un temps considérable au bac de Saint-Sulliac qui venait de partir comme j'arrivais sur la rive.

— Au lieu de bavarder, tu ferais bien mieux de présenter tous tes regrets à M. le marquis de Simiane qui a bien voulu m'apporter les ordres de Sa Majesté.

Les deux hommes se serrèrent la main et Guy demanda gaiement :

— Et quand partons-nous, mon cher père ?

— A la marée de mardi matin.

— Hourra ! cria Guy Roëllo. Et nous allons ?

— Dans l'océan Indien, pour servir de mouche à M. le commandeur de Suffren.

— On laissera bien, j'imagine, la mouche se changer quelquefois en guêpe, et piquer dur messieurs les Anglais ?

— Nous ferons ce que l'on nous dira de faire, monsieur l'étourdi.

— Voulez-vous me permettre, dit M. de Simiane en levant son verre, de boire à l'*Agile* et son glorieux équipage ?

— Et à la gloire des armes françaises ! ajouta Roëllo en se levant à son tour.

Pendant le court tumulte que causèrent ces toasts, Guy Roëllo se pencha et murmura à l'oreille de sa sœur :

— De toute façon, je verrai Louis avant notre départ.

La jeune fille tourna vers lui des yeux reconnaissants et lui serra furtivement la main en disant :

— Merci !

III

UN COUP DE COUTEAU

Quand Allan Brecknock fut dans la rue, le masque d'impassibilité qu'il s'était composé tomba tout à coup, et une expression de rage frénétique décomposa ses traits au point que les passants le regardèrent avec curiosité.

La fortune triomphait encore une fois de son génie ! Il vivait, ce Roëllo qu'il haïssait ; ils vivaient, Guy et Maryvonne, qu'il avait rêvé d'anéantir ! Adieu les beaux rêves, adieu la richesse, la puissance, les plaisirs entrevus ! Tout cela s'écroulait devant un petit refus bien sec, et il ne fallait pas espérer voir se représenter jamais un concours de circonstances aussi favorables à ses projets.

C'était la ruine, c'était l'horrible existence qui allait recommencer, c'était l'éternel boulet qu'il allait encore falloir traîner.

Et échouer si près du but ! C'était ce qui l'exaspérait surtout. Car il était bien évident que Roëllo n'était nullement prévenu contre lui, et que c'était le hasard seul qui l'avait empêché d'être admis à bord de l'*Agile*.

Il allait roulant toutes ces pensées dans sa tête, bousculant les passants, semblable à un fou, prononçant des mots sans suite, et gesticulant comme un démon.

Un moment, l'air vif de la mer vint fouetter son front brûlant.

Il regarda autour de lui, et reconnut qu'il se trouvait près des bassins.

Il eut alors un sourire navré et s'arrêta un instant.

— Il va falloir lui dire,... murmura-t-il au bout d'une minute. Il reprit sa course et se trouva bientôt devant son auberge.

Il repoussa l'hôtelier, qui lui demandait obséquieusement si Sa Seigneurie n'avait besoin de rien, et monta tout d'un trait à la chambre de Duncan où il pénétra sans frapper.

Au bruit, le jeune homme, qui regardait par la fenêtre, s'était vivement retourné.

— Eh bien? interrogea-t-il anxieusement.

Allan ne répondit pas. Il avait jeté son chapeau sur le lit et regardait son compagnon avec une telle tristesse, une telle angoisse, que celui-ci comprit et courut se jeter dans les bras de l'Anglais en disant :

— Ne parle pas, ne parle pas.....

— Ah! tu as compris ?... s'écria Brecknock en éclatant enfin. Oui, vaincu, je suis vaincu encore une fois ! J'ai tenu tous les fils de la trame dans cette main, puis au dernier moment une maille m'a échappé qui a détruit tout l'ouvrage !.....

— Calme-toi, je t'en prie, Allan, peut-être tout n'est pas perdu !.....

— Si, c'est fini, bien fini !

— Raconte-moi d'abord ce qui s'est passé. Peut-être t'exagères-tu la gravité de la situation.

— J'ai vu Roëllo, je lui ai demandé place à son bord.

— Bon.....

— Il m'a dit que son rôle était au complet J'ai insisté, et enfin il m'a congédié en m'engageant à aller prendre du service sur un autre bateau du port. C'est simple, comme tu le vois, tout ce qu'il y a de plus simple !

Il ricanait, mais ses dents grinçaient de fureur.

Duncan réfléchissait profondément et semblait ne plus même soupçonner la présence de son compagnon. Au bout de cinq minutes, il releva le front.

— Clamorgan ! appela-t-il d'une voix forte.

A ce nom, Brecknock tressaillit et regarda Duncan.

— Clamorgan, poursuivit le jeune homme, tu te laisses abattre au premier coup du sort, au lieu de faire face et de tenir tête hardiment à la tempête.

— Mais il me semble.....

— Laisse-moi parler. Dans combien de temps doit partir l'*Agile*?

— Dans huit jours.

— Eh bien ! dans huit jours, nous embarquerons.

— Pour quel endroit?

— Pour la mer des Indes.

— Sur quel navire ?

— Sur le brick *L'Agile*, capitaine Yves Roëllo.

— C'est de la démence ! s'écria Brecknock.

— Pas du tout. Et tu vas me comprendre en peu de mots. D'abord, assure-toi que personne ne nous épie.

Allan ouvrit la porte, plongea ses regards dans l'escalier, et revint dans la chambre en disant :

— Personne.

— Alors, approche-toi, et écoute...

Ce matin-là 12 mai 1782 était la veille du jour fixé pour le départ de l'*Agile*.

Il était à peu près neuf heures du soir, quand Guy Roëllo, accompagné de Marius Lacaussade, sortit de l'hôtel de son père. Le temps était sombre et pluvieux, c'est dire assez qu'on n'y voyait pas à deux pas ; mais Guy et le lieutenant connaissaient Saint-Malo comme le pont de leur navire, et ils évoluaient sans hésitation dans le dédale des rues et des ruelles.

Marius grommelait :

— Si c'est un temps pour faire des promenades ! Vaudrait-il pas mieux être en train de vider quelques bonnes bouteilles à la santé des camarades ?

— Mais je ne t'avais pas demandé de m'accompagner, mon bon Marius.

— Ne pas vous accompagner ! Té ! vous me la baillez belle ! Et qui donc fera le guet pendant votre rendez-vous ?

— Voilà une précaution au moins inutile.

— Que nenni ! Roëllo est fin comme l'ambre gris, et ne connaît que trop votre amitié pour ce petit Kerbraz de malheur, que d'ailleurs j'aime tout plein, moi aussi.

— Et puis après ?

— Et puis après ?.... S'il se doute de votre réunion de ce soir et s'il arrive sur vous sans dire gare, et comme il vous a défendu de voir le jeune homme, il sera plutôt vent debout, et dame, quand il est vent debout !...

Le marin n'acheva pas sa phrase, mais l'intonation disait assez que les colères de Roëllo devaient être terribles.

— Mais, pourquoi, reprit Guy après un silence, Kerbraz et mon père se détestent-ils autant ?

— Ça, c'est des choses que nous ne saurons sans doute jamais. Mais ça doit être gros, pour que deux hommes qui étaient dans les temps comme foc et clin-foc en soient venus à se vouloir du mal plus qu'il n'est permis à des chrétiens..... Mais, attention, nous voilà arrivés..... Moi, je reste ici et, au premier promeneur suspect, je donne le coup de sifflet.

— Entendu.

Les deux hommes se trouvaient en bas des remparts, au commencement de cet amoncellement de rochers qui, sous le nom de Grand-Bey et de Petit-Bey, s'avance dans la mer comme une proue menaçante.

Dans l'obscurité, un peu moins opaque, Guy avait distingué une silhouette humaine.

Il appela doucement :

— Louis !

Une voix répondit :

— C'est toi, Guy ?

— Oui.

Un instant après, les deux amis étaient dans les bras l'un de l'autre. C'est qu'ils s'aimaient vraiment, ces deux beaux enfants qui, jusqu'à l'âge de quinze ans, avaient vécu côte à côte comme des frères, ayant les mêmes joies et les mêmes douleurs, et parfaitement persuadés que rien jamais ne viendrait rompre cette sainte amitié qui s'était tout naturellement formée entre ces deux natures également fines et bonnes.

Puis la haine des pères était survenue, et ç'avait été un déchirement profond quand Roëllo avait dit à Guy, de sa voix dure :

— Je te défends de revoir jamais Louis Kerbraz.

Durant quelque temps, l'enfant obéit, mais un jour, comme les deux jeunes gens se rencontraient sur le môle, l'amitié avait été plus forte que tout et ils s'étaient embrassés en pleurant.

Depuis ils se voyaient en secret, quand le hasard des escales amenait en même temps à Saint-Malo l'*Agile* et la *Sainte-Marie*, et leur affection s'était encore fortifiée dans cette contrainte qu'ils étaient forcés de s'imposer.

Ils avaient donc ce jour-là comploté de se réunir, avant la séparation prochaine, qui devait être longue.

Le premier mot de Louis Kerbraz avait été :

— Et Maryvonne ?...

— Elle va bien et t'aime toujours, mon Louis, avait répondu Guy Roëllo, et même elle m'a chargé pour toi d'une commission.

— Parle ! vite !

— Elle m'a chargé de te remettre ce chapelet qui a été bénit à l'église de Saint-Gildas, patron des pêcheurs.

— Oh ! combien elle est bonne. Dis-lui bien que rien au monde ne saura me la faire oublier, et que, Dieu aidant, elle sera un jour la femme heureuse et honorée de Louis Kerbraz.

— Elle prie tous les jours pour la réconciliation de nos deux pères.

— C'est un ange, le ciel l'écoutera.

— N'as-tu pas encore fait quelque tentative ?

— L'autre jour, en rentrant ici, nous avons longé l'*Agile*, qui était mouillé à une encablure. J'étais à la barre, et mon père, à côté de moi, chantonnait quelque chanson de bord, suivant son habitude.

« En voyant votre brick, j'ai poussé un gros soupir, et des larmes me sont montées aux yeux.

« — Qu'est-ce que tu as ? m'a demandé rudement mon père.

« J'ai cru l'occasion bonne et j'ai répondu :

« — Je regrette tous ceux que j'aimais.

« Il m'a regardé avec ses yeux subitement noircis — tu les connais, ses yeux d'abordage, — et il m'a répondu en se contenant tant qu'il pouvait :

« — Quels sont ceux que tu aimais ?

« Pour toute réplique, j'ai montré le brick. Alors il est entré en fureur et m'a dit que puisque son fils prenait parti pour ses ennemis, il valait mieux en finir.

— Qu'entend-il par là ?

— Ah ! mon Guy, voilà ce qui me désespère !

« Il compte, la première fois qu'il rencontrera l'*Agile* hors des eaux françaises, provoquer Roëllo et le forcer au combat.

— Mon père ne l'évitera pas, répliqua vivement le jeune homme.

Louis eut un triste sourire.

— Je connais Roëllo l'Abordage aussi bien que Kerbraz Tête de Fer, dit-il avec mélancolie, et je sais bien que tous deux lutteront avec la même farouche énergie tant qu'ils auront une planche sous les pieds ; mais nous, mon bon frère, que deviendrons-nous ? Faudra-t-il que nos pères nous traitent de lâches, ou que nous entamions l'un contre l'autre un combat sacrilège ?...

GUY RECULA AVEC UN CRI D'HORREUR... (P. 32.)

— Ah ! Louis, nous sommes bien malheureux !

« La seule chose que nous puissions faire, c'est d'empêcher par tous les moyens possibles cette funeste rencontre.

« Nous armons pour les Iles.

— Et nous, nous devons rallier l'escadre M. de Suffren, sur la côte de Coromandel.

Il restèrent un instant silencieux.

On n'entendait que le bruit doux du flot qui montait par petites vagues régulières...

. . . .

Marius Lacaussade s'était installé le plus commodément possible sur un rocher, et fumait sa pipe avec béatitude. Le digne marin était au comble de ses vœux. Il allait, le lendemain, reprendre la mer, et comme il avouait que toutes les fois qu'il quittait le pont de son navire il était malade, on peut aisément juger de sa satisfaction. Et puis il se disait que ce serait bien le diable, si, tout en faisant le service de mouche d'escadre, l'*Agile* ne faisait pas quelque belle prise, un vaisseau de la Compagnie par exemple, ou quelque Anglais portant des fonds à la colonie.

Marius n'était pas avare, mais il aimait l'argent pour « paraître », comme on disait autrefois.

Aux escales, rien n'était assez bon ni assez beau pour Marius Lacaussade. On citait de lui des traits de prodigalité inouïe, et rien ne flattait la vanité du lieutenant plus que ces occasions où il pouvait éblouir la galerie.

Un jour, à Bornéo, reçu magnifiquement par un rajah en même temps qu'un capitaine hollandais, il apprenait que son collègue avait envoyé comme présent de remerciement un clavecin défoncé et deux vieilles guitares, et il résolut de faire mieux.

Un navire anglais était sur rade.

Il transportait entre autres choses des meubles européens pour les colons de l'Inde. Marius acheta le chargement et l'envoya au rajah.

Par malheur, l'envoi se composait de dix-sept chambres pareilles, et ce ne fut pas sans étonnement que le prince hindou vit débarquer dix-sept lits, dix-sept tables, dix-sept canapés, trente-quatre fauteuils et soixante-huit chaises, absolument identiques.

Quand on raconta la chose à Marius, sa sérénité n'en fut pas troublée le moins du monde.

— Hé ! enfoncé tout de même, le Hollandais ! disait-il, et pour ce que ça m'a coûté...

Et, quand on s'informait du prix, il répondait d'un air nonchalant :

— Une bagatelle !... quarante mille francs !

Roëllo le raillait parfois doucement de ce petit travers, mais l'excellent homme lui fermait la bouche en disant :

— Laissez donc, capitaine ! Quand on me voit faire des choses comme ça, les gens ils se disent : « Qu'est-ce que ça doit donc être que ce M. Roëllo, puisque son simple lieutenant est si magnifique ? »

Marius alluma une autre pipe, et considéra d'un œil attendri les deux jeunes gens qui se promenaient toujours sur la grève en se tenant par le bras. Alors ses réflexions prirent un autre cours, et il se mit à songer pour la millième fois à cette haine inexplicable des deux corsaires l'un pour l'autre.

Qu'était-il arrivé ? Quel drame entre ces deux hommes ? Parbleu ! il se rappelait bien l'époque, c'était en 77. Les deux navires avaient fait de concert une croisière dans l'océan Indien, et ils étaient en relâche à Trinquemalle, les deux capitaines étaient descendus seuls à terre...

A cet endroit de ses souvenirs, Marius sentit qu'on lui jetait un manteau sur la tête, et sa pipe tomba.

Il voulut se dégager, tout en grommelant :

— Eh bien ! eh bien ! qu'est-ce que c'est que cette plaisan...

Il n'acheva pas.

Une lame aiguë venait de glisser sous son bras.

Il se laissa aller en avant en murmurant :

— Ah ! misérable !... je suis tué !...

. . . .

Pour la dixième fois, Guy et Louis venaient de se dire adieu, mais ils ne se séparaient pas encore. Les pauvres enfants avaient un tel effroi de l'avenir ! Se reverraient-ils jamais ? ou bien alors dans quelles circonstances se retrouveraient-ils en présence ?

Enfin, comme l'heure s'avançait, ils échangèrent une dernière étreinte.

— Dis à Maryvonne qu'elle a mon cœur, murmura Louis.

— Elle n'en doute pas, mon Louis... Allons, bon courage, et confiance en Dieu !

Louis Kerbraz s'éloigna rapidement, afin que son ami ne pût voir ses larmes, et Guy remonta vers l'endroit où il avait laissé Marius.

Il n'aperçut pas le lieutenant, tout d'abord. Mais, comme le temps était plus clair, il le vit bientôt, couché au pied d'un gros rocher.

— Il s'est endormi, murmura Guy Roëllo avec un sourire.

Et il se penchait pour le réveiller en le plaisantant de son sommeil, quand la lune, se dégageant des nuages, vint éclairer en plein le malheureux marin...

Alors Guy recula avec un cri d'horreur.

La pierre grise sur laquelle Marius était couché, était tachée d'une large flaque de sang qui allait s'élargissant doucement.

PREMIÈRE PARTIE

LE BRICK « L'AGILE »

I

EN MER

L'*Agile* était un superbe brick de 500 tonneaux, allongé comme une couleuvrine, ras sur l'eau, et portant la toile comme un vaisseau de ligne. Il n'était pas rare de le voir garder ses cacatois par belle brise, et sa marche était tellement supérieure, que pas un seul navire, si ce n'est peut-être la *Sainte-Marie*, ne pouvait le battre de vitesse.

Dans la peinture noire de son bordage douze sabords se découpaient, qui livraient passage en temps opportun à douze jolies caronades de chaque côté. Son artillerie se complétait d'un long canon de chasse à l'avant, et d'un pierrier sur pivot à l'arrière.

L'équipage était de cent vingt hommes, tous gaillards solides, et dévoués à leur chef jusqu'à la mort.

Le mardi 13 mai 1782, à la marée du matin, l'*Agile*, ainsi qu'il avait été convenu, commençait son appareillage.

Le navire, mouillé seulement sur grelin dans le sud du Petit-Bey, porte déjà son grand foc, sa trinquette, sa misaine et son petit hunier.

Le Jéguen, le second lieutenant, est à son poste.

C'est un beau garçon d'une trentaine d'années, grand et fort comme les chênes de son pays.

Debout à l'arrière, il regarde constamment avec sa lunette la pointe du môle. Enfin il murmure :

— Voilà la chaloupe !

— C'est vraiment pas malheureux, grand saint Mathieu ! gronde une voix derrière lui, un peu plus on manquait le jusant, mon grand saint Prudent.

Le Jéguen se retourne.

— Ah ! vous voilà, Toussaint. Quand donc avez-vous embarqué ?

— Je vais vous dire, lieutenant, fait notre vieil ami, hier soir on a un peu trinqué avec les camarades, et puis il faisait grand jour quand on a sorti, alors j'ai pris un canot et la cloche piquait huit heures quand j'ai abordé.

— Mais comment se fait-il que je ne vous aie pas encore vu ?

— Ah ! voilà, c'est que, en rentrant à bord, j'étais un peu fatigué... moi, vous savez, lieutenant, je ne suis pas pour les émotions et il avait fallu dire au revoir aux amis. et puis...

Toussaint Joël ne se serait probablement jamais tiré de son explication, mais, par bonheur, le lieutenant, qui lorgnait de nouveau la chaloupe, s'écria tout à coup :

— Voilà qui est particulier, le lieutenant n'est pas dans le canot.

— Bah ! dit Toussaint, il viendra au dernier moment, mon bon saint Goustan.

— Et puis, continua Le Jéguen qui poursuivait son examen, il y a avec le capitaine deux figures que je ne connais pas.

— C'est des amis qui viennent leur dire adieu.

— Avec quelle embarcation s'en iront-ils, puisqu'ils arrivent avec la chaloupe du bord ?

— Tiens, c'est étrange, mes beaux saints anges... Ah ! mais, ils partiront avec le canot qui amènera le lieutenant, grand saint Colomban.

Toussaint s'était penché sur le bordage et regardait à son tour la chaloupe, qui grossissait à vue d'œil.

— Eh ! mais, voilà du nouveau, dit-il tout à coup. Il y a l'un des particuliers que je reconnais, c'est mon Anglais.

— Un Anglais !

— Oui, un Anglais qui n'est pas Anglais... il m'a raconté ça, c'est toute une histoire, sainte Victoire.

— Et l'autre ?

— Ah ! celui-là, je ne le connais pas du tout.

En ce moment, la chaloupe accostait à tribord.

Yves Roëllo monta le premier l'échelle, et tendit la main à Maryvonne dont le visage était pâli. Elle semblait avoir pleuré.

— Voilà ma fille qui a l'air d'avoir le cœur tout chaviré, grommela Toussaint, qui donc qui lui a fait de la peine ?...

Les deux étrangers embarquèrent ensuite et Guy les suivit.

Roëllo se dirigea aussitôt vers Le Jéguen.

— Nous sommes parés, lieutenant ? demanda-t-il d'une voix brève.

— Oui, capitaine.

— Bien ; assemblez l'équipage.

Le Jéguen modula quelques coups de sifflet, et bientôt tous les matelots de l'*Agile* furent massés au pied du grand mât.

— Mes enfants, dit le corsaire, j'ai une mauvaise nouvelle à vous annoncer. Notre premier lieutenant, M. Lacaussade, a été frappé cette nuit d'un coup de couteau qui met sa vie en danger...

Un sourd murmure parcourut les rangs des matelots. Marius était adoré.

Roëllo poursuivit, en prenant la main de Brecknock qui se trouvait à côté de lui :

— Voici M. Allan Brecknock qui le remplace. Vous lui obéirez dans tout ce qui concerne son emploi. Maintenant, à vos postes.

Sans un cri, les marins se dispersèrent.

— Prenez le commandement, lieutenant, dit alors le corsaire en s'adressant à l'Anglais; nous allons voir tout de suite si vous n'avez pas exagéré votre savoir-faire.

Allan semblait transfiguré. Une joie effrayante, pour qui aurait connu ses projets, éclatait dans ses yeux.

Il s'inclina sans mot dire et s'élança sur la dunette.

— En haut tout le monde à l'appareillage ! commanda-t-il d'une voix forte.

Puis presque aussitôt :

— Virez !

On entendit grincer les chaînes du cabestan, tandis que les hommes qui le faisaient mouvoir entonnaient une sorte de mélopée qui rythmait leurs efforts.

Quand l'ancre fut amenée :

— A larguer les voiles ! commanda encore Allan.

Les hommes abandonnèrent le cabestan et se rendirent à leurs postes.

— Nous avons le vent sous vergues, n'est-ce pas, timonier ? demanda-t-il au vieux Toussaint qui était à la barre.

— Oui, lieutenant, sud-sud-est.

— Bien. En haut les gabiers de misaine !

Les matelots s'élancèrent dans la mâture.

— Bordez ! Hissez ! Amarrez !

La manœuvre s'accomplit avec une rapidité merveilleuse.

L'*Agile* frémit, hésita un instant, puis obéit à la barre et s'inclina, commençant son sillage.

Des hourras vinrent des quais où une foule considérable assistait au départ du brick.

Pendant ce temps, Brecknock augmentait sa voilure et faisait établir la brigantine et la grand'voile.

Quand le bâtiment fut par le travers de Cézembre, on dépassa les grands et les petits huniers, et l'*Agile* prit sa grande allure de course, rasant les flots comme une mouette...

Nous allons maintenant expliquer comment Allan Brecknock et Duncan se trouvent à bord du bâtiment corsaire.

Aux cris de Guy, des pêcheurs étaient venus, et on avait transporté le malheureux Marius chez Roëllo...

Le jeune homme, sans dire le véritable motif de sa sortie, expliqua que, se promenant avec Lacaussade, mais s'étant éloigné un instant de lui, il l'avait retrouvé dans cet état.

Des chirurgiens appelés en hâte avaient déclaré que la blessure était très grave et qu'ils ne répondaient pas de la vie du blessé.

Le corsaire aimait tendrement le Marseillais, et il lui fallut un véritable courage pour ne pas changer les ordres donnés pour son départ du lendemain. Néanmoins, après quelques courtes hésitations, il se décida à obéir. Il ne s'appartenait plus depuis qu'il avait accepté de combattre dans l'escadre du roi.

Le lendemain matin, il s'informa, dès son réveil, de Marius, et apprit avec joie qu'il avait passé une nuit assez calme.

Roëllo allait descendre pour s'assurer par lui-même qu'il avait tous les soins nécessaires, quand un domestique vint lui annoncer qu'une personne désirait lui parler.

— Son nom ? demanda le corsaire.

— M. Allan Brecknock, monsieur.

Roëllo eut un geste d'étonnement ; puis, après avoir réfléchi une minute :

— Fais entrer, commanda-t-il.

Un instant après, l'Anglais était devant lui.

— J'ai appris, monsieur, dit Allan après s'être incliné, l'accident arrivé à votre lieutenant.

— Vous pouvez dire le crime... Mon pauvre Marius a été lâchement assassiné... on recherche son meurtrier... on ne lui connaissait pas d'ennemis.

Ici, Brecknock pâlit un peu.

— J'ai donc, poursuivit l'Anglais, appris la blessure de M. Lacaussade ; comme je ne pense pas qu'il soit en état de prendre actuellement la mer, je suis venu vous demander si vous ne vouliez pas de moi pour le remplacer ?

Roëllo fronça les sourcils.

— Vous n'êtes pas long, monsieur, à chausser les souliers du mort, qui grâce à Dieu est encore bien vivant !

Allan répondit froidement :

— Que voulez-vous, monsieur, je n'ai pas le cœur sensible, moi, suivant la mode du jour. Je déplore l'attentat commis, mais je profite du hasard qui me permet de faire croisière avec vous. Vous voyez que je vous parle franchement.

— Trop franchement, même ; j'aime les gens qui ont du cœur.

— J'en ai eu, capitaine, mais on me l'a tué.

Ceci fut dit avec un tel accent, que Roëllo, qui n'était pourtant pas timide, sentit un frisson lui friser l'épiderme, et resta silencieux un moment. Cet étrange individu lui faisait presque peur. Instinct, pressentiment, quelque chose lui disait de fuir cet homme qui certainement lui serait fatal. D'autre part, la blessure de Marius le mettait dans un grand embarras, car il n'avait personne sous la main pour le remplacer, et l'Anglais se présentait providentiellement.

Enfin, il prit son parti.

— Je vous accepte, monsieur, dit-il.

Un éclair de furtive joie traversa les prunelles froides du misérable.

— Mais, entendons-nous bien, continua Roëllo, si vous ne faites pas mon affaire, je vous débarque à la première escale.

— Vous serez content de moi, capitaine.

— Je le souhaite, monsieur ; et maintenant, rendez-vous au quai dans trois heures. Je vous emmènerai dans ma chaloupe.

Roëllo fit un pas en avant. L'Anglais ne bougea pas.

— Ah ! oui, j'oubliais, fit le corsaire, se méprenant sur l'insistance de Brecknock, voici quelles sont nos conditions : la table, cent écus par mois, et triple part en cas de prise.

Allan ne bronchait pas plus qu'une souche.

— Eh bien ! monsieur, m'avez-vous entendu... cela vous plaît-il ?

— Vos conditions sont les miennes, dit enfin l'Anglais, mais il me reste une prière à vous adresser.

— Parlez, monsieur.

— J'ai avec moi un jeune homme, un cousin... c'est mon seul parent, ne pouvez-vous me permettre de l'embarquer avec moi ?

Roëllo rougit de colère.

— Prenez-vous l'*Agile* pour une école de mousses ? dit-il violemment.

— Le jeune homme rendra des services. Je vous en prie, capitaine, ne me refusez pas cette grâce : l'enfant est seul au monde... sans appui.

Quand on s'adressait au cœur de Roëllo, on était sûr d'obtenir tout ce qu'on voulait.

— Allons, emmenez le petit avec vous, dit-il, on lui apprendra le métier.

Pour la seconde fois, une expression de joie triomphante glissa sur les traits d'Allan.

— Maintenant, capitaine, dit-il joyeusement, c'est moi qui vous demande la permission de partir ; Duncan va être si heureux, en pensant qu'il ne me quittera pas !

— Allez, monsieur, je ne vous retiens plus, mais soyez exact.

— Vous pouvez y compter. A tout à l'heure, capitaine.

Allan descendit en courant le grand escalier, s'élança comme un fou dans la rue et, tournant vivement à droite, se trouva en présence de Duncan dont tous les traits indiquaient l'angoisse la plus cruelle.

Mais point n'était besoin de paroles pour connaître le résultat de l'entrevue. La joie qui éclatait dans les yeux de Brecknock parlait assez.

— Alors, tu embarques ?... fit Duncan.

— Oui, c'est fait.

— Et moi ?

— Toi aussi.

Sans s'inquiéter des passants, le jeune homme sauta au cou d'Allan. Puis, prenant leur course, ils se dirigèrent vers leur auberge où ils avaient à faire leurs modestes paquets.

Tout en marchant, Duncan disait :

— Tu vois que mon plan était bon... A propos, le Marius est-il mort ?

— Blessé, seulement.

— Maladroit !

— Tais-toi...

— Es-tu fou ? personne ne nous écoute : une autre fois, aie la main plus sûre.

.   .   .   .

Maintenant, le lieutenant n'avait plus rien à faire. Il descendit de la dunette et, s'adressant au capitaine, qui avait observé silencieusement ses commandements et ses manœuvres :

— M'en suis-je tiré à peu près ? capitaine, demanda-t-il en s'inclinant.

— Tous mes compliments, lieutenant, répondit Roëllo. Si vous êtes aussi bon soldat qu'habile marin, tout sera pour le mieux.

Un peu plus à l'arrière, Guy et Maryvonne causaient doucement, regardant fuir la côte qui s'estompait déjà dans la brume.

— Alors, Louis m'aime toujours ? disait la fillette.

— Toujours, répondait son frère.

— Quand le reverrons-nous ?

— Plaise à Dieu que nous le revoyions pas avant notre retour à Saint-Malo !

Aussitôt cette phrase prononcée, Guy se mordit les lèvres.

— Que veux-tu dire ?

— Rien du tout, répondit le jeune homme embarrassé, je voulais dire que je souhaitais le revoir en bonne santé à Saint-Malo.

— Oh ! Guy, tu me caches quelque chose.

— Mais non, je t'assure.

— Si, et jamais je me suis sentie si triste à un départ. As-tu remarqué, c'est un 13 aujourd'hui, et puis la blessure de notre bon Marius ; enfin cet homme qui me fait peur !...

Et son regard désignait l'Anglais.

— Je te dirai, ajouta Guy en baissant la voix, qu'il ne me plaît pas davantage.

— Quelle drôle d'idée papa a eue de l'engager !

— Il n'avait pas le choix, et nous ne pouvions retarder notre départ.

A ce moment, le clocher de Saint-Malo s'effaçait peu à peu à l'horizon ; Maryvonne fit, de la main, un signe enfantin dans la direction de la ville, en répétant :

— Adieu ! adieu !

Et de grosses larmes roulaient dans ses yeux.

Cependant Roëllo continuait de parler avec Brecknock, et le corsaire était bien forcé de reconnaître que le lieutenant que le hasard lui avait donné était un homme tout à fait supérieur. Ayant beaucoup voyagé, beaucoup vu, beaucoup observé, l'Anglais était un causeur de premier ordre, et les préventions que Roëllo avait d'abord eues contre lui, se dissipaient peu à peu.

Aussi, sans le mettre absolument au courant des ordres reçus de la cour de Versailles et du plan soigneusement préparé par le roi et ses ministres, lui donnait-il quelques indications sur les grandes lignes de l'expédition.

Brecknock approuvait, critiquait et, en tout, montrait une sûreté de jugement remarquable.

Un seul point semblait obscur maintenant à Roëllo. Pour quelles raisons cet homme, qui avait toujours combattu sous le pavillon d'Angleterre, abandonnait-il son ancien drapeau et venait-il offrir son épée aux pires ennemis de sa patrie ?

Le corsaire ne connaissait pas l'art des préparations savantes. Il aborda donc franchement la question.

— Voyons, monsieur, lui dit-il, maintenant que vous voilà engagé à mon bord, vous pouvez bien me dire pour quelles raisons vous avez quitté votre pays. Quand on doit vivre et combattre ensemble, il est nécessaire de bien se connaître, et de n'avoir rien de caché l'un pour l'autre.

Brecknock fronça les sourcils, car il était un peu hors de garde et ne s'attendait pas à la brusque attaque ; néanmoins, il se remit vite, et ce fut d'une voix altérée qu'il répondit :

— Depuis que je suis seul au monde, j'ai souffert des Anglais. Mon père fut ruiné par les Anglais qui refusèrent contre toute justice de reconnaître son bon droit dans un procès d'où dépendait toute notre fortune ; mes frères, qui avaient gagné leurs grades à la pointe de leurs épées, se virent honteusement mis au rancart, quand il s'agit de les pourvoir d'un commandement important, et ils se virent préférer des fils de lords qui sortaient des mains de leur précepteur et n'avaient encore fait manœuvrer que des soldats de carton... Pourtant, moi, entraîné par la force de l'habitude, je continuais de servir, quand il m'arriva l'épouvantable aventure que je vais vous dire.

Ici, Allan fit une pause, comme accablé par ses souvenirs, puis il reprit d'une voix sourde, et avec un accent de désespoir que n'eût point désavoué le meilleur comédien :

— Il y a un an à peu près, le poste du gouvernement de Montréal se trouva vacant, et je fus assez heureux pour l'obtenir. J'allais partir pour le Canada, quand un avis de l'amirauté me parvint. On me prévenait laconiquement que ma nomination était rapportée, et que je devais la considérer comme nulle et non avenue.

« Je courus à Londres, et j'appris dans les bureaux que mon gouvernement avait été donné à un homme de rien, frère de la première femme de chambre de la belle comtesse d'Essex, et qui déshonorait l'armée par ses vices et sa cruauté. L'affront était sanglant. Je demandai à voir le ministre. On me traîna pendant huit jours, et enfin j'obtins une audience de lord Staunton. Respectueusement, mais avec fermeté, je fis valoir mes droits, et j'ajoutai que rien dans ma conduite passée ne pouvait mériter un semblable affront. Le ministre ne fit que rire. J'insistai, disant que j'irais jusqu'au bout, s'il le fallait, et que je demanderais justice à Sa Majesté.

« Alors, lord Staunton, qui semblait pris de vin, s'emporta, et me dit qu'un pourceau gallois comme moi, était bien hardi de se plaindre.

« A ce dernier outrage je perdis la tête, et je souffletai le ministre, qui appela au secours.

« On vint à ses cris, et une nuée de valets s'abattit sur moi. Alors, ivre de fureur, rugissant, grotesque et épouvantable, lord Staunton donna des ordres et me fit fouetter devant lui... Vous comprenez bien, capitaine, moi dont le nom est plus noble que celui du roi, moi fouetté par des valets devant cette brute ! »

Roëllo ne put réprimer un mouvement d'horreur, car toute cette série de mensonges avait été débitée avec un art inouï.

Brecknock continua, après un silence :

— Je remuai ciel et terre pour qu'on me rendît raison ou justice. Tout fut inutile ; alors, ayant au cœur la plus effroyable haine qui ait grondé au cœur d'un homme, je quittai ce pays maudit, et je fis un serment de vengeance que je tiendrai.... Vous me verrez à l'œuvre.

Brusquement, Roëllo, sans mot dire, tendit sa main loyale à l'Anglais qui la prit et la serra avec une émotion bien jouée.

Intérieurement, le misérable se félicitait de sa présence d'esprit. Désormais il était tranquille : Roëllo, en connaissant le motif, était bien sûr de sa haine. Tout était pour le mieux, et personne ne l'épierait plus ou ne se méfierait plus de lui, et il pourrait mener à bien ses ténébreux projets.

En deux heures, on avait fait de la route, et maintenant la terre n'apparaissait plus à l'horizon que comme une bande bleuâtre qui se confondait même par instants avec la ligne des flots.

Roëllo quitta Brecknock et vint retrouver ses enfants qui, accoudés au bordage, ne parlaient plus et regardaient une dernière fois cette terre de Bretagne qu'ils quittaient pour si longtemps.

Le corsaire eut vite fait de remarquer la mélancolie qui se peignait sur les traits de Guy et de Maryvonne.

— Hé ! mais, dit-il d'un ton enjoué, vous voilà tristes comme des oiseaux de nuit ; on dirait que le voyage vous fait peur, et que les dangers que nous allons courir vous épouvantent ?

— Vous savez bien, mon cher père, que les périls ne nous épouvantent guère, Maryvonne aussi bien que moi, mais nous sommes tristes de quitter Saint-Malo où nous laissons des gens que nous aimons.

Les sourcils de Roëllo se froncèrent, et il tourna le dos à ses enfants sans dire un mot de plus.

D'ailleurs, son attention était attirée par un tumulte qui venait du bas de la dunette. Au milieu d'un groupe, on voyait Brecknock qui, pâle de colère, soutenait Duncan d'une main, tandis que de l'autre il écartait violemment les matelots qui l'entouraient.

Expliquons en quelques mots ce qui venait de se passer.

Duncan, accoudé au bastingage, regardait fuir la mer le long des flancs du vaisseau. Ses traits fins et durs s'étaient détendus. Après la lutte pour l'œuvre commune et le triomphe dans la première partie du plan infernal qu'ils avaient dressé, le jeune homme s'accordait un répit et se laissait aller à rêver vaguement, au balancement rythmique des longues houles.

Les matelots, qui, au moment du départ et pendant les manœuvres, avaient suivi l'appareillage, n'avaient pu causer entre eux des divers incidents survenus dans la matinée, s'en donnaient maintenant à cœur-joie, et accumulaient les suppositions les plus invraisemblables sur le compte des deux étrangers.

Brecknock avait été accepté comme lieutenant parce que l'équipage savait qu'il n'y avait pas à discuter avec les ordres de Roëllo, mais cette pâle figure ne plaisait guère aux matelots, et il aurait suffi de prêter une minute l'oreille aux conversations du gaillard d'avant, pour en être convaincu.

— Comment dis-tu qu'il s'appelle ?

— Buenocq, Baueroe, Baukok... je sais plus au juste...

— C'est pas un nom de chrétien, pour sûr.

— Il a les cheveux rouges, comme la vache à la mère Gaud.

— Quand y vous regarde on dirait qu'y vous voit point.

— C'est p't-être ben un dormi qui va.

C'est ainsi qu'en Bretagne on désigne les somnambules.

— Et puis, conclut Jégo, le fin gabier de hune, un homme qui tombe comme ça après un assassinat et qui embarque un 13, ça ne peut qu'être un pas grand'chose.

L'opinion de Jégo fut unanimement approuvée.

— Et le petit mince, demanda Kérinou qui était quartier-maître, qu'est-ce qu'il vient faire à bord, aussi, celui-là ?

— C'est-y que l'*Agile* va transporter des passagers, à c't' heure ?

— Toussaint Joël a dit qu'il venait pour être novice.

— Y faudrait voir.

— Pour sûr.

— Y a qu'à lui demander s'il connaît bien son affaire rapport à la marine.

— En voilà une idée !

— Et une fameuse ! Ce Jégo, il n'y a que lui !

— Allons-y, c'est toi qui parleras !

— A pas peur, mes requins, on va lui conter la chose en douceur.

Et Jégo, l'orateur désigné, se dirigea, suivi d'une dizaine de matelots, vers l'endroit où se tenait Duncan, toujours immobile, toujours rêvant.

— Pardon de la liberté, fit Jégo en faisant un salut cérémonieusement grotesque et en s'adressant au jeune homme, mais nous voudrions bien savoir, les camarades et moi, à quel emploi que vous êtes réservé à bord du brick *L'Agile*, bon corsaire et fin voilier ?

Duncan ne se détourna même pas. Les yeux toujours sur l'horizon, il fixait quelque vision lointaine.

Yan Jégo, un peu froissé de voir son éloquence dépensée en vain, fit encore un pas, et continua, en parlant sous le nez du jeune homme :

— Dites-nous seulement si vous êtes gabier, canonnier ou matelot de pont, afin qu'on vous fasse faire connaissance avec ceux de votre poste...

Duncan, sortant enfin de sa rêverie, ramena sur les matelots ses yeux profonds, et dit :

— Que me voulez-vous ?

— Mais, mille millions de caronades ! on vous le dit depuis un moment, jeune homme,

LE PREMIER QUI Y TOUCHE, DIT ALLAN JE LUI CASSE LA TÊTE. (P. 48.)

et il faudrait tâcher d'être ailleurs que dans la lune, quand les camarades vous parlent gentiment.

Duncan, sans répondre, jeta un regard méprisant sur celui qui lui parlait, et fit un mouvement pour s'éloigner. Mais cela ne faisait pas le compte de Jégo, car il saisit le revers de l'habit du jeune homme, et le maintint à sa place en disant :

— Nous allons nous fâcher, mon mignon...

Mais, d'un geste brusque, Duncan s'était dégagé en disant d'un ton hautain :

— Je vous défends de me toucher...

— Ah ! c'est comme ça, mon garçon, riposta Jégo qui commençait à perdre patience ; eh bien ! tu vas me faire le plaisir d'aller prendre un ris dans le perroquet de misaine, afin de t'apprendre la politesse.

De gros rires approuvèrent l'invitation du gabier, et deux ou trois matelots se mirent en devoir d'entraîner le jeune homme vers les haubans.

Duncan fit un effort pour se dégager, mais il avait affaire à des gaillards dont un seul l'eût mis facilement à la raison ; alors, d'une voix vibrante, il cria :

— A moi, Allan !

Brecknock, qui regardait en ce moment d'un autre côté, tourna la tête et comprit, d'un coup d'œil, ce qui se passait. En deux élans, il fut sur le groupe de matelots et dégagea Duncan, en disant d'une voix que la colère faisait trembler :

— Le premier qui y touche, je lui casse la tête.

La discipline était sévère à bord de l'*Agile* ; mais le lieutenant n'était pas sympathique, et puis il était depuis trop peu de temps en contact avec l'équipage, pour avoir sur lui une réelle autorité. Il y eut des murmures, et quelques-uns parlaient déjà d'envoyer à la mer Brecknock et son protégé, quand Roëllo parut.

— Qu'y a-t-il ? demanda-il rudement.

— Il y a, capitaine, répondit Brecknock, que ces matelots brutalisent Duncan, et que je ne souffrirai en aucune façon qu'on moleste ce jeune homme.

— Eh bien ! Jégo, qu'as-tu à dire ?

— J'ai à dire, capitaine, répondit Jégo, qui avait beaucoup perdu de sa belle assurance, qu'on nous a dit comme ça que le jeune homme était à bord comme novice, et que nous voulions voir s'il connaissait déjà un peu le métier.

— Ce n'est pas une raison pour brutaliser les gens.

— Mais, c'est qu'il nous a traités comme s'il avait été grand amiral de France, et qu'alors, si l'on est bon garçon, on a tout de même aussi la tête un peu près du bonnet.

— Il faudra vous habituer aux manières de ces braves gens, monsieur, dit alors Roëllo en s'adressant à Duncan ; ils sont un peu rudes, mais le cœur est bon. Allons, donnez-vous la main, et que tout soit oublié.

— Moi, je ne demande pas mieux, dit Jégo rondement ; mais j'aurais tout de même voulu voir s'il mettait plus de deux minutes pour être dans les barres de perroquet.

— C'est un plaisir que vous n'aurez jamais, mon camarade, dit Brecknock en donnant une expression enjouée à sa physionomie, car Duncan est une femme.

« Capitaine, continua-t-il en s'adressant à Roëllo stupéfait, permettez-moi de vous présenter ma sœur Diana ! »

II

LE TRÉSOR D'AGOTKA

Jean Kerbraz, Kerbraz Tête de Fer, était un homme d'une cinquantaine d'années, d'une carrure athlétique. Les traits étaient beaux, mais d'une beauté populaire, peut-être même un peu sauvage, qui contrastait avec le fin visage de Roëllo.

Des passions terribles devaient, par moments, faire étinceler ces grands yeux hardis, gonfler ce front large, faire frissonner ces narines mobiles.

Il aimait l'or, le luxe, la dépense. Chez lui, il tenait toujours table ouverte, quand il était à terre, donnait sans compter à tous les quémandeurs de la ville, et était toujours prêt à faire quelque belle folie, quand sa vanité était en jeu.

Parmi les marins, il avait la réputation d'avoir une chance extraordinaire, car jamais il n'était sorti pour rien, et, en rentrant au port, il avait toujours de belles prises dans son sillage.

De belle humeur, la plupart du temps, son front ne s'assombrissait que lorsqu'on lui parlait des Anglais. Un nom encore avait le don de l'exaspérer, c'était celui de Roëllo ; mais personne depuis longtemps ne s'avisait plus de le prononcer devant lui.

Ce matin-là, qui était celui du départ de l'*Agile*, Jean Kerbraz était d'une humeur de dogue. De sa fenêtre, il avait assisté à l'appareillage du brick, et ne l'avait pas quitté des yeux tant qu'il avait pu l'apercevoir à l'horizon.

De temps en temps, il prononçait quelques phrases de colère et de menace qui s'adressaient à Roëllo, à son équipage et à son navire.

Seul, fumant sa pipe dans un coin, un petit homme, à la figure tannée comme une peau de bouc, et aux yeux perçants comme des vrilles, l'écoutait sans se déranger, avançant seulement de temps à autre le bras pour se verser un verre d'eau-de-vie qui disparaissait avec une prodigieuse célérité dans le gosier perpétuellement altéré du buveur.

Ce nouveau personnage se nommait Roch Arvor, et était le lieutenant du corsaire.

Un original, ce Roch. Habitué de longue date aux emportements de Kerbraz, il avait pris la sage décision de ne jamais répondre à son chef que par des exclamations ou des interjections qui n'avaient rien de compromettant, et qui lui permettaient de conserver une opinion personnelle, tout en sauvegardant les droits du respect et de la politesse qu'il fallait rendre à Kerbraz.

— Oui, disait le corsaire, je donnerais bien cinq mille louis pour me trouver un jour en face de ce brigand de Roëllo.

— Eh ! eh ! faisait Roch.

— Mais, encore une fois, la fortune m'est contraire... Il va dans l'Inde...

— Ah ! ah !...

— Et nous allons appareiller pour les Iles !

— Oui, oui.

— J'ai eu l'idée de lui envoyer un cartel ici même...

— Hé ! dame...

— Oui, mais nous sommes en guerre avec l'Anglais, et tout le monde m'aurait blâmé ! Il faut attendre une occasion qui nous mette en présence loin, bien loin d'ici, dans un pays du diable, où nous pourrons nous expliquer avec des caronades en guise de porte-voix.

— Bon, bon.

JEAN KERBRAZ TENDIT LA MAIN AU NOUVEAU VENU. (P. 47.)

— Crois-tu qu'il a dit que son *Agile* battrait de vitesse ma *Sainte-Marie* à toutes les allures, et avec n'importe quel vent ! reprit Kerbraz dont le visage s'empourpra de colère.

— Pfft ! allongea Roch Arvor avec une intonation de parfait scepticisme.

— Moi, dit un petit homme qui pénétra tout à coup dans la chambre sans se faire annoncer, je parie mille pistoles contre dix louis, que votre goélette laissera loin derrière elle ce vantard de Roëllo, où et quand vous voudrez.

— Comment ! vous ici, monsieur Wouvermann, je ne vous savais pas à Saint-Malo, dit le corsaire en tendant la main au nouveau venu.

C'était un drôle de petit bonhomme, au grand nez recourbé, aux cheveux gris, et qui conservait éternellement sur les lèvres et au coin de l'œil un sourire railleur qui lui permettait de cacher toutes ses émotions sous ce masque ironique. Hollandais d'origine, il était célèbre parmi les corsaires. C'était lui qui indiquait les bons coups à faire, moyennant un tant pour cent sur les prises. Merveilleusement renseigné, disposant d'un système d'informations qui défiait toute concurrence, il savait à une tonne près tout ce qui s'embarquait et se débarquait dans tous les ports du globe. Depuis longtemps, il était en affaires avec Kerbraz, et ils vivaient sur un pied de bonne amitié, n'ayant jamais eu à se plaindre l'un de l'autre.

Wouvermann, à la phrase du corsaire, répondit par un petit ricanement, prit un verre sur le plateau qui était sur la table, l'emplit au moyen de la bouteille de Roch Arvor, l'avala d'une lampée, fit claquer sa langue, et dit d'un ton doctoral :

— Bonne, très bonne marchandise, mon capitaine. Cette petite tisane-là a été fabriquée en 52, et je veux perdre mon nom si le tonneau d'où elle a été tirée ne faisait pas partie du chargement de ce gros anglais de Glasgow que vous prîtes, voilà bientôt deux ans, par le travers des Barbades !

— Parfaitement exact, Wouvermann, acquiesça Kerbraz en riant ; et maintenant, peut-on savoir quel bon vent vous amène, car je pense bien que vous n'êtes pas venu seulement pour goûter mon eau-de-vie de 52 ?

— Hou ! hou ! fit Roch Arvor, ce qui était sa façon de rire.

— Tiens ! fit vivement le Hollandais en se retournant, vous étiez là, Roch ?

— Comme si vous ne m'aviez pas vu ! grogna le lieutenant.

— Sur mon honneur, Roch, vous faites si peu de bruit qu'il est permis d'ignorer votre présence. Vous êtes un diable d'homme, en vérité.

— Vous savez que j'attends toujours une réponse à ma demande, insista Kerbraz.

— Quelle demande ? répéta Wouvermann qui semblait prendre un malin plaisir à irriter la curiosité du corsaire.

— Eh ! parbleu, vous savez bien ce que je veux dire !

— Ah ! oui, vous me demandiez ce que j'étais venu faire céans. Eh bien ! je vais vous satisfaire.

— D'abord, asseyez-vous.

— Volontiers, je parle très mal debout.

Le Hollandais prit un grand fauteuil à roulettes, dans lequel il s'étendit lentement et voluptueusement, saisit une prise, dont il fit durer l'absorption le plus longtemps possible, et commença enfin, avec un sourire, car il voyait Kerbraz qui grinçait des dents :

— Eh ! mon capitaine, quand appareille la *Sainte-Marie* ?

— Vous le savez aussi bien que moi, dans huit jours.

— Et où allez-vous établir votre croisière ?

— Voulez-vous me rendre enragé, petit homme : voilà que vous me demandez des renseignements que vous êtes mieux qu'un autre à même de fournir !

— Répondez toujours.

— Eh bien ! la *Sainte-Marie* va aller attendre sur le banc de Terre-Neuve un convoi anglais qui doit partir dans quinze jours de Douvres.

— Parfait. Et, dites-moi, tenez-vous beaucoup à aller attendre ce convoi anglais ?

— J'ai fait affaire avec vous à son sujet. Il faut bien que j'y aille.

— Et si je vous disais, Kerbraz, que je ne me soucie plus de cette affaire-là, et que j'ai autre chose à vous proposer, qu'est-ce que vous diriez, vous ?

— Je dirais : petit homme, causons gentiment, nous verrons après à nous entendre.

— Je tiens à vous prévenir tout de suite, mon capitaine, que l'affaire n'est pas aisée.

— Tant mieux, on aura plus d'agrément.

— Prenez garde d'en avoir trop.

— Bah ! laissez donc ; plus il y a de coups à récolter et à rendre, plus Kerbraz est content.

— En ce cas, vous serez servi à souhait, mon camarade.

— Allez-vous parler, oui ou non ?

— Bon. Ne nous fâchons pas, et allons par ordre. Vous n'êtes donc pas plus enthousiasmé qu'il ne le faut, pour votre entreprise du Canada ?

— Je vous répète que j'ai un traité avec vous, et que je compte l'exécuter, voilà tout.

— A merveille. Eh bien, je déchire le traité qui nous lie, et vous propose ceci : appareiller demain, — est-ce possible ?

— Dans deux heures, la *Sainte-Marie* prend la mer, si vous voulez.

— C'est parfait. Ensuite cingler vers la mer des Indes...

— Comment avez-vous dit ? s'écria Kerbraz qui devint pourpre.

— J'ai dit : la mer des Indes ; mais ne me serrez pas le bras si fort, mon capitaine, vous avez des doigts en fer.

— Oh ! petit homme, dit Kerbraz dont les yeux pétillaient de joie, je partirai ce soir même.

— Mais, attendez un peu au moins, pour savoir ce que vous allez faire là-bas.

— C'est juste, parlez.

— Vous ferez escale à Pondichéry... après avoir passé à travers les croiseurs anglais, bien entendu.

— J'y passerai. Il est encore sur les chantiers, l'anglais qui aura les jambes plus longues que ma *Sainte-Marie*.

— Nous vous connaissons, mon camarade, et je ne suis pas en peine à ce sujet, mais vous n'êtes encore qu'à moitié du voyage, et les véritables dangers vont commencer seulement à présent.

— Bon ! Seulement, voulez-vous me dire comment je ferai pour me maintenir sur rade à Pondichéry, qui est actuellement ville anglaise ?

— Diable ! vous avez raison... C'est que c'est justement dans les environs de Pondichéry que j'ai l'intention de vous envoyer.

— Ne soyez pas embarrassé pour si peu. Je connais pas bien loin de Mahé une petite anse où ma goélette sera à l'aise comme un oiseau dans son nid.

— Voilà qui tombe à merveille. Je suppose donc votre *Sainte-Marie* au mouillage...

— Bon ! nous y sommes.

— Vous débarquez avec une trentaine de jolis garçons n'ayant pas froid aux yeux... vous trouverez ça à votre bord, n'est-ce pas ?

Kerbraz éclata de rire.

— Hou ! hou ! fit Roch Arvor qui n'avait encore rien dit.

— Vous gagnerez par les terres, poursuivit le Hollandais, un village qu'on nomme Madoura, qui est à l'est de Pondichéry à deux journées de marche environ. Une fois là vous vous ferez indiquer, de gré ou de force, à votre choix, le bois sacré où s'élève le temple d'Agotka...

— Et après... petit homme ?...

— Mais laissez-moi parler, que diable ! Une fois arrivé devant la pagode, vous commencerez des fouilles que vous dirigerez d'après un plan que je vous donnerai avant votre départ.

— Et quand j'aurai fouillé... qu'est-ce que je trouverai ?

Wouvermann toussa, ricana, se renversa dans un fauteuil, voulant jouir de l'effet qu'il allait produire, et lança enfin négligemment :

— Ce que vous trouverez, mon camarade, ce que vous trouverez... Un trésor qui peut contenir pour cinquante millions de pierreries.

— Cinquante millions !...

— Ho ! ho ! fit Roch intéressé.

— Cinquante millions, mon capitaine ; il y en aurait pour le double que ça ne m'étonnerait pas... et puis des pierreries,... c'est commode à emporter,... hein ?

Kerbraz, ébloui par le chiffre, ne répondit pas tout d'abord. Il dit enfin :

— Vous ne m'avez jamais trompé, petit homme, mais comment pouvez-vous connaître l'existence d'un trésor enfoui au fond des Indes ?

Wouvermann eut son petit rire sec.

— Kerbraz, mon ami, ne me demandez jamais comment je suis renseigné. Qu'il vous suffise d'avoir les renseignements.

— Vous avez bien raison, repartit insoucieusement le corsaire. Mais vous auriez fait un pacte avec le diable que ça ne m'étonnerait qu'à demi.

— Eh ! peut-être, riposta le vieillard, dont les yeux gris eurent d'étranges lueurs.

— Ouais ! fit Roch Arvor en faisant un grand signe de croix.

Mais Wouvermann ne s'occupait pas de lui.

— Combien d'ici à Pondichéry, mon camarade ? demandait-il au marin.

— Un peu plus de quatre mille lieues.

— C'est un joli ruban. Et combien de temps, pour aller là-bas ?

— Ça peut se faire en trois mois.

Wouvermann réfléchit une minute.

— Vous pourriez alors être là pour le commencement de septembre ?

— Facilement.

— C'est tout ce qu'il me faut.

— Bon !

— Combien demandez-vous sur l'affaire ?

— La moitié.

— Accepté.

— Topez là.

La lourde main du marin s'abattit sur la paume sèche du Hollandais.

7

— Maintenant, adieu.

— Vous partez déjà, petit homme, vous ne restez pas à dîner avec moi ?

— Impossible, j'ai d'autres affaires à conclure.

— Aussi grosses que la nôtre ?

— Pas tout à fait, dit-il en riant, je vous avais réservé la plus forte part, car je sais que vous êtes gourmand.

— Merci de la préférence ; mais pourtant, avant de nous quitter, il me vient un scrupule.

— Parlez.

— Je suis bon chrétien, petit homme, et je voudrais savoir à qui appartient le trésor.

Wouvermann plissa ses lèvres d'une façon plus accentuée, ce qui était toujours chez lui l'indice d'une émotion.

— A qui appartient le trésor ? répéta-t-il, à personne maintenant. Mais dans trois mois peut-être aux Anglais, car mettez-vous bien cela dans la cervelle, mon camarade, Peter Wouvermann n'est pas seul à connaître le secret du trésor. Un autre le sait... et celui-là porte un habit rouge.

— Mais enfin, insista le corsaire, ces pierreries ne sont pas venues là toutes seules, que diable ! Elles ont eu un propriétaire à une époque quelconque.

— Celui qui les a possédées est mort depuis longtemps, assassiné par les Anglais avec toute sa famille.

— Quelque malheureux prince indien, sans doute ?

— Le rajah de Bentam.

— Doulah Singh ? interrogea Kerbraz avec émotion.

— Lui-même.

— Oh ! c'est une horrible histoire, et les Anglais ont commis à cette occasion une de ces froides atrocités dont ils sont malheureusement coutumiers, pour la honte de l'humanité.

— Ce sont les bandits de l'Europe, accentua le Hollandais avec une expression de haine et de menace qui surprenait dans cette physionomie railleuse.

— Hé ! hé ! fit Roch Arvor dans son coin, en se frottant les mains avec une évidente satisfaction.

— Tenez, Kerbraz, fit le vieillard avec une animation singulière, le moment est venu de vous dire...

Mais il s'arrêta net, éteignit la flamme de son regard, reprit son air malicieux et tranquille, et dit de sa voix ordinaire :

— Je suis un vieux fou, mon capitaine, j'ai des idées qui me trottent par la cervelle et qui n'ont pas le sens commun. Adieu, et à demain matin.

— Où vous verrai-je ?

— A quelle heure la marée ?

— A dix heures.

— Bon ! je serai à huit heures à bord de la *Sainte-Marie*, et je vous donnerai tous les renseignements qui vous manquent.

Le Hollandais serra la main des deux hommes, et sortit à petits pas pressés.

Quand la porte se fut refermée sur lui, le corsaire se tourna vers son lieutenant. Une joie farouche brillait dans ses yeux.

— Eh bien ! Roch, interrogea-t-il, que dis-tu de cela ?

— Affaire superbe, capitaine.

— De quoi veux-tu parler ?

— Des cinquante millions...

— Je m'en moque comme d'un cent de noisettes... Tu ne comprends donc pas ce qui fait ma joie...

— Dame !...

— Tu ne comprends donc pas que nous allons partir pour la mer des Indes, et que là ça sera bien le diable, si je ne rencontre pas sur ma route ce maudit Roëllo...

— Hé ! hé ! fit Roch qui ne paraissait pas enthousiasmé de la perspective offerte.

— Ce Roëllo que je hais ! Je pourrai donc m'attaquer à lui corps à corps ! Ah ! le beau jour que celui-là. Tiens... je donnerai cent pistoles à la vigie qui, la première, m'aura signalé sa voilure !

Le corsaire marchait à grands pas dans la chambre, murmurant des paroles sans suite, gesticulant avec violence, bousculant fauteuils et chaises, se croyant sans doute déjà à l'abordage de ce brick détesté qu'il avait vu fuir le matin même avec désespoir, le croyant perdu pour longtemps, mais qu'il était sûr désormais de joindre bientôt.

— Pour quand l'appareillage ? interrogea Arvor qui ne considérait pas sans une certaine inquiétude le manège de son capitaine.

— Tu es donc sourd comme une bouée ? répondit Kerbraz. Demain à la marée, et je veux que nous soyons sur l'*Agile* avant les côtes d'Espagne.

Roch hocha la tête.

Kerbraz, dont la face s'empourprait déjà de colère, vint au vieux marin, et le secoua si durement, que sa pipe tomba sur le parquet où elle se brisa en mille pièces.

— Alors tu n'es pas content, il paraît ! gronda-t-il.

Roch Arvor se dressa, se débarrassa, d'une secousse, de l'étreinte du corsaire et se campant bien en face de lui, les yeux dans les yeux, il dit d'une voix lente :

— Écoutez-moi, Kerbraz, je suis votre lieutenant, et tout ce que vous me commanderez je le ferai sans discuter, oui, tout, quoi que ce puisse être... Vous m'avez vu à l'œuvre, vous savez si je me vante ; mais je crois de mon devoir de vous dire aujourd'hui, d'homme à homme, de Breton à Breton, de matelot à matelot : Jean Kerbraz, vous allez commettre une mauvaise action en attaquant Yves Roëllo.

Le front pourpre, les yeux hors de la tête, le corsaire s'était reculé, et, à demi replié sur lui-même, semblait prêt à bondir.

— C'est toi qui me parles ainsi... écuma-t-il enfin, en écrasant d'un formidable coup de poing une charmante petite table de marqueterie.

— Oui, c'est moi, continua résolument Roch, c'est moi qui, plus jaloux que vous-même de votre honneur, viens vous dire : « Jean Kerbraz, ne faites pas cela ».

— Prends garde !... gronda le corsaire qui tremblait de fureur.

— Je ne crains que Dieu, capitaine, vous le savez bien...

Il poursuivit :

— Tenez, voyez déjà comme votre haine nuit à votre renommée... Savez-vous qu'on dit dans la ville que c'est par votre ordre qu'on a assassiné Marius Lacaussade, le lieutenant de Roëllo ?

— Tonnerre ! et qui ose dire cela ?

— Tout le monde !

— Ah ! les faillis chiens ! Alors, ils ne me connaissent plus, ils ne savent donc pas que jamais le poignard n'a été l'arme de Kerbraz. Homme contre homme, la hache au poing, à la bonne heure... mais frapper dans l'ombre, lâchement... comme un voleur de nuit !...

La colère de Kerbraz était tombée comme une brise de midi. Il se laissa aller sur un fauteuil, et prenant sa tête entre ses mains puissantes, il répétait avec un accent d'angoisse inexprimable :

— Me croire capable d'un pareil crime, moi, Jean Kerbraz !

Le vieux Roch considérait le corsaire d'un œil attendri.

— C'est bon comme le pain, et franc comme l'or, murmurait-il ; et sans cette damnée histoire avec Roëllo, nous serions tous heureux comme le Grand Sultan.

Si vous aviez demandé à Roch Arvor quelles étaient les raisons qui lui permettaient d'attribuer la félicité suprême à ce monarque oriental, il est très probable qu'il n'eût pas pu en fournir une, mais l'expression lui plaisait, et, à son avis, cela devait suffire.

Puis, se rapprochant de Kerbraz, il dit doucement :

— Allons, capitaine, faut plus penser à tout ça, voyez-vous, ça vous donne la fièvre... Ah ! vous n'étiez pas ainsi quand la *Sainte-Marie* et l'*Agile* naviguaient de conserve et qu'on crochait ensemble dans l'anglais.

Alors Kerbraz se leva. Son visage n'exprimait plus qu'une immense tristesse. Il laissa tomber sa main sur l'épaule de Roch, et dit avec une sorte de solennité :

— Roch, mon vieux camarade, tu as raison, mais ce qui est fait est fait, et nul ne peut empêcher le passé d'avoir été. Il y a eu un jour mauvais dans notre existence, à Roëllo et à moi, et désormais notre destinée nous pousse l'un contre l'autre. C'est la fatalité...

— Bah ! dit Arvor en feignant l'insouciance, ce n'est peut-être pas si grave que ça, votre dispute avec Roëllo, et vous vous figurez peut-être bien des choses qui s'arrangeraient d'elles-mêmes, si vous vous expliquiez tranquillement une bonne fois.

— Tais-toi, dit durement le corsaire, tu ne sais pas ce qui s'est passé entre nous, et tu ne le sauras jamais.

— Pourtant, deux braves tels que vous...

D'un mot et d'un geste, Kerbraz l'arrêta net.

— Assez ! dit-il... Maintenant, lieutenant, vous allez vous rendre à bord et veiller à ce que tout soit prêt pour le départ. Il ne nous manque plus que notre eau, qu'il faut faire abondante. Pourtant, vous aurez soin de faire débarquer les vêtements de gros drap et les fourrures que j'avais fait prendre pour l'équipage en prévision d'une croisière dans le Nord. Remplacez tout cela. Des vêtements légers, des cotonnades, voilà ce qu'il nous faut, allez. J'irai faire un tour à bord, ce soir.

— Bien ! fit laconiquement Roch, qui avait pris son attitude respectueuse et prudente de subordonné.

— Avant l'appareillage, double ration de tafia aux hommes.

— Bon !

— Vous veillerez à ce que tout notre monde couche à bord cette nuit.

— Oui.

— Je ne veux pas de manquants demain matin, quand on sonnera le premier coup de cloche.

— Entendu.

— Vous ferez toutes les avances d'argent qu'on vous demandera ce soir ; mais personne ne retournera plus à terre après la prière. Prévenez immédiatement les maîtres.

— Ce sera fait.

— Allez.

Roch s'inclina, et sortit après avoir jeté un regard de regret sur les débris de sa pipe qui jonchaient le tapis.

Une fois dans la rue, il respira bruyamment. Tant qu'il se trouvait en présence de Kerbraz, il n'était pas à son aise, et il avait fallu toute la force de son honnêteté, pour lui donner l'audace de parler au corsaire comme il l'avait fait. Pourtant, il n'était pas content, le bon Roch, et cette croisière de l'Inde ne lui disait rien qui vaille. Et si l'on rencontrait Roëllo...

Il en était là de ses réflexions, quand une voix jeune l'appela par son nom :

— Eh ! Roch !

— Monsieur Louis !... s'écria le vieux marin avec un sourire.

C'était Louis Kerbraz, le fils du corsaire, qui venait d'interpeller le lieutenant.

Le jeune homme ressemblait étonnamment à son père, avec des traits plus fins et des yeux plus doux. Une expression de mélancolie indicible était répandue sur sa belle physionomie, et, dans une attitude lassée, on pouvait deviner quelque mal moral ou physique qui minait sourdement ce jeune corps d'apparence si robuste.

— Où vas-tu si vite, Roch ?

— Je vais à bord, monsieur Louis, nous partons demain.

— Tu rêves, nous n'appareillons pas avant huit jours.

— A dix heures demain, nous aurons débordé Cézembre.

— Le convoi anglais est signalé plus tôt ?

— Il ne s'agit plus de convoi anglais.

— La croisière est changée ?

— Le père Wouvermann sort à l'instant de chez le capitaine.

— Et où allons-nous ?

— Dans la mer des Indes.

— Ah ! mon Dieu ! s'écria Louis avec un accent si douloureux, et en devenant si pâle, que Roch fit un pas pour le soutenir.

Mais le jeune homme fit un effort et se remit vite.

— Qu'allons-nous faire là-bas ? demanda-t-il d'une voix qui tremblait encore un peu.

— Chercher un trésor du côté de Pondichéry.

— C'est une plaisanterie !

— Non, le vieux Hollandais a donné à votre père des renseignements très précis, et l'affaire paraît bonne.

— A-t-il parlé de Roëllo, Roch ?

Le lieutenant baissa la tête.

— Parle-moi, va, je m'attends à tout.

— Eh bien ! fit Roch, après une hésitation, Kerbraz ne pense même pas au trésor.

— Ah !...

— Il ne pense qu'à l'*Agile* et à son capitaine.

Louis blêmit encore, mais prenant la main de Roch :

— Nous veillerons, mon vieil ami, dit-il.

— Vous pouvez compter sur moi, affirma le lieutenant en lui rendant son étreinte.

III

LA PRISE DU « KING WILLIAM »

Au bout de huit jours, Diana, qui avait repris ses vêtements de jeune fille, était devenue l'amie intime de Maryvonne. La fille de Roëllo avait d'abord été touchée des malheurs que l'Anglaise lui racontait avec une richesse d'imagination incroyable, et puis peu à peu l'habile aventurière avait pris sur son esprit et sur son cœur un ascendant dont elle ne se rendait pas très bien compte, mais qui n'en était pas moins réel.

Allan, de son côté, avait été si émouvant en racontant la triste vie de l'orpheline, et il avait peint en termes si touchants l'affection qui l'unissait à sa sœur, que Roëllo, qui avait commencé par déclarer que la jeune Anglaise serait débarquée à la première escale, aurait été désolé maintenant si on l'eût sommé d'exécuter son projet.

Avec un art merveilleux, la jeune fille avait gagné la confiance de tous, mais sur Guy l'impression avait été encore plus vive.

Élevé, dès l'enfance, de la rude vie des marins, le fils du corsaire n'avait jamais eu d'autres affections que son père, sa sœur, son ami Louis Kerbraz et tous les braves gens de l'équipage de l'*Agile*. En dehors de ce petit monde, il ne connaissait rien, et c'était la première fois qu'il se trouvait en présence d'une femme jeune, distinguée, qui joignait à une réelle beauté toutes les séductions de l'esprit et les manières aisées du grand monde.

Le pauvre Guy avait été surpris et charmé par tout cela, peut-être aussi par le côté romanesque de l'aventure, et quand il s'était enfin aperçu que le sentiment qui le portait vers la jeune fille était autre chose qu'un intérêt banal ou qu'une sympathie quelconque, il était trop tard pour réagir. D'ailleurs Guy Roëllo l'aurait su qu'il n'aurait rien fait pour changer une situation qui lui paraissait très douce et combattre un sentiment qui était tout son bonheur.

Allan de son côté, avait fait la conquête de l'équipage par ses merveilleuses histoires de mer et ses légendes maritimes d'un fantastique un peu outré, mais bien faites pour plaire à ces grands enfants que sont les matelots.

Il y avait déjà dix jours que l'*Agile* avait quitté Saint-Malo, Guy venait de faire son point et de reconnaître la position exacte du brick qui naviguait maintenant en vue des côtes de Portugal, quand une voix descendue des hunes lança :

— Voile à tribord !

Guy abandonna ses instruments et, suivi de Brecknock, s'élança dans la mâture.

Il observa longtemps le point blanc signalé à l'horizon.

— Eh bien ! qu'est-ce que c'est ? demanda Roëllo qui était monté sur la dunette au cri de la vigie.

— Gros trois-mâts ! répondit Guy.

— Marchand ou vaisseau de guerre ?

— Je jurerais que c'est un navire de la Compagnie des Indes, mais il n'a aucune couleur à la corne ; néanmoins il a des canons.

— Tant mieux, on va rire un peu.

Puis s'adressant au timonier :

— La barre au vent, mon garçon !

Ensuite, les commandements se succédèrent ; l'*Agile* augmenta sa voilure et, rasant les flots, fondit comme un épervier sur la proie lointaine dont la mâture grandissait à l'horizon.

Aidé de sa lorgnette, Roëllo ne quittait pas le trois-mâts du regard.

Tout à coup, il se redressa ; en même temps une fumée blanche floconna au flanc du navire et le *yack* d'Angleterre se déroula à l'artimon.

Le corsaire semblait transfiguré.

Dans ses yeux brillait un joie surhumaine. La tête rejetée en arrière, tous les muscles frémissants, la main crispée à sa hache qu'il venait d'arracher de sa ceinture, Roëllo était beau, d'une terrible beauté. On aurait dit la statue de quelque divinité guerrière.

— Mes enfants, cria-t-il, on nous invite à montrer nos couleurs, nous n'avons pas à en rougir ! Joël, mon vieux Joël, fais flotter le pavillon de France, et vous, mes canonniers, appuyez-moi les fleurs de lis de trois jolis coups de canon !

Le blanc pavillon se déploya joyeusement dans le vent.

Les canons tonnèrent comme pour un salut ou pour un défi.

A ce moment, Diana et Maryvonne parurent sur le pont. Elles avaient entendu un tumulte inusité, et venaient en connaître la cause.

— Mes chères enfants, dit gaiement le corsaire quand il les aperçut, ce n'est plus ici la place des demoiselles, car nous allons nous battre.

— Vraiment, monsieur ? demanda Diana.

— Tenez, voyez-vous ce gros anglais qui court maintenant bord à bord avec nous ? eh bien ! nous allons le manger. L'*Agile* a de bonnes dents, et l'Anglais n'est pas méchant, dès qu'il rencontre plus fort que lui.

Malgré toute sa force de volonté, Diana blêmit.

— Mon père a raison, dit alors Maryvonne, nous ne pouvons rester ici, ma chère Diana, vous allez m'aider dans ma tâche habituelle...

— Tout ce que vous voudrez, ma chère mignonne, dit l'Anglaise, mais je voudrais au moins savoir...

— En quoi consistent mes fonctions ?... Rien de plus juste. Durant le combat, je me tiens dans l'entrepont avec les chirurgiens, et je les aide à panser nos pauvres matelots blessés.

Diana ne put réprimer un mouvement de dégoût.

— Oh ! dit-elle, voir ce sang, entendre ces cris, ces râles...

Maryvonne jeta sur sa compagne un angélique regard.

— Eh bien ! justement, ne devons-nous pas consoler ceux qui souffrent !

— Oui, oui, vous avez raison, dit l'Anglaise très vite, car elle venait d'apercevoir son frère qui lui faisait signe de venir lui parler ; je vous rejoins dans un instant, mais laissez-moi embrasser Allan avant le combat.

Les deux jeunes filles se séparèrent.

— Diana, dit Allan à sa sœur, le moment est proche, l'heure vient plus vite que je ne l'avais espéré.

— Alors... que faire ?...

— Durant le tumulte du combat je les frapperai tous les deux, et si habilement que personne ne pourra me soupçonner. Tout sera fini avant ce soir si ta main ne tremble pas...

L'Anglaise eut un rire terrifiant.

— Regarde cette main frêle, dit-elle avec un accent effrayant, elle guidera le couteau droit au cœur sans un tressaillement, sans une hésitation. Je souffre trop de la contrainte de tous les instants que je me suis imposée, et plus tôt viendra le dénouement de la comédie, mieux cela vaudra.

— Tu paraissais l'aimer, pourtant, cette Maryvonne...

— Comédie, comédie, te dis-je... bien plus, je la hais. Ah! sentir vivre près de soi, voir à chaque instant, frôler à toute minute une créature qui est l'obstacle entre les honneurs, entre la joie!

— Bien, j'ai confiance en ta haine... mais les premiers boulets vont siffler, séparons-nous.

— Embrasse-moi.

Allan se pencha vers la jeune fille, et lui donna un baiser passionné.

— Ménage-toi, sois prudent, lui dit-elle encore.

Le misérable répondit :

— Ne crains rien, ma vie est tellement précieuse maintenant, que je prendrai mes précautions. Un homme qui vaut cinquante millions de livres est toujours prudent.

Ils échangèrent un dernier regard où se lisaient leurs convoitises et leurs hideux espoirs.

— Lieutenant! appelait Roëllo à ce moment, lieutenant Brecknock!...

— Voilà, capitaine.

Et Allan s'élança auprès du corsaire.

Diana descendit retrouver Maryvonne dans l'entrepont.

— Lieutenant, continuait Roëllo, faites distribuer double ration de tafia à chaque homme.

— Hourra! vive Roëllo! crièrent les matelots qui avaient entendu et qui communiquèrent bien vite la bonne nouvelle à leurs camarades.

— Allons, les enfants, tonna Roëllo de sa voix puissante, il ne s'agit pas de crier comme des pies, mais de se battre comme des hommes. Je vous fais donner du rhum — non pas pour vous étourdir et vous faire oublier le danger, je sais que vous êtes des gaillards avec lesquels on n'a pas besoin de pareilles précautions — mais bien pour boire à la belle prise que nous allons faire et que vous voyez en face de vous.

A ce moment, comme si le vaisseau ennemi eût pu entendre les paroles du corsaire, deux coups de canon jaillirent de son bordage, et les boulets vinrent mourir dans l'eau à quelque distance de l'*Agile*.

— L'anglais commence à grogner, il nous trouve peut-être un peu longs à commencer le bal, il ne perdra rien pour attendre.

A ce moment, le rhum était versé à la ronde dans les tasses d'étain.

Roëllo se fit verser une rasade dans un joli gobelet de cristal taillé.

— A la santé de l'anglais! dit-il en levant son verre.

Un hourra formidable lui répondit.

— Maintenant, à vos postes! on va se battre!

On n'entendit plus une parole, et, dans le silence, Roëllo commanda :

— Branle-bas de combat!

Celui qui ne s'est point trouvé au milieu de ces apprêts ne peut que difficilement se figurer le spectacle qu'offre alors le pont d'un vaisseau. Il ne verrait que désordre et agitation confuse dans cette activité que chauffe ou précipite l'imminence du danger. Mille occupations, mille mouvements partiels se croisent, se coupent, semblent se confondre, et pourtant ce tumulte n'est qu'apparent. Les panneaux des écoutilles sont enlevés, les soutes sont ouvertes; chacun a son emploi, tous ont leurs postes. Les chefs de pièces préparent et font disposer les canons, les novices et les mousses approvisionnent de

FEU !... COMMANDA GUY EN SE RELEVANT. (P. 59.)

poudre et de boulets les batteries. On distribue les armes, puis le mouvement faiblit. Au milieu de cette agitation, d'instant en instant moins tumultueuse, chacun a regagné son poste.

Cependant le navire anglais se préparait au combat de son côté.

C'était un gros vaisseau de 56 canons, et qui devait être monté par un équipage nombreux.

Il laissa arriver l'*Agile* à bonne portée, et déjà les canonniers allaient mettre le feu aux pièces, quand le brick, virant subitement et avec une rapidité bien digne de son nom, n'offrit plus aux coups de l'Anglais que son avant effilé et la mince épaisseur qu'il présentait de face.

Mais, en même temps, son canon de chasse tonnait, et faisait une large brèche dans le bordage du navire ennemi.

Le commandant anglais, furieux de l'affront et perdant la tête, riposta par le feu de toute sa bordée qui ne fit pas le moindre mal au corsaire.

Roëllo, revirant aussitôt après avoir essuyé le feu de son adversaire, vint passer à portée de pistolet, et lui lâcha ses douze coups avec une telle justesse que le pont fut jonché de morts en un clin d'œil, et que les basses-vergues furent hachées.

Le commandant anglais, malgré cet échec, tint ferme et riposta de sa bordée de bâbord.

Les deux navires se canonnèrent un certain temps sans grand avantage. Le trois-mâts se tenait maintenant sur ses gardes, ayant reconnu à quel adversaire il avait affaire.

— Allons, disait Roëllo, ça traîne ; Guy, envoie donc aux goddams un joli boulet dans la mâture, pour que nous puissions aborder plus commodément.

Guy Roëllo était merveilleux pointeur, et l'équipage connaissait son adresse. Aussi tous les yeux se fixèrent-ils bientôt sur le jeune homme, qui visait avec le plus grand soin le bâtiment ennemi.

Soudain, il se releva.

— Feu !... commanda-t-il.

Chacun se précipita aux bordages pour constater les résultats

— Trop haut ! s'écria le jeune homme avec dépit.

Le boulet avait porté dans la hune.

— Allons, mon Guy, dit Roëllo, il faut recommencer ça.

Le jeune homme fit recharger la pièce, et visa avec plus de soin encore que la première fois.

— Feu ! cria-t-il encore.

Le coup partit.

— Manqué !... je tire comme un enfant !

Et, de rage, le jeune homme écrasa sur le plancher l'écouvillon sur lequel il s'appuyait.

— Non... non... bravo !... Vive Guy Roëllo ! s'écria tout à coup l'équipage. En ce moment, en effet, après avoir hésité un instant, le mât de misaine de l'anglais s'inclinait comme un grand arbre sapé par la base et s'écroulait sur le pont, qu'il encombrait d'agrès brisés et de débris, avec un bruit horrible.

— Hourra ! cria Roëllo, nous les tenons. Timonier, laisse porter sur eux en plein. Matelots de pont, à vos grappins !... Vous, mes lascars, grimpez dans les hunes, et avant de monter bourrez vos poches de grenades en guise de noisettes ; Jégo, apporte-moi mon casse-tête ! Et je rappelle ici que le premier qui se permet de sauter sur le pont ennemi avant moi, je l'assomme.

Jégo revenait avec l'arme demandée.

C'était une terrible massue hérissée de pointes aiguës et emmanchée sur une tige d'acier flexible. Une chaîne retenait le manche au poignet.

Obéissant, l'*Agile* courait maintenant vers le malheureux trois-mâts qui était bien empêché pour se défendre.

Le brick rangea le navire, écrasant ses vergues et ses filins, les grappins mordirent, et Roëllo se rua le premier sur le pont ennemi en hurlant :

— A l'abordage !...

Les matelots du brick, semblables à des démons, le suivirent en bondissant comme des chats, et le combat s'engagea furieux et mortel.

Allan Brecknock semblait attaché à Roëllo par d'invisibles liens, il ne le quittait pas plus que son ombre. Il allait, souple, subtil, surveillant tous les incidents du combat, attendant le moment propice à son crime.

Enfin, il crut l'instant venu.

Roëllo venait de s'engager le long de la dunette. Ils étaient seuls tous deux et dérobés complètement à la vue des corsaires. En face d'eux, il n'y avait que des Anglais.

Lentement Brecknock souleva un pistolet qui était resté jusque-là à sa ceinture, et il l'éleva jusqu'à la hauteur du crâne du hardi marin. Il allait presser la gâchette, quand il reçut à la tête un coup violent, il fléchit sur les genoux, et roula sur le pont ayant complètement perdu connaissance.

Une balle anglaise venait de l'atteindre au front.

Le combat continuait, mais les Anglais démoralisés ne se défendaient plus que pour l'honneur. La plupart des matelots s'étaient rendus. Seuls quelques officiers, au milieu desquels on distinguait le commandant, disputaient encore le terrain pied à pied et ne reculaient qu'écrasés sous le nombre.

— Messieurs, cria Roëllo, vos épées, vous avez assez fait pour la vieille Angleterre !

Pour toute réponse, deux coups de pistolet éclatèrent, et un jeune lieutenant se jeta sur lui, l'épée haute.

— Ah! c'est ainsi ! rugit le corsaire, eh, bien ! nous allons rire !

Effrayant d'audace, sublime de courage, avant que personne des siens ait pu l'arrêter dans son élan, Roëllo se précipita seul sur les dix officiers qui combattaient encore.

Il y eut une effroyable mêlée. Roëllo, son terrible casse-tête à la main, assommait tout ce qui tentait de lui résister, avec une force et un bonheur incroyables.

Parmi les corsaires, personne n'osait prendre part à la lutte et porter secours au chef en danger, car, dans ce grouillement humain, les coups pouvaient se tromper d'adresse et venir frapper justement celui qu'on voulait secourir.

Enfin, sanglant, en haillons, mais rayonnant de la joie du triomphe, de l'ivresse de la victoire, parut Roëllo.

A ses pieds, cinq officiers anglais, morts ou râlant, étaient étendus, les autres n'avaient pas voulu affronter plus longtemps le bras terrible du marin.

De sa main de fer, il maintenait le commandant anglais qui, étouffé à demi, faisait signe qu'il se rendait.

Le corsaire le lâcha et, tout chancelant, le malheureux officier lui tendit son épée

C'était un homme d'une soixantaine d'années, de haute taille, aux yeux encore vifs, aux lèvres minces, au nez cruel.

Avec une grâce parfaite, et d'un mouvement charmant, Roëllo refusa l'arme offerte :

— A Dieu ne plaise, monsieur, dit-il, que je prive de son épée celui qui s'en sert si vaillamment. Restez armé, je vous prie.

L'Anglais le remercia d'un pâle sourire, et promena un triste regard sur la scène de carnage qui l'entourait.

Les Anglais avaient été très maltraités, et plus de quarante des leurs avaient payé de leur vie une inutile défense.

Les corsaires avaient perdu trois hommes, et comptaient une quinzaine de blessés.

— Bonne prise, je crois, Toussaint Joël, dit Roëllo à son matelot d'une voix joyeuse.

— On a eu de l'agrément, mon grand saint Clément, dit le vieux timonier, et pas trop de pertes, ma douce sainte Berthe, il n'y a que le lieutenant...

— M. Brecknock, s'informa vivement le corsaire, il lui serait arrivé malheur ?

— Je ne dis pas qu'il est mort, saint Victor, mais il n'en vaut guère mieux, puissant saint Mathieu.

— Où a-t-il été blessé ?

— Une balle à la tête, saint Exégète.

— C'est l'affaire de huit jours, ou c'est mortel ; tu le sais aussi bien que moi, vieux requin, et ces blessures-là ça te connaît.

— A la tête, j'en ai eu trois, aimable saint François ; ça ne m'empêche pas d'être bien vivant, saint Ferdinand.

— Je vais aller le voir... Et Guy, il ne lui est rien arrivé, je pense ?

— Me voilà, mon père, dit le jeune homme qui portait à la naissance du cou une superbe estafilade.

— Mais tu es touché, dit Roëllo en l'embrassant.

— Bah ! ce n'est rien, un maladroit dont le sabre a glissé. Je viens maintenant prendre vos ordres au sujet de la prise.

— Le Jéguen va la commander, avec vingt hommes, et descendre tous les Anglais à fond de cale, sauf les blessés qui seront soignés dans l'entrepont, et il mettra le cap sur Lisbonne qui n'est pas à trente lieues d'ici. Nous irons de conserve avec lui jusqu'en vue du port, et quand il aura mis sa prise en sûreté, il reviendra à bord avec ses hommes sur un caboteur.

A ce moment, Le Jéguen arrivait justement, traînant un gros Anglais après lui.

— Capitaine, dit le jeune homme, voici l'agent de la Compagnie que je viens de trouver blotti dans la soute aux biscuits.

L'insulaire faisait piteuse mine et semblait fort embarrassé de son personnage.

Roëllo lui adressa la parole en anglais.

— Vous êtes l'agent de la Compagnie, monsieur ? demanda-t-il.

Le bonhomme hésita un instant, puis répondit d'un ton bourru :

— Non, capitaine, je suis un simple passager.

— C'est un mensonge, dit vivement Le Jéguen, les matelots anglais que j'ai interrogés affirment tous qu'il est bien le contrôleur.

Roëllo fronça les sourcils.

— Je n'aime pas qu'on se moque de moi, reprit-il, et je possède de merveilleux moyens pour rendre sérieux les mauvais plaisants.

Cette menace fit son effet sur l'infortuné contrôleur qui s'empressa de dire :

— Mettons que je sois l'agent de la Compagnie, que me voulez-vous ?

— Vous demander de quoi se compose la cargaison du *King William*.

C'était le nom du navire.

— De peu de chose en vérité, capitaine, répondit l'Anglais ; nous comptions compléter notre chargement en route

— Vous voulez rire, monsieur, l'Angleterre est en guerre avec l'Espagne, et ce n'est pas sur la côte d'Afrique que vous pensiez trouver des marchandises à embarquer pour les Indes.

— J'offre dix mille livres sterling du navire et du chargement, dit le gros homme à bout de finesse.

Ces transactions n'étaient pas rares entre les Anglais et les corsaires. Les vaincus y trouvaient encore leur avantage, et les vainqueurs s'évitaient ainsi bien des ennuis et surtout des retards nécessités par la vente du navire et de la cargaison.

— Doublons la somme et nous commencerons à nous entendre, répondit tranquillement Roëllo.

L'Anglais poussa les hauts cris, jura ses grands dieux que l'affaire était impossible et finit par demander de quoi écrire afin d'établir une valeur en règle payable au siège de la Compagnie.

Le corsaire regretta un peu de n'avoir pas demandé plus, mais cinq cent mille livres représentaient déjà une jolie somme et, de la sorte, il n'était pas exposé à perdre un temps précieux.

Il laissa Le Jéguen terminer l'affaire et, suivi de Guy et de Toussaint, il repassa à bord de l'*Agile* où l'on avait transporté Brecknock.

Quand il fut dans l'entrepont, il aperçut d'abord Diana qui, blanche comme une cire, considérait son frère étendu sur un matelas et qui n'avait pas encore repris connaissance.

A genoux près de lui, le chirurgien du bord, M. Salaün, lavait la blessure.

— Est-ce grave ? demanda le corsaire.

— Une simple égratignure, capitaine, mais la balle a frappé sur l'os frontal, et la commotion a été rude.

Un matelot apportait du vinaigre qu'on fit respirer au blessé.

Il rouvrit les yeux, promena autour de lui des regards ternes qui s'arrêtèrent enfin sur le groupe formé par Roëllo, Guy et Maryvonne.

— Vivants ! murmura-t-il.

Et il laissa retomber ses paupières.

— Mais oui, vivant, mon camarade, dit gaiement Roëllo qui se méprit sur le sens de l'exclamation de Brecknock, et dans huit jours il n'y paraîtra plus.

Diana, qui jusque-là s'était raidie contre la douleur et la déception, éclata en sanglots.

— Ne pleurez pas, mademoiselle, dit doucement Guy, le chirurgien assure que la blessure est insignifiante.

La jeune fille se retourna et adressa à Guy un regard si dur que le pauvre garçon balbutia :

— Que vous ai-je donc fait ? Pourquoi me regarder ainsi ?

Diana comprit sa faute, elle se reprit très vite et, tendant la main au jeune homme, elle lui dit avec un sourire :

— Pardonnez-moi, je n'ai plus ma raison. Il ne faut pas m'en vouloir... je l'ai cru mort.

Guy serra avec émotion les doigts blancs qu'on lui abandonnait, et sentit son cœur bondir dans sa poitrine.

— Il faut laisser reposer M. Brecknock, dit le chirurgien, je vais le faire transporter dans sa cabine.

Maryvonne entraîna alors sa compagne et elles remontèrent toutes deux sur le pont du brick.

Les matelots insoucieux et chantant s'occupaient à remettre tout en ordre et à effacer les sanglantes traces du combat. Les uns grimpés dans la mâture remplaçaient les cordages et les manœuvres coupés par les balles et les boulets, d'autres emportaient les caisses d'armes et les boîtes à grenades, d'autres encore lavaient à grande eau les planches salies par le sang ou la poudre.

Le corsaire allait rentrer dans sa cabine pour réparer le désordre de sa toilette et enlever le sang qui le couvrait, quand il aperçut M. Mathews — c'était le nom de l'agent de la Compagnie — qui venait lui demander de donner des ordres pour que le *King William* pût reprendre sa route, aussitôt qu'on aurait sommairement réparé ses avaries.

— Mais vous ne pouvez pas naviguer avec votre mât de misaine coupé au ras du pont ! s'écria le corsaire.

— Nous ferons escale à Lisbonne, capitaine.

— Vous avez l'air bien pressé de me quitter ?

L'Anglais fit une grimace.

— Ce n'est pas moi, capitaine, c'est le commodore.

— Quel commodore ?

— Le commandant du *King William*.

— Et quel est le nom du commandant ?

— Sir Harry Linton.

Roëllo eut un haut-le-corps.

— Vous dites sir Harry Linton ? Le chef d'escadre ?

— Lui-même.

— Le célèbre amiral, le premier marin de l'Angleterre ?

— En personne, Votre Honneur.

— M'expliquerez-vous comment il se fait que Harry Linton commande un navire marchand ?

L'Anglais se rebiffa.

— D'abord, dit-il d'un ton rauque, le *King William* n'est pas un navire marchand, puisqu'il a du canon...

— Pour défendre ses marchandises ; mais, encore une fois, je ne vois pas bien le célèbre chef d'escadre réduit au rôle plutôt modeste d'un capitaine de la Compagnie !

— Le commodore avait des raisons particulières pour rallier l'Inde dans le plus bref délai possible. D'ailleurs, on ne le connaissait à bord que sous le nom de Samuel Watkins.

— Pourquoi me découvrez-vous son vrai nom ?

— Parce que je veux me venger.

— Ah ! ah ! maître Mathews, nous avons de la rancune, il paraît.

— L'amiral m'a donné des coups de canne parce que je m'étais permis une observation au moment de l'embarquement.

— Tout s'explique. Et pourtant, que diriez-vous si, après lui avoir divulgué votre conduite à son égard, je le faisais libre et vous forçais à rembarquer avec lui ?

— Je ne dirai rien, parce que jamais vous ne ferez pareille sottise.

— Qu'est-ce que c'est ? gronda Roëllo.

L'Anglais poursuivit sans se déconcerter.

— Vous pensez bien qu'en vous livrant le secret du commodore, je savais à qui je m'adressais : jamais Roëllo l'Abordage ne rendra Harry Linton quand il l'aura une bonne fois entre les mains.

Le corsaire sourit et murmura :

— Le drôle a raison... c'est un coup de fortune. Voilà un gros atout de moins dans le jeu des Anglais.

— Un dernier mot, capitaine ? demanda le contrôleur.

— Dix si vous voulez, mon cher monsieur Mathews, car votre conversation est particulièrement intéressante.

— Donnez-moi votre parole de ne jamais révéler à sir Harry que c'est de moi que vous tenez les renseignements qui l'ont fait découvrir. La guerre finira un jour ou l'autre, le commodore rentrera en Angleterre, et je me soucie fort peu d'un règlement de comptes qui pourrait à son retour me coûter fort cher.

— Cependant, permettez-moi de vous faire observer qu'il n'y avait que les officiers et vous à connaître la véritable identité de l'amiral. Comme il ne soupçonnera pas son état-major, il arrivera fatalement à deviner que c'est vous qui avez été le délateur.

L'Anglais eut un gros rire.

— John Mathews n'est pas un enfant, Votre Honneur, dit-il, et tout cela je l'ai prévu, voilà pourquoi je vais remettre entre vos mains cette petite valise qui était dans la cabine du capitaine du *King William*. Ouvrez-la, vous y trouverez assez de papiers pour établir que Samuel Watkins et sir Harry Linton ne sont qu'un seul et même personnage.

Roëllo prit des mains de l'Anglais, et avec une répugnance visible, la valise qu'on lui tendait.

— Mais elle est fermée, dit-il après un rapide examen.

— Oh ! c'est peu de chose, fit l'Anglais souriant, nous trouverons bien dans votre cabine une clé pour cette méchante petite serrure.

Et, sans attendre l'invitation du corsaire, il entra dans la cabine de Roëllo, et le marin suivit.

A la paroi qui faisait face à la couchette étaient pendues des armes de tous temps et de tous les pays du monde. Avisant un joli poignard à lame aiguë, le contrôleur s'en empara, et il allait se mettre en devoir de crocheter la serrure, quand Roëllo lui arracha l'arme des mains.

— Non, non, dit-il vivement, il ne sera pas dit que ce poignard qui a été l'arme d'un brave — c'était celui d'un ami que j'ai perdu — aura servi à cette sale besogne !

L'Anglais haussa imperceptiblement les épaules en murmurant quelque chose qui voulait dire que les Français étaient de grands fous et n'avaient rien du sens pratique des citoyens de la libre Angleterre.

Pendant ce court monologue, Roëllo avait remis le poignard à sa place et avait pris à la panoplie une navaja effilée qu'il remit à Mathews.

L'Anglais introduisit la fine lame dans la serrure de la valise, fit une pesée avec une dextérité inquiétante, et la petite malle s'ouvrit, livrant ses secrets.

Elle contenait une quantité de papiers officiels : notes de l'amirauté sur les opérations futures de la flotte des Indes, indications très précises sur les forces commandées par M. de

Suffren, rôles d'avancement de l'état-major de la flotte, commissions en blanc pour les officiers qui se seraient distingués durant la croisière. Il y avait aussi des papiers personnels, des mémoires, des placets, tout était au nom de sir Harry Linton.

— Allons, le doute n'est plus possible, dit Roëllo après avoir rapidement passé en revue les documents contenus dans la valise, c'est bien l'amiral que nous tenons.

Le bon M. Mathews avait une physionomie triomphante.

— Alors, vous êtes content, capitaine ?

— Si content, mon cher monsieur, que je vais mettre mes charpentiers à votre disposition, et avant vingt-quatre heures votre navire sera en état de naviguer : un service rendu en vaut un autre.

— Je remercie Votre Honneur ; mais c'est la Compagnie qui va bénéficier de votre obligeance ; et moi, personnellement, n'aurai-je rien pour la belle prise que je viens de vous faire ?

Roëllo eut un sourire méprisant.

— C'est vrai, dit-il, toute peine mérite salaire.

Il se dirigea vers un coffre qui était scellé dans le plancher de sa cabine, l'ouvrit au moyen d'une clé qu'il prit à son cou, et en tira une bague qu'il tendit au contrôleur.

— Voilà une bagatelle, dit-il, qui vaut dans les cinq cents louis.

C'était un merveilleux diamant d'une grosseur et d'une limpidité admirables.

L'Anglais s'en empara avec une joie mal dissimulée.

— Et maintenant, allez vous faire pendre ailleurs, dit Roëllo en le poussant dehors et en fermant sur lui la porte de sa cabine.

M. Mathews parut tout à fait insensible aux aimables paroles du corsaire. Il n'avait d'attention que pour le diamant et répétait :

— Pas une tache, pas un défaut !... Jacob Brown, de la Cité, me le paiera mille livres sterling comme un schelling, aussi vrai que je suis un honnête homme !

IV

OU BRECKNOCK TROUVE UN ALLIÉ

Le soir même de cette journée de combat, Roëllo l'Abordage recevait à sa table le commandant du *King William*.

Malgré toute la courtoisie du corsaire, tout le charme de Maryvonne, tout l'esprit de Diana, qui avait recouvré sa belle humeur, le vieux marin restait soucieux. C'était cependant un homme de bonne compagnie, et il s'efforçait de chasser les préoccupations qui venaient l'assaillir, afin de rendre à ses hôtes politesse pour politesse ; mais, après un court moment où il répondait de son mieux aux compliments de Roëllo et aux amabilités des jeunes filles, il retombait bientôt dans son mutisme, et son front s'assombrissait de nouveau.

Au dessert, le corsaire remplit les verres d'un admirable xérès, digne d'un roi, et porta un toast à la vaillance des marins anglais.

Le commodore répondit courtoisement, mais on sentait l'amertume déborder de son cœur, et, comme Roëllo le complimentait de sa belle défense, il se laissa emporter et dit très vite :

— Que voulez-vous qu'on fasse avec de pareilles machines ! Ah ! j'aurais seulement eu un de mes...

Il s'arrêta net, et ses lèvres se pincèrent.

— Vous n'avez pourtant pas, que je sache, commandé des navires de guerre ? demanda Roëllo avec un sourire railleur.

— J'ai servi autrefois dans la marine du roi, riposta l'Anglais d'un ton contraint.

Comme le repas touchait à sa fin, le corsaire dit, en se levant, à sir Harry Linton :

— Vous plairait-il, monsieur, de faire un tour sur le pont ?

— A vos ordres, répondit l'Anglais en l'imitant.

Arrivé à la porte de la cabine, Roëllo s'effaça pour laisser passer l'amiral.

— Passez, monsieur Samuel Watkins, dit-il.

Mais il avait appuyé si singulièrement sur le nom, que le commodore se retourna brusquement pour regarder le marin.

Le corsaire avait l'air parfaitement indifférent.

— Je me serai trompé, il ne sait rien, songea l'Anglais.

Ils firent quelques pas en silence, puis sir Harry s'arrêta pour considérer les travaux du *King William*, qui avançaient rapidement.

—.Vos charpentiers font des prodiges, dit enfin l'officier anglais ; dans vingt-quatre heures, nous serons en état de reprendre la mer.

— Pardon, interrompit Roëllo, mais je crois avoir mal entendu.

— Je dis, répondit obligeamment le commodore, que dans vingt-quatre heures nous pourrons remettre à la voile.

— Hélas ! monsieur, je vois qu'il faut que je vous arrache à vos illusions.

— Que voulez-vous dire ?

— Vous semblez croire que vous allez vous rembarquer à bord du *King William*...

L'Anglais blêmit.

—Comment ! dit-il d'une voix altérée, n'auriez-vous pas l'intention de me rendre le commandement de mon navire ?

— Impossible, cher monsieur.

— Pourtant, vous avez traité pour une somme de vingt mille livres, et vous avez promis de rendre à ce prix le navire, les hommes et la cargaison.

— J'ai traité avec la Compagnie des Indes, cher monsieur.

— Alors, vous exceptez le capitaine du traité !

— Si le capitaine du *King William* eût été un capitaine de la Compagnie, je n'aurais pas hésité à lui rendre sa liberté ; mais, comme il s'agit d'un officier de la marine royale, je ne suis plus tenu de le comprendre dans le contrat.

Par un prodigieux effort, l'amiral amena un sourire sur ses lèvres, et ce fut d'un ton enjoué qu'il répondit :

— C'est une plaisanterie, n'est-ce pas, capitaine ?

— Vous savez bien que non, commodore, dit Roëllo, en s'inclinant.

— A qui parlez-vous ? demanda l'Anglais essayant de lutter encore.

— A sir Harry Linton, chef d'escadre pour le roi d'Angleterre dans la mer des Indes.

L'officier chancela, mais se remit très vite ; c'était une nature de fer et ses défaillances étaient courtes. Il reprit, après un silence, avec une grande dignité :

— C'est bien, monsieur : je suis Harry Linton, en effet ; mais je donnerais cher pour savoir le nom du misérable qui m'a trahi !

— N'accusez que le hasard, amiral, dit le corsaire avec une bonhomie parfaitement jouée. Comme je désirais avoir les papiers de bord du *King William*, j'ai envoyé mon second-lieutenant les chercher, et comme il ne trouvait rien, il m'a apporté une petite valise que j'ai ouverte, pensant qu'elle contenait les documents dont j'avais besoin.

Cette fois, le visage du vieux marin se décomposa, et des larmes brûlantes jaillirent de ses yeux.

— Pardonnez, dit-il au bout d'un instant, mais ce dernier coup m'abat. Je suis déshonoré...

Roëllo respectait cette grande douleur, et restait silencieux.

L'Anglais poursuivit, au bout d'un instant :

— Donc, vous avez pris connaissance de tout le plan de campagne dressé par les soins de l'amirauté ?

— Oui, amiral.

— En ce cas, capitaine, je vais vous demander une dernière grâce. Faites-moi donner un pistolet pour me casser la tête.

— Je n'en ferai rien, sir Harry, un soldat tel que vous peut être malheureux, mais jamais il ne sera soupçonné.

— N'aurais-je pas dû détruire ces papiers avant la fin du combat ?

— Quand l'ennemi a le pied sur le pont de son navire, le capitaine ne doit pas quitter son poste, ne fût-ce qu'une minute.

— Par grâce, monsieur, un pistolet !

— Pensez à Dieu, amiral, dit Roëllo d'une voix grave.

Le commodore baissa la tête.

Le voyant hésiter, le corsaire poursuivit :

— Et puis, êtes-vous donc seul au monde ? N'avez-vous plus de parents... ni femme ni enfants ?

— J'ai deux filles, balbutia le vieillard dans un sanglot, Margaret et Mary, elles n'ont que moi... Je vivrai.

Pendant quelques instants, un silence pesa entre les deux hommes.

Enfin le vieil officier se tourna vers Roëllo :

— Vous êtes le seul homme au monde, dit-il avec un accent désespéré, qui puisse se vanter d'avoir vu pleurer Harry Linton.

— Les pleurs font du bien parfois.

— Oui, je n'aurais pas pleuré, je serais mort.

— Maintenant que vous êtes raisonnable, je vais vous dire encore que votre suicide était le meilleur moyen de laisser sur votre mémoire un doute infamant ; vivant, vous pouvez répondre aux calomnies et aux attaques.

— C'est vrai, capitaine... Maintenant, qu'allez-vous faire de moi ?

— Vous garder mon prisonnier, jusqu'à ce que je puisse vous remettre entre les mains de M. de Suffren qui décidera de votre sort.

— Mais, d'ici là, nous pouvons rencontrer quelque frégate anglaise qui nous évite de faire un aussi long voyage !

Roëllo eut un fier sourire.

— Amiral, dit-il, mon brick s'appelle *L'Agile*, et son commandant a juré de se faire sauter plutôt que de se rendre aux Anglais !

Le vieillard tressaillit.

— Est-ce une leçon, demanda-t-il, et voulez-vous dire que je n'ai pas fait tout mon devoir ?

— A Dieu ne plaise que j'aie jamais eu cette pensée, répliqua vivement le marin ; mais notre position est bien différente. Nous autres corsaires, sommes des irréguliers, il ne fait pas bon pour nous tomber au pouvoir de vos compatriotes, malgré les lettres de marque que nous accorde le roi de France.

Le vieil officier ne répondit pas et rêva quelque temps, les yeux fixés sur ce grand vaisseau qui allait reprendre sa course sans lui, vers ces mers indiennes où tant de devoirs et tant d'intérêts l'appelaient.

Enfin, il demanda à Roëllo :

— Me donnez-vous l'autorisation de communiquer quelques instants en votre présence avec l'officier qui va me remplacer à bord du *King William* ?

— Ce serait vous donner à tous deux de bien dangereuses tentations. Écrivez plutôt à votre subordonné. Il en sera mieux ainsi.

— Je voudrais aussi adresser quelques mots à mes enfants, pour les rassurer...

— Oh ! pour cela, dit vivement Roëllo, vous êtes absolument libre. Je vais faire porter dans votre cabine tout ce qu'il faut pour écrire, et je vous engage ma parole que je ferai tout au monde pour que votre lettre parvienne le plus rapidement à vos chères filles ; seulement, les deux missives seront lues par moi, avant de partir.

— Merci, monsieur, dit simplement l'Anglais dont les lèvres tremblèrent un peu, merci, vous êtes bon.

— J'ai des enfants, répondit doucement Roëllo ; et tenez, ajouta-t-il en étendant les mains, les voici justement avec notre blessé.

Le soleil allait disparaître, mais la clarté était encore éclatante, et le commodore put bien voir les quatre personnes qui s'avançaient lentement vers lui.

C'étaient Maryvonne, Guy et Diana qui soutenaient Brecknock très pâle et chancelant. De larges bandages couvraient son front.

Les derniers rayons du jour frappaient en plein sa tête énergique et en accusaient tous les détails avec une incroyable netteté.

— Quel est cet homme ? demanda le vieillard.

— Mon premier-lieutenant, répondit le corsaire.

— Vous le nommez ?

— M. Allan Brecknock.

Le commodore resta muet, mais une profonde stupéfaction se peignait sur les traits du vieux marin. Il allait ouvrir la bouche pour formuler sans doute une nouvelle interrogation, quand ses regards se croisèrent avec ceux d'Allan. Une faible rougeur monta aux joues du blessé qui fit un effort et amena son doigt sur ses lèvres comme pour recommander le silence, en un geste qui ne fut remarqué que de sir Harry.

— Allons, pensa l'officier anglais, tout n'est peut-être pas perdu pour moi.

Le lendemain, vers midi, l'*Agile* reprenait sa course, laissant derrière lui le *King William*, et bondissait comme un lévrier sur la plaine houleuse des flots bleus.

Toute la journée la chaleur fut accablante ; Brecknock, qui se sentait mieux et n'avait plus de fièvre, sollicita du médecin la faveur d'être transporté sur le pont. Comme M. Salaün ne voyait aucune raison de s'opposer au caprice du malade, il le fit installer dans un confortable fauteuil de rotin, au pied du grand mât. Bientôt Guy, Maryvonne et Diana vinrent lui tenir compagnie. Au bout de quelques instants, le blessé feignit de s'assoupir, et sa sœur et ses amis, respectant son sommeil, s'éloignèrent doucement.

Allan ne dormait pas ; les yeux fixés sur la mer phosphorescente, il songeait.

Sa première tentative avait échoué. D'ailleurs, il reconnaissait maintenant combien l'entreprise était hasardeuse. C'était miracle s'il n'avait pas été tué. Une autre fois il pourrait être moins heureux, et c'était vraiment stupide de risquer ainsi sa vie. Il fallait trouver autre chose. Plusieurs plans se présentaient à son esprit fécond en ruses mauvaises. L'Anglais prisonnier pouvait le servir...

Justement, le vieil officier se promenait lentement sur le pont, le front penché, tout à ses pensées.

Quand il passa près de Brecknock, dont il ne semblait pas avoir remarqué la présence, celui-ci l'appela doucement :

— Sir Harry !

L'Anglais tressaillit.

— Qui m'appelle ? demanda-t-il.

— Moi, Glendower Clamorgan.

— Ah ! je ne m'étais donc pas trompé !

— Ne vous retournez pas, commodore, prenez ce pliant, comme si vous étiez fatigué de votre promenade, et asseyez-vous là tout près de moi, j'ai à vous parler. Bien ; maintenant causons doucement, ces damnés Français sont toujours en éveil.

Sir Harry Linton avait obéi à toutes les indications données. Il se trouvait maintenant assis sur le pliant, tournant le dos à Brecknock, et semblait contempler le ciel avec admiration.

— Suis-je bien ainsi ? demanda-t-il enfin d'une voix sourde.

— Oui, ne bougez pas... Alors vous m'avez reconnu tout de suite ?

— Oui, tout de suite, et j'ai été bien étonné de retrouver, lieutenant à bord d'un corsaire français, un ancien officier de la marine royale.

— Vous rappelez-vous le *Saint-George*, sir Harry ?

— C'était un bon navire.

— C'est bien là, n'est-ce pas, où j'ai servi sous vos ordres ?

— En effet.

— Vous n'étiez pas tendre pour le pauvre lieutenant, et je vous ai juré dès cette époque une haine féroce.

Sir Harry tressaillit.

— Oh ! ne craignez rien, reprit Allan qui avait remarqué le mouvement du vieillard, tout cela est oublié, car il n'y a plus de place dans ma tête et dans mon cœur pour ces mesquines rancunes. Un seul projet m'occupe, et celui-là est tellement vaste qu'il me faut lui consacrer toutes mes forces et toutes mes pensées.

— Mais enfin, monsieur, m'expliquerez-vous comment je vous retrouve ici ?

— Ceci est mon secret que je vous dirai peut-être un jour ; sachez en tout cas que si je réussis j'aurai puissamment aidé mon pays et rendu un fier service à la marine anglaise.

— Tout cela est bien obscur !

— Me comprendrez-vous mieux quand je vous dirai que je hais Roëllo et que je ne suis à son bord que pour le perdre ?

Ces quelques mots furent articulés avec un tel accent qu'il était impossible de douter de la sincérité de Brecknock.

— Bien, dit le commodore, je commence à voir un peu plus clair et je crois que nous pourrons nous entendre. Mais jouons franc jeu. J'ai besoin de vous, c'est vrai ; mais, d'autre part, que je dise un mot à Roëllo, et vous êtes perdu.

— Parfaitement, répondit Allan sans sourciller.

— Dans ces conditions, continua le vieux marin, le mieux est d'agir en alliés loyaux. Je vous dirai d'abord que si vous me tirez des griffes de ce damné corsaire, je vous promets le commandement d'un vaisseau avant un an.

Brecknock eut un petit rire, vite étouffé.

— Mais, mon cher monsieur, je n'ai que faire de votre commandement, car, si je réussis, avant un an j'aurai la plus grosse fortune d'Angleterre, et je siégerai à la Chambre des Lords.

Malgré lui, le commodore se retourna pour regarder Allan.

— Il a le délire, murmura-t-il ; il n'est pas remis encore de la commotion causée par la blessure qu'il a reçue.

— Oui, oui, continua Brecknock sans s'émouvoir, vous me prenez pour un fou ; eh bien ! je vous assure que j'ai la tête aussi saine que n'importe qui. Mais, poursuivit-il avec impatience, nous perdons un temps précieux et peut-être ne retrouverons-nous pas de longtemps l'occasion que le hasard nous a fournie ce soir. Causons sérieusement.

Les deux hommes entamèrent une longue conversation à voix basse qui ne fut interrompue que par l'arrivée de Guy qui aperçut le commodore rêvant toujours aux étoiles tandis que Brecknock paraissait plongé dans le plus profond sommeil.

— Comment, il dort encore ! s'écria le jeune homme après avoir regardé le lieutenant.

— Il n'a pas fait un mouvement depuis que je suis là, déclara tranquillement sir Harry Linton.

Guy Roëllo posa doucement sa main sur le bras du dormeur en répétant :

— Allan, Allan, éveillez-vous !

Brecknock ouvrit les yeux, balbutia des mots vagues, se redressa un peu et parut considérablement surpris de se trouver sur le pont.

— Comme j'ai dormi ! bégaya-t-il.

— Je l'ai bien vu, dit Guy avec bonne humeur ; mais, maintenant, il faut rentrer dans votre cabine : le vent a fraîchi en diable, et l'air de la nuit ne vaut rien pour un blessé.

Une forme svelte parut derrière le jeune homme.

— Voilà Mlle Diana qui va être de mon avis.

— Certainement, dit la jeune fille, M. Roëllo a bien raison, et tu es fou de risquer pareilles imprudences.

En maugréant un peu, Allan se leva et, appuyé sur les deux jeunes gens, regagna sa cabine. Quand le blessé fut couché, ils remontèrent sur le pont.

— Adieu, mademoiselle, dit Guy, je vous souhaite une bonne nuit.

— Oh ! je ne descends pas encore, dit Diana.

— Vous allez rester sur le pont ?

— Il fait si bon et la nuit est si belle ! Regardez ce ciel qui semble un immense écrin...

— Voulez-vous me permettre de vous tenir compagnie ? balbutia Guy qui aurait été bien plus brave devant la gueule d'un canon chargé à mitraille.

— Restez si vous voulez, dit l'Anglaise avec un accent charmeur et en enveloppant le jeune homme d'un regard caressant ; seulement, je vous préviens que je ne parlerai pas beaucoup, j'aime mieux regarder la mer.

— Moi aussi, s'écria le jeune homme avec impétuosité, moi aussi j'aime mieux regarder, mais c'est vous que je veux contempler...

Il s'arrêta, honteux de son audace, se sentant rouge comme un écolier fautif.

D'un sourire, la jeune fille le remercia.

— Savez-vous bien, monsieur Guy, que ça m'a tout l'air d'une déclaration.

— Oh! mademoiselle... je vous jure... le respect...

Le pauvre garçon ne savait plus que dire.

L'Anglaise sourit encore.

— Vous voyez, dit-elle, vous voilà tout embrouillé. Faites comme moi, regardez ce magnifique spectacle, cela vaudra mieux que de débiter des sornettes.

Guy, sans dire un mot, furieux contre lui-même, furieux contre Diana qui avait l'air de se moquer de lui, s'accouda, boudeur, au bastingage, à côté de la jeune fille.

Tous deux restèrent muets quelque temps.

Elle était vraiment splendide, cette nuit de mai, étincelante et palpitante d'étoiles. Quand les regards fixaient attentivement les astres, on croyait en voir surgir de nouveaux et d'innombrables à chaque minute. C'était un incomparable rayonnement, un fourmillement lumineux de vies mystérieuses et lointaines. La mer toute phosphorescente semblait s'être aussi mise en fête. Chaque flot roulait des perles d'or et, à la crête de chaque lame, une mousse de flamme s'échevelait.

A ces triomphantes splendeurs des éléments, il fallait pour l'oreille un accompagnement très doux, et c'était le glissement furtif de l'eau aux flancs du brick, la musique des brises dans les agrès, et, à l'avant, la chanson lente et berceuse d'un matelot breton...

— C'est joli, cette chanson, dit tout à coup Diana.

Guy tressaillit ; il était en plein rêve.

— C'est une chanson de Cornouailles, dit-il enfin.

— Elle est charmante, laissez-moi écouter.

Le matelot chantait :

> Chanvre filé sur les genoux,
>   Chanvre roux,
> Chanvre filé sur les genoux,
>   Sois doux...
> Sois doux quand tu seras les langes
> Qui sont les habits des p'tits gâs.
> Sois doux, ne les réveille pas
> Puisqu'en leur rêve ils voient des anges...
>
> Chanvre filé sur les genoux,
>   Chanvre roux,
> Chanvre filé sur les genoux
>   Sois doux...
> Sois doux quand tu seras la toile
> Qui fait les grand' voil's des vaisseaux.
> Donne un bon vent aux matelots
> Avec un ciel tout plein d'étoiles.
>
> Chanvre filé sur les genoux,
>   Chanvre roux,
> Chanvre filé sur les genoux,
>   Sois doux...
> Sois doux quand tu seras le suaire
> Où l'on coudra mes membres las.
> Sois doux, ne me réveille pas
> Alors que j'oublierai la terre...

Le matelot se tut.

Diana baissa la tête, puis, la relevant, elle dit vivement, en s'adressant à Guy :

— Vous m'aimez donc ?

— Oh ! Diana, répondit le jeune homme dont le cœur battait à tout rompre, du premier moment où je vous ai vue, je vous ai aimée. Il me semble que je vis seulement depuis que je vous connais. Je découvre en moi des idées, des forces que je n'avais jamais eues ; si vous disparaissiez de mon horizon, ce serait la nuit, une nuit noire qui m'enveloperait... Mais je ne demande rien... rien que de continuer à vivre ainsi, vous près de moi, moi près de vous... mais ne nous quittez pas... Ah ! tenez, je voudrais retenir la course de mon navire, car chaque heure qui s'envole diminue la durée de votre chère présence, et c'est un peu de ma vie qui coule avec le temps, car je sais bien que, vous disparue, je n'aurai plus la force de vivre !...

Diana se surprit émue malgré elle par cette naïve passion qui s'exhalait en mots sans suite. Elle sentit son cœur s'amollir. Elle fut femme durant cette minute.

— Oh ! continuait Guy extasié, car il avait vu glisser des larmes dans les yeux de la jeune fille, si vous consentiez à accepter mon nom, à prendre ma main, à être ma femme, je remercierais Dieu du fond de mon âme, car il m'aurait fait le plus fortuné des mortels.

Un instant, Diana vit le joli rêve réalisé. Elle, la femme, la reine du hardi coureur d'aventures. Elle eut une minute l'envie de renoncer aux sauvages convoitises, aux sanglantes intrigues, et d'appuyer sa petite tête blonde contre cette vaillante poitrine, contre ce cœur qui ne battait que pour elle.

Guy dit encore :

— Je vous ferai la plus heureuse, tous vos caprices seront des ordres, la fortune de mon père est immense, et il me laissera puiser sans compter dans ses richesses.

Ce mot de richesses fit fuir la douce vision, déchira les voiles du rêve. Diana sourit de son attendrissement d'une minute, qu'elle tenait pour une faiblesse, et se retrouva dure, implacable, sans pitié. L'orgueil et l'amour de l'or avaient ressaisi leur proie.

Néanmoins, comme il était nécessaire de jouer son rôle jusqu'au bout, elle dit de sa voix chantante, au jeune homme qui répétait : — Dites-moi un mot, Diana, dites-moi que vous ne me repoussez pas !

— Espérez !

Puis, elle quitta le bordage, et se dirigea vers sa cabine.

Jusqu'à ce qu'elle eût disparu, Guy suivit du regard la blanche silhouette qui glissait dans la nuit. Il lui sembla même qu'avant de descendre l'escalier du carré, la jeune fille se retournait et que ses doigts montaient à ses lèvres..

V

POUR LA FRANCE !

Toute la nuit, Guy la passa sur le pont. Trop troublé pour prendre du repos, il ne pouvait pas non plus quitter cette place où il avait vu Diana lui sourire, où il l'avait entendue lui dire : « Espérez ! » Un monde de pensées roulait dans sa tête, et l'avenir lui semblait couleur de rose. Espoirs charmants de la jeunesse, chères illusions des vingt ans !

La nuit blanchit, l'aube vint, le soleil enfin troua de sa face d'or les lointains horizons, voilés de vapeurs, et il restait là, retenu par une force très douce. Autour de lui, s'agitait le mouvement coutumier des matelots. Il ne voyait rien, il n'entendait rien.

DIANA DIT A GUY : « ESPÉREZ! » PUIS ELLE QUITTA LE BORDAGE ET SE DIRIGEA VERS SA CABINE. (P. 72.)

Soudain une rude voix joyeuse vint secouer son rêve.

— Eh bien ! mon Guy, disait le vieux Toussaint Joël, c'est-y que te voilà cloué à cet endroit du pont, saint Timoléon ! Depuis une heure que je t'observe, tu as l'air d'être changé en statue, sainte Perpétue !

Le jeune homme rougit un peu et répondit :

— Je croyais avoir vu une voile et je...

— De quel côté, saint Thimothée ?

— Par là...

Et, vaguement, Guy fit un geste qui embrassait tout l'horizon du côté du nord.

Longuement, de ses petits yeux perçants, le vieux marin inspecta la mer dans la direction indiquée.

— Mais tu n'avais pas la berlue, mon fieu, dit-il au bout d'un instant. Nous avons parfaitement bien un camarade qui sera dans nos eaux avant trois heures d'ici.

Guy tressaillit, comme frappé par un pressentiment. Comment ! cette fable imaginée pour détourner l'attention du vieux Toussaint serait vraie ! Il y aurait vraiment une voile sous le vent !

D'un geste, Guy s'assura que sa lorgnette était dans sa poche, puis, empoignant les premiers haubans qui se trouvèrent à sa portée, il s'élança dans la mâture avec la légèreté d'un oiseau.

Il fut bientôt installé dans les hunes et, tirant sa lorgnette, il découvrit parfaitement un navire qui s'approchait rapidement. L'*Agile* naviguait alors sous ses basses voiles, tandis que le vaisseau inconnu portait toute sa toile.

Tout à coup, Guy eut un frisson ; il murmura :

— C'est impossible !

Au bout d'un instant, il braqua de nouveau son instrument dans la direction du vaisseau, puis, laissant retomber sa main avec accablement, il répéta tout bas :

— Malheur ! malheur !

— Eh bien ! mon gars, criait d'en bas Toussaint Joël, as-tu reconnu le particulier ?

Guy ne répondit pas. Il descendait lentement, et, quand il eut mis le pied sur le pont, il se trouva en face de son père qui lui demanda vivement :

— Est-ce un anglais ?

Guy secoua négativement la tête.

— Un espagnol, un hollandais, un portugais ?...

— Non, mon père.

— Un français alors ?

— Oui.

— Bâtiment de guerre ?

— Non.

— Marchand ?

— Non plus...

— Corsaire alors... As-tu pu le reconnaître ?

Guy était d'une pâleur mortelle. Il inclina la tête.

— Son nom, vite, son nom ?

Un souffle s'échappa des lèvres du jeune homme, il murmura :

— La *Sainte-Marie*.

Les yeux de Roëllo étincelèrent.

— Ah! ah! dit-il, la *Sainte-Marie* voudrait-elle devancer l'*Agile*?

Mais son animation tomba presque aussitôt, et il ajouta en laissant aller sa main sur l'épaule de son fils :

— Mais, mon pauvre Guy, tu as la vue trouble ce matin, comment veux-tu que ce navire soit celui de Kerbraz, puisqu'il armait pour les mers du Nord?

— J'ai bien vu, répondit tristement le jeune homme.

Pour toute réponse, Roëllo alla prendre la longue lunette du timonier, et examina avec la plus grande attention le navire signalé.

Au bout d'une minute, il se redressa, et d'une voix que la colère faisait trembler, il dit :

— C'est bien la *Sainte-Marie*.

— Mille millions de tonnerres! grondait Toussaint dans son coin, voilà une rencontre qui va mal finir.

— Regarde donc, Toussaint, ricana le corsaire, le brigand semble nous donner la chasse... Nous avons l'air de fuir devant lui, ma parole d'honneur!

« Mais, attends un peu, vieux, nous allons l'attendre, ça lui épargnera de la route!

Roëllo escalada la dunette et cria d'une voix vibrante :

— En haut tout le monde!

Les matelots surpris furent cependant à leurs postes en moins d'une minute

Roëllo commanda :

— A carguer!

Les hommes s'élancèrent dans la mâture.

— Carguez!

Avec une rapidité merveilleuse, les voiles vinrent s'enrouler autour des vergues.

— En bas!

Comme une bande d'écureuils, les matelots dégringolèrent sur le pont.

— Là, maintenant, dit Roëllo en s'adressant à Toussaint et à Guy, muets de douleur, nous pourrons causer plus tôt.

En ce moment, Maryvonne et Diana venaient de paraître sur le pont

La jeune fille présenta son front au corsaire, qui y déposa un baiser distrait

— Qu'y a-t-il, mon cher père? demanda-t-elle; va-t-on encore se battre?

— Je n'en sais rien, riposta le corsaire avec un mauvais rire, mais cela pourrait arriver

— Quel est donc ce navire qui vient sur nous?

Roëllo, le visage contracté, répliqua durement :

— La *Sainte-Marie*, capitaine Jean Kerbraz.

Maryvonne porta la main à son cœur, jeta un faible cri, et elle serait tombée à la renverse si Diana et Guy, qui l'observaient, ne l'eussent soutenue.

La jeune fille était évanouie.

Mais Roëllo ne s'occupait pas d'elle. Les yeux rivés au brick-goélette dont maintenant on distinguait parfaitement les lignes harmonieuses, on eût dit que le corsaire allait s'élancer dans la mer, pour joindre plutôt le navire qui portait un rival détesté.

Il nous faut remonter maintenant un peu plus haut, et aller retrouver les Kerbraz au moment où la *Sainte-Marie* se dispose à appareiller.

IL FUT BIENTÔT INSTALLÉ DANS LES HUNES... (P. 75.)

Louis, blêmi par l'insomnie, les yeux rougis par la fatigue, est néanmoins à son poste et surveille les matelots qui vont et viennent sur le pont, occupés des mille détails qu'entraîne toujours le départ. Sur la dunette, Roch Arvor observe tour à tour le ciel et la mer, plutôt pour se donner une contenance et ne pas laisser voir sa contrariété. Le vieux marin n'avait pas épousé la querelle de son capitaine, il aimait Roëllo, qu'il avait vu à l'œuvre, il l'estimait, et il déplorait cette haine inexplicable qui avait subitement séparé les deux hommes. Il redoutait tout de leur rencontre, et il maudissait ce voyage aux Indes qui allait forcément les mettre en présence.

Vers les sept heures du matin, Kerbraz accosta dans son canot.

Il monta lestement l'échelle, et sauta sur le pont avec la vivacité d'un jeune homme. D'un coup d'œil savant, il inspecta le gréement, et parut satisfait ; puis, s'adressant à Louis :

— Tout va bien ?

— Oui, mon père, répondit laconiquement le jeune homme.

— Diable, dit-il après avoir arrêté ses regards sur les traits fatigués de son fils, tu n'as pas beaucoup dormi, cette nuit, mon gaillard ! On a vidé quelques pichets avec les camarades, pour fêter le départ !

— J'ai passé la nuit à bord, mon père.

— Tu es malade, alors ?

— J'ai beaucoup de chagrin.

Le visage de Kerbraz devint pourpre ; il mâchonna un juron, puis, tournant brusquement le dos à Louis, il se dirigea vers la dunette.

La première chose qu'il aperçut fut le visage renfrogné de Roch.

— Eh !... quoi donc, vieux, demanda-t-il, ça ne va pas ?

— Si.

— Aurais-tu des chagrins, comme mon sensible fils Louis ?

— Hé, hé !

— Allez-vous conserver tous les deux une tête semblable pendant toute la traversée ?

— Oh !...

— Je sais ce qui vous tracasse, mais vous ne me ferez pas changer d'avis : je vous engage à changer de figure.

— C'est bon !

— On m'a surnommé Tête de Fer, ne l'oublie pas.

— Oui.

— Le diable emporte l'animal ! grogna Kerbraz, furieux de ne pas pouvoir trouver un prétexte pour se mettre en colère.

— M. Wouvermann, dit Roch en désignant la coupée du navire.

Le corsaire porta ses regards sur l'endroit indiqué.

C'était en effet le Hollandais qui venait de faire son apparition sur le pont

Kerbraz quitta la dunette et vint à lui.

— Vous venez de bonne heure, petit homme, dit-il en lui serrant la main.

— Bonjour, capitaine, dit l'étrange personnage, avec son éternel sourire, je viens vous dire une drôle de chose...

— Ah ! ma foi, tant mieux, ça m'égaiera un peu et j'en ai besoin ce matin, car je ne vois autour de moi que des visages à porter le diable en terre.

— Je viens vous demander, capitaine, si vous voulez accepter un passager ?

— Vous savez bien, Wouvermann, répliqua le corsaire d'un ton d'humeur, que la

Sainte-Marie n'est pas un transport, et que je n'aime pas avoir d'étrangers à mon bord.

— Vous connaissez la personne qui veut prendre passage.

— Qui est-ce?

— C'est moi-même, mon capitaine.

Kerbraz se mit à rire.

— Que ne le disiez-vous tout de suite, petit homme, vous savez bien que vous êtes ici chez vous. Mais quelle mouche vous pique? Avez-vous envie de faire un tour aux Indes, ou craignez-vous que je disparaisse avec le trésor, sans vous en remettre fidèlement la moitié?

Ce fut au tour du Hollandais de ricaner.

— J'ai affaire là-bas, dit-il simplement.

— Vous êtes un diable d'homme! Allez chercher vos bagages.

— Ils sont dans le canot, en bas de l'échelle.

— Alors, je vais donner des ordres pour qu'on les monte dans votre cabine. Hé! Jean-Marie et toi, Luc, allez chercher les valises et les paquets qui se trouvent dans l'embarcation qui vient d'amener monsieur.

Les deux matelots s'empressèrent.

— Ah! mais, j'y pense, continua le corsaire en s'adressant au Hollandais, il faut que je vous prévienne qu'on peut recevoir des horions à bord de la *Sainte-Marie*.

— Ne craignez rien pour moi et ne vous occupez pas de ma chétive personne. Pendant le combat, si combat il y a, je ferai ma petite partie et tâcherai de faire honneur à mon capitaine.

Cette idée du Hollandais combattant, parut tellement grotesque au corsaire, qu'il se mit à rire bruyamment.

Un éclair glissa sous les paupières du vieillard. Il répondit avec gaieté :

— Riez, riez, mon capitaine, n'empêche que Peter Wouvermann a dans son temps manié l'épée ou le mousquet, aussi bien qu'un autre.

— Vous avez été soldat? demanda Kerbraz, riant toujours.

— J'ai même été capitaine, et d'aucuns s'accordaient pour dire que le Hollandais ne s'en tirait pas trop mal.

— Dans quel pays avez-vous accompli ces prouesses?

Le Hollandais ferma les yeux.

— Je ne me rappelle plus bien moi-même, je suis très vieux et il y a longtemps de cela... Peut-être au nord, peut-être au sud, peut-être ici, peut-être là... les années passent, la mémoire s'en va...

— Gardez vos secrets, petit homme, vos affaires ne me regardent pas, et vous me diriez que vous avez été l'amiral Tromp en personne, que je suis trop poli pour vous contredire.

— Eh! eh! peut-être bien ai-je été quelque chose comme cela!

— Voilà le jusant, capitaine,... dit Roch Arvor qui s'était approché.

— Alors, amène... Nous sommes parés?

— Oui, capitaine.

— C'est bon. A l'appareillage!

— Ça ne sera pas long. Nous ne sommes plus mouillés que sur un grelin.

— Alors faisons vite, voilà une jolie brise nord-ouest dont il faut profiter.

Roch Arvor s'élança sur la dunette et commanda l'appareillage.

Une heure après, la *Sainte-Marie* était en pleine mer.

Le voyage commença mal. La goélette, deux jours après son départ, essuyait un coup de vent qui la forçait à fuir dans le nord ; un mousse tomba à la mer et ne put être sauvé ; on éteignit à grand'peine un commencement d'incendie qui avait éclaté dans la cabine du charpentier. L'équipage ne murmurait pas, habitué qu'il était à la rude discipline que Kerbraz avait établie sur son navire, mais on n'entendait pas les ordinaires chansons du bord, et les manœuvres s'exécutaient dans un silence attristant.

Kerbraz ne semblait rien remarquer de tout cela. Seul, au milieu de la mélancolie générale, il était d'une humeur charmante, et se consolait du mutisme obstiné de Roch et de Louis, en jouant d'innombrables parties de trictrac avec Peter Wouvermann, qui était d'une jolie force à ce gracieux exercice.

Quand il était fatigué de jouer, il examinait le gréement, prenait la position du vent et faisait augmenter la voilure.

Quand son loch lui avait donné l'assurance que la vitesse du navire était encore accrue, il paraissait ravi, et taquinait le Hollandais, qui accueillait ses lazzis avec une parfaite égalité de caractère.

On aurait dit que Kerbraz suivait son ennemi à la trace, tant la *Sainte-Marie* faisait la même route que l'*Agile*. Depuis vingt-quatre heures, le corsaire ne pouvait tenir en place ; un secret instinct l'avertissait que Roëllo n'était pas loin. Il passait sa vie dans la mâture, et sa lorgnette fouillait sans relâche tous les coins de l'horizon.

Enfin, le matin où il put reconnaître l'*Agile*, sa joie horrible éclata, brutale. Il grâcia cinq de ses hommes qui étaient aux fers, et fit distribuer du rhum à tout l'équipage, qui ne savait à quelle cause attribuer cette générosité du capitaine.

Wouvermann, qui le rencontra sur le pont, fut frappé de l'expression triomphante qu'on pouvait lire sur la physionomie du marin.

— Eh ! eh ! mon capitaine, dit-il en lui serrant la main, c'est donc un anglais que nous voyons là-bas ?

— C'est mieux que cela, petit homme, répondit Kerbraz.

— Mieux que cela ?... répéta le Hollandais surpris.

— C'est le brick de Roëllo. Et c'est la première fois depuis quatre ans que je le rencontre ailleurs que dans les eaux françaises !

— Allons, Kerbraz, fit le vieillard d'un ton chagrin, c'est une mauvaise pensée que vous avez là.

— Bah ! bah ! mon camarade, ceci est mon affaire, et vous ne me ferez pas changer de résolution.

— Cependant, vous n'êtes pas libre !

— Pas libre, moi !

— Nous avons un contrat passé entre nous, et quoique les notaires royaux n'y aient pas mis leur nez, je le tiens pour meilleur que tous les parchemins du monde.

Le corsaire ne répliqua pas, mais un flot de sang empourpra son visage. Wouvermann poursuivit :

— J'ai eu confiance en vous, Kerbraz, je vous ai dit mon secret et je vous ai abandonné la moitié des bénéfices que peut rapporter l'entreprise.

— N'aurions-nous pas pu aussi bien rencontrer un anglais qui nous aurait coupé la route ?

— L'Anglais est un ennemi, et cette rencontre faisait partie des risques de l'affaire.

11

— Eh bien! Roëllo est mon ennemi, à moi!

— Possible, mon capitaine, mais si vous n'attaquez pas Roëllo, Roëllo ne vous attaquera pas.

— Qu'en savez-vous?

— J'en suis sûr.

— Vous vous trompez, petit homme! dit, avec un cri de joie Kerbraz qui, durant toute cette conversation, ne cessait de tenir les yeux fixés sur l'*Agile*.

— Que voulez-dire?

— Roëllo m'attend, car il m'a reconnu, et la première preuve, c'est qu'il vient de mettre en panne.

— Il veut sans doute connaître vos intentions, mais je ne vois rien d'hostile dans sa manœuvre.

— En tout cas, je saurai bien le forcer à se battre!

— Ah! vous le voyez, voilà que vous manquez à nos conventions.

— Je fais ce qu'il me plaît.

— Pour la première fois, Kerbraz, vous n'êtes pas fidèle à la parole donnée.

Un éclair de fureur traversa les prunelles du corsaire et il fit un mouvement pour se jeter sur le Hollandais, mais le vieillard soutint si intrépidement son regard, qu'il se contint et se contenta de dire:

— Nous réglerons tout cela plus tard, Wouvermann; pour le moment, rappelez-vous bien que je suis maître à mon bord et que, sur un signe de moi, vous pouvez disparaître.

Le vieillard haussa les épaules.

— Tenez, Kerbraz, dit-il, vous n'êtes plus dans votre bon sens; en ce moment la colère vous égare.

— Prenez garde!

— Vos menaces ne m'épouvantent pas et je vous défie de les mettre à exécution.

Le corsaire écumait; ouvertement bravé par ce frêle petit homme qu'il aurait écrasé d'une main, sa vieille loyauté l'empêchait pourtant de prendre une résolution violente; d'autre part, sa conscience grondait sourdement, malgré tous les efforts qu'il faisait pour l'étouffer.

Aussi fut-il heureux de pouvoir crier à Roch Arvor, qui passait le long de la dunette:

— Signale à Roëllo que je vais venir lui parler.

— Bien, capitaine.

Une minute après, toute une série de pavillons multicolores glissait le long des drisses, transmettant la demande de Kerbraz qui, la lunette braquée, épiait la réponse.

Elle était laconique.

— Qu'il vienne, disait Roëllo.

— La chaloupe à la mer! commanda Kerbraz, et toi, Louis, embarque avec moi.

Le jeune homme, sans mot dire, inclina la tête en signe d'assentiment.

. . . .

Le Jéguen et Guy étaient à la coupée pour recevoir le corsaire.

Jean Kerbraz monta résolument l'échelle avec un mauvais sourire aux lèvres, mais son cœur battait à coups précipités dans sa poitrine, et ses mains tremblaient.

Louis le suivait, pâle comme un mort.

Aussitôt qu'il eut mis le pied sur le pont de l'*Agile*, le corsaire aperçut Roëllo et marcha droit à lui. Roëllo fit quelques pas à sa rencontre et ils s'arrêtèrent face à face, se défiant déjà des yeux avant qu'une parole eût été échangée.

Un peu en arrière, Maryvonne, au bras de Guy, considérait les deux hommes avec des yeux agrandis par l'épouvante ; parfois ses regards pleins de détresse allaient à Louis, qui demandait tout bas à Dieu de le foudroyer à l'instant même afin de lui épargner l'horrible torture qu'il subissait.

L'équipage de l'*Agile*, massé à l'avant, attendait sans un murmure, sans un souffle, les premières paroles des deux capitaines.

Il y eut un silence tragique qui plana une minute sur cette scène.

Ce fut Roëllo qui le rompit.

— Jean Kerbraz, dit-il de sa voix métallique, tu m'as demandé à venir à mon bord, tu es sur le pont de l'*Agile*, que me veux-tu ?

— Je veux te dire, répliqua Kerbraz qui devint pourpre, qu'il y a l'un de nous deux de trop en ce monde, et tu sais pourquoi ; je veux te dire que nous avons chacun un bon navire et des matelots vaillants, des canons qui ne demandent qu'à mordre, et que jamais plus belle occasion ne se présentera de régler notre vieille querelle.

Roëllo devint très pâle.

— Tu me connais, Kerbraz, et tu sais bien que si je ne relève pas ton défi sur-le-champ, ce n'est pas parce que j'ai peur de toi !

— Explique-toi mieux, répliqua Kerbraz, je ne comprends pas très bien ce que tu viens de me dire.

— Je ne suis pas libre. J'ai accepté une mission du Roi, et tant que je n'aurai pas accompli ma mission, je refuserai de me mesurer avec toi.

— Est-ce bien Roëllo l'Abordage qui parle ainsi ?

— C'est lui-même, et tu serais à ma place que tu parlerais comme moi.

— Une dernière fois, veux-tu combattre ?

— Je refuse.

Kerbraz grinçait des dents.

— Sais-tu ce que je vais faire, Roëllo, poursuivit-il d'une voix haletante, je vais remonter à mon bord et te canonner tout à mon aise, et quand ton brick sera rasé comme un ponton, je suivrai ma route, te laissant là comme une méchante épave...

Le visage de Roëllo était bouleversé par une si puissante émotion qu'il était méconnaissable. Sa main droite, cachée par la dentelle du jabot, déchirait sa poitrine.

— Assez ! dit-il enfin d'une voix terrible, il arrivera ce que Dieu voudra, mais il ne sera pas dit que j'aurai été insulté à mon bord sans avoir châtié l'insolent. Rejoins ta *Sainte-Marie*, Kerbraz, et ne m'épargne pas, car je te promets que tu vas en voir de rudes...

— Enfin ! s'écria Kerbraz avec un rugissement de joie...

Puis il ajouta plus bas :

— J'ai cru un instant que tu ne me haïssais plus !

— Toujours ! répliqua Roëllo sur le même ton.

Maryvonne était tombée à genoux et priait ardemment. Elle n'avait plus d'espoir qu'en Dieu. Lui seul pouvait empêcher l'horrible choc : d'une part son fiancé ; de l'autre, son père et son frère...

En ce moment, Kerbraz disait :

— Si quelqu'un de nous en revient, il pourra se vanter d'avoir vu un beau combat ; et maintenant, Roëllo, mon gars, assez causé, nous allons faire chanter les caronades.

Et déjà, il se dirigeait du côté de l'échelle.

— Monsieur Kerbraz, un mot, je vous en prie, dit une douce voix, tandis qu'une petite main se posait sur sa manche.

Le corsaire, étonné, regarda.

C'était Maryvonne qui, ayant traversé les groupes, venait résolument affronter Kerbraz Tête de fer. Elle était tranquille et presque souriante, ses beaux yeux rayonnaient d'un éclat singulier.

Kerbraz fit un pas de retraite. Malgré sa haine pour Roëllo, il n'avait pu chasser de son cœur cette douce enfant qu'il avait si longtemps espéré appeler un jour « ma fille ».

— Vous m'écouterez, monsieur Kerbraz,... continuait la jeune fille.

— Laisse-moi, petite.

— Maryvonne, appuya Roëllo d'une voix dure, je t'ordonne de te retirer.

— Pas avant de vous avoir montré les cinq voiles qui viennent à vous, mes capitaines !

Et son bras frêle désignait l'océan et la mer immense.

Chacun suivit le geste de l'enfant, chacun regarda.

Cinq vaisseaux qui paraissaient de fort tonnage, s'avançaient en demi-cercle, avec la belle ordonnance d'une escadre.

Tandis que tout le monde était occupé de la querelle des deux corsaires, personne n'avait remarqué les nouveaux venus.

— Tonnerre ! rugit Kerbraz.

— Des Anglais ! fit Roëllo désespéré.

— Que faire ? dirent-ils ensemble.

— Je vais vous le dire, mes capitaines, reprit Maryvonne dont les traits resplendissaient d'une joie surhumaine : vous allez encore combattre, comme au vieux temps, pour la France et le Roi ! L'honneur commande, et vous portez un pavillon qu'on n'amène pas !

Les deux hommes, secoués d'une émotion puissante, se regardaient sans mot dire.

Maryvonne dit encore :

— L'heure presse, ils seront bientôt sur vous.

— Est-ce dit, Roëllo ? demanda Kerbraz, travaillons-nous ensemble les côtes aux Goddems ?

— C'est dit, Kerbraz.

Les matelots, qui écoutaient, haletants, poussèrent un si formidable hourra, qu'on dut l'entendre de la flotte anglaise.

— Entendons-nous bien, reprit Kerbraz; si nous ne laissons pas notre peau dans l'affaire, je te retrouve à ma disposition aussitôt après le combat ?...

— Je l'entends bien ainsi.

— A merveille. A présent, n'en parlons plus. Nous sommes unis comme jadis. Quel est ton plan, parle ; je t'exposerai le mien ensuite.

Alors, chacun s'étant écarté, les deux fameux corsaires s'entretinrent familièrement comme autrefois.

Un quart d'heure après, ils se séparaient, et Kerbraz, accompagné de son fils, remontait dans sa chaloupe.

Louis semblait transfiguré ; il avait pu causer quelques instants avec sa chère Maryvonne, qui lui avait dit, en lui serrant une dernière fois la main :

— Mettons toute notre confiance en Dieu, mon cher Louis, il ne nous abandonnera pas.

— Hélas ! Maryvonne, tant d'obstacles nous séparent.

— Ayez bon espoir.

— Nos pères n'ont fait que remettre leur horrible combat.

— Il n'aura jamais lieu.

— Vous n'en pouvez rien savoir.

— J'en suis sûre.

Il y avait une si calme assurance dans les yeux de la jeune fille, que Louis n'insista plus ; il baisa doucement les doigts frêles de l'enfant, et la quitta en répétant :

— Maryvonne ! Maryvonne !

VI

LE COMBAT

Les corsaires avaient remarqué que les navires anglais qui formaient les deux pointes du menaçant croissant qui ouvrait sa faucille contre les deux bricks, étaient d'une marche bien supérieure à celle des autres bâtiments de l'escadre, et c'était sur cette observation qu'ils avaient basé leur plan de combat.

Il s'agissait d'attaquer les deux bons marcheurs et de s'en rendre maîtres avant que les autres vaisseaux de l'escadre pussent venir à leur secours. Cette première opération réussie, Roëllo et Kerbraz se faisaient fort de mettre à la raison les trois adversaires qui leur resteraient à combattre.

Tandis que chacun gagnait son poste à bord de l'*Agile*, Brecknock avait pu glisser quelques mots à sa sœur.

— Voilà encore la fatalité qui vient contrarier nos projets.

— Tu penses que ce Roëllo sera vainqueur? demanda haineusement Diana.

— Tu es folle ! Il faut avoir perdu l'esprit comme ces damnés corsaires, pour tenter d'attaquer une flotte de guerre avec leurs méchants bateaux !

— Eh bien?

— C'est justement ce qui me désespère. Roëllo vaincu est fait prisonnier, et alors il m'échappe.

— C'est vrai, murmura Diana qui resta rêveuse.

— Que comptes-tu faire? dit-elle en redressant la tête.

— Revenir à mon ancien plan, si hasardeux qu'il paraisse.

— Alors moi...

— Tu feras ce qui avait été convenu la dernière fois.

— Bien.

— Tu l'accompagneras sans doute dans l'entrepont?

— Elle me l'a déjà demandé.

— Alors, de ce côté-là, je puis être à peu près sûr de la réussite?...

— Compte sur moi.

— Encore un mot. Ne frappe Maryvonne que lorsque tu entendras crier que les deux Roëllo sont morts.

— J'attendrai.

— Surtout agis avec prudence. Tiens, prends ce pistolet de poche que tu cacheras sur toi. C'est plus sûr et, de la sorte, personne ne songera à nous soupçonner... Une balle peut s'égarer ; le coup de poignard ne s'expliquerait pas.

— Tu as raison.

Sans ajouter un mot, elle prit le pistolet que lui tendait Allan, et s'éloigna après avoir échangé avec son frère un long regard complice, chargé de haine et de cruauté.

Roëllo, sur la dunette, surveillait les derniers préparatifs de combat, quand il se rencontra avec sir Harry Linton. Le vieil officier regardait les voiles anglaises grossir à l'horizon avec une joie qu'il ne pouvait pas dissimuler.

— Ah ! ah ! capitaine, dit-il au corsaire, les rôles vont peut-être bientôt changer.

Roëllo répondit froidement :

— Je vous répète, commodore, que jamais je ne serai prisonnier des Anglais.

Il y avait dans ce « jamais » une volonté si implacable, que sir Harry eut un frisson.

— Vous pourriez prendre chasse sans déshonneur, dit-il, et c'est vraiment folie de vous attaquer à des adversaires aussi redoutables.

— Monsieur Linton, on a répété trop souvent que les corsaires n'étaient bons qu'à piller des vaisseaux marchands sans défense ; quand j'aurai anéanti l'escadre que vous avez devant les yeux, je pense que les gens changeront d'avis.

— Mais c'est de la démence.

— Je ne suis pas seul d'ailleurs. J'ai un camarade qui va faire de bonne besogne, soyez-en sûr.

— Vous voulez parler de cette coquille de noix ?

Et, d'un geste méprisant, il désignait la *Sainte-Marie*, qui prenait ses dispositions de combat.

— Cette coquille de noix, monsieur, répliqua le corsaire, va tout simplement s'emparer de ce gros vaisseau que vous voyez à droite.

Sir Harry Linton se mit à rire.

— Le *Rubis* ! dit-il, mais vous avez perdu l'esprit !

— Je suis charmé d'apprendre le nom de l'adversaire de Kerbraz. Eh bien, le *Rubis* aura amené son pavillon avant une heure.

— Bien, bien ; et vous, capitaine, continua-t-il en goguenardant, vous allez aussi sans doute enlever l'*Élisabeth* ?

— Parfaitement, commodore... Mais comment se fait-il que vous connaissiez si bien ces navires ?

— Je les ai commandés, et je sais ce qu'ils valent.

— A merveille. Maintenant, monsieur, comme je ne veux pas vous exposer à être coupé en deux par un boulet anglais, je vous prie de vouloir bien descendre dans votre cabine.

— Je n'ai qu'à obéir, dit amèrement le vieux marin, mais j'aurais pourtant voulu assister au combat, qui promet d'être curieux.

— Donnez-moi votre parole d'honneur de ne porter assistance à vos amis en quoi que ce soit, et je vous laisse libre d'affronter la mitraille de l'*Élisabeth*.

— Je m'engage sur l'honneur...

— Alors faites à votre guise. Permettez-moi de prendre congé de vous, d'autres soins me réclament.

Roëllo salua cérémonieusement l'Anglais, et, montant sur sa dunette, il cria à Allan qui était à la barre :

— Laissez arriver. En plein.

Avec une vitesse foudroyante, le brick s'élança vers la frégate anglaise.

— Déborde la sivadière ! commanda encore Roëllo.

La sivadière était une vergue qui, placée à la naissance du beaupré, dont elle soutenait les haubans, et qu'on pouvait dépasser en cas de besoin, permettait d'aborder plus aisément le navire ennemi, formant une sorte de pont volant entre les deux bâtiments aux prises.

— Mes enfants ! continua le corsaire en s'adressant à ses matelots, il faut aujourd'hui faire de grandes choses et prouver à tous ces Anglais ce que valent les gars de Saint-Malo !

Un hourra répondit.

Cependant le navire anglais, se sentant plus fort que son chétif adversaire dont il ne pouvait s'expliquer l'audace, cargua ses basses voiles, et mit en panne avec sa grand'hune sur le mât, et le vent dans son petit hunier.

— Attention, les gars, dit le corsaire, tout le monde à l'avant, et une fois que vous serez sur le pont du goddem, travaillez proprement, en jolis garçons que vous êtes.

Puis, se retournant vers Allan :

— Brecknock, rangez-le sous le vent, commanda-t-il.

— Oui, capitaine.

— Guy, continua Roëllo, tiens-toi avec Le Jéguen aux canons de chasse.

— Me défendez-vous donc de sauter sur le pont, mon père ? demanda vivement le jeune homme.

— Ne crains rien, on te laissera de l'ouvrage ; mais il faut savoir prendre toutes ses précautions.

La distance qui séparait les deux navires diminuait avec rapidité.

Tout à coup Roëllo, qui avait l'œil à tout, se retourna brusquement :

— Eh bien ! monsieur, eh bien, dit-il à Brecknock, qu'y a-t-il donc ? La barre au vent, mille diables !

— Elle y est, capitaine, répondit l'Anglais qui était très pâle, mais le bateau gouverne mal.

— L'*Agile* gouverne mal !... Vous êtes fou, monsieur !

— La barre est peut-être engagée...

— Vous êtes fou !... Je vais aller moi-même... Ah ! tonnerre, trop tard ! les brigands nous ont devancés !

Aussitôt que le capitaine de l'*Élisabeth* avait vu le beaupré de l'*Agile* par le travers de son arrière, il avait mis son grand hunier en ralingue, avait appareillé sa misaine, et, traversant tout d'un coup ses voiles devant, était arrivé si promptement, qu'il put engager le beaupré de l'*Agile* dans ses grands haubans.

La situation du brick était terrible... Le navire était exposé au feu de toute l'artillerie ennemie, sans pouvoir riposter.

En une seconde, Roëllo se décida :

— Couchez-vous tous ! commanda-t-il d'une voix puissante.

On obéit.

Au même moment, une trombe de mitraille s'abattit sur le brick, crevant les bordages, hachant les agrès, mais ne causant pas grand mal à l'équipage, grâce à la précaution prise par le capitaine.

Roëllo, avant même que la fumée fût dissipée, sauta de son banc, et courut à l'avant.

— Guy, Le Jéguen, cria-t-il, pointez bien, et feu de vos deux pièces !

Les deux caronades de l'avant, les seules dont on pouvait efficacement se servir, tonnèrent dans une même détonation.

— Maintenant, en avant, les gars ! hurla-t-il, à l'abordage ! Ils sont à nous !

Et le premier comme toujours, dédaignant la civadière, s'accrochant aux filins du beaupré, il se rua à l'ennemi. On le vit une minute, accroché à une manœuvre, balancé par le vent dans la fumée, puis il lâcha tout, et tomba sur le pont de l'*Élisabeth*.

Les Anglais, qui croyaient avoir bon marché du brick, d'abord maltraités par les coups des canons de chasse, furent frappés de stupeur quand ils virent sur leur pont ces mêmes hommes qu'ils croyaient avoir à leur merci cinq minutes auparavant.

Roëllo, sa terrible massue au poing, semait la mort autour de lui. A ses côtés, Guy et Le Jéguen combattaient en héros ; mais la lutte était vraiment trop inégale, et l'intrépide corsaire allait succomber, quand les canonniers de l'*Agile*, inutiles dans le faux pont, vinrent apporter un puissant renfort à nos amis. C'était cinquante hommes de plus, qui faisaient de la besogne comme deux cents.

Aussitôt qu'Allan eut vu disparaître Roëllo, il abandonna la barre, et s'élança vers l'avant ; mais il s'arrêta net devant un homme qui, sortant de l'escalier des cabines, lui barra le passage.

— Là ! là ! je m'en doutais, saint Exocet, disait Toussaint Joël, et c'est pour ça que je surveillais la manigance, sainte Clémence !

— Veux-tu me laisser passer, vieux fou ? disait Brecknock furieux.

— Pardon, lieutenant, mais quand on est à la barre, il faut y rester...

— Est-ce toi qui nous donnes des ordres, à présent ?

— Je sais bien que vous êtes lieutenant...

— Eh bien ! alors ?

— Mais je sais aussi qu'il y a un capitaine, sainte Madeleine, et que quand le capitaine a commandé, il faut obéir, saint Casimir.

— Veux-tu, oui ou non, me livrer passage ?

— Jamais de la vie, ma bonne sainte Sophie !

— Prends garde !

— Laissez donc, vous savez bien que vous ne ferez pas peur au vieux Toussaint. Et puis, moi, je vous comprends bien, saint Gratien, mais c'est pour la sûreté de tous que je parle, mon grand saint Charles... Pardi, vous êtes jeune, et vous aimez manger de l'Anglais, quoique un peu leur cousin, saint Saturnin ; alors, vous vous dites : « Bah ! la barre se gardera bien toute seule ! Je vas aller me battre un petit moment ». Oui, mais si ça tourne mal pour les camarades, et s'il faut promptement virer de bord, mon saint Victor, l'*Agile* est flambé, car il n'y aura plus personne, sainte Maguelonne... Voilà pourquoi il faut rester à la barre, monsieur Brecknock.

Ces derniers mots furent dits d'un ton si ferme, qu'Allan comprit que le vieux était décidé à tout. Maîtrisant la rage folle qui faisait bouillir son sang, il répliqua d'un ton bonhomme :

— Allons, tu as raison, mais puisque tu es resté à bord, prends la barre à ma place, et laisse-moi aller me battre !

— A la bonne heure ! voilà qui est parlé. Vous m'auriez dit cela plus tôt, lieutenant, vous auriez pu aller vous amuser un brin ; mais, maintenant, il est trop tard, saint Gaspard : regardez, monsieur Brecknock.

Allan leva les yeux dans la direction indiquée par le timonier, et il vit le pavillon anglais qui glissait le long de la corne d'artimon.

— CETTE FOIS JE RÉUSSIRAI, J'EN SUIS SUR! DIT ALLAN.

Des cris furieux éclatèrent en même temps à bord de l'*Élisabeth*.

— Vive le roi ! vive la France ! hurla le vieux Toussaint en agitant son bonnet.

Près de lui, sir Harry Linton, livide de fureur, répétait en frappant du pied :

— C'est impossible ! se rendre à de pareils bandits. Oh ! l'amirauté le saura... je ferai fusiller le commandant !

Et Allan, atterré, murmurait, sans même entendre les cris de joie de Toussaint :

— La destinée est contre moi,... un charme protège cet homme...

Il nous faut maintenant retourner sur le pont de l'*Élisabeth* et expliquer les causes du rapide triomphe de Roëllo et de ses hommes.

En sautant à bord du navire anglais, lui quatrième, Jégo le bon gabier aperçut le pavillon d'Angleterre qui flottait joyeusement dans le vent. L'idée lui vint de faire une bonne farce aux Anglais et, sans s'arrêter un instant aux difficultés inouïes de son entreprise, il s'accrocha aux haubans de misaine qui se trouvaient en face de lui, atteignit la hune sans trop de mal et s'y blottit, attendant l'instant favorable. Quand il vit tout le monde occupé par le furieux combat qui se livrait sur le pont, Jégo commença son voyage aérien ; de vergues en manœuvres, de filins en haubans, il parvint enfin au bout de la vergue d'artimon où se balançait le rouge étendard. D'un seul coup de sa hache, il coupa la drisse, et le pavillon descendit...

Roëllo remarqua le premier la manœuvre, et cria aussitôt, d'abord en français, puis ensuite en anglais :

— Arrêtez, les gars ! Arrêtez, ils amènent leur pavillon, ne frappez plus, ils se rendent !

Les Anglais voyant le pavillon amené cessèrent toute résistance et, malgré le furieux désespoir du commandant de l'*Élisabeth* et de ses officiers qui voulaient prolonger la lutte et déclaraient que c'était une méprise, commencèrent à descendre dans la cale où ils allaient être provisoirement internés.

— Allons, messieurs, bas les armes ! dit Roëllo en s'avançant vers le groupe, toujours menaçant, que formaient les officiers.

— Pas avant de t'avoir fait payer ta traîtrise, misérable ! s'écria le commandant, sir Arthur Disley, qui déchargea son pistolet sur Roëllo désarmé.

Le corsaire chancela, ses genoux fléchirent, mais il se redressa, et montrant son front ensanglanté à ses hommes qui s'élançaient pour le venger :

— En arrière ! vous autres, commanda-t-il, il faut qu'on sache de quelle manière Roëllo se venge !

— Messieurs, continua-t-il, en s'adressant aux Anglais et avec un accent de noblesse suprême, si la balle de votre commandant avait blessé un seul de mes hommes, je vous aurais fait massacrer sans pitié ; mais il n'y a que moi de touché, je vous laisse la vie. Vous pourrez dire plus tard lequel a déshonoré le drapeau pour lequel il combat, du commandant de la marine royale d'Angleterre ou bien du corsaire de France.

Les officiers anglais baissaient la tête, et n'osaient même plus tourner leurs regards vers leur chef, qui, les yeux hagards, les mains tremblantes, semblait secoué par une crise de folie.

— Il sera donc toujours mon vainqueur ! s'écria avec désespoir sir Arthur Disley.

— Votre épée, monsieur ? demandait Roëllo.

Le vieux soldat pâlit encore et tirant un second pistolet de sa ceinture, il dit au corsaire :

— Vous rendrez témoignage, capitaine.

Avant qu'on eût pu s'opposer à son dessein, il approchait le canon de sa tempe, et se faisait sauter la cervelle.

Le cadavre tomba sur le pont comme une masse.

— Oh ! dit douloureusement Roëllo, le malheureux !

La mort tragique du commandant mettait fin à la résistance. Sombres et désespérés, les officiers se rendirent et suivirent bientôt leurs hommes dans la cale, où ils étaient gardés étroitement.

Il faut maintenant nous transporter à bord de la *Sainte-Marie*.

Avec son intrépidité ordinaire et confiant dans l'agilité de son navire, Kerbraz avait attaqué le *Rubis* et, grâce à l'habileté de ses pointeurs, y avait bientôt causé des dégâts considérables. Il cribla de mitraille le malheureux anglais qui, à demi démâté, ne pouvait plus manœuvrer, et ne tenta l'abordage que lorsqu'il jugea l'ennemi suffisamment démoralisé pour ne plus offrir grande résistance.

Pourtant, le combat fut des plus durs, et les Anglais se défendirent avec beaucoup de ténacité. Deux fois même, nos Bretons furent ramenés sur leur pont, et Kerbraz commençait à douter du succès, quand, à la troisième tentative d'abordage, il vit un homme le devancer et se ruer sur l'ennemi avec une sorte de fureur.

Kerbraz, stupéfait, reconnut Wouvermann. Le Hollandais semblait un autre homme. Ce n'était plus le petit vieillard malicieux et ricanant qui discutait le cours des cotons ou le change de l'or, c'était un terrible combattant qui, de sa hache, déjà rouge, fauchait parmi les rangs anglais comme un moissonneur en plein champ. Son visage avait pris une expression de cruauté, de férocité presque, et, à chaque adversaire qu'il abattait, un rauque soupir de joie s'échappait de sa gorge.

Les matelots de la *Sainte-Marie*, entraînés par l'exemple du Hollandais, faisaient des prodiges ; enfin les Anglais mirent bas les armes.

Quand le pavillon de France fut hissé à l'artimon et que Kerbraz, revenu sur le pont de son navire, eut donné tous les ordres nécessaires, il chercha du regard l'héroïque vieillard, et l'aperçut bientôt, assis sur une pile de cordages. Son visage n'exprimait plus qu'une horrible tristesse, et dans toute son attitude, il y avait quelque chose de lassé, de désespéré presque. Ses yeux erraient sur les flots.

Le corsaire alla droit au vieillard et, lui frapppant sur l'épaule :

— Eh bien ! petit homme, tous mes compliments !

— Ah ! c'est vous, Kerbraz ? fit le Hollandais, qui avait tressailli.

— C'est moi-même qui viens vous dire que, sans vous, la victoire nous échappait.

— Vous voulez rire...

— Non, non, sur l'honneur, mes hommes commençaient à bouder un peu quand vous êtes venu à la rescousse... Quelle ardeur et quel poignet !... A vous tout seul, vous avez bien tué plus de dix Anglais.

Une lueur de haine brilla encore dans les yeux pâles du vieux.

— Bah ! dit-il gaiement en faisant un effort pour ne rien laisser paraître de son émotion, j'ai fait de mon mieux, voilà tout.

Wouvermann s'était levé. Kerbraz passa son bras sous le sien, et lui dit à voix basse :

— Il faut que vous ayez un terrible compte à régler avec les Anglais...

— Pourquoi me dites-vous cela ? demanda le Hollandais, devenu subitement très pâle.

— Parce que vous y mettez de l'acharnement, mon camarade. Je vous regardais travailler : à chaque Anglais qui tombait, quand vous aviez crevé une poitrine ou fendu un crâne, une expression de joie triomphante éclatait sur votre visage.

Le Hollandais resta silencieux un moment, puis, posant sa main sur le bras de Kerbraz, il dit presque timidement :

— Je vous fais horreur !

Le corsaire se mit à rire.

— Vous plaisantez, petit homme ; j'ai d'abord été un peu stupéfait, car je ne savais pas que l'abordage fût dans vos habitudes ; puis, ensuite, j'ai admiré, et vous admettez bien que je m'y connais un peu... Entre nous, voyons, vous pouvez l'avouer, vous avez dû faire aussi la course, dans le temps ?...

— J'ai fait mieux que ça, Kerbraz...

Et ses yeux brillaient d'un éclat extraordinaire. Il ajouta après un regard sur la mer :

— Avez-vous quelques instants à me donner, mon capitaine ?

— Certainement, les Anglais ne seront pas dans nos eaux avant une heure...

Puis, élevant la voix et s'adressant à Louis qui surveillait le transport des blessés :

— Hé ! gars, dit-il, prends le commandement jusqu'à tout à l'heure ; s'il survenait quelque chose de grave, on me trouverait dans ma cabine.

Puis il descendit l'escalier et entra dans sa chambre où Wouvermann le suivit.

Ils restèrent silencieux un long moment ; enfin le Hollandais dit, avec un pâle sourire :

— C'est un étrange instant, en vérité, que j'ai choisi pour vous conter mon histoire, et pourtant vous verrez qu'elle se place bien entre deux combats, tandis que le sang rougit encore le pont des navires, tandis que dans l'air, flotte encore l'odeur lourde de la poudre.

Ici le Hollandais se recueillit une minute, puis il commença son récit :

— En 1760, je me rendis dans l'Inde pour une affaire de commerce, et je débarquai à Pondichéry, alors aux mains des Anglais. Le Mysore était en feu et Waren Hastings préludait aux atrocités qui ont rendu son nom si tristement célèbre. Malgré les dangers que je pouvais courir, je dus m'engager dans l'intérieur pour compléter une cargaison d'ivoire qui devait m'assurer un gros bénéfice. Pris par les Hindous, pendant ma seconde journée de marche, j'étais conduit devant Doulah Singh, rajah de Maïssour, qui luttait alors pour l'indépendance avec une farouche énergie. Quand il eut appris de ma bouche quelle était ma nationalité, il me marqua une bienveillance peu commune et, de mon côté, je me sentis entraîné vers lui par une véritable sympathie. J'étais venu à Maïssour dans l'intention d'y séjourner un mois, j'y restai trois ans, comblé de bontés par mon ami qui joignait aux plus rares qualités du cœur une remarquable intelligence et des aptitudes singulières pour les sciences modernes. A ses côtés, je luttai contre l'Anglais envahisseur et, plus d'une fois, la victoire vint favoriser nos efforts. Ce fut à cette époque que, à la tête de quelques vaisseaux, j'osai attaquer des navires de la marine britannique, et que j'obtins des succès dont on parla jusqu'à Londres. On m'appelait le Capitaine Noir.

— Comment ! interrompit Kerbraz au comble de l'étonnement, ce Black Captain, dont on a tant parlé dans les temps, c'était vous !

— Moi-même, dit modestement le Hollandais.

— Tous mes compliments, petit homme ! à présent je ne m'étonne plus de vos prouesses de tout à l'heure.

Peter Wouvermann sourit doucement.

— Le bras a été bon, dit-il en hochant la tête, mais maintenant je suis un vieux bonhomme.

Il rêva un instant, puis il poursuivit :

— Nous fîmes tant, Doulah Singh et moi, que les Anglais finirent par offrir la paix, le rajah en dicta les conditions, et je rentrai en Hollande où depuis longtemps tout le monde me croyait mort.

« Doulah Singh ne m'avait laissé partir que sur la promesse formelle que je lui avais faite d'être de retour à Maïssour avant qu'une année ne fût écoulée.

« Toutes mes affaires mises en ordre, je m'embarquai donc pour les Indes.

« Quatre mois après, j'avais la joie de retrouver mon cher prince qui vivait en paix au milieu de sa famille composée de deux jeunes princes et de trois princesses, tous accomplis et comblés des dons du ciel les plus précieux.

« Pendant quelques années, le temps s'écoula paisible, je continuais mon commerce, et, chaque fois que l'occasion me portait dans les parages de l'océan Indien, j'allais rendre visite à Doulah Singh.

« L'année dernière, au moment où je débarquais à Pondichéry, je recueillis des bruits sinistres qui couraient parmi la population indigène. Je doublai les étapes pour arriver plus vite à Maïssour... La ville n'était plus qu'un monceau de ruines sur lesquelles campaient les Anglais victorieux.

« Le désespoir que me causa cette vue me poussait aux plus extrêmes résolutions, et j'aurais peut-être tenté quelque inutile folie quand, la raison reprenant ses droits, je me persuadai bien que j'avais d'autres devoirs à accomplir.

« Je restai caché toute la journée au milieu des décombres d'un petit temple de Siva, que Doulah Singh honorait d'une dévotion particulière, et j'en sortis dès que la nuit fut venue. Je connaissais, dans les environs de la capitale, un village de parias qui avait peut-être échappé à la rage des envahisseurs.

« J'y arrivai après une marche de deux heures, et j'attendis le jour dans les branches d'un arbre où je m'étais réfugié par crainte des bêtes féroces.

« Aux premières lueurs de l'aube, j'entrai dans le village et je me fis reconnaître.

« Je trouvai bientôt Douressamy, l'un des plus fidèles serviteurs de Doulah Singh, qui me fit alors le récit atroce que je vais vous dire.

Ici le Hollandais se recueillit une minute, et Kerbraz vit de grosses larmes qui jaillissaient de ses yeux. Il continua enfin, lentement et à voix basse, comme s'il eût été en présence des morts chéris qu'il pleurait toujours :

— Sans provocation, sans déclaration de guerre, au mépris absolu du droit des gens, les Anglais avaient attaqué la nuit Maïssour. Les portes avaient été enlevées sans résistance et les misérables agresseurs se répandirent dans la ville où ils commencèrent un massacre en règle. Ni les femmes, ni les enfants ne purent obtenir grâce : tout fut passé au fil de l'épée ; bientôt des incendies s'allumaient et des lueurs sinistres éclairaient l'horreur de cette terrible nuit.

« Aux premières nouvelles de l'attaque, Doulah Singh, sans s'étonner, tenta d'organiser la résistance, mais en dehors de sa garde et de ses serviteurs, il ne put rallier autour de lui que quelques officiers qui étaient accourus au palais.

« A la tête de cette faible troupe, le prince chargea les Anglais qui, à ce moment, débouchaient sur la grande place, les enfonça et, après une lutte désespérée, parvint à les rejeter hors des murs.

« Mais cette suprême victoire devait être le dernier succès des Hindous. Les Anglais, exaspérés de leur échec, amenèrent du canon devant Maïssour et, en un bombardement de cinq jours, anéantirent la fière cité. Avec les faibles ressources dont il disposait — il n'avait pas deux mille hommes, — Doulah Singh fit des prodiges. Avec une audace incroyable, il attaqua trois fois les retranchements ennemis, et parvint même à enlever deux canons. Tant de valeur devait être inutile. Le sixième jour, les Anglais donnèrent l'assaut aux murailles écroulées.

« Tout ce que l'intrépidité et le désespoir peuvent inspirer fut mis en œuvre par les défenseurs ; mais, écrasés sous le nombre, ces braves gens tombèrent un à un sans songer à demander quartier. Barricadé dans son palais avec ses derniers fidèles, le rajah résista encore deux jours, mais enfin il fallut succomber. L'héroïque prince n'eut même pas la suprême consolation de tomber face à l'ennemi. Surpris traîtreusement, enveloppé de toutes parts, il eut cette agonie de se voir vivant entre les mains des Anglais !

« On le traîna devant le commandant en chef de l'expédition, c'était celui que les Anglais ont surnommé le Héros de l'océan Indien.

— Sir Harry Linton ! interrompit vivement Kerbraz.

— Sir Harry Linton, répéta lentement Wouvermann. Ce fut donc devant ce monstre que parut le rajah. En même temps paraissaient, poussés comme un vil bétail, le prince Tendjab, les princesses Sita, Djemmé et Mavourita. A la vue de ses enfants chéris étroitement garrottés et brutalisés par les bandits, l'infortuné ne put retenir ses larmes, et il envia le sort de son fils aîné, Tadjor, qui était glorieusement tombé pendant le combat.

« — J'avais pu me glisser derrière une tenture, me dit Douressamy, et j'assistai à toute la scène que je vous raconte.

« Après avoir insulté grossièrement le vaincu, l'Anglais, s'approchant de Doulah Singh, lui dit :

« — Il y a encore un moyen pour toi de sauver ta vie.

« — J'ai assez vécu, répondit le rajah, et je ne demande rien.

« — Si tu ne demandes rien pour toi, j'ai d'autres otages pour lesquels je te forcerai bien d'implorer !

« Doulah Singh frémit, et ferma les yeux.

« — La vie de tes enfants est entre mes mains, poursuivit le misérable, un mot de toi peut les sauver.

« — Quelles sont tes conditions ? demanda le prince, au désespoir.

« — Attends un peu, il est inutile que mes hommes entendent ce que j'ai à te dire « Il entraîna le rajah du côté où je me tenais caché. Je craignis un instant d'être découvert, mais ils s'arrêtèrent à deux pas du rideau.

« — Voilà ce que je te propose, dit alors sir Harry Linton. Livre-moi tes trésors, et tes enfants auront la vie sauve, ainsi que toi.

« Doulah Singh releva fièrement la tête.

« — Si ces trésors m'appartenaient, dit-il avec fermeté, je te les abandonnerais sur-le-champ, mais tout cet or épargné par mes ancêtres et par moi-même appartient désormais à la cause sacrée que nous défendons : cet or servira à acheter de la poudre et du fer pour chasser plus tôt les Anglais de l'Inde.

« Avec un cri de rage, Linton frappa le prince au visage et le fit attacher à une colonne, puis il donna des ordres et tous ses hommes sortirent. Il restait désormais seul, dans la vaste salle, avec ses prisonniers.

« Quand le dernier Anglais eut disparu, il saisit par la main la princesse Sita, et l'amenant devant son père :

« — Une dernière fois, veux-tu me livrer ce que je te demande?

« Doulah Singh ne répondit pas.

« Alors, tirant un pistolet de sa ceinture, Linton fit feu sur la malheureuse enfant qui tomba la tête fracassée.

« Le prince, avec un rugissement, fit un effort terrible pour s'élancer sur le meurtrier, mais les liens étaient solides: les Anglais connaissaient bien leur métier de bourreaux.

« Le misérable revenait déjà avec la princesse Djemmé qui suppliait et sanglotait.

« Derrière mon rideau, je me tenais prêt à bondir, attendant l'occasion favorable. Mais je n'avais pas d'armes ; néanmoins il fallait agir.

« — Vas-tu parler, maintenant? demanda-t-il au prince.

« — Sois maudit, tu ne sauras rien.

« Linton allait frapper…

« Je fis trois pas en rampant, puis je bondis comme un tigre, et saisis l'Anglais à la gorge… Par malheur, avant que j'aie pu le saisir au cou, il avait pu pousser un cri d'appel qui avait été entendu. Des soldats accoururent et, en une minute, je fus terrassé et garrotté.

« Linton était épouvantable à voir. Son masque blême était marbré de taches rouges ; sa bouche se tordait en un horrible rictus, ses dents grinçaient, ses yeux lançaient des flammes.

« Il bégaya quelques mots inarticulés, tout le monde sortit, et nous restâmes seuls en présence, avec, comme témoins, le rajah et ses enfants.

« — Tu as voulu sauver tes maîtres ! me cria-t-il, eh bien ! tu vas les voir tous tomber l'un après l'autre sous mon poignard, je ne te frapperai que le dernier…

« Et, sous mes yeux, il égorgea la princesse Djemmé…

« Doulah Singh, vaincu, comprenant que rien n'arrêterait le monstre, jeta un cri douloureux, et dit d'une voix brisée :

« — Je consens à tout, tu sauras mon secret, tu pourras prendre mon or, mais épargne les deux enfants qui me restent, ainsi que Douressamy, mon serviteur.

« — Soit, dit l'Anglais, dont les yeux étincelaient d'une joie féroce, mais je les garderai en otage, jusqu'au jour où j'aurai la certitude que tu ne m'as pas trompé.

« Le prince alors, lui donna toutes les indications nécessaires pour retrouver le trésor des rajahs de Maïssour, qui était caché dans la pagode d'Angotka.

« Aussitôt qu'il fut en possession du précieux secret, l'Anglais nous fit conduire en prison. Le cachot où l'on me jeta m'était parfaitement connu. Malgré son apparence absolument close et ses murs qui semblaient défier toute tentative d'évasion, c'était justement le réduit qui aboutissait à l'entrée du souterrain conduisant fort loin dans la campagne, et que le grand-père de Doulah Singh avait fait construire à l'époque des guerres civiles. Je connaissais parfaitement les ressorts cachés qui ouvraient le passage et, dès que la nuit fut venue, je quittai ma prison.

« Cependant, Waren Hastings, qui jalousait Linton, ayant entendu parler des atrocités commises par ce dernier, jugea le prétexte excellent pour se débarrasser de son rival, et lui donna l'ordre de s'embarquer immédiatement pour l'Angleterre, afin de rendre compte de ses actes au gouvernement.

« Linton obéit, la rage au cœur ; mais, comme il avait appris mon évasion, sans pouvoir se l'expliquer, il fit établir un poste à la pagode d'Angotka, avec ordre de ne laisser approcher personne.

ALORS, TIRANT UN PISTOLET DE SA CEINTURE, LINTON FIT FEU. (P. 96).

« Puisque le ciel vous envoie ici, je vais vous livrer le secret des rajahs, afin que vous tentiez l'impossible pour sauver le trésor. Seul, je ne puis rien, j'échouerais dans quelque tentative désespérée, mais le Capitaine Noir réussira. »

« Ce fut ainsi que je devins possesseur des documents que je vous ai confiés, ajouta le Hollandais.

— Mais, demanda Kerbraz, comment finit Doulah Singh et quel fut le sort de ses enfants ?

— Avant son départ, sir Harry Linton le fit étrangler dans sa prison, car il craignait ses révélations. Le cadavre fut montré au peuple épouvanté. Quant aux enfants, nul n'en entendit plus jamais parler, et tout porte à croire qu'ils ont subi le même sort que leur malheureux père.

— C'est horrible !

— Vous comprenez maintenant ma haine pour tout ce qui porte le nom anglais. Mais ma tâche ne fait que commencer, car j'ai fait le serment de ne pas prendre de repos avant d'avoir vengé ces lâches assassinats, de si terrible façon que les Anglais renoncent pour toujours à ces hideux massacres, de crainte de justes représailles.

— J'ai compris, Peter Wouvermann, et désormais je m'associe à votre œuvre. La moitié du trésor, je n'en veux pas. Nous n'aurons pas trop d'or pour accomplir les grandes choses qui nous restent à faire.

— Ah ! brave cœur ! s'écria le Hollandais, en serrant les mains du corsaire, je n'aurais pas dû douter de vous, mais je n'osais croire à un pareil dévouement, et maintenant, quand vous en aurez fini avec les Anglais, recommencerez-vous le combat avec Roëllo ?

Kerbraz s'assombrit :

— Pour quelle femmelette me prendra-t-il, si je décline le combat que je lui ai demandé ?... Enfin, nous verrons bien... Je prendrai conseil des circonstances... Pour l'instant, il faut que je remonte sur le pont, nos Anglais ne doivent pas être loin.

Au même moment, la porte de la cabine s'ouvrait, et Roch Arvor disait laconiquement :

— L'ennemi à portée de canon.

— Où est l'*Agile* ?

— Sous notre hanche de bâbord.

— Il a commencé le combat ?

— Oui, capitaine.

— Je vais aller l'aider un peu.

Le corsaire se leva, et, suivi de Wouvermann, s'engagea dans l'escalier du pont.

VII

LA TEMPÊTE

Le *Rubis* et l'*Élisabeth* étaient aux mains des corsaires. La première partie du plan si hardi de Roëllo et de Kerbraz avait été triomphalement exécutée ; il restait maintenant à mettre à la raison les trois vaisseaux anglais qui forçaient de voiles pour venir au secours de leurs camarades.

Roëllo avait fait passer une vingtaine d'hommes sur l'*Élisabeth* avec Le Jéguen. Leur consigne était de charger les canons de l'anglais et d'envoyer la bordée à bonne portée au moment où les navires ennemis viendraient engager l'action. Kerbraz avait pris les mêmes dispositions, et, de la sorte, les rôles se trouvaient changés et les Français avaient un formidable avantage d'artillerie.

En attendant l'attaque, Roëllo fit appeler Brecknock.

— Monsieur Brecknock, lui dit-il d'un ton sévère, quand l'officier fut en sa présence, vous avez eu tout à l'heure une manœuvre malheureuse qui, sans le succès de mon abordage, aurait certainement causé la perte de mon navire. Je vous prie de me donner quelques explications à ce sujet.

Allan savait très bien qu'avec un marin comme Roëllo, il n'y avait pas de mauvaises raisons à donner ; il prit son parti très vite et répondit avec un accent de franchise parfaitement joué :

— Je mérite une punition, capitaine, j'ai manqué de sang-froid et de coup d'œil au moment où l'*Agile* rangeait l'arrière de l'*Élisabeth*. Je le répète, j'ai perdu la tête et j'ai donné un faux coup de barre.

— Voilà un moment d'égarement qui pouvait être mortel pour tous !...

— Je le sais, capitaine. Aussi bien, si le vieux Toussaint ne m'en avait pas empêché, je ne serais pas en face de vous en ce moment.

— Que voulez-vous dire, monsieur ?

— Je veux dire que je voulais expier par ma mort, la faute commise, et trouver un trépas honorable en combattant.

Roëllo se tourna vers Toussaint qui écoutait la conversation, les mains dans ses poches.

— Eh bien, vieux ? interrogeait-il.

— Pour ça, c'est bien vrai, pour sûr, répondit Joël en se dandinant, et même que je m'en doutais. Je m'étais dit : le lieutenant il va vouloir crocher un coup, alors bernique, plus personne à la barre... Je me cache dans un coin de l'escalier des cabines et puis j'attends... Oh ! ça n'a pas été long, saint Siméon... A peine vous avait-il vu sauter sur le pont de l'anglais, saint Protais, que voilà qu'il se lance comme un furieux... Oui, mais le père Toussaint était là, saint Gildas, qui lui a expliqué bien poliment qu'il fallait rester à son poste, malgré toute l'envie qu'on ait de chiffonner un peu les habits rouges.

Roëllo ramena sur Brecknock des regards bienveillants, et dit en lui tendant la main :

— Allons, Brecknock, que tout soit oublié, mais, mille diables, n'ayez plus de pareils moments d'émotion à la première affaire, ou je ne réponds plus de l'*Agile* !

Allan s'inclina, tout pâle de la contrainte qu'il venait de s'imposer en s'humiliant devant ce Roëllo détesté, puis il dit avec un ton d'intérêt :

— Mais vous êtes blessé, capitaine !

Le corsaire porta la main à son front :

— Bah ! dit-il en souriant, une écorchure ! Pourtant le coup a été bien visé ; un pouce plus bas, Roëllo l'Abordage avait un bel enterrement sans fosse ni bière.

Brecknock tressaillit et une lueur de haine jaillit de ses yeux ; mais le corsaire ne le vit pas. Il venait d'apercevoir sir Harry Linton qui, penché sur le bordage, le cou tendu dans la direction des vaisseaux anglais, semblait vouloir s'élancer vers eux pour les faire venir plus vite à la bataille et à la vengeance.

Une rage froide, qui poussait l'exaspération du vieux marin presque jusqu'à la folie, creusait ses traits et blêmissait sa face ; la prise de l'*Élisabeth* et du *Rubis* avait été pour lui un double coup qu'il avait ressenti terriblement.

Il n'entendit pas le corsaire s'approcher ; ce fut seulement quand la voix de Roëllo frappa ses oreilles qu'il se retourna.

Le marin disait :

— Commodore, vous avez été mauvais prophète...

Et sa main désignait la poupe de l'*Élisabeth* où flottait le pavillon de France.

Sir Harry Linton fit un prodigieux effort pour rester maître de lui, et répondit froidement :

— La fortune vous favorise, capitaine, car vous êtes tombé sur un misérable qui s'est rendu avant de combattre. J'ose espérer que vous estimerez comme moi qu'ils ne sont pas nombreux dans la marine britannique, les lâches de cette espèce.

Roëllo avait l'âme trop haute pour laisser planer un soupçon d'infamie sur un homme qui avait fait son devoir. Il ne pensait plus que ce même homme avait voulu l'assassiner.

— Vous vous trompez, monsieur, dit-il, le commandant n'a rien à se reprocher. C'est sans son ordre que le pavillon a été abattu, et il a fait d'incroyables efforts pour ramener au combat ses marins et ses soldats démoralisés et déposant les armes.

Un éclair de joie traversa les yeux du vieil officier.

— A la bonne heure, dit-il, et j'aime mieux accuser la fatalité, qu'un camarade.

Puis il ajouta, les yeux toujours fixés sur les voiles anglaises :

— Mais tout n'est pas dit encore, et la chance peut tourner.

— Bah ! repartit insoucieusement Roëllo, le plus fort est fait. Nous avons déormais, grâce à nos prises, assez de canons pour couler en une heure les trois vaisseaux qui viennent à nous.

— Vous en parlez bien légèrement ; mais vous ignorez sans doute que vous allez être aux prises avec le *Scotland* de 80 ?

— Tant mieux ! plus les navires ennemis sont gros, plus on a de place pour loger ses boulets. Vous allez voir tout à l'heure votre *Scotland* couler comme une gabare.

Furieux, sir Harry Linton tourna le dos au corsaire après avoir fait un signe imperceptible à Brecknock, qui le suivit sans affectation.

Quand ils eurent gagné l'avant, et comme personne ne les observait plus, le commodore dit à Brecknock :

— Vous n'avez donc rien pu faire encore ?

— Comptez-vous pour rien ma manœuvre de tout à l'heure ? J'ai engagé, en abordant, le brick, de telle façon que je le croyais bien perdu. Il a fallu toute la hardiesse de cet homme...

— Un rude marin tout de même ! murmura Linton.

— Il faudrait pourtant en finir...

— Le jour n'est pas encore venu ; il triomphera encore dans le nouveau combat qu'il va livrer, et ces trois navires que vous voyez s'avancer vont devenir pour ces maudits corsaires une proie facile.

— C'est à rendre fou !...

— Patience ! notre heure viendra. Celui qui sait attendre est le plus fort.

— Que vous a-t-il dit tout à l'heure ? compte-t-il tenter un nouvel abordage ?

— Non, je crois que son intention est d'écraser nos vaisseaux sous son canon.

— Rien à faire, alors ! murmura Allan avec découragement.

Un coup de sifflet qui appelait tout le monde à son poste vint interrompre la conversation des deux Anglais.

Les navires ennemis étaient maintenant presque à portée de canon. On pouvait admirer leur silhouette puissante, leur mâture hardie. En tête venait le *Scotland* qui s'avançait majestueusement, et se dirigeait vers l'*Élisabeth* qui formait le conserve de l'*Agile*.

Toute la bordée de l'anglais tonna en même temps, mais la distance était encore trop grande, et les boulets impuissants vinrent s'enfoncer dans l'eau, à quelques toises des deux bâtiments qui ne daignèrent même pas répondre.

Kerbraz, cependant, ne restait pas inactif. Semblant abandonner sa prise, il forçait de voiles, et se dirigeait hardiment et à grande allure vers la ligne ennemie qu'il coupait entre le *Scotland* et l'*Adventure*, le second des navires anglais. A portée de pistolet, il lâcha sa bordée au *Scotland*, tandis que l'*Élisabeth* et l'*Agile* faisaient feu à leur tour de tous leurs canons. Grâce à cette manœuvre qui le prenait entre deux feux, le malheureux navire anglais fut criblé de projectiles, et eut son mât de misaine coupé au ras du pont.

La *Sainte-Marie* avait viré de bord avec une agilité merveilleuse et revenait soutenir le *Rubis* qui avait engagé la lutte avec l'*Adventure* et l'*Edward* qui était un navire beaucoup plus faible. Désormais, l'issue du combat ne pouvait être douteuse, car le *Scotland* démâté ne pouvait plus manœuvrer, et se trouvait exposé au feu terrible des Français, sans pouvoir y répondre d'une façon efficace.

Roëllo, à la barre, gouvernait et commandait, et, sous sa main habile, le brick évoluait comme un canot.

Toussaint Joël, près de lui, fumait sa pipe tranquillement et admirait, en connaisseur, les beaux coups des pointeurs de l'*Agile* ; pourtant, depuis quelques instants, il considérait le ciel avec un semblant d'inquiétude. Enfin, il dit à Roëllo :

— Capitaine !...

— Quoi, vieux ?

— Regardez donc un peu le petit grain qui nous vient là-bas.

Vivement, le corsaire regarda le ciel. Dans le nord-ouest une tache grise, très visible maintenant, allait s'élargissant avec rapidité.

— Oh ! oh ! dit-il, tu appelles ça un grain, mon camarade, c'est une jolie tempête que nous allons essuyer. Heureusement que les boulets anglais ont épargné notre coque, car voilà un coup de vent qui va nous donner la chasse de belle façon.

Puis se penchant sur son porte-voix :

— Attention ! cria-t-il.

Et les commandements se succédèrent avec rapidité.

A ce moment, l'*Agile* rangeait l'arrière de l'*Élisabeth*.

— Hé ! Le Jéguen ! cria le corsaire.

Le jeune homme, qui était sur la dunette de la prise anglaise, se retourna vivement.

— Gare au grain, mon garçon, et si tu ne peux pas me rallier après le coup de vent, rendez-vous à Saint-Louis où nous ferons aiguade.

— Bien, capitaine ! répondit l'officier.

— Pour tes prisonniers, désarme tout le monde, et tiens-les dans l'entrepont, avec des canons chargés à mitraille aux panneaux.

— Entendu, capitaine, j'ai vingt-cinq gaillards qui en valent cent.

— Bonne chance, mon gars...

— Ne craignez rien pour moi, capitaine, le navire est bon et...

Le reste se perdit dans le vent.

La brise faisait déjà craquer la mâture et vibrer les cordages ; les poulies fatiguaient avec un plaintif grincement qui se confondait avec les cris des oiseaux de mer effrayés.

La situation resta la même pendant une heure environ.

Le combat avait cessé. Devant la formidable menace des éléments, le canon s'était tu. Les Anglais prenaient leurs dispositions en présence de l'orage, et la *Sainte-Marie* était déjà à sec de toile.

Tout à coup, le vent augmenta d'intensité, en même temps que le ciel, noir jusque-là, prenait une teinte cuivrée. De houleuse qu'elle était, la mer devint furieuse. Bientôt la tempête battit son plein : les lames plus courtes, plus serrées, bondissaient autour du navire, l'enveloppaient de leur étreinte, faisaient craquer sa membrure, le fouettaient de leurs chocs répétés.

Des montagnes d'écume s'élevaient qui croulaient sur le pont, balayant tout.

Dans le ciel bas, livide, de gros nuages noirs couraient comme d'énormes oiseaux affolés.

L'*Agile* filait dans le sud avec une prodigieuse vélocité, et semblait voltiger à la crête des lames.

— Hé, hé, capitaine, disait Toussaint, un joli coup de tabac !

— Tant mieux, répondait Roëllo, ça nous fait faire de la route.

Dans la cabine de Maryvonne, les deux jeunes filles étaient à genoux ; Maryvonne priait ardemment, Diana songeait.

C'était un hommage reconnaissant que la fille du corsaire adressait au Ciel.

Désormais, grâce à la tempête, Kerbraz et Roëllo ne pourraient plus se joindre de longtemps.

La porte de la cabine s'ouvrit, et Guy parut sur le seuil. Sans mot dire, il vint s'agenouiller entre les deux jeunes filles, et, devinant la prière de sa sœur, pria comme elle.

Enfin Maryvonne se releva, et elle dit à Guy :

— Tu le vois, mon cher frère, Dieu nous a exaucés.

Pour toute réponse, le jeune homme mit un long baiser sur le front de sa sœur. Sûre de n'être pas observée, Diana enveloppait les deux beaux enfants d'un regard de haine. Elle craignit sans doute que l'expression de son visage fût remarquée, car elle sortit de la cabine, s'accrochant à tout ce qu'elle pouvait rencontrer sous ses mains, afin de ne pas tomber.

Mais Guy s'était promptement aperçu de son absence. Il s'élança au dehors, et la rejoignit dans l'escalier. Un coup de roulis plus violent faillit les renverser tous les deux.

— Au nom du ciel, mademoiselle ! s'écria le jeune homme, ne montez pas sur le pont.

Diana se retourna, et montra au pauvre garçon un visage si courroucé qu'il ne put que balbutier :

— Je vous en prie... Diana...

— Et s'il me plaît, à moi ! répliqua la jeune fille avec violence. Suis-je une enfant pour que vous soyez toujours à me surveiller, à épier chacune de mes actions !

— Oh ! vous êtes méchante ! balbutia Guy.

— Laissez-moi passer !

— Permettez-moi au moins de vous accompagner ! Les lames balayent le pont en grand...

— Seule ! j'irai seule !

— Diana !

— D'ailleurs, que votre sollicitude ne s'alarme pas, continua-t-elle d'un ton ironique, mon frère doit être là-haut, il guidera mes pas chancelants !

Elle éclata de rire, et gravit les derniers degrés de l'escalier.

En bas, Guy se tordait les mains.

— Elle m'exècre, disait-il, elle n'a pour moi que haine et mépris ! Je suis un fou de l'aimer !

Diana, cependant, avait pu gagner le pied du mât de misaine et, se tenant solidement cramponnée aux cabillots, elle contemplait la mer. L'écume et le vent lui fouettaient la face, mais c'était avec une sorte de joie qu'elle recevait les brutales caresses de l'ouragan. Et puis ce tumulte, ces grondements, ce désordre furieux des flots la ravissaient. C'était bien l'image de son âme tourmentée. Il lui semblait qu'elle respirait mieux dans la tempête. Qu'elle les trouvait belles, ces lames énormes, qui s'écrasaient, se tordaient, se relevaient échevelées et hurlantes, semblables à des furies ! Aucune crainte du péril ne l'agitait. Ils ne pouvaient rien contre elle, ces éléments déchaînés qui semblaient s'associer à sa haine. Ils étaient ses alliés, ses complices !

L'*Agile* ne naviguait plus qu'avec ses focs, et était néanmoins emporté comme en un tourbillon.

— Combien de nœuds filons-nous ? cria dans le vent Roëllo à la barre.

Toussaint Joël, qui tenait le loch, répondit :

— Plus de vingt nœuds, capitaine.

— Eh bien ! vieux, si nous continuions de ce train-là, nous serions avant un mois bien près de notre mouillage.

— Est-ce que je puis monter près de vous, capitaine ?

— Pour quoi faire, je gouverne bien tout seul ; quand je serai fatigué, tu me remplaceras.

— C'est pas pour ça, capitaine.

— Alors, explique-toi.

— Je ne peux pas, capitaine.

— Au diable le vieux fou !

— J'ai à vous parler, à vous tout seul.

— Ah ! bon, grimpe alors.

Toussaint quitta l'arrière, et commença son voyage. Roulant, tombant, glissant, tantôt debout, tantôt à quatre pattes, le vieux timonier parvint enfin à la dunette où il se hissa. Il avait frôlé Diana sans la voir. Instinctivement, la jeune fille avait passé de l'autre côté du mât, au moment où elle avait vu Joël quitter son poste de l'arrière. Quand le timonier fut à côté du capitaine, elle se glissa sous la dunette, et se maintint comme elle put aux montants de l'échelle.

Comme les deux hommes, quoique placés à côté l'un de l'autre, étaient forcés de crier à cause du fracas de la tourmente, elle put entendre la plus grande partie de la conversation.

— Allons, maintenant, parle, disait Roëllo.

Au lieu de répondre, Toussaint interrogea :

— Franchement, capitaine, de matelot à matelot, entre les deux yeux, qu'est-ce que vous pensez du lieutenant ?

— C'est de M. Brecknock que tu parles ?

— Parbleu, c'est pas de Le Jéguen qui est le fils de mon cousin, grand saint Ruffin !

— Eh bien, M. Brecknock me paraît un bon officier, un homme de courage et de résolution.

— Bon. Vous ne trouvez pas drôle la façon dont il a embarqué, saint Barnabé ! vous n'avez jamais réfléchi que c'était tout de même curieux qu'il se trouvât juste à point pour remplacer notre Marius, mon gracieux saint Fortunatus ?

— Mais tu deviens fou, ma parole d'honneur ! N'est-ce pas sur ta recommandation qu'il s'est présenté chez moi ?

— Possible, mais, à ce moment-là, je ne voyais qu'un bon marin de plus à embarquer à bord du brick. Je ne pouvais pas me douter qu'on massacrerait M. Lacaussade, et qu'il aurait sa place.

— Comment, toi, mon vieux Toussaint, tu serais jaloux !

— Des bêtises, Roëllo, vous savez bien que je n'ai jamais voulu d'avancement, que ma place me plaît comme ça, et que je mourrai timonier-chef à bord de l'Agile, si c'est l'idée du bon Dieu et de Messieurs les saints.

— Alors, je ne te comprends plus.

— Je vas vous déralinguer mes idées, et tout à l'heure ça va être clair comme un fond de sable.

— A la bonne heure, vieux, car jusqu'à présent tu n'as pas brillé par la clarté.

— Attention ! me voilà paré. Donc, je rencontre le Brecknock qui m'embobine, et je vous le présente. Bon, vous n'en voulez pas. C'est parfait. Là-dessus, on appareille ; mon Lacaussade reçoit un atout qui manque de lui faire filer son grelin jusqu'au bout et l'Angliche reparaît. Va toujours. Le voilà lieutenant, et puis on lui découvre une sœur. Mais, comme il manœuvrait en fin corsaire, rien à dire. On bûche un peu sur le *King William*, il travaille proprement... Jusque-là tout va bien...

Ici, le vieux marin, fatigué d'en avoir tant dit d'une seule haleine, s'arrêta un instant. Roëllo en profita pour lui dire :

— Mais je sais tout cela, Joël.

— Attendez, reprit le timonier, c'est à propos d'aujourd'hui que ça va changer. Voile au vent, branle-bas, aborde en plein... Diable ! mon Brecknock est à la barre et manque de nous faire couler par l'anglais. Puis il lâche le gouvernail pendant l'abordage...

— Mais tu m'as dit toi-même que c'était pour aller se battre.

— Possible que j'aie dit ça. Mais alors, j'avais pas vu ce que j'ai vu après.

— Qu'est-ce que tu as donc vu, Toussaint ?

— Vous vous rappelez bien quand, après l'avoir réprimandé, vous lui avez donné la main, en brave homme que vous êtes ; d'abord, il m'a paru qu'il n'y allait pas de franc cœur ; mais enfin, rien à dire, chacun a ses idées et son tempérament. Mais après, comme j'étais occupé à réparer les caps de mouton des haubans du grand mât, en dehors de la lisse, par conséquent, j'entends la voix du commodore et la voix du Brecknock. « Qu'est-ce qu'ils peuvent fiche ensemble ? » que je pense. Alors je me hisse comme je peux, je me traîne, je m'accroche et je vais coller mon œil à un sabord. Ils semblaient très animés, mais ils parlaient comme deux amis. Mais, voilà le diable, c'était en anglais qu'ils parlaient, et je n'ai jamais pu me fourrer un mot de cette satanée langue dans la boussole.

— Je ne vois pas ce qu'il peut y avoir d'étonnant à ce que M. Brecknock et sir Harry Linton causent ensemble !

— Allez en douceur et espérez un peu. A un moment, je ne sais pas ce qu'ils ont vu, mais ils se sont serré la main, puis se sont séparés, mais Brecknock avait le doigt sur les lèvres. Qu'est-ce que vous dites de ça, Yves Roëllo ?

14

Le corsaire était plus soucieux qu'il ne voulait le paraître, de la révélation de Toussaint. Il dit d'un ton léger au vieux matelot :

— Bah ! tout cela n'est pas bien grave !...

— Ah ! si j'avais su leur langue de malheur, mon grand saint Protecteur, je suis sûr que j'en aurais entendu de belles.

— En tout cas, mon vieux Joël, je te remercie de ta vigilance ; nous ouvrirons l'œil. Mais pas un mot à personne de ce que tu viens de me dire. C'est entendu ?

— Entendu, capitaine.

— Là, maintenant prends la barre, le vent mollit un peu. Moi, je vais aller me reposer une heure.

Et il posa le pied sur le premier barreau de l'échelle.

Toute frémissante, Diana avait entendu assez de l'entretien des deux hommes pour comprendre le danger qui menaçait son frère. La moindre imprudence désormais pouvait être mortelle. Elle maudissait le vieux matelot, et se promettait de lui faire payer cher sa découverte. Pourtant, elle avait été trompée à l'accent de Roëllo qui semblait ne pas avoir attaché grande importance aux paroles du vieux bonhomme. Tout cela passa très vite dans sa pensée ; maintenant, il s'agissait de ne pas être vue de Roëllo qui commençait à descendre de la dunette. Pourtant, comme il était impossible de se dissimuler, elle prit son parti très vite, et, lâchant les cabillots de misaine où elle se tenait toujours, elle se laissa rouler sur le pont, et vint se heurter assez rudement au bordage de tribord. Elle resta là, immobile, fermant les yeux, retenant son souffle.

Aussitôt qu'il fut sur le pont, Roëllo l'aperçut et courut à elle.

Le corsaire s'agenouilla, et prit la jeune fille dans ses bras. Diana l'entendit murmurer :

— La pauvre enfant !...

Il l'enleva comme une plume et la porta dans sa cabine, voisine de celle de Maryvonne. A son appel, la jeune fille parut aussitôt, et poussa un cri d'effroi en voyant sa compagne que son père venait de déposer sur l'étroite couchette.

Le corsaire se hâta de la rassurer.

— Je l'ai trouvée à l'instant sur le pont, lui dit-il, elle a dû être roulée par une lame, c'est un miracle qu'elle n'ait pas passé par dessus bord.

— Vous ne la croyez pas blessée, mon père ?

— Non, elle est évanouie simplement ; et tiens, la voilà qui revient à elle.

Diana, en effet, avec une lenteur calculée, relevait ses longues paupières, et promenait autour d'elle un regard égaré.

— Où suis-je ? dit-elle faiblement.

— En sûreté, ma chérie, dit Maryvonne en la couvrant de baisers, mais dis-nous bien vite si tu n'es pas blessée.

— Non... je ne crois pas... j'ai mal à la tête pourtant... Ah ! oui, je me rappelle, je suis tombée, mon front a dû heurter...

— Quelle imprudence, dit Roëllo, de quitter l'entrepont par un temps pareil !

Diana se releva un peu, et dit d'une voix mieux assurée :

— Oui, Guy ne voulait pas que j'y aille, mais j'aime tant voir la mer furieuse, c'est un spectacle si beau, si grandiose.

— Mais, ma chère enfant, disait le corsaire, vous pouviez être enlevée par une lame.

— C'est ce qui m'est arrivé. Une masse d'écume a fondu sur moi, j'ai voulu me retenir mais j'ai été renversée, j'ai senti un choc, et j'ai perdu connaissance.

11. L'ENLEVA COMME UNE PLUME ET LA PORTA DANS SA CABINE. (P. 106.)

— Te sens-tu mieux, maintenant?

— Oui, c'est fini, je vous demande pardon de vous avoir fait si peur.

— Mais, ma pauvre mignonne, tu n'as rien à te faire pardonner.

— Comme tu es bonne !

Elle attira vers elle Maryvonne, et l'embrassa tendrement.

La misérable fille avait joué son rôle avec un art consommé, et nul, en la voyant serrer contre elle la fille de Roëllo, n'aurait pu soupçonner la haine terrible qui grondait dans son cœur.

Le soir — la tempête était déjà un peu calmée — Diana put se glisser dans la cabine d'Allan, à qui elle n'avait pu dire un mot pendant le dîner.

En quelques paroles, elle eut mis son frère au courant de la conversation de Toussaint avec Roëllo.

Brecknock laissa échapper un épouvantable blasphème.

— Malheur au vieux curieux ! dit-il enfin. Voilà une confidence qui lui coûtera cher. Pour le moment, il faut redoubler de prudence.

— Il faudrait prévenir sir Harry.

— Je m'en charge.

— Non, tu vas être trop étroitement surveillé. La chose me sera plus facile.

— Fais comme tu voudras, l'important c'est qu'il soit sur ses gardes.

— Avez-vous quelque nouveau projet?

— Nous sommes décidés à attendre d'être sur les côtes indiennes pour agir. A moins que quelque occasion se présente pendant le voyage.

— Trois mois encore à endurer !

— Peste ! tu es bien difficile, dit Allan Brecknock, tu ne vas pas pourtant t'ennuyer durant la traversée.

— Que veux-tu dire ?

— Il me semble que tu as fait une profonde impression sur le jeune Guy.

— Ah ! tu as remarqué,... dit distraitement Diana.

— Eh bien, il te fera la cour. Diable ! c'est une distraction qui n'est pas à dédaigner.

— La première fois qu'il viendra me débiter ses fadaises, je compte le recevoir de telle façon qu'il renoncera pour toujours à me peindre sa flamme.

— Garde-t'en bien, Diana, fit l'Anglais redevenant subitement sérieux. Ne rudoie pas ce jeune homme. Son appui peut nous être précieux.

— Oui, ajouta nonchalamment Diana, j'y avais déjà pensé, et une fois déjà je m'étais amusée à jouer la comédie avec cet imbécile.

— Continue, ma sœur, continue.

— Ah ! c'est horrible de s'imposer pareille contrainte.

— Et moi, dit Allan d'une voix sourde, et moi, crois-tu que je n'endure pas d'effroyables tortures quand il me faut, le sourire sur les lèvres, subir tous les outrages qu'on prodigue à ma glorieuse Angleterre? Tous ces matelots prodiguent les plus grossières insultes au nom anglais, dans leurs plaisanteries, dans leurs jurons. C'est un supplice de toutes les heures?

— Tant mieux, frère, dit Diana avec un accent plein de fiel, cela te fera plus de haine.

— C'est impossible. La coupe est pleine à déborder, mais la vengeance sera belle, je t'en réponds !

Ils se serrèrent furtivement la main et se séparèrent.

C'était l'heure du quart de nuit de Brecknock. Il se dirigea pensif vers la dunette où il trouva Roëllo qui l'attendait.

— Nous allons encore avoir du mauvais temps, monsieur Brecknock, dit le corsaire de sa voix brève.

Allan regarda le ciel et la mer qui se confondaient en une même masse sombre.

— Faut-il nous mettre à la cape, capitaine? demanda-t-il.

— Non, laissez aller, l'*Agile* est robuste. Par mesure de précaution, faite chouquer l'écoute de la grand'voile, afin de pouvoir carguer rapidement si le brick donnait trop à la bande.

— Oui, capitaine.

— Si par hasard le grain s'accentuait, vous feriez carguer les huniers.

— Vous pouvez être tranquille, capitaine ; si le vent acquérait trop de violence, je ne conserverais que la misaine et le petit foc.

— C'est cela, Guy vous relèvera à minuit.

— S'il est fatigué, je puis doubler le quart.

— Non, monsieur, chacun a droit au repos, à son tour.

Et Roëllo s'éloigna. Mais comme il passait près du grand canot, il vit une forme humaine qui cherchait à se dissimuler.

Il s'approcha vivement, et saisit par sa veste l'homme, qui tentait de lui échapper.

A sa grande surprise, il reconnut Toussaint.

— Eh bien ! quoi donc, vieux, qu'est-ce que tu fais là ? demanda-t-il au timonier.

— Je surveille l'Anglais, souffla Joël.

— Tu ferais bien mieux d'aller te coucher. La journée a été dure.

— Laissez-moi faire, Roëllo, je vous dis que le failli chien veut trahir.

Le corsaire ne répondit pas, et rentra dans sa cabine.

VIII

TRAHISON !

Le voyage se poursuivit sans événements nouveaux. A Saint-Louis, Roëllo retrouva Le Jéguen avec l'*Élisabeth* qui était arrivé deux jours auparavant. Le navire étant en bon état, le corsaire trouva à s'en défaire dans des conditions avantageuses. Quant aux prisonniers, ils furent remis entre les mains des autorités françaises, et les officiers furent embarqués sur un bâtiment de guerre, afin de pouvoir être échangés le plus rapidement possible, car nous manquions d'officiers de marine.

Puis l'*Agile* reprit sa route vers le sud.

Au cap de Bonne-Espérance, il fallut essuyer plusieurs coups de vent très violents, mais le brick résista vaillamment, et ce fut sans avaries graves qu'on mouilla en rade de l'île Bourbon.

Durant cette longue traversée, aucun nouvel indice n'était venu augmenter les soupçons de Toussaint. Allan Brecknock faisait son service avec ponctualité, et plus jamais on ne le surprit en conversation criminelle avec sir Harry Linton. De son côté, Diana était sûre désormais de l'empire qu'elle exerçait sur Maryvonne et surtout sur Guy, qui avait tout bonnement perdu la tête. La misérable créature se faisait un jouet des nobles sentiments qui agitaient le jeune homme. Tour à tour, elle le désespérait d'un mot ou l'enivrait d'un sourire. C'était pour elle une joie exquise que de torturer ce cœur qui s'était donné à elle tout entier.

Roëllo ne voyait pas sans chagrin cet amour augmenter. Un secret pressentiment lui disait que cette femme lui serait fatale ainsi qu'à ses enfants. Plusieurs fois, il avait essayé de détourner Guy de la voie dangereuse où il s'était engagé ; mais, en présence de l'attitude passionnée du jeune homme, il n'avait pas osé intervenir et avait tout remis entre les mains de la Providence.

Toussaint Joël continuait sa surveillance et invoquait à chaque instant tous les saints du Paradis, afin qu'ils lui fissent découvrir quelque preuve de l'infamie de Brecknock ; mais les bienheureux restaient sourds à sa voix, et le bonhomme était obligé de passer sa mauvaise humeur sur les mousses, auxquels il tirait les oreilles et promettait d'épouvantables châtiments.

Maryvonne était toujours l'ange gardien du brick. Sa bonté, sa douceur, sa sérénité d'âme étaient toujours semblables. Fortifiée par sa confiance en Dieu et son abandon complet à ses desseins, elle avait foi dans l'avenir, et conservait sa gaieté si pure. Les matelots, dans leur croyance naïve et obscure, la considéraient comme une petite madone, et, pour rien au monde, un seul d'entre eux n'aurait voulu manquer la prière que Maryvonne faisait elle-même, matin et soir.

Quant à sir Harry Linton, son exaspération était arrivée au comble.

A Saint-Louis, il avait un instant espéré être compris dans le convoi des officiers prisonniers, mais cet espoir fut de courte durée. Toutes les escales passèrent sans que Roëllo songeât à le débarquer.

Quand on fut en vue de Bourbon, il n'y tint plus. Il alla droit au corsaire et lui demanda brusquement :

— Comptez-vous me garder encore longtemps à votre bord, capitaine ?

— Mais, commodore, c'est un plaisir que j'espère avoir encore quelque temps.

— Trêve de plaisanteries. Vous n'avez pas, je pense, l'intention de me retenir prisonnier jusqu'à la signature de la paix ?

— Eh ! peut-être.

— Pour l'amour du ciel, monsieur, parlons sérieusement. Quelles sont vos intentions ?

— Rejoindre le plus rapidement possible le marquis de Suffren qui est mon chef direct, et vous remettre entre ses mains.

— Mais c'est mon mortel ennemi.

— Ça, mon cher monsieur, je n'y puis rien. Ce n'est pourtant pas ma faute si vous êtes mal avec le chef d'escadre de Sa Majesté Très Chrétienne.

— Je lui ai joué quelques tours ces années dernières, dont il n'a certainement pas perdu le souvenir, et qu'il va me faire payer cher.

— Je suis persuadé, au contraire, commodore, que le marquis ne verra plus en vous que le soldat malheureux, et que vous trouverez auprès de lui tous les égards qui sont dus à votre grade et à votre situation.

L'Anglais resta muet un instant puis, se rapprochant du corsaire, il lui dit d'un ton confidentiel :

— Voyons, capitaine, parlons autrement. Voulez-vous faire une bonne affaire ?

— Ça dépend de ce que vous allez me proposer.

— Personne ne sait qui je suis. Ma prise est ignorée de votre gouvernement. Par conséquent, vous pouvez faire de moi tout ce que vous voudrez... Qui vous empêche, quand nous serons sur les côtes de l'Inde, de me débarquer en vue d'un port anglais ?

— Alors, vous pensez, dit en raillant Roël'o, que je vous garde avec moi depuis quatre mille lieues, pour vous remettre en liberté quand nous serons arrivés à l'endroit où vous comptez descendre ?

— Mais, capitaine, laissez-moi finir.

— Allez.

— Tout service en vaut un autre. En échange de ma liberté, je vous signe une jolie valeur de cinq mille livres...

— Commodore !

— De dix mille livres ! Là, c'est une somme, je pense... Sir Harry Linton s'arrêta net.

L'expression du visage de Roëllo était si froidement terrible, que le vieux soldat blêmit.

— Monsieur, dit-il d'une voix coupante, vous venez de m'insulter lâchement !

L'officier eut un cri de révolte.

— Oui, lâchement, continua le corsaire avec encore plus de force, car vous êtes prisonnier, et vous savez bien que je ne puis vous répondre comme je le voudrais. Ah çà ! vous nous croyez donc bien vils, messieurs les Anglais, pour nous proposer de pareils marchés, ou bien trouvez-vous de semblables transactions toutes naturelles, étant capables de les accepter vous-mêmes !

— Monsieur !...

— Tenez, il n'y a qu'un instant, vous me disiez que tout le monde ignore que je vous tiens en mon pouvoir, eh bien ! quelle force humaine m'empêcherait de vous faire fusiller à l'instant même, pour l'ignoble proposition que vous venez de me faire.

— Vous pouvez me faire fusiller, dit l'Anglais d'un ton hautain ; un corsaire est un bandit, quand il ne serait un assassin !...

— Monsieur, dit Roëllo effrayant de calme, ne me poussez pas à bout, et brisons là. Mais, avant de nous séparer, je tiens à vous dire que la première fois que je vous retrouverai en face de moi, mais alors libre, je vous tuerai de cette main que voilà. Oui, monsieur, je vous tuerai, avec la satisfaction non de m'être vengé, mais d'avoir débarrassé la terre d'une créature féroce et venimeuse.

Là-dessus, Roëllo tourna les talons, et laissa sir Harry écumer et grincer des dents tout à loisir. Il proféra des menaces et des blasphèmes, tendit le poing dans la direction de Roëllo, et se décida enfin à rentrer dans sa cabine.

Comme il passait auprès du grand mât, il entendit murmurer à son oreille :

— Patience, l'heure approche !

Il se retourna vivement, et aperçut la silhouette de Brecknock qui glissait le long du bordage.

A Bourbon, le corsaire put avoir des nouvelles de l'escadre. M. de Suffren était toujours sur les côtes de Coromandel et attendait des instructions afin de régler définitivement son plan de campagne. Ces instructions, Roëllo les apportait. Les Anglais, de leur côté, réunissaient toutes leurs forces, et n'attendaient plus que leur chef d'escadre pour commencer les opérations. Le corsaire n'eut pas besoin de demander le nom de ce commodore fameux : il avait de bonnes raisons pour croire que la flotte anglaise attendrait longtemps son chef suprême.

Néanmoins, le temps pressait, et le gouverneur, auquel Roëllo alla rendre visite, ne lui cacha pas que l'*Agile* était anxieusement attendu.

— Il y a quatre jours, ajouta-t-il, nous avons eu une fausse joie. Un brick-goélette avait été signalé par le guetteur, et nous croyions que c'était vous.

— Vous savez le nom du navire ?

— Certainement, il est même commandé par un Malouin, le capitaine Jean Kerbraz, que vous devez connaître.

— Commandant la *Sainte-Marie* ?

— C'est cela même.

— Et il est parti ?

— Hier seulement. M. Kerbraz est venu me faire une visite avant son départ, et m'a justement demandé si vous aviez déjà touché à Bourbon. Je n'ai pu que lui répondre que nous ne vous avions pas encore vu.

— Et il ne m'a pas attendu... murmura le corsaire se parlant à lui-même.

— Le capitaine Kerbraz paraissait très pressé, répondit le gouverneur qui se méprit. Il a fait de l'eau, puis a embarqué beaucoup d'armes et de munitions. Je pense qu'il va faire la course dans le golfe du Bengale.

— Il ne vous a pas dit quelle était sa destination ?

— Pondichéry.

— Nous avons donc repris la ville aux Anglais !

— Eh non, et c'est justement ce qui m'a étonné, quand M. Kerbraz m'a indiqué cette place ; mais, devant ma surprise, le capitaine a souri, a mis un doigt sur ses lèvres, et a pris congé en me disant que j'entendrais bientôt parler de lui.

« C'est un rude homme, et il doit manigancer quelque tour de sa façon. »

Roëllo causa encore quelque temps avec le gouverneur ; puis, après s'être fait donner les indications nécessaires pour retrouver l'escadre française, il rejoignit son brick.

Tandis que sa chaloupe volait sur les flots calmes, le corsaire, pour la vingtième fois, se posait cette question : « Comment se fait-il que Kerbraz, apprenant que je n'ai pas encore relâché à Bourbon, soit parti sans m'attendre ? »

Aussitôt remonté à son bord, il ne put s'empêcher de faire part de la circonstance au vieux Toussaint qui était son confident ordinaire.

Quand Roëllo eut fini de lui conter ce qui le tracassait, le timonier lui dit :

— Kerbraz a en tête quelque projet important, saint Armand, qu'il n'avait certainement pas quand il nous a rencontrés en mer, mon bon saint Omer. Et il faut que ce soit chose grave, puissant saint Octave.

— Il a peut-être eu connaissance d'un convoi anglais richement chargé, ou de quelque navire de la Compagnie.

— A mon avis, le capitaine Kerbraz sait bien trouver les prises où et quand il veut ; c'est un autre motif qui l'a fait se hâter, grande sainte Félicité.

— En tout cas, je ne le fuirai pas, mais je ne ferai rien pour le chercher. Quand j'aurai accompli ma mission, ce sera autre chose.

— Eh ! quoi donc, Roëllo, toujours cette pensée ?

— Toujours.

— Ça n'est pas d'un bon chrétien, saint Gratien...

— Tais-toi, vieux fou, et ne reviens jamais sur ce chapitre !

Cela fut dit d'un ton qui n'admettait pas de réplique.

Pendant que Toussaint et Roëllo causaient ensemble, Brecknock en faisait autant avec sir Harry Linton. Mais, pour le capitaine et le timonier, Allan était seul visible, car le

15

commodore était placé de l'autre côté du mât et, pour plus de précautions, tournait même le dos à son interlocuteur.

— Dans huit jours, disait Brecknock, vous serez libre !

— Ah ! soupirait l'Anglais, si vous dites vrai, ma fortune est à vous.

— Je n'ai que faire de votre fortune, car le jour où vous serez libre, je serai riche.

— C'est vrai, j'oublie toujours votre héritage, mais je vous ai fait aussi mes confidences, et vous n'ignorez pas le trésor que j'ai à recueillir.

— Oui, oui, je sais.

— Mais quel moyen comptez-vous employer pour nous débarrasser de ce maudit Roëllo ?

— Ceci est encore mon secret, dit Brecknock.

Puis il ajouta avec un hideux sourire :

— Mais il est bon, soyez tranquille... Silence, le corsaire et le vieux se quittent. Rentrez dans votre cabine.

La mer désormais semblait favoriser l'*Agile*. Une bonne brise et des flots calmes permettaient au brick de faire la route avec toute la célérité possible.

Depuis six jours, on naviguait, et quoiqu'on fût certainement dans les parages de l'escadre française, on n'avait pas encore rencontré un seul vaisseau du Roi. Comme on ne se trouvait pas loin de la côte, le corsaire résolut d'aborder n'importe où, afin de prendre langue et de ne pas perdre un temps précieux en recherches inutiles.

L'ordre de changer la marche fut donc donné et, comme la nuit tombait, on mouilla en vue d'une côte basse, qu'on devait reconnaître au jour.

Au moment de prendre le quart de nuit, Roëllo s'approcha de Brecknock.

— On me dit que c'est vous qui avez donné l'ordre de descendre à la mer la chaloupe de tribord, lui dit-il.

— Oui, capitaine.

— Et pourquoi, je vous prie ?

— Pour pouvoir réparer demain matin, à la première heure, l'un des palans qui est avarié.

— Il était inutile de faire mettre à l'eau l'embarcation ce soir.

— Le palan pouvait casser durant la nuit.

— Vous avez peut-être raison. Mais m'expliquerez-vous pourquoi il y a des avirons et un mât dans la chaloupe ?

— Les hommes les y ont oubliés.

— Faites-les enlever, monsieur Brecknock, nous sommes près de terre, et il ne manque pas à bord de joyeux garçons qui ne seraient pas fâchés d'avancer d'un jour le débarquement.

— C'est bien, capitaine, je vais donner des ordres.

— Bonne nuit, capitaine.

Les deux hommes échangèrent une poignée de main.

— Mais vous tremblez, Brecknock, dit Roëllo.

— J'ai un peu de fièvre, balbutia le misérable qui, au moment où il voyait sa victime pour la dernière fois, avait eu un instinctif frisson.

— Il faudrait vous soigner, dit le corsaire ; depuis quelque temps, vous vous fatiguez beaucoup.

Et il s'éloigna avec un hochement de tête amical.

Pendant vingt minutes à peu près, Brecknock se promena de long en large sur la dunette, semblant tout à son devóir. Cependant, son cœur battait à coups précipités dans sa poitrine, et ses yeux fouillaient l'ombre, s'assurant que personne ne l'épiait et que tout était tranquille.

Enfin, il murmura :

— Voilà l'heure !

Et il descendit sur le pont.

Il se dirigea vers la cabine du commodore en faisant le moins de bruit possible.

— Sir Harry Linton !... appela-t-il à voix basse.

— C'est vous, Clamorgan ?

— C'est moi.

— Bien. Tout est prêt ?

— Oui, tout le monde dort, venez.

L'Anglais se glissa dehors.

— Attention, lui dit Brecknock, voici le moment décisif. Pendant que j'irai faire... ce que j'ai à faire à l'intérieur du vaisseau, il faut que vous me remplaciez sur la dunette, vous êtes à peu près de ma taille. Les hommes s'y tromperont.

— Et si, par hasard, quelqu'un m'adresse la parole ?

— Si c'est un matelot, vous le rudoierez en grognant. Ils savent que je n'aime pas à être dérangé pendant mon quart.

« Si c'est Roëllo, ou Guy, ou Le Jéguen, dame ! il n'y aura qu'un parti à prendre : frapper, et courir à l'embarcation.

— Mais si vous n'êtes pas remonté ?...

— Je n'en ai pas pour bien longtemps.

— Qu'allez-vous faire ?

— Vous le verrez bientôt.

Les deux Anglais se serrèrent la main et se séparèrent. Sir Harry Linton monta sur la dunette, Allan se dirigea vers l'arrière en étouffant autant qu'il le pouvait le bruit de ses pas.

Au moment de descendre par le panneau ouvert, il se retourna vivement.

Il lui avait semblé que quelqu'un montait derrière lui. Il attendit un instant, puis continua de descendre en murmurant :

— C'est le vent qui aura heurté deux manœuvres...

Il se glissa sans bruit le long de la cabine de Roëllo, gratta imperceptiblement à la porte de celle de sa sœur, et un signal pareil lui répondit. Tranquillisé de ce côté, il poursuivit son chemin.

Une autre échelle se trouva devant lui. Il descendit encore, après avoir cherché à tâtons les premiers échelons. Il était maintenant dans le faux pont. C'était là qu'étaient rangées les armes. Aux râteliers s'alignaient des mousquetons et des demi-piques. Allan trouva encore une autre trappe, il l'ouvrit et se laissa glisser par l'ouverture béante. Il descendit quelques degrés, et trouva enfin un plancher sous ses pieds. Alors, tirant une lanterne sourde de sa ceinture, il battit le briquet et l'alluma.

Il se trouvait dans la soute aux poudres.

Une infernale expression de triomphe se peignit sur son visage. Il s'agenouilla devant un tonneau qu'il perça, et les gros grains noirs coulèrent dans sa main. Il eut alors un sourire satisfait, et tira une mèche de sa ceinture...

— Ah! misérable ! cria une voix terrible derrière lui, tu vas mourir!

En même temps, Brecknock roulait, terrassé.

Dans sa chute, il entraîna la lanterne qui s'éteignit.

C'était Toussaint ; Allan l'avait reconnu à la voix. Dans ce péril extrême, Brecknock ne perdit pas la tête et eut vite fait de prendre son parti. Cependant, il fallait se hâter. Les rudes mains du matelot formaient autour de son cou un terrible collier de fer qui l'étranglait rapidement.

Cessant donc de chercher à se dégager de l'étreinte, il prit un couteau qu'il avait à sa ceinture, et le planta tout entier dans la poitrine du vieux, qui lâcha prise et se renversa en arrière avec une faible râle.

L'Anglais se releva, se secoua, respira bruyamment et ricana :

— Ma foi, en voilà un qui n'a fait que devancer son heure.

Il ralluma ensuite froidement sa lanterne et adapta, avec beaucoup de soin, la mèche au trou fait dans le baril. Puis, sans que sa main tremblât en aucune façon, il mit le feu à l'extrémité de la mèche qui commença à se consumer lentement.

Il poussa ensuite au dehors le corps de Toussaint qui le gênait, ferma la porte de fer de la sainte-barbe à double tour, et remonta sur le pont avec les mêmes précautions que celles qu'il avait prises pour descendre.

Tout était tranquille. Sur le ciel d'un bleu sombre, la silhouette de Linton faisant son quart se dessinait très nettement. Au bas de la dunette une ombre svelte se dressait.

— Vite, sir Harry ! dit Brecknock d'une voix étouffée.

Le vieillard dégringola rapidement l'escalier.

Allan prit alors par la main Diana et le commodore et les entraîna vers tribord, du côté où se trouvait la chaloupe qu'il avait fait mettre à l'eau.

Au moment où il allait atteindre la coupée, un homme se dressa devant lui.

La lune venait de se dégager des nuages, et l'Anglais reconnut Jégo.

Au premier coup d'œil, le matelot avait aperçu sir Harry Linton et Diana malgré son travestissement.

Il n'avait jamais pardonné à Brecknock les rudes paroles qu'il lui avait dites le jour de l'embarquement, et avait toujours conservé envers l'Anglais une inexplicable défiance.

— Tiens ! tiens ! dit-il en goguenardant, on va se promener avec les amis.

Allan voulut payer d'audace.

— Ordre du capitaine ! dit-il vivement.

Puis il ajouta d'un ton rude :

— Allons, laisse-moi passer.

— Me prenez-vous pour un enfant, monsieur Brecknock ?...

— Prends garde à toi ! gronda Allan qui sentait l'heure fuir.

— Ah ! l'on déserte !

— Tais-toi, misérable.

— Eh bien ! on va rire !

Et, avant que l'Anglais ait pu deviner son dessein, le gabier lançait coup sur coup deux appels désespérés :

— A moi, capitaine ! à moi !

Brecknock arracha un pistolet de sa ceinture, et fit feu sur le malheureux qui tomba en criant encore.

— A la chaloupe, maintenant, il n'y a pas une minute à perdre ! dit l'Anglais.

Il enleva sa sœur dans ses bras, la jeta presque dans l'embarcation où il entra, s'assura que le commodore était derrière lui et, coupant brusquement le filin qui retenait encore le canot au brick, il poussa au large.

Aussitôt qu'il fut à quelques brasses du navire, il hissa son mât et établit sa voile. La mer était calme, et la petite embarcation glissait silencieusement sur les flots.

Sans dire un mot, Diana vint embrasser son frère, tandis que le vieil officier serrait la main du misérable.

Les trois êtres, unis par le crime, voyaient déjà la réussite de leurs projets assurée.

Sir Harry fermait les yeux et, sous ses paupières closes, passaient d'éblouissantes visions où rayonnaient les fabuleuses pierreries du trésor d'Angotka.

Allan et Diana voyaient leur rêve de fortune et de puissance enfin réalisé, car la jeune fille était au courant de tout et savait parfaitement que son frère avait tout préparé pour que le navire sautât.

Guy et Roëllo avaient été brusquement réveillés par le cri de Jégo. Ils passèrent quelques vêtements à la hâte, et se rencontrèrent sur le pont.

— Tu as entendu crier, Guy? demanda le corsaire.

— Oui! répondit le jeune homme, un cri d'appel, et puis après un coup de feu.

Roëllo, sans rien ajouter, se dirigea vers la dunette.

— Monsieur Brecknock, ajouta-t-il, avez-vous vu quelque chose?

Comme personne ne répondait, Roëllo gravit l'escalier. La dunette était solitaire.

— Il aura été voir, pensa-t-il.

En ce moment, la voix de Guy s'élevait.

— Venez, mon père, venez vite, disait-il.

En un instant, le corsaire fut auprès du jeune homme qu'il trouva agenouillé devant le corps déjà raidi du pauvre Jégo.

Illuminé par une pensée subite, le corsaire se pencha vivement par-dessus le bastingage.

La chaloupe n'était plus là.

Il releva la tête.

Les pallans étaient vides de leur embarcation.

— Ah! le chien maudit, dit-il avec colère, il m'a joué!

— De qui voulez-vous parler, mon père? demanda Guy avec surprise.

— Je veux parler de M. Allan Brecknock qui doit bien rire en ce moment.

— M. Brecknock, répétait Guy sans comprendre.

— Oui, le lieutenant, qui est parti sans nous dire adieu et en nous emportant une chaloupe.

— Mais alors, s'écria Guy avec douleur, si Allan est parti, sa sœur l'a suivi!

Et le pauvre garçon s'élança dans la direction des cabines.

Il rencontra Maryvonne que le bruit avait réveillée et qui venait s'informer de ce qui se passait.

— Diana! où est Diana? demanda Guy haletant.

— Sur le pont, sans doute, elle n'est plus dans sa cabine, répondit la jeune fille.

— Ah! malédiction! s'écria Guy en se tordant les mains.

— Mais qu'as-tu? Parle-moi.

— Tu ne sais pas, c'est vrai... Eh bien! Diana ne m'aimait pas... elle est partie avec Allan... Mais non, c'est impossible... une bouche si pure ne peut mentir ainsi... Dis-moi quelque chose, Maryvonne, console-moi... je suis malheureux!

— Pourquoi te désespérer, mon Guy, je ne comprends rien à tes paroles... Qu'y a-t-il ? Que s'est-il passé ?

On entendit la voix de Roëllo qui criait :

— Debout tout le monde ! A vos postes ! Déhalez la baleinière, je vois mes bandits... bordez huit avirons... quand ils vont être à l'abri de la côte, le calme va les saisir, et nous aurons bientôt fait de les joindre.

— Vite, continua-t-il, pressez, garçons, notre prisonnier s'est évadé avec eux... Ah ! vous croyez qu'on peut se jouer impunément de Roëllo, vous n'êtes pas sauvés encore.

Guy, appuyé des deux mains au bordage, suivait des yeux la voile de la chaloupe qui emportait tout son bonheur. Les yeux secs, les doigts crispés, le cœur battant, il voyait s'évanouir son rêve. Il aurait voulu crier, rugir, pleurer, et ne pouvait pas, mais il souffrait comme un damné. C'était une griffe de fer et de feu qui déchirait sa poitrine, et il se rappelait tout, les mots, les sourires qui l'avaient rendu si heureux et qui n'étaient que des mensonges. Elle riait de lui à présent, sans doute, de sa crédulité, de ses aveux, de sa tendresse !...

Près de lui, Maryvonne sanglotait.

— Allons ! cria Roëllo, ferme, les enfants, de l'ensemble et de la vitesse, nous les aurons.

La baleinière n'était plus qu'à quelques pouces des flots. Les matelots, aussi furieux que le corsaire, manœuvraient avec vigueur, et tout à l'heure les fugitifs allaient avoir à leurs trousses une dizaine de gaillards qui ne mettraient pas longtemps à les joindre.

D'ailleurs déjà, l'influence de la côte annoncée par Roëllo se faisait sentir. La voile de la chaloupe refusait, et l'on vit bientôt les Anglais se mettre aux avirons.

Tout à coup, un homme effrayant, livide, couvert de sang, écarta le groupe des matelots, et vint tomber devant le corsaire.

C'était Toussaint Joël.

Roëllo le releva avec un cri, et voulut examiner la blessure de son vieux camarade.

Mais celui-ci, qui faisait d'incroyables efforts pour parler, repoussa le bras du corsaire. Ses yeux dilatés par l'épouvante se promenaient sur Guy, Maryvonne et Roëllo. Tour à tour, ils suppliaient, ils ordonnaient, son poing se tendait vers la mer. Il indiquait avec des yeux furieux, tantôt la baleinière qui, maintenant, était à flot, tantôt le pont du navire, puis il se tordait les bras, et de grosses larmes ruisselaient sur ses joues ridées.

Enfin, un éclair de joie passa dans ses yeux. Il s'accroupit sur le pont, et, plongeant son doigt dans sa blessure, il commença à tracer quelques caractères maladroits sur le pont du navire.

Roëllo se pencha. Il lut :

« *Le feu aux...* »

Toussaint fit un prodigieux effort, mais il ne put achever : il se dressa, tendant les bras vers la chaloupe dans un geste de malédiction, puis retomba inanimé.

— Mais c'est affreux ! répétait Maryvonne ; qui donc a pu frapper mon pauvre Joël ?

— Le misérable qui s'enfuit, gronda le corsaire avec un terrible accent de menace.

— Allan Brecknock !

— Lui-même ! Mais il y a encore quelque horrible forfait préparé par le traître, et dont Toussaint a voulu nous prévenir... Pourvu que...

Roëllo n'acheva pas.

Sous l'effort d'une poussée formidable, l'arrière de l'*Agile* sembla se soulever.

IL COMMENÇA A TRACER QUELQUES CARACTÈRES MALADROITS... (P. 118.

Une effroyable détonation retentit en même temps qu'une gerbe de feu montait au ciel, arrachant les membrures du malheureux navire mis en pièces par l'effort de l'explosion.

Dans la chaloupe, Brecknock avait bien remarqué des mouvements à bord du brick. Il avait vu déhaler la baleinière et, ne voyant pas l'explosion se produire, il crut un instant la mèche éteinte et se crut bien perdu.

Cet homme si fort, ce terrible lutteur pour l'existence eut alors un court moment de désespoir. Ce fut Diana qui lui rendit son sang-froid.

— Es-tu un homme? lui demanda-t-elle de sa voix sifflante, n'as-tu pas honte de te laisser aller ainsi? Rien ne peut changer l'ordre des choses. Si nous devons retomber aux mains des Français, rien ne pourra aller contre notre destinée.

— Tu as raison, dit Allan, mettons tout en œuvre pour nous sauver et, quand nous aurons fait tout ce qui sera humainement possible de faire, acceptons notre sort quel qu'il soit.

— Vois, frère, le vent tombe.

— Je m'y attendais. Aux avirons ! Si nous pouvons gagner la côte avant d'être atteints nous sommes sauvés.

Sir Harry Linton n'avait pas encore prononcé un mot depuis que les fugitifs étaient dans la chaloupe. Les yeux rivés au brick, il ne faisait pas un mouvement, respirait à peine, et sa vie semblait suspendue aux mouvements du corsaire.

Deux fois, Brecknock l'appela et le vieillard ne répondit pas.

Alors Allan lui posa la main sur l'épaule.

Le vieillard tressaillit et parut sortir d'un rêve.

— Allons, monsieur, dit l'Anglais, il faut nous mettre aux rames. C'est notre vie que nous tenons au bout de nos bras ! Toi, Diana, prends la barre.

La jeune fille obéit, tandis que le commodore prenait machinalement un aviron et le bordait dans les tolets.

Soudain, une grande clarté illumina tout le ciel, tandis que roulait un fracas de tonnerre.

C'était l'*Agile* qui sautait.

Une joie surhumaine se peignit sur le visage de Brecknock. Il s'était dressé et considérait les débris fumants d'un air de triomphe.

Sir Harry Linton, terrassé par l'émotion trop forte, pleurait comme un enfant.

Quant à Diana, dont le front resplendissait d'orgueil et d'ivresse, elle avait saisi la main de son frère, l'avait portée à ses lèvres et longuement baisée en disant :

— Lord Glendower Clamorgan, je vous salue !

DEUXIÈME PARTIE

LE SECRET DE YODAH

I

SEULS !

Dans le ciel d'un bleu profond, le soleil déjà haut illumine et embrase tout. La côte sablonneuse s'étend à perte de vue. A l'horizon, des masses sombres de verdure s'étagent jusqu'à des montagnes dont les cimes se perdent en des buées bleuâtres.

La mer vient mourir en petites ondes aux reflets d'argent sur le sable d'or. De grands oiseaux blancs rasent les flots. De la terre, de lourds parfums arrivent par bouffées.

Au milieu de la grève, à côté d'un débris de mât, deux corps sont étendus. L'un est celui d'une jeune fille vêtue de blanc, l'autre est celui d'un homme dont on ne peut distinguer les traits. D'une large blessure à la tête, le sang a coulé sur le visage, rendant le naufragé méconnaissable.

L'homme n'est pas mort, de faibles plaintes s'échappent de sa bouche, ses mains esquissent des gestes gauches. Enfin, il ouvre les yeux.

Il regarde d'abord autour de lui d'un air hébété, semblant inconscient de tout ce qui l'entoure ; il passe la main sur son visage et s'étonne de la ramener pleine de sang ; enfin ses yeux s'arrêtent sur la jeune fille étendue à côté de lui ; alors un sanglot le secoue et il se courbe, pleurant d'abondantes larmes. La raison lui revient avec la douleur. Au bout de quelques instants, il relève la tête et se traîne comme il peut auprès de sa compagne.

— O mon Dieu ! murmure avec angoisse le malheureux, faites qu'elle soit vivante !

Il pose en tremblant la main sur son cœur, puis il répète :

— O mon Dieu, mon Dieu ! C'est impossible... Non, cela ne se peut pas... Maryvonne, réponds-moi, je suis là... Ma sœur chérie ! Ce serait trop affreux.

Et le pauvre garçon, en qui nos lecteurs n'ont pas eu de peine à reconnaître Guy Roëllo, se tord les mains, en proie au plus violent désespoir.

Une fois encore, il veut douter, il se penche sur le corps charmant qui semble une grande fleur pâle, fauchée par l'ouragan, et colle son oreille sur la poitrine de Maryvonne.

Il reste là longtemps, retenant son souffle.

Tout à coup, un cri de joie jaillit de ses lèvres.

— Elle vit ! le cœur bat !

Mais Maryvonne ne reprenait pas encore connaissance. La pauvre enfant se plaignait sourdement et s'agitait, se tordait comme si elle subissait encore quelque épouvantable cauchemar.

Guy, oubliant ses propres souffrances, cherchait des yeux un abri pour ne pas laisser exposée au soleil brûlant la malheureuse jeune fille.

Il aperçut au loin la ligne des arbres, et résolut de les atteindre coûte que coûte.

D'un effort, il se releva et chercha à soulever sa sœur. Après deux essais infructueux, il y parvint enfin et fit quelques pas, mais il n'alla pas loin... Épuisé par la perte de son sang et par la lutte qu'il avait dû soutenir contre la mer, le pauvre garçon butta et tomba sur les genoux. Son léger fardeau était encore trop lourd pour lui.

Mais Guy avait de la volonté et une énergie à toute épreuve. Sans se rebuter de sa chute il se releva, et continua sa route en se traînant.

Oh! l'horrible voyage! Vingt fois, Guy retomba à côté de Maryvonne toujours évanouie, vingt fois il se remit sur ses pieds et poursuivit son chemin.

Quand il arriva enfin aux premiers arbres de la forêt, il roula sur le sol et perdit connaissance; mais son évanouissement fut de courte durée. Il arrangea sa sœur contre un tronc renversé, le plus commodément qu'il put, puis il se mit en quête d'un ruisseau, ou d'une source quelconque. Ses recherches heureusement ne furent pas longues. Il découvrit bientôt un mince filet d'eau qui semblait descendre de la montagne et qui venait se perdre dans la grève. Il but d'abord à longs traits cette eau bienfaisante, et il lui semblait qu'à chaque haleine c'était de la vie qui rentrait en lui. Il se lava le visage et les mains, puis, déchirant une manche de sa chemise en lambeaux, il trempa le linge et revint en courant vers Maryvonne; mais, dans le trajet, l'eau s'était évaporée, et c'est à peine si, en arrivant près de la jeune fille, le linge était encore humide.

Il changea alors de tactique. Prenant sa sœur dans ses bras, et cette fois sans trop de peine, il vint la coucher près du ruisseau sauveur. Alors il put baigner son front et ses lèvres d'eau pure et fraîche, et bientôt Maryvonne rouvrit les yeux.

Elle vit son frère qui s'efforçait de lui sourire, mais qui, trop ému, ne pouvait prononcer une parole; elle vit la forêt et la mer qui bleuissait entre les troncs énormes, et se mit à pleurer.

Mais Maryvonne était vaillante. Elle se redressa bientôt, prit les deux mains de son frère qu'elle attira à elle, et l'embrassa tendrement. Ils restèrent un instant enlacés. Enfin la jeune fille se dégagea et murmura:

— Et notre père?

Guy courba la tête.

Maryvonne reprit:

— Il a pu se sauver, lui aussi, puisque nous sommes vivants.

— Je l'espère, mon aimée, répondit Guy; mais, hélas! je n'ai rien vu sur cette plage. S'il avait abordé ici, je l'aurais vu. Rien n'arrête le regard, sur cette longue bande de sable.

— Notre père vit, te dis-je, fit Maryvonne avec énergie; il vit, j'en suis sûre, mon cœur ne me trompe pas, et sois certain que nous le retrouverons.

— Le ciel t'entende, ma sœur.

— Par quel miracle, dis-moi, sommes-nous sauvés?

— Tu te rappelles que, au moment de l'explosion, tu étais près de moi, et que l'arrière du brick sauta seul, épargnant pour une minute l'avant où nous nous trouvions, mais qui se mit à s'enfoncer avec une rapidité effrayante. Mon père me cria:

— « Sauve ta sœur! »

— Oui, oui, je me rappelle..., va...

— Je me jetai avec toi à la mer. Quand je fus revenu à la surface, je te rejoignis et te soutins au-dessus des flots. A ce moment, j'aperçus notre père qui nageait vers la chaloupe où déjà quelques hommes s'étaient réfugiés. Il me faisait signe de nager de son côté. A ce moment, pour mettre le comble à notre infortune, une nuée vint cacher la lune et un grain s'abattit sur la mer.

— C'est à ce moment que je t'ai dit : Sauve-moi ! mon bon frère, sauve-moi !...

— La nuit s'était faite complète, opaque, je n'apercevais rien à trois pieds devant moi ; j'essayai d'appeler, mon cri se perdit dans le fracas des lames et dans les sifflements du vent. Pendant vingt minutes, une demi-heure peut-être, j'errai ainsi au hasard. Tu avais perdu connaissance, et j'avais pris mon parti de la mort, m'attendant à couler à chaque seconde, quand je reçus à la tête un choc violent. Je faillis disparaître ; mais, domptant la douleur, je nageai avec l'énergie du désespoir vers cet obstacle qui venait de me blesser et qui était peut-être le salut.

— Pauvre frère !

— Après bien des efforts infructueux, je pus l'atteindre. C'était une pièce de la grand'hune.

« Je mis bien une heure à t'amarrer solidement sur ce radeau improvisé, au moyen des galhaubans et des filins rompus, puis je me hissai à mon tour sur l'épave. Oh ! cette nuit ! cette terrible nuit ! Cent fois, je crus que nous périssions, mais par un incroyable bonheur, notre débris de mât se tint en équilibre et ne chavira point.

Au jour, j'aperçus la terre à peu de distance, et la mer se calma : mais je n'avais plus de forces et je perdis bientôt le sentiment de ce qui se passait autour de moi. Enfin, j'ai rouvert, il y a deux heures, les yeux sur cette plage où nous sommes tout seuls !

— Seuls ! répéta Maryvonne avec découragement.

Mais, bientôt, sa confiance reprit le dessus, et elle dit presque gaiement :

— Çà, monsieur mon frère, tenons conseil.

— C'est cela, répliqua Guy en essayant de sourire ; tenons conseil, et je te donne la parole.

— D'abord, envisageons bien froidement notre situation. Où sommes-nous ?

— Au moment où le bateau a mouillé, nous devions être dans les environs de Pondichéry.

— Pondichéry est au pouvoir des Anglais, n'est-ce pas ?

— Oui.

— Pays ennemi, par conséquent.

— Nous ne ferions pas dix pas dans la ville sans être arrêtés et conduits au gouverneur.

— D'autant plus que notre costume ne plaide guère en notre faveur et que nous avons plutôt l'air de bohémiens que d'honnêtes habitants de Saint-Malo en Bretagne.

— Avant toute chose, ma petite Maryvonne, il faudrait peut-être s'occuper de la question nourriture.

— Tu as raison, mon cher Guy, car je t'avouerai que j'ai grand'faim. Tu n'as pas d'armes ?

— J'ai mon couteau que j'ai eu le bonheur de ne pas perdre.

— Ça n'est pas commode pour tuer quelque animal sauvage.

— A supposer même que je tue quelque gibier, comment le ferions-nous cuire ?

— C'est vrai. Nous voilà donc forcés de nous rabattre sur les fruits et les racines.

— J'aimerais mieux les fruits.

— Résumons-nous : nous nous trouvons probablement en pays anglais et nous n'avons pour toutes ressources qu'un couteau.

— Ne nous plaignons pas ; on fait bien des choses avec un couteau ; sans lui, cette nuit, je n'aurais jamais pu t'attacher sur l'épave, et c'est encore lui qui va me permettre de t'offrir un succulent déjeuner.

— Perds-tu l'esprit ?

— Laisse-moi faire...

Et Guy qui, depuis quelques instants, promenait des regards fureteurs sur tous les arbres du voisinage, se dirigea vers un bananier dont il atteignit bientôt les basses branches, grâce aux lianes qui formaient comme des haubans naturels autour du tronc, lisse comme un mât de navire.

Maryvonne s'était levée, et le regardait faire avec curiosité.

Bientôt, un régime de superbes bananes vint tomber aux pieds de la jeune fille.

— Quelle chance ! dit-elle en battant des mains avec une joie enfantine ; des bananes ! moi qui les aime tant !

Guy, après avoir fait une ample récolte, dégringolait de son arbre, et bientôt le frère et la sœur dégustaient de grand appétit les fruits savoureux.

— Tu le vois, dit Maryvonne en croquant à belles dents la pulpe parfumée, voilà déjà notre situation qui s'améliore.

— Des bananes ne composent pas un bien magnifique festin !..

— Ce soir, pour varier, nous irons recueillir des coquillages, et avec nos précieux fruits, nous aurons un repas presque complet.

— En attendant ce moment heureux, il serait peut-être bon de savoir où nous sommes ?

— Comment faire ?

— J'ai aperçu, du bord de la mer, des montagnes qui ne sont pas bien éloignées ; nous pourrions grimper sur l'une d'elles, et, de là, découvrir tous les alentours.

— L'idée est excellente, mais comment nous y prendre pour ne pas nous perdre ? J'aime beaucoup ce petit coin de forêt, et je voudrais y revenir, pour ce soir au moins.

— Rien de plus facile ; nous n'avons qu'à suivre le ruisseau. De la sorte, nous ne pourrons pas nous égarer.

— Alors, en route !

— Tu dois être rompue de fatigue !

— Qu'importe ! répondit la vaillante fille. Ce n'est pas le moment de faire la petite maîtresse ; marche, je te suis.

Guy coupa deux solides bâtons pour sa sœur et pour lui, et les jeunes gens se mirent en route, suivant toujours le petit cours d'eau.

Ils marchèrent longtemps sous le dôme majestueux des arbres, au milieu de la luxuriante végétation des tropiques. Ils remarquèrent des bananiers, des cocotiers, des manguiers et même des ananas.

— Allons, dit Maryvonne, nous ne mourrons toujours pas de faim.

Il y avait bien deux heures qu'ils étaient en route, quand ils arrivèrent à un petit pont en bambous qui se continuait par un sentier où deux hommes auraient pu passer de front.

— Voilà qui est embarrassant, dit Guy. Faut-il continuer à suivre notre ruisseau, ou prendre cette route, qui certainement conduit à quelque centre habité ?

— Comme nous ignorons où nous sommes, répondit Maryvonne, le mieux est de nous orienter d'abord, et puis si nous sommes tombés parmi des populations soumises à l'Angleterre, nous devons fuir les villes et les villages.

— Nous ne pourrons pourtant pas gagner les établissements français dans cet accoutrement.

— N'importe ! mon cher Guy, pour le moment soyons prudents..

— Écoute !... fit vivement son frère en lui prenant la main.

— Quoi ?... Qu'est-ce ?

— Il y a des gens qui viennent par le sentier.

— Tu es sûr ?

— J'entends des pas. Mais voilà qui ne va pas me tromper.

Le jeune homme s'étendit sur le sol, et colla son oreille à la terre.

Au bout d'un instant, il se releva.

— On vient dans cette direction, dit-il en baissant instinctivement la voix et en désignant la droite.

— Rentrons dans le fourré.

— Tu as raison. En pays ennemi, il faut toujours voir avant d'être vu, quand cela est possible.

Le frère et la sœur rentrèrent sous bois et restèrent immobiles, cachés par un épais bouquet de nopals.

Les pas se rapprochaient. On entendait même des bruits de voix.

Soudain, les arrivants débouchèrent du pont.

A la vue des voyageurs, leur surprise et leur rage furent telles, qu'ils faillirent laisser échapper un cri.

Devant eux, précédés d'un guide indien, passaient Allan Brecknock, Diana et sir Harry Linton !

Tous les trois semblaient triomphants.

Comme ils passaient, Allan disait gaiement au vieil officier :

— Allons, commodore, voilà la fin de vos malheurs...

— Mais je ne me plains pas, ripostait sir Harry.

— Dans une heure, vous serez à...

Le reste de la phrase se perdit dans l'éloignement ; mais, quand bien même nos amis eussent pu l'entendre, ils étaient sous l'empire d'une émotion trop violente, pour pouvoir en profiter.

Ce fut Maryvonne qui se remit la première.

— Dieu nous a protégés, mon frère, dit-elle d'une voix grave.

Guy releva la tête, et montra à sa sœur un visage livide.

— Pauvre Guy ! dit-elle en l'embrassant tendrement, tu l'aimes toujours !

— Moi, dit-il avec un accent farouche, je la hais ! La misérable créature s'est jouée de la plus sainte des affections, elle a fait à mon cœur une blessure qui ne se fermera jamais..

Il y eut un silence.

— Tu souffres ! dit encore Maryvonne.

— Ah ! fit le jeune homme avec un sanglot, c'était toute ma vie ! Et cette nuit, Maryvonne, tu n'aurais pas été avec moi sur l'épave, je me laissais couler comme un plomb de sonde.

— Malheureux ! ne parle pas ainsi, as-tu donc oublié que tu n'as pas le droit de disposer de ton existence ?

— C'est vrai, mais j'étais fou. Et puis, ce misérable que mon père a comblé de bienfaits, pour qui il a eu toutes les bontés, toutes les attentions possibles, qui machine le plus odieux forfait !...

— Calme-toi, frère...

— Oh ! quand je pense que, tout à l'heure, ils ont passé là, devant moi,... que je n'ai pas pu punir !

— Pourquoi ces féroces idées de vengeance ?...

— Pourquoi ? parce que les monstres que nous venons de voir ne sont pas mes semblables, parce qu'ils n'appartiennent pas à l'humanité, et que le devoir de tout honnête homme est de les détruire partout où il les trouve, comme des bêtes au venin mortel !

— Guy !...

— Tu implores pour eux, je crois !... Mais tu es folle ! Oublies-tu donc les lâches assassinats qu'ils viennent de commettre ? Que reste-t-il de l'équipage de l'*Agile* ? Savons-nous seulement si notre père est vivant ?

— Laisse faire l'avenir, ils seront châtiés à leur heure.

— On peut bien punir, pourtant !

— Nul ne t'a donné ce droit. Mais, pour le moment, de toutes façons, il t'était impossible d'agir.

— Oh ! cette impuissance ! C'est à devenir fou de rage !

— Mon bon frère, ne t'exalte pas ainsi !

— En tout cas, reprit Guy qui venait de prendre une résolution subite, notre devoir est tout tracé.

— Et quel est-il ?

— Il faut les suivre.

— Les suivre ?

— Oui, il faut connaître le repaire de ces bandits. Qui sait si, grâce à cette précaution, nous ne sauverons pas la vie de bien des gens, peut-être même notre propre existence !

— Soit !

— Viens, alors, mais étouffe le plus possible le bruit de tes pas.

Ils se glissèrent hors du fourré, et suivirent les traces des Anglais.

Allan Brecknock était bien renseigné. Une heure ne s'était pas écoulée depuis le passage du pont, que la forêt se terminait brusquement, s'ouvrant sur une large plaine toute couverte de plantations d'indigo. Dans le prolongement du sentier, s'étendait une large chaussée qui conduisait à une grande ville dont les blanches murailles étincelaient aux rayons du soleil.

Guy et Maryvonne s'étaient arrêtés sur la lisière du bois.

Devant eux, à trois ou quatre portées de fusil, la petite troupe s'engageait sur la chaussée.

— Bon, murmurait Guy dont les yeux avaient des lueurs sinistres, je saurai demain le nom de cette ville. Maintenant retournons, Maryvonne. Il faut être rentrés à notre petit campement avant la nuit.

Les deux jeunes gens reprirent la route qu'ils venaient de parcourir, et suivirent de nouveau le sentier sans dire une parole.

Quand le frère et la sœur arrivèrent à l'endroit que Guy appelait un peu pompeusement le « campement », la pauvre Maryvonne ne se soutenait plus que par un effort constant de volonté. Elle se laissa aller sur l'herbe, au bord du ruisseau.

Guy remarqua la pâleur de la jeune fille.

— Pardonne-moi, sœurette, dit-il en lui prenant la main ; comme un égoïste, je n'ai plus songé qu'à ma douleur, je n'ai pas pensé à toi, si fatiguée et si vaillante.

Elle tourna vers lui ses beaux yeux, et dit avec un charmant sourire :

— Une bonne nuit, et ma fatigue disparaîtra.

— Peut-être, mais il faudrait d'abord être assuré de cette bonne nuit si nécessaire.

— Ne sommes-nous pas bien ici ?

— Ma chère Maryvonne, les forêts de l'Inde sont rarement dangereuses tant que le soleil brille ; mais, dès que la nuit est venue, elles se peuplent d'hôtes étranges qui pourraient être pour nous de fâcheux voisins.

— Alors, retournons à la grève.

— Je vais essayer de te construire une maison aérienne.

— Puis-je t'aider ?

— Repose-toi, ma pauvre enfant.

Le jeune marin, après avoir coupé quelques bambous et des lianes flexibles, grimpa avec ses matériaux, qu'il avait solidement fixés en un paquet sur son dos, le long d'un manguier dont les branches touffues lui avaient paru convenables à son projet. Il se mit aussitôt au travail et, en moins d'une heure, il eut terminé une sorte de plate-forme qui, à défaut de confortable, assurait au moins la tranquillité pour la nuit.

Maryvonne était émerveillée de l'habileté de son frère et elle voulait prendre tout de suite possession de son domaine aérien, mais Guy lui persuada qu'il fallait dîner auparavant.

Le brave garçon, qui semblait en fer, repartit pour la grève, d'où il revint bientôt chargé d'excellents coquillages.

Maryvonne, en son absence, n'avait pas perdu son temps, et le jeune homme trouva un dessert royal préparé par les blanches mains de sa sœur. Il y avait des bananes, des mangues, des ananas et des pastèques qu'elle avait découverts dans le voisinage et qu'elle avait préparés sur de larges feuilles.

Les deux jeunes gens firent honneur au repas ; mais, malgré leurs efforts mutuels pour paraître gais, une morne tristesse leur écrasait le cœur. Bientôt, Maryvonne demanda du repos, et Guy se mit en devoir d'aider sa sœur à gagner son sauvage domicile, qu'elle déclara absolument délicieux. Guy avait étendu sur le plancher improvisé une ample jonchée de feuilles qui formait une couche fraîche et assez douce, sur laquelle Maryvonne s'étendit avec bonheur. Pour lui, Guy s'était réservé un coin de la plate-forme où, après avoir tendrement embrassé sa sœur, il s'étendit et s'endormit presque aussitôt.

Malgré les fatigues et les émotions que la jeune fille éprouvait depuis quelques heures, le sommeil ne venait pas clore ses longues paupières. Maryvonne se laissait aller à rêver et, dans son cœur pur et loyal, elle cherchait pour quelle raison Allan et Diana pouvaient ainsi la haïr, avec toute sa famille. La noble enfant, qu'un sentiment mauvais n'avait jamais effleurée, ne comprenait pas la haine, et puis comment aurait-elle pu soupçonner l'ignoble calcul des deux Anglais dont elle ignorait la lointaine parenté ? Elle s'étonnait aussi de tant de dissimulation, de tant d'hypocrisie. Cette Diana qui avait pour elle des caresses de sœur ! Elle mentait donc, et les baisers de cette belle bouche auraient voulu sans doute être autant de morsures !

Une grande tristesse envahit la jeune fille, et puis elle songea à l'immense douleur de son frère qui s'était donné avec tout l'élan, toute la loyauté de ses vingt ans, et que la brusque trahison avait frappé au cœur...

17

La nuit était venue brusquement.

Presque aussitôt la forêt s'anima. Les moustiques commencèrent leur musique endiablée ; sur les feuilles séchées, dans les taillis, glissaient des pas furtifs ; des oiseaux de nuit s'appelaient lugubrement et, dominant les mille bruits nocturnes, le rauque cri du tigre éclatait dans le lointain, tandis que la brise de mer, subitement élevée, passait dans les arbres, faisant chanter les hautes ramures.

En ce moment, Maryvonne pensait : « Où est mon père ? » mais à cette question ne venait s'ajouter aucune idée de crainte. La jeune fille *savait* que son père était vivant et qu'elle le reverrait bientôt. Enfin sa pensée glissa vers le cher garçon auquel elle avait donné sa foi, ce Louis Kerbraz dont elle serait la femme malgré tous les obstacles, malgré la haine incroyable des deux corsaires... Où était-il, lui aussi ? Mais un sourire vint aux lèvres de l'enfant, car elle pensait, elle était sûre que partout où il pouvait être, son souvenir à elle, était présent...

Un rugissement terrible l'arracha à son rêve...

Devant elle, près du ruisseau, splendide de force, royal d'allures, un tigre énorme était dressé en une pose hardie qui développait bien ses lignes puissantes.

Maryvonne était brave, mais elle sentit un frisson qui lui griffait l'épiderme, tandis que ses tempes se mouillaient de sueur froide.

A un nouvel appel du fauve, la femelle, suivie de deux petits, apparut aux regards épouvantés de Maryvonne, et tous quatre se dirigèrent vers le ruisseau où ils burent longuement.

Les tigres ne semblaient pas soupçonner la présence voisine d'êtres humains. La mère jouait avec ses petits sur l'herbe fraîche, tandis que le mâle, couché dans une pose de sphinx, considérait ces innocents ébats.

Maryvonne, remise bien vite de sa frayeur, prenait maintenant intérêt aux jeux des fauves ; elle admirait leur souplesse, l'élégance de leurs mouvements, la grâce de leurs attitudes. Tantôt la mère se livrait à eux et, renversée sur le dos, subissait l'assaut furieux de ses fils, qu'elle écartait d'un léger coup de patte ; tantôt elle les invitait à se poursuivre l'un l'autre, ou bien, disparaissant brusquement dans le fourré, elle s'amusait de la passagère inquiétude des petits qui miaulaient comme de jeunes chats en détresse.

Pourtant, depuis quelques minutes, le mâle donnait des signes d'inquiétude. Il levait la tête, reniflant l'air... enfin, il se dressa sur ses pattes, puis se dirigea, à pas de velours, dans la direction où Maryvonne et Guy avaient élu domicile.

Arrivé au pied de l'arbre, le terrible fauve, qui venait de découvrir les deux jeunes gens, poussa un hurlement si formidable que, instinctivement, la pauvre Maryvonne se cramponna à son frère qui s'éveilla en sursaut.

— Qu'y a-t-il ? demanda-t-il en cherchant son couteau.

Sans mot dire, la jeune fille l'attira près d'elle et lui montra les prunelles phosphorescentes du tigre dont les griffes commençaient à entamer l'écorce de l'arbre.

— Nous n'avons rien à craindre, murmura Guy à l'oreille de sa sœur, et, après avoir considéré tout à loisir le fauve visiteur, le tigre ne monte pas aux arbres, et les premiers rayons du jour le mettront en fuite.

Cependant le terrible animal semblait vouloir démentir la première des assertions du jeune homme, car, ayant avisé un bouquet de bambous, un peu couchés par le vent, il commença de gravir cette pente naturelle qui l'amenait presque à la hauteur des habitants du manguier.

GUY REVINT BIENTÔT, RAPPORTANT DE SUCCULENTS COQUILLAGES. (P. 129.)

— Nous sommes perdus, souffla Maryvonne haletante... Ah ! l'horrible mort !

— Je lutterai jusqu'au bout, petite sœur, répondit Guy qui venait d'assujettir à son poignet son couteau, avec un morceau de sa ceinture.

Le fauve se rassemblait, prêt à s'élancer...

Mais, au moment où ses jarrets se détendaient pour le bond, ses griffes glissèrent sur la lisse écorce des bambous, et il tomba rudement sur le sol.

Alors il exhala sa rage en rugissements furieux, et la tigresse mêla sa voix à la sienne.

— Voilà un diabolique concert, observa Guy qui avait conservé tout son sang-froid.

Maintenant, rugissant toujours, les deux fauves ébranlaient l'arbre sous leurs assauts répétés. Ils labouraient le tronc de leurs griffes aiguës, le mordaient de leurs crocs puissants.

— Écoute, murmura Guy, si ces bêtes damnées parviennent à jeter l'arbre en bas, sauve-toi aussi vite que tes jambes pourront té porter, pendant que je les occuperai en les attaquant.

— Non, mon Guy, répliqua la jeune fille, nous nous sauverons ensemble, ou je mourrai avec toi.

Soudain un sifflement aigu qui se terminait par de bizarres modulations vint se mêler aux rugissements des tigres qui se turent subitement, ne faisant plus entendre que de sourds grondements.

Et un homme parut dans la petite clairière.

C'était un Indien, dont on distinguait parfaitement les traits aux clartés de la lune.

Il pouvait avoir vingt-cinq ans, et ses traits étaient d'un merveilleux dessin. Les yeux fiers étincelaient. Pour toute arme, il tenait à la main un frêle bambou.

A la vue de cette nouvelle proie, les fauves abandonnèrent l'arbre, et le mâle se dirigea en rampant vers l'Hindou, prêt à bondir.

Le nouveau venu siffla encore, et la bête s'arrêta dans son élan.

Alors, marchant droit sur le fauve et plongeant ses yeux dans ses prunelles, il força le tigre à reculer, puis il étendit la main en prononçant quelques paroles avec un geste de domination suprême.

Le fauve, dompté, fit entendre un soupir plaintif, puis s'approcha de l'Indien et se coucha à ses pieds qu'il lécha.

A quelques pas, la femelle, tremblant de tout son corps, semblait clouée au sol.

Alors l'Hindou parla encore, frappa légèrement de son bambou le tigre qui se releva et, un instant après, la terrible famille avait disparu au plus épais des fourrés.

Stupides d'étonnement, se croyant tous deux le jouet d'un songe, Guy et Maryvonne avaient assisté, silencieux, à l'étrange scène que nous venons de raconter.

Quand les tigres eurent disparu, l'Hindou s'approcha du manguier et dit en français d'une voix harmonieuse :

— Mon frère et ma sœur peuvent reposer en paix, les bêtes sauvages ne reviendront plus.

Stupéfait de ce qu'il venait de voir et de ce qu'il entendait, Guy ne put que dire :

— Qui êtes-vous ?

— Un ami.

— Vous nous connaissez ?

— Oui, depuis le dernier soleil. Mais reposez, je vous le répète, vous aurez besoin de vos forces pour le jour qui va venir. N'ayez aucune crainte. Je veille.

Et l'étrange personnage alla s'adosser à un tronc d'arbre où il demeura immobile et silencieux.

II

YODAH LE FAKIR

Le soleil était déjà haut quand les deux jeunes gens se réveillèrent.

Aussitôt qu'il eut les yeux ouverts, Guy dirigea ses regards du côté de l'Indien, qui était toujours à son poste.

Il le désigna à Maryvonne en disant simplement :

— Nous n'avons pas rêvé.

De si étranges choses s'étaient passées durant cette terrible nuit, qu'il n'y avait rien d'étonnant à ce que le frère et la sœur se crussent le jouet d'un songe.

Quand il fut descendu de l'arbre et qu'il eut aidé sa sœur à descendre, Guy alla droit à l'Hindou, et lui tendant la main :

— Merci, lui dit-il, vous nous avez sauvé la vie.

Le dompteur de tigres prit la main offerte, la serra, puis la porta à son cœur en disant :

— Yodah vous aime.

— Yodah est votre nom ?

— Oui, on me nomme Yodah le fakir.

— Et vous nous aimez ?

— Comme tous ceux du pays de France.

— Y en a-t-il donc par ici ?

— Oui, quelques-uns, moins qu'il ne faudrait.

— D'abord, où sommes-nous ?

— Pondichéry est à deux heures de marche.

— Et la ville est toujours au pouvoir des Anglais ?

— Toujours. Le maudit drapeau rouge flotte sur le palais du gouverneur !

— Vous n'aimez pas les Anglais ?

A cette demande, le visage de l'Hindou se décomposa; un horrible rictus releva ses lèvres, montrant des dents aiguës qui semblaient prêtes à mordre; ses narines se dilatèrent et ses yeux prirent une telle expression de férocité que Guy eut un frisson.

Il dit enfin :

— J'ai tué plus d'Anglais qu'il n'y a de jours dans l'année, je ne vis que pour détruire cette race odieuse... Je suis triste en ce moment, car il va y avoir deux lunes que je n'ai eu de leur sang ; mais patience...

— Ils vous ont fait du mal ?

Yodah ferma les yeux pour mieux revoir la vision de l'horrible scène.

— Devant moi, enchaîné, j'ai vu massacrer mes deux sœurs. Quelque temps après, mon père était étranglé dans son cachot, et la dernière de ses filles était poignardée lâchement, car elle avait refusé d'être l'esclave du maître détesté.

Maryvonne, qui s'était approchée et voyait des larmes dans les yeux de l'Hindou, lui prit la main, et lui dit doucement :

— Pauvre ami !

Yodah abaissa son regard sur la jeune fille, et la contempla un instant avec une incroyable douceur.

— ON ME NOMME XODAI LE FAKIR. (P. 131.)

— Vous êtes bonne, dit-il, et vous serez ma sœur. Comment vous appelez-vous ?

— Maryvonne, et mon frère s'appelle Guy.

— Eh bien ! Maryvonne et Guy, vous avez désormais un pauvre fakir qui ne demande qu'à se dévouer pour vous. Mais si vous voulez que je vous aide, il faut me mettre un peu au courant de vos affaires. Que venez-vous faire sur ces côtes ?

— Combattre les Anglais avec M. de Suffren.

L'œil de Yodah eut un éclair.

Il reprit :

— Vous êtes marin ou soldat ?

— Les deux ! répondit fièrement Guy, je suis corsaire.

— Où est votre navire ?

— Un misérable l'a fait sauter cette nuit.

— Comment se nommait votre vaisseau ?

— Le brick *L'Agile*.

— Attendez, fit le jeune homme qui semblait chercher dans ses souvenirs, est-ce que le capitaine de l'*Agile* ne se nomme pas Roëllo ?

— Vous connaissez mon père ! s'écria Guy au comble de la surprise.

— Ah ! vous êtes le fils du grand Roëllo ?

— Mais comment pouvez-vous le connaître !

— Moi, je ne le connais pas, mais le Capitaine Noir m'en parlait souvent.

— Et qui était ce Capitaine Noir ?

— Un brave qui, jusqu'au dernier moment, a défendu le royaume de mon p...

Yodah s'arrêta net. Il reprit :

— Le royaume de mon souverain. Malheureusement il dut aller en Europe. En son absence, les Anglais nous attaquèrent par trahison et, malgré tous les efforts des Hindous, ils eurent raison de nous, et maintenant le pays de nos pères est en leur pouvoir. Mais l'heure approche, grâce aux Français, et bientôt tous nos morts seront vengés !

— Comptez sur nous, Yodah, nous portons à M. de Suffren des ordres de France qui vont hâter la fin de la campagne. Vous verrez de beaux combats.

— Mais, demanda Yodah pensif, votre père n'est donc pas avec vous ?

— Nous avons été séparés au moment de l'explosion, mais comme il avait pu atteindre une chaloupe, je pense qu'il a gagné la terre.

— Et moi j'en suis sûre, dit Maryvonne, avec un tel accent de conviction que l'Indien la considéra avec attention.

— Voulez-vous savoir où se trouve votre père en ce moment ?

— C'est notre plus cher désir, et nous comptons sur votre amitié pour nous le faire découvrir.

— Moi, je ne pourrais avoir les renseignements que demain au plus tôt, mais, si vous le voulez, Maryvonne va nous les donner tout de suite.

— Moi ! s'écria la jeune fille, puisque je ne sais rien !

— Vous allez savoir, dit gravement le fakir.

Il prit la jeune fille aux poignets et plongea de lumineux regards dans les regards bleus de l'enfant. Il fixait les prunelles de la jeune fille avec une telle intensité de volonté que Guy, stupéfait, croyait voir des rayons jaillir des yeux de Yodah.

Au bout d'une minute, Maryvonne tressaillit d'un long frémissement, et ses paupières battirent. Quelques secondes encore, et ses yeux se fermaient avec rigidité.

18

Alors l'Hindou posa son doigt sur le front de la jeune fille :

— Dormez-vous ? demanda-t-il.

— Oui, répondit l'endormie, d'une étrange voix lointaine.

— Voyez-vous ?

— Je ne vois que votre pensée.

— Quelle est-elle ? Vous pouvez parler.

— Vous pensez que je pourrai savoir où se trouve mon père.

— Bien. Maintenant, je veux que vous voyiez. Allez, dit-il d'un ton inspiré, et agité lui-même d'un tremblement convulsif, allez, que votre esprit abandonne pour un instant l'enveloppe matérielle qui l'engourdit, qu'il n'y ait plus pour vous d'obstacle ; que votre esprit aille, plus rapide que le vent, plus perçant que la lumière, plus clair que l'eau des sources.

Le corps frêle de Maryvonne se tordit. Elle eut un soupir douloureux et dit :

— Je souffre.

— Voyez-vous ?

— Non, pas encore.

— Voyez, je le veux !

Une lueur intérieure semblait faire resplendir le visage de l'Hindou. De son front, de ses yeux, de sa bouche semblaient sortir des étincelles. Une de ses mains tenait toujours le poignet de la jeune fille, tandis que l'autre était abattue sur la tête de l'enfant dans un geste de domination souveraine.

Tout à coup, Maryvonne, dont le visage s'éclaira d'un sourire, murmura :

— Mon père !...

Une expression triomphante se peignit sur le visage du fakir, tandis que Guy, pris d'une sorte de terreur religieuse, murmurait tout bas des mots sans suite, inintelligibles.

— Vous voyez votre père ? demanda Yodah.

— Oui, je le vois.

Il marche dans la campagne.

— Est-il seul ?

— Non, attendez... huit personnes sont avec lui.

— Vous les connaissez ?

— Oh ! oui.

— Nommez-les.

— Il y a d'abord M. Le Jéguen, puis Le Guez, puis Jean-Marie Noël et les deux Armez. Ah ! mon Dieu !...

— Qu'avez-vous ?

— Voilà Ledru et Lemoulec qui portent mon vieux Toussaint sur une sorte de civière... Oh ! comme il est pâle !...

— Il est blessé ?

— Il a un grand coup de couteau dans la poitrine... c'est l'Anglais qui l'a frappé.

— Guérira-t-il ?

— Attendez...

Les sourcils de Maryvonne se contractèrent, un pli creusa son front pur, mais bientôt son visage s'éclaircit, et ce fut d'une voix joyeuse qu'elle répondit :

— Oui, il guérira.

— Maintenant il faudrait savoir où se trouve votre père.

— Je ne sais..

— Vous m'avez dit qu'il marchait dans la campagne. Décrivez-moi cette campagne.

— Il y a des champs cultivés à sa droite, et à sa gauche on découvre la mer.

— Il faut savoir où il va.

— Oh ! il se rapproche de nous, je le sens qui se rapproche.

— Voyez dans sa pensée.

La jeune fille fit un nouvel effort.

— Oh ! mon Dieu, dit-elle avec des larmes qui glissaient des paupières closes. Oh ! mon Dieu, mon papa, mon cher papa, comme vous avez du chagrin ! Mais nous sommes vivants, ne vous désolez pas, nous serons bientôt près de vous !

— Alors votre père vous croit perdus ?

— Non, il espère encore un peu, mais si peu... Il a calculé que le grain qui nous a assaillis après l'explosion avait entraîné la chaloupe dans le sud. Alors il remonte au nord pour retrouver les parages du naufrage.

— Il faudrait pourtant savoir exactement où il se trouve. Vous ne voyez rien de particulier qui pourrait nous fournir un indice ?

— Non... Ah !... pourtant...

— Que voyez-vous ?

— Une sorte de temple, dont les murailles sont noircies par le feu...

— Les tours ne sont-elles pas brisées par le faîte ?

— Oui, elles semblent décapitées.

— Plus de doute, s'écria joyeusement l'Hindou, Roëllo passe devant la pagode de Djindjalla. Avant deux heures, il sera près de nous.

— J'étouffe ! C'est un cercle de fer qui m'étreint !... gémit Maryvonne.

Rapidement, Yodah passa ses mains sur le front de la jeune fille, puis il lui souffla brusquement à la face, et Maryvonne ouvrit les yeux.

— Que m'est-il donc arrivé ? demanda-t-elle en interrogeant du regard et Yodah et Guy ; il me semble m'éveiller d'un sommeil pesant.

Yodah fit un signe rapide à Guy, afin de lui recommander le silence, et il répondit à la jeune fille :

— Vous avez eu un court étourdissement.

— Oh ! que j'ai la tête lourde.

— Ce malaise va se dissiper. Je veux qu'il se dissipe, ajouta le fakir avec une singulière intensité d'intonation.

— Ah ! oui, cela va mieux, fit Maryvonne avec un soupir de soulagement.

— Dans un instant, vous serez tout à fait bien.

— A présent, mon frère Yodah, dit Guy, il faut vous dire que nos ennemis sont à Pondichéry, et que nous ne pourrons rester dans ces parages.

— De quels ennemis parlez-vous ?

— De l'Anglais qui s'est échappé de notre bord avec ses complices, après avoir mis le feu aux poudres.

— C'était un prisonnier que vous aviez fait ?

— Non, il était lieutenant à bord de l'Agile.

— Un Anglais officier sur le navire de Roëllo !...

— Nous avions perdu notre lieutenant et il fallait le remplacer en quelques heures. L'Anglais s'est trouvé là. D'ailleurs, il disait qu'il avait la haine de ses compatriotes et était porteur d'une lettre de recommandation très chaleureuse du ministre de la marine.

— Un misérable traître !

— Il prépara son coup avec un autre Anglais, prisonnier celui-là, que nous avions capturé près des côtes d'Espagne.

— Un marchand, sans doute ?

— Non, un officier, un commodore, sir Harry Linton.

Yodah eut un rugissement.

Il saisit le bras de Guy avec une sorte de violence, et lui demanda, les lèvres tremblantes :

— Quel nom avez-vous prononcé ?

— Sir Harry Linton, répéta Guy, qui considérait l'Hindou avec étonnement.

— Le monstre est revenu dans l'Inde ! Le boucher anglais a osé remettre le pied sur le sol qu'il a ensanglanté ! le nom de Bouddha soit béni : l'heure de la vengeance a sonné !

Le fakir était effrayant à contempler : la face convulsée, les yeux hors des orbites, les membres raidis, il semblait en proie à un furieux délire.

Il reprit, après un silence :

— J'aurai son sang, je prolongerai son agonie pour qu'il se sente mourir plusieurs fois, j'inventerai des tortures inouïes, son râle me bercera comme une divine musique, je compterai ses soupirs, je boirai ses larmes, chacun de ses cris de souffrance sera pour moi un apaisement...

— Oh ! Yodah, dit doucement Maryvonne, pourquoi tant de haine !

— Pourquoi ? répliqua l'Hindou d'un ton farouche, vous demandez pourquoi je hais Harry Linton !... Tout à l'heure je vous contais le meurtre infâme de mes sœurs et de mon père... Eh bien ! leur bourreau, c'est lui !

Guy et Maryvonne baissèrent la tête.

Yodah se calmait, il reprenait peu à peu son masque impassible.

— Parlons en hommes, dit-il après un moment ; vous me disiez donc que votre ennemi et Harry Linton étaient à Pondichéry ?

— Oui.

— Comment le savez-vous ?

— Après notre naufrage, voulant savoir sur quelle rive nous avions abordé, nous nous sommes engagés, ma sœur et moi, dans la forêt. Nous avons, au bout d'une heure de marche, rencontré un sentier et nous avons entendu des pas. Nous nous sommes cachés dans un buisson, et nous avons vu passer devant nous les misérables dont je vous parle.

— Penser, gronda Yodah, que j'ai été si près de lui !

— Que voulez-vous dire ?

— J'étais dans ces bois hier, et je vous vis vous arrêter ici. Pendant plus d'une heure je vous épiai. Je me glissai derrière ce cactus que vous voyez là-bas, tenant tout prêt dans mes mains le lacet qui ne manque jamais son but. Je vous entendis parler français : désormais vous m'étiez sacrés. Je ne voulus pas encore me découvrir à vous, car j'avais un rendez-vous qui ne pouvait se remettre. Il s'agissait de grands intérêts. Ce fut seulement dans la nuit que je pus revenir ici.

— Et que vous nous avez empêchés d'être déchirés par les fauves, dit chaleureusement Maryvonne.

— Quel homme êtes-vous donc ? demanda Guy ; les tigres se calment à votre voix, tout à l'heure encore...

— Je suis un homme semblable aux autres, se hâta d'interrompre le fakir ; j'ai étudié la nature, et Dieu a bien voulu me permettre de pénétrer quelques-uns de ses secrets. Mais ma science n'est rien auprès des mystères que les hommes découvriront plus tard, à mesure que le Créateur leur laissera lire les pages du livre merveilleux de la vie universelle. Mais taisons-nous, ajouta-t-il en penchant la tête, quelqu'un vient dans la forêt.

Guy et Maryvonne eurent beau tendre l'oreille, ils n'entendirent que le bruit du vent dans les palmes des cocotiers.

Yodah modula un chant d'oiseau d'une merveilleuse pureté.

Un chant semblable lui répondit

Alors il éleva la voix.

— Viens, Sélim, viens à moi.

Les buissons s'écartèrent, et un noir, de taille colossale et de figure hideuse, parut devant les jeunes gens. Il s'approcha de Yodah, s'agenouilla devant l'Hindou, frappa trois fois la terre de son front, puis, se relevant, il parla bas au fakir qui l'écouta avec la plus profonde attention. Quand il eut fini de parler, Yodah lui donna quelques ordres brefs et le congédia d'un geste.

Le noir se prosterna ainsi qu'il avait fait en arrivant, et disparut.

— Cet homme, dit Yodah à Guy, vient m'annoncer la présence de Harry Linton à Pondichéry. J'ai donné des ordres pour qu'il soit étroitement surveillé, ainsi que lord Clamorgan.

Ce fut au tour de Guy de pousser un cri d'étonnement.

— Clamorgan ! Mais c'est notre nom de famille !

— C'est le nom qu'on donne là-bas à votre ennemi.

— Impossible ! Il se faisait appeler Allan Brecknock !

— C'est peut-être quelque descendant de la branche de notre famille qui était restée en Angleterre, dit Maryvonne.

— Peut-être, mais alors pourquoi cette haine dont il nous a donné une si terrible preuve ?

— Il y a dans tout cela un mystère que l'avenir éclaircira.

Yodah avait écouté les deux jeunes gens avec attention.

— Avant trois jours je saurai ce qui vous intéresse, dit-il enfin.

— Quelle puissance possédez-vous donc ? demanda Guy.

— On me nomme le Maître, répondit le fakir, et sur un signe de moi cent mille hommes viendraient recevoir mes ordres ; mais je ne suis qu'un atome dans l'univers, un humble instrument des volontés de Dieu.

Le frère et la sœur considéraient avec une sorte de crainte respectueuse cet homme étrange que le hasard avait mis sur leur route.

Yodah reprit avec enjouement, comme s'il eût remarqué l'impression produite par ses dernières paroles :

— Ma puissance, comme vous l'appelez, va servir pour le moment à vous procurer un repas dont vous semblez avoir grand besoin.

Il frappa trois fois dans ses mains et deux jeunes gens de race malabare parurent aussitôt. Le fakir leur donna quelques ordres, et ils disparurent après avoir rendu au Maître les marques du plus profond respect.

— Mais c'est tout à fait comme dans les contes de fées ! s'écria joyeusement Maryvonne.

Dix minutes s'étaient à peine écoulées que les deux nègres revenaient avec des corbeilles dont ils déposèrent le contenu sur une fine natte de jonc. Il y avait un morceau de mouton grillé, de beaux poissons, des fruits de toute beauté : des bananes remplaçaient le pain. Dans des cruches de grès, Guy trouva d'excellent bordeaux et du vin d'Espagne.

— Voilà un magnifique repas, s'écria Maryvonne émerveillée, et qui tombe admirablement, car je meurs de faim.

Guy ne disait plus rien ; il se demandait, par instants, s'il n'était pas le jouet d'un long rêve et s'il n'allait pas se réveiller dans sa cabine de l'*Agile*.

Néanmoins, comme la jeunesse ne perd jamais ses droits, il mangea de bon appétit, et invita Yodah à l'imiter.

Le fakir se contenta de quelques fruits, et ne but que de l'eau pure.

Quand il fut rassasié, le jeune homme ne put s'empêcher de témoigner encore une fois son étonnement.

— Vous devez être quelque puissant génie, mon cher Yodah, lui dit-il, et je suis persuadé que je n'aurais qu'à faire un souhait pour qu'il fût accompli.

— Essayez, dit l'Hindou avec un doux sourire.

— Eh bien ! reprit Guy moitié riant, moitié sérieux, comme notre costume est un peu délabré, je souhaiterais avoir pour ma sœur et pour moi des vêtements plus convenables que les nôtres, qui sont en bien mauvais état.

Sans bouger de l'endroit où il était assis, Yodah appela :

— Sélim !

Le même noir que nous avons vu déjà parut et salua profondément le Maître. Il portait sur les bras un paquet assez volumineux qu'il ouvrit devant les deux jeunes gens.

C'était d'abord un élégant costume de soie légère pour Maryvonne, et un vêtement complet pour Guy, des chapeaux de paille fine, puis une superbe carabine à deux coups, de fabrication américaine, une paire de pistolets, une épée, de la poudre et des balles.

— Cette fois, cela tient du prodige ! disait Guy, que la vue des armes avait charmé bien plus que tout le reste.

Yodah eut un rire silencieux.

— Ne m'attribuez pas un pouvoir surnaturel, dit-il après s'être réjoui de la joie de ses amis ; quand je vous aurai expliqué comment tous ces objets se trouvent à point ici, vous ne me prendrez plus, j'espère, pour un magicien.

— Alors, n'expliquez pas, dit Maryvonne en riant, laissez-moi croire à ce joli conte des *Mille et une Nuits*.

— Je vous obéis. Mais, à son tour, ma sœur Maryvonne n'aurait-elle pas un souhait à formuler ?

La jeune fille devint grave, et elle dit :

— Je voudrais avoir des nouvelles de mon père.

— Le grand Roëllo va bien, dit Yodah, je vous en donne l'assurance, mais comme ce que vous me demandez n'est rien pour mon pouvoir, je vais faire plus : votre père va paraître devant vous, ma sœur Maryvonne.

La pauvre enfant s'était dressée toute pâle.

— Ne me donnez pas de fausse joie, dit-elle, ce serait bien mal.

— Jamais le mensonge n'a souillé les lèvres de Yodah. Je vous ai promis que vous alliez voir votre père, le voici.

A ce moment précis, la petite troupe des marins de l'*Agile* débouchait dans la clairière.

En tête, était Roëllo. Un instant, le corsaire demeura comme anéanti, mais quand il eut reçu l'étreinte de Guy, quand il eut dans les bras Maryvonne, riant et pleurant à la fois, de grosses larmes ruisselèrent sur sa face, et il leva vers le ciel des yeux reconnaissants.

— Mes enfants! mes chers enfants! répétait-il sans se lasser.

Il pleurait, Roëllo le corsaire, il pleurait, Roëllo l'Abordage. Cet homme de fer, qui sans frémir avait vu les plus épouvantables tueries, lui qui avait sans pâlir, et le sourire aux lèvres, risqué les plus audacieux combats et bravé vingt fois la mort, il pleurait.

Avec un tact exquis, Yodah s'était un peu reculé avec ses hommes, afin de laisser au père toute l'intimité de ses expansions.

En quelques mots, Guy avait mis le corsaire au courant de ce qui s'était passé, et Roëllo avait expliqué à son fils comment, la chaloupe ayant dérivé sous le grain, il lui avait été impossible de revenir sur les lieux de l'épouvantable sinistre. Il croyait Guy et Maryvonne bien perdus, et Le Jéguen avait dû lui faire violence pour l'empêcher de se jeter à la mer. Le malheureux répétait qu'il voulait sauver ses enfants ou périr avec eux.

Maintenant, un indice de reconnaissance s'imposait; le marin s'avança vers Yodah, et lui dit en lui tendant les mains:

— La vie de Roëllo est à vous, car vous l'avez sauvé du désespoir. C'est encore vous qui m'avez envoyé un guide pour me conduire vers mes enfants. Je ne vous demande qu'une seule chose, c'est de me mettre à même de vous payer ma dette le plus tôt possible.

Le fakir répondit de sa voix harmonieuse:

— Les enfants de mon père sont mon frère et ma sœur, ils sont bons, braves et purs, ils sont dignes du grand Roëllo. Tout ce que j'ai fait est peu de chose; il nous reste maintenant à vous donner les moyens d'accomplir la mission dont vous avez été chargé et qui doit consommer la ruine des Anglais, nos ennemis et les vôtres.

— Mon navire a sauté et je n'ai pu sauver aucun papier; mais, en prévision d'un malheur possible, l'envoyé du roi de France m'avait répété de vive voix tout ce que contenaient les dépêches envoyées à l'amiral.

— Le glorieux Suffren, que Dieu protège! croise en ce moment devant Trinquebar. Avant huit jours, vous serez auprès de lui, j'en prends l'engagement.

Yodah fit ensuite donner aux matelots de l'*Agile* tous les vivres et tous les rafraîchissements dont ils avaient besoin; mais quand il fut auprès de la civière où le malheureux Toussaint était étendu, il s'arrêta.

Guy et Maryvonne étaient auprès de leur vieil ami.

Le fakir considéra longuement le blessé, qui n'avait pas encore repris connaissance et qui s'agitait, sur un brancard improvisé, en une sorte de coma douloureux, puis il demanda à Guy:

— Votre ami est blessé?

— Grièvement, répondit le jeune homme.

— Quelle sorte de blessure a-t-il reçue?

— Un coup de couteau en pleine poitrine, Maryvonne vous l'a dit.

— Il faut que je voie sa plaie.

— Faites, Yodah, en vous j'ai toute confiance, et je vous ai vu déjà accomplissant de tels prodiges, que je ne doute pas de la guérison de mon vieux Joël.

— La mort et la vie sont entre les mains de Dieu, répondit gravement l'Hindou.

Avec une dextérité et une légèreté de main que n'aurait peut-être pas eues un professionnel, il enleva le bandage hâtif que, dans leur dénûment, les naufragés avaient posé sur la blessure, puis il ouvrit les lèvres de la plaie, et tirant de sa ceinture une longue épingle en argent, il en sonda la profondeur.

Toussaint Joël poussa un gémissement.

Guy et Maryvonne, tremblant d'émotion, attendaient le diagnostic de Yodah.

Enfin le fakir se releva.

— Aucun organe essentiel n'est atteint, dit-il, et si vous m'en donnez l'autorisation, je vais soigner votre ami à la méthode hindoue.

— Tout ce que vous ferez sera bien fait, dit le jeune marin, tandis que Maryvonne acquiesçait du regard.

Sans ajouter un mot, Yodah s'éloigna et entra sous bois. Tandis qu'il allait chercher les plantes mystérieuses qui devaient rendre la vie au vieux timonier, Guy demandait à son père comment on avait pu sauver le blessé.

— C'était au moment où je venais de te perdre de vue, répondit le corsaire, je nageais toujours vers la chaloupe où plusieurs de nos hommes avaient pu se réfugier, quand, en travers de moi, je heurtai un corps qui flottait. D'abord je crus que je venais de rencontrer un cadavre, mais j'eus bien vite reconnu Toussaint que je pus embarquer avec l'aide des matelots. C'est à ce moment que le grain s'est abattu sur nous.

Yodah revenait. Il tenait à la main quelques herbes qu'il broya entre deux pierres et dont il composa un pansement qu'il appliqua sur la blessure du vieux marin. Ensuite, prenant dans son turban une minuscule boîte de bois précieux, il l'ouvrit. Elle était pleine d'une pâte brune dont il enleva une parcelle au bout de l'aiguille qui lui avait servi à faire le sondage. Avec un poignard il desserra les dents du blessé, et déposa sur sa langue la petite boulette de pâte.

Au bout d'une minute, Toussaint eut un long soupir et ouvrit les yeux. Il vit, penchés sur lui, Guy et Maryvonne dont le visage rayonnait d'espoir. Il dit alors d'une voix lourde.

— Bonjour, mes enfants, quel drôle de paysage... Je ne reconnais plus du tout le gréement du brick, mon grand saint Patrick.

— C'est miraculeux, dit Roëllo qui s'était approché et avait suivi avec attention toute la médication du fakir.

— Ah ! vous voilà, capitaine, continua Toussaint qui venait de l'apercevoir... Est-ce que je vais filer mon grelin jusqu'au bout... saint Maclou ?

« Oh ! oh ! poursuivit-il en faisant une atroce grimace... on est touché dans la coque à ce qu'il paraît... je me rappelle, ma bonne sainte Gabrielle... je me rappelle tout, à présent, saint Armand !

— Ne parlez pas, fit Yodah, reposez-vous. Le sommeil va venir.

Toussaint grommela :

— J'ai connu bien des droguistes, saint Évariste, mais c'est la première fois que je suis soigné par un moricaud, glorieux saint Malo !

Ses paupières se fermaient. Il balbutia encore quelques paroles inintelligibles. Une minute après, il dormait d'un bon sommeil.

— Dans peu de jours, dit Yodah, sa blessure sera fermée. Ne soyez pas inquiets à son sujet. Maintenant, il me faut vous quitter pour quelques heures. Restez ici à m'attendre. Ne faites pas d'imprudence, ne vous éloignez pas, car les patrouilles anglaises sillonnent les alentours de la ville.

Il ajouta, en se tournant vers Guy et Maryvonne :

— Vous n'avez plus besoin de vous construire des maisons dans les feuilles. Le tigre ne viendra pas, car vous aurez un gardien qui saura vous défendre... Ah ! un mot encore : si, cette nuit, vous voyez un éléphant rôder près du ruisseau, ne tirez pas, c'est un allié, c'est un ami.

« A demain, dit-il enfin en serrant les mains qu'on lui tendait, et demain sera un grand jour, car sa lumière marquera le début des grands événements qui doivent rendre libre le sol sacré de l'Inde.

Il siffla ses noirs qui accoururent.

— A bientôt, dit-il, avec un doux sourire.

Un instant après, Yodah avait disparu dans les fourrés.

III

EXPLICATIONS

Tout dormait au campement de la forêt, excepté Yodah qui veillait auprès des feux. Suivant sa promesse, il était revenu avant la nuit, et, sur sa face impassible, personne n'aurait pu lire le souvenir des dramatiques événements auxquels il avait été mêlé et que nous raconterons bientôt. A la lueur des brasiers, on pouvait remarquer seulement une profonde expression de tristesse peinte sur son beau visage.

Des fauves vinrent rugir sous bois ; mais, à la voix du fakir, ils s'éloignèrent. Vers le milieu de la nuit, un chant très doux s'éleva d'un énorme bouquet de camphriers. Sans rien changer dans sa position, sans remuer seulement un doigt ou jeter un regard du côté où venait de se révéler l'étrange chanteur, Yodah dit :

— Viens !

Un gracieux enfant, d'une quinzaine d'années, apparut. Il salua profondément le Maître, et resta immobile devant lui, attendant d'être interrogé.

— Quelles nouvelles, Djin ? demanda le fakir.

— Maître, la reine des Missoughis est proche.

— Mavourita ! s'écria le fakir en se levant vivement.

— La reine a rencontré un étranger qu'elle guide vers toi... D'ailleurs, voici la maîtresse, interroge-la.

Les buissons s'étaient écartés, livrant passage à un éléphant de taille colossale. L'animal était harnaché à la manière hindoue et portait sur le dos un palanquin dont les ouvertures étaient protégées par des rideaux de soie pourpre.

Une petite main brune écarta la légère étoffe, et une ravissante tête de jeune fille parut entre les plis du rideau.

— La bénédiction de Dieu soit avec vous, Yodah ! dit-elle d'une voix aussi douce qu'un chant d'oiseau.

Le fakir avait courbé le front. Ce fut avec une expression de respect profond qu'il dit :

— Qu'ordonne ma reine Mavourita à son serviteur ?

— Je vous le dirai tout à l'heure, Yodah.

— Djin, continua-t-elle en s'adressant à l'enfant, va reprendre ton poste dans la forêt.

— Oui, maîtresse.

Le jeune homme eut bientôt disparu dans les fourrés.

Alors Mavourita adressa quelques paroles à l'éléphant qui se coucha docilement ; une petite échelle de soie permettait de descendre sans peine du palanquin. La petite reine fut à terre en deux bonds légers.

Yodah la reçut dans ses bras et la pressa tendrement contre son cœur.

— Mavourita, ma sœur bien-aimée, répétait le jeune homme en la couvrant de caresses, je n'espérais pas vous voir sitôt, et votre présence me comble de joie.

— Vous serez encore bien plus heureux, mon cher Yodah, quand vous aurez vu l'ami que je vous amène.

— De quel ami voulez-vous parler ?

— De moi, en personne, mon bien cher enfant, dit en sortant à son tour du palanquin un nouveau personnage, qui n'était autre que Peter Wouvermann, le vieux Hollandais.

L'émotion fut si forte que Yodah chancela. Mais il se remit vite et, avant de donner au vieillard la moindre marque d'affection, il leva les yeux vers le ciel et adressa au Créateur, maître de toutes choses, une ardente action de grâces. Puis il se jeta au cou de Wouvermann avec des larmes de joie. Le vieux Hollandais n'était pas moins ému.

— Mon pauvre enfant, disait-il, quand je pense que j'ai pleuré votre mort !

— Mais, mon bon père, par quel miracle Mavourita vous a-t-elle rencontré ?

— Mettez-vous là tous deux près de moi, je vais tout vous conter.

Les deux jeunes gens prirent place aux côtés du vieillard.

— Quand je revins au Maïssour, il y a deux ans, commença-t-il, je trouvai la ville en ruines, et j'appris de la bouche de Douressamy la terrible histoire. A cette époque, le pauvre garçon vous croyait mort. Ce fut alors qu'il me révéla l'existence du trésor de la pagode d'Angotka, et qu'il me donna un plan détaillé des souterrains. Il croyait toutes ces richesses sans maître, il voulait au moins qu'elles pussent servir à venger les victimes. Ma présence fut bientôt signalée aux autorités anglaises, et ce ne fut qu'à travers mille périls que je pus gagner la côte où m'embarquer sur un caboteur portugais, qui retournait à Goa. De là je pus gagner l'Europe, et différentes difficultés vinrent m'empêcher de mettre à exécution le plan que j'avais dressé. Enfin il y a trois mois, je trouvai à Saint-Malo l'homme qu'il me fallait. Vous m'en avez entendu parler bien souvent quand vous étiez enfants, et qu'il fallait toujours vous conter des histoires de corsaires ; il a nom Jean Kerbraz.

— Kerbraz Tête de Fer ? interrompit Mavourita.

— Lui-même, ma fille, et tu as bonne mémoire. Il mit à ma disposition son navire et soixante hommes résolus qui, à son commandement, passeraient sans hésiter à travers des fournaises. Nous sommes arrivés en vue des côtes indiennes il y a une dizaine de jours, mais, au moment où nous allions débarquer, deux frégates anglaises nous découvrirent et nous donnèrent la chasse. Grâce à la supériorité de sa marche, la *Sainte-Marie* les eut bientôt distancées, mais tout cela nous avait fait perdre du temps et, pour éviter le retour de semblable aventure, nous nous décidâmes à débarquer plus au nord, ce qui retardait un peu notre arrivée à Angotka, mais nous donnait plus de sécurité.

« Donc, avec cinquante hommes, nous nous sommes rendus, Kerbraz et moi, dans les environs de la pagode que j'ai trouvée occupée militairement par des forces qui m'ont paru considérables.

— Deux cents hommes du 3e grenadiers, dit Yodah, et quatre pièces de canon.

— Oh ! oh ! la bouchée est un peu forte, mais mes gaillards en ont mâché de plus dures que cela. Nous dresserons ensemble notre plan d'attaque, quand nous aurons retrouvé Kerbraz. Maintenant, il me reste à vous dire, mon cher prince, comment j'ai rencontré Mavourita.

— Voulez-vous me permettre de le lui apprendre moi-même en quelques mots, mon bon père ?

— Mais comment donc, ma chère fille, j'ai déjà beaucoup parlé et tu vas me donner l'occasion de me reposer un peu.

— Je surveillais donc, comme d'habitude, les abords de la pagode, quand j'appris, par mes espions, la présence d'une troupe de soldats français qui se tenaient dissimulés dans les bois qui entourent le temple. J'épiai les nouveaux venus et, avec un bonheur inexprimable, je reconnus notre cher Capitaine Noir, auquel je me découvris aussitôt. Comme je savais par Sélim que tu étais ici, j'ai pris notre bon père avec moi sur Djemma et nous voici.

— A ce propos, dit le Hollandais, je ne comprends pas très bien pourquoi vous avez choisi ce lieu comme quartier général ; vous êtes près de la ville et vous pourriez être facilement découverts.

— Ce n'est pas moi qui ai fait ce choix, mon père, mais le hasard. C'est à cet endroit que j'ai trouvé deux pauvres naufragés français que j'ai pu secourir.

— Il y avait une jeune fille, je crois ? demanda Mavourita.

— Oui. Tu la verras demain ; c'est un modèle de grâce et de beauté. Mais, poursuivit-il en s'adressant à Wouvermann, vous devez les connaître tous deux, ces pauvres jeunes gens : ce sont les enfants de Roëllo le corsaire.

— Qu'est-ce que vous dites là ! s'écria le vieux Hollandais avec stupéfaction.

— La vérité pure, mon bon père, et j'ai été assez heureux pour réunir le père aux enfants.

— Alors Roëllo est ici ? répétait Wouvermann.

— Vous semblez contrarié, mon père ; ne l'aimeriez-vous pas ?

— C'est le meilleur des hommes et le plus brave des marins, seulement...

— Seulement ?...

— Il existe entre lui et Kerbraz une inexplicable rivalité qui me fait redouter leur rencontre.

— Roëllo, sachant que Kerbraz travaille pour moi, ne cherchera pas à entraver ses efforts.

— Dieu le veuille ! mais ne disiez-vous pas, Yodah, qu'ils étaient naufragés ? L'*Agile* a donc péri ?

— Un misérable a mis le feu aux poudres et le bâtiment a sauté.

— Un homme de l'équipage du brick a fait cela ?

— Le premier lieutenant en personne...

— Impossible ! son nom ?...

— Il se faisait appeler Allan Brecknock, mais son vrai nom est Glendower Clamorgan.

— Un Anglais servant sous Roëllo !

— Il l'avait engagé au dernier moment à cause d'un accident arrivé à son lieutenant. D'ailleurs, il disait avoir voué aux Anglais une haine mortelle.

— Clamorgan ! Clamorgan !... répétait le Hollandais, il me semble que ce nom ne m'est pas inconnu.

— Guy m'a dit que c'était le nom patronymique des Roëllo.

— C'est cela ! j'y suis... je comprends tout, à présent,... oui, oui, je me rappelle...

Le vieux Hollandais ne semblait pas disposé à en dire plus long pour le moment, car, après s'être caressé le menton à plusieurs reprises, avec une expression de contentement répandue sur toute sa physionomie, il reprit, en s'adressant à Yodah :

— Maintenant, mon cher enfant, à votre tour...

— Pardon, mon bon père, interrompit le fakir, je ne vous ai pas tout dit au sujet de Roëllo et du voyage de l'*Agile*.

— Parlez, mais faites vite, car j'ai grand'hâte de connaître vos aventures.

— A la hauteur des côtes d'Espagne, l'*Agile* avait rencontré un navire de la Compagnie : le *King William*...

L'habitude professionnelle fut la plus forte, et le Hollandais murmura :

— Le *King William*, à destination de Madras, onze cents tonneaux, chargement : armes et munitions.

Yodah poursuivit :

— Après un court combat, Roëllo s'en rendit maître. Il fit payer rançon au navire, et ne le laissa libre qu'après avoir fait passer à bord de son brick le capitaine anglais qu'il garda prisonnier.

— Vous m'étonnez, mon cher enfant, et une pareille action de la part de Roëllo est faite pour me surprendre.

— Attendez, mon père.

— Le capitaine devait être laissé libre !...

— Il faut vous dire que ce capitaine n'appartenait pas à la Compagnie des Indes : il avait pris ce commandement pour rejoindre plus tôt son escadre dans le golfe du Bengale.

— Bon, bon, je comprends tout.

— Le capitaine était un commodore. Il s'appelait Harry Linton.

Le Hollandais grinça des dents. Mavourita fondit en larmes.

— Et, demanda Wouvermann, le misérable a sans doute péri dans l'explosion de l'*Agile* ?

— Non. Dieu nous le réservait. Il était le complice de Clamorgan, et a pu se sauver avec lui. Ils sont tous deux maintenant à Pondichéry.

Les yeux du Hollandais avaient des lueurs sinistres. Il prit lentement la main de Yodah et la serra avec force, disant à voix basse :

— N'est-ce pas que nous aurons son sang ?

— Oui, mon père, car la main de Dieu s'est abattue sur cet homme...

— Mais,... s'écria brusquement le vieillard, comme frappé d'une idée soudaine, le misérable va partir immédiatement pour Angotka, maintenant qu'il est libre !

— Ne craignez rien, mon père, Linton est surveillé par mes espions. Il est encore dans la ville, et ne partira que demain matin.

— Il n'arrivera jamais à la pagode ! dit Wouverman avec un accent qui aurait fait frissonner les plus braves.

Yodah répétait doucement :

— Non, jamais. Nous conviendrons de tout au lever du jour. Maintenant, père, il faut vous reposer.

— Me reposer ! Vous n'y pensez pas, Yodah, c'est votre histoire que je veux connaître... Je ne sais que ce que Douressamy m'a conté... A propos, le brave garçon est toujours en bonne santé, je suppose ?

Les traits de Yodah se creusèrent, il dit d'une voix frémissante :

— Douressamy connaissait le secret du trésor, Linton l'a fait assassiner.

— Le monstre !

— Mais je suis encore vivant, moi, et d'autant plus dangereux pour le bourreau anglais, qu'il croit que mes cendres reposent dans le tombeau de Maïssour depuis plus d'une année.

Le Hollandais ouvrit de grands yeux.

— Que me contez-vous donc là, mon enfant ? demanda-t-il.

— La vérité, mon bon père.

— Parlez, alors, mille diables ! dites-moi vite votre histoire.

Yodah se recueillit un instant, puis commença ainsi :

— Quand, après le meurtre de mes deux sœurs, notre père vénéré eut livré le secret du trésor afin de nous conserver la vie, nous fûmes entraînés dans trois cachots différents, et surveillés étroitement. Ma première pensée, quand je fus seul, fut de m'évader de ma prison, mais comment ? Il me vint pourtant une idée hardie, que je résolus de mettre à exécution, coûte que coûte.

« Vous savez, mon bon père, que, dès ma jeunesse, je me suis occupé des mystères de notre sainte religion, et que j'ai pénétré quelques-uns des prodiges qui frappent d'admiration ceux qui en sont témoins.

« Il s'agissait de simuler la mort, et d'être enterré par les soins d'hommes dévoués, qui reviendraient ensuite, au moment fixé, m'exhumer de ma sépulture et me rendre à la vie.

« Je feignis, au bout du deuxième jour, une langueur mortelle, et, sur les nouvelles qu'on lui donna de ma santé, Linton vint me visiter dans mon cachot. Quand il me vit, mon état avait empiré, et j'étais en proie au délire et à la fièvre. Vers le soir, j'eus un moment d'apaisement, et j'en profitai pour demander qu'on me fît venir Halimouni, le vieux et saint prêtre de la pagode de Maïssour.

« On transmit ma requête à Linton, qui ne crut pas devoir la repousser. Il fit venir le brahme, mais installa deux interprètes dans ma prison, qui devaient assister à l'entrevue et lui répéter toutes nos paroles.

« Le renard anglais était fin, mais je l'étais plus que lui. Aussitôt que Halimouni fut en ma présence, j'employai le langage sacré des prêtres et des fakirs, langage inconnu du vulgaire. Je vis bien, à la surprise des interprètes, qu'ils ne connaissaient pas le premier mot de l'idiome employé. Néanmoins, pour ne pas se faire mal voir de Linton, en avouant leur ignorance, ils racontèrent effrontément que nous avions eu la plus édifiante des conversations, et que notre entretien avait roulé tout entier sur les choses de l'autre vie.

« Halimouni entra parfaitement dans mon dessein, et jura de m'être fidèle. Il fut décidé que, aussitôt que j'aurais atteint le degré de rigidité cadavérique nécessaire pour donner l'image parfaite de la mort, il demanderait à me rendre les funèbres devoirs, ce que, probablement, on ne lui refuserait pas. Si pourtant — il fallait tout prévoir, — Linton voulait me faire enterrer comme un chien, mon complice devait recueillir mon corps, et exercer sur moi les différentes pratiques qui devaient me permettre de subir impunément ce trépas momentané.

« Par bonheur, Linton, qui était charmé de ma mort, permit à Halimouni de m'ensevelir. Le bon vieillard observa strictement tout ce que je lui avais prescrit.

« Il plaça mon corps sur un linceul de lin, le visage tourné vers le levant, puis me boucha hermétiquement les narines, les paupières, les oreilles, la bouche, avec des tampons d'ouate enduits de cire. On enferma mon corps dans le linceul, et on le déposa dans une grande caisse de bois précieux. Les obsèques furent faites avec une certaine pompe, et Linton voulut même y assister. Ici, se dressait une première difficulté. Il fallait remplacer au dernier moment, sur le bûcher, mon corps, par un simulacre quelconque adroitement apporté. Mais Halimouni avait tout prévu. La boîte qui contenait mon corps fut descendue dans une fosse creusée à cet effet sous le bûcher, tandis que les ouvriers, qui étaient des hommes sûrs, tiraient de cette même fosse un cercueil identiquement pareil au mien et qui renfermait le cadavre d'un paria, mort la veille.

« Huit jours après, le bon vieillard vint me chercher dans ma cachette. Il m'emporta dans sa maison et commença à me verser de l'eau chaude sur la tête, sans cependant ouvrir le linceul. On ne pouvait distinguer le pouls ni aux bras, ni aux jambes, ni dans la région du cœur. Tout le corps était froid. Halimouni et ses serviteurs commencèrent à me laver et à me frictionner doucement. Puis on me mit sur le crâne une couche de pâte de froment chaude, et l'on répéta cette application. On m'ôta ensuite des narines, des oreilles, des yeux et de la bouche, les tampons d'ouate enduits de cire, et Halimouni m'ouvrit les dents avec un couteau, et amena ma langue en avant pour dégager les voies respiratoires. On me frotta les paupières avec de la graisse, puis un serviteur me les ouvrit : mes yeux étaient encore vitreux.

« A la troisième application de la pâte brûlante sur la tête, tout mon corps tressaillit, les narines palpitèrent, le pouls battit faiblement, mes membres tiédirent. Halimouni me mit un peu de beurre fondu sur la langue. Mes yeux reprirent peu à peu leur éclat : j'étais revenu à la vie.

« A partir de ce jour, mon existence fut tout entière consacrée à la vengeance. J'organisai une vaste association de patriotes, auxquels je ne révélai pas le secret de ma naissance. Partout où je le pus, je fis aux Anglais une guerre mortelle, sans pitié. J'ai versé le sang anglais à flots, cent fois mon lacet mortel a étranglé les soldats de l'oppresseur, et cependant je ne peux me rassasier de meurtres !...

Ici, Yodah s'arrêta, et resta quelque temps silencieux.

— Et votre père, et Mavourita ? demanda doucement le Hollandais.

— C'est vrai, je ne vous ai pas encore tout dit, poursuivit le fakir en élevant la tête. Quand Linton me crut bien mort, il songea que mon père était un témoin bien gênant, si par hasard le gouvernement anglais lui demandait compte de ses cruautés, et il fit étrangler le malheureux prince dans sa prison. Mavourita restait seule vivante. Il voulut en faire son esclave et son jouet : la fière enfant lui cracha au visage tout le mépris et toute l'horreur qu'il lui inspirait. Dans un accès de rage folle, la brute immonde la poignarda, et la crut morte. Il fit enlever ce qu'il prenait pour un cadavre, et ordonna qu'on le jetât sur la grève. Ce fut là que je recueillis ma pauvre sœur, que j'eus bientôt guérie de ses blessures.

« Elle, je la fis reconnaître comme la dernière fille de Doulah Singh, et tous les Missoughis la respectent à l'égal d'une souveraine. Pour moi, si j'ai voulu conserver mon rôle obscur, c'est que j'évite ainsi bien des compétitions qui pourraient être fatales à l'unité de l'œuvre. De plus, nul ne se défie de moi, et personne ne songe à soupçonner le pauvre fakir.

— Mais, mon cher enfant, puisque vous disposez d'une puissance aussi considérable, n'avez-vous jamais essayé d'enlever le trésor d'Angotka malgré la garnison anglaise qui le garde sans s'en douter ?

— Mon bon père, d'autres soins plus graves me réclamaient. Aujourd'hui, ce que j'ai rêvé si longtemps, l'alliance d'Hyder-Ali et des Français, est un fait accompli. Dans quelque temps, il n'y aura plus un Anglais dans l'Inde : je puis donc m'occuper de mes querelles personnelles. Voilà pourquoi je vous dis : demain nous marcherons sur Angotka, et jamais Harry Linton n'atteindra la pagode.

— ... CENT FOIS MON LACET MORTEL A ÉTRANGLÉ LES SOLDATS DE L'OPPRESSEUR... (P. 150.)

Le Hollandais et Yodah occupèrent le reste de la nuit à préparer le plan d'attaque qu'ils allaient soumettre à Kerbraz, tandis que Mavourita s'était retirée dans son palanquin.

Quand le jour parut, les deux hommes parlaient encore.

Comme toujours, Roëllo se trouva le premier debout. Il sortit des plis de sa couverture et descendit jusqu'au ruisseau où il fit ses ablutions. Comme il revenait vers le campement pour gourmander les paresseux, il se trouva en face de Yodah et du Hollandais.

Le corsaire ouvrait la bouche pour souhaiter le bonjour à l'Hindou, quand il aperçut Wouvermann. Sa surprise fut telle, qu'il demeura la main tendue et la bouche ouverte.

Le Hollandais se mit à rire :

— Vous ne vous attendiez pas à me voir, n'est-ce pas, mon capitaine ?

— J'avoue, reprit Roëllo qui riait maintenant de sa surprise, que j'ai été complètement ahuri en me trouvant nez à nez avec vous. Par quel prodigieux hasard vous trouvez-vous dans ces parages ?

— Je vais vous le dire, mon cher Roëllo. Venez vous asseoir avec moi sur ce vieux tronc renversé qui va nous fournir un banc naturel.

Roëllo obéit.

— Venez, Yodah, dit Wouvermann, j'ai besoin de votre présence.

Le jeune homme s'approcha.

— Là ! maintenant que vous voilà bien à côté de moi, tous les deux, je commence.

Le vieux Hollandais dit tout ce que nous savons déjà. Mais, jusqu'au dernier moment, il cacha le nom du capitaine de Saint-Malo.

La généreuse nature de Roëllo s'enthousiasma pour la lutte à entreprendre.

— Je suis des vôtres, dit-il d'abord en tendant les mains à Yodah et à Wouvermann.

Puis il s'assombrit.

— J'ai une mission à remplir, dit-il, une mission qui ne peut souffrir un plus long retard.

— Ne craignez rien, capitaine, dit Yodah, vous arriverez à temps auprès du glorieux Suffren.

— Quand pourrai-je partir ?

— Dans trois jours nous serons vainqueurs.

— Vous me donnerez un guide ?

— Je vous conduirai moi-même.

— Alors, en avant ! mes amis, et mort aux Anglais !

Le moment délicat était arrivé.

— Mon capitaine, dit doucement le Hollandais, je ne vous ai pas dit le nom de celui qui nous commande.

— Qu'importe ! riposta impétueusement le corsaire, je servirais comme volontaire, comme le dernier des soldats, pour une aussi juste cause !

— Il faut que vous le sachiez pourtant.

— Alors son nom, son nom, vite ?

— Kerbraz !

Roëllo blêmit.

— Si vous me promettez, dit-il après un violent combat intérieur, que je n'aurai pas à subir de nouvelles provocations de sa part, j'oublie tout pour quelque temps et je marche sous ses ordres.

20

— Soyez tranquille, mon capitaine, dit joyeusement le vieillard, Kerbraz ne vous parlera de rien ; je m'en charge, et nous finirons bien par arranger votre vieille querelle.

— Ça, jamais, dit le corsaire avec force. Nous viderons notre différend en temps et lieu ; pour l'instant, je vous appartiens.

A ce moment, deux gracieuses figures se dressèrent devant Roëllo.

C'était Maryvonne et Mavourita, qui marchaient les mains enlacées.

Roëllo se leva pour saluer la princesse, et embrasser sa fille.

— Embrassez-moi aussi, mon père, dit Mavourita avec son accent chanteur et en tendant son front au marin.

Tandis que Roëllo retrouvait le Hollandais et Yodah, Mavourita, la petite reine, sortait de son palanquin et respirait longuement l'air parfumé du matin. Au milieu de cette admirable végétation, elle semblait elle-même une grande fleur, la plus belle, la plus rayonnante de toutes. Elle sourit au soleil, chanta avec les oiseaux, puis s'adressant à Djemma, son éléphant favori, et caressant de sa main mignonne la lourde oreille de l'énorme bête :

— Va, lui dit-elle, mon Djemma, mais ne t'éloigne pas trop, et viens bien vite quand je t'appellerai.

On aurait juré que le monstrueux pachyderme comprenait tout ce que lui disait la jeune fille. Il clignait ses petits yeux, remuait sa trompe, balançait ses oreilles, et semblait parfaitement heureux de la permission enfin accordée.

Il se releva d'abord sur les genoux, puis fut debout d'un second effort, et s'en alla dans la forêt au petit pas, cueillant avec sa trompe des régimes de bananes qu'il s'offrait pour premier repas.

Mavourita, en digne fille d'Ève, était curieuse, et elle brûlait de voir enfin cette jolie enfant de France dont son frère lui avait parlé et dont il avait tracé un portrait si séduisant. Autour d'elle, il n'y avait que des matelots roulés encore dans leurs couvertures et paraissant dormir d'un profond sommeil.

Elle aperçut enfin, auprès d'un bouquet de bruyères géantes, une petite tente dont le store léger battait au vent du matin.

Mavourita s'avança avec précaution et, allongeant un peu son cou flexible, elle put bientôt plonger ses regards sous le frêle abri.

C'était bien Maryvonne qui reposait sous la tente. La blonde mignonne dormait d'un sommeil d'enfant, dans son hamac de soie. Un rêve charmant occupait sans doute sa pensée, car elle souriait doucement, et ses rouges lèvres entr'ouvertes laissaient voir l'éclat humide de ses dents de perle.

Longtemps, ravie, souriant aussi, la petite reine contempla la Française.

Enfin Maryvonne ouvrit ses yeux de bluet, et ses regards s'arrêtèrent d'abord sur la gracieuse tête brune penchée sur elle.

Les deux jeunes filles échangèrent tout d'abord un sourire.

— Ma sœur Maryvonne a-t-elle bien reposé ? demanda Mavourita de sa douce voix chantante.

— Vous connaissez mon nom ? fit la fille de Roëllo avec étonnement.

— Je suis la sœur de Yodah…

— Il nous a sauvé la vie ! dit vivement Maryvonne en tendant ses mains à l'Hindoue.

— Yodah est puissant, et Dieu lui a donné la force ; il connaît les secrets des plantes, et le langage des animaux.

C'ÉTAIT MARYVONNE ET MAVOURITA, QUI MARCHAIENT LES MAINS ENLACÉES... (P. 154.)

— Depuis quand êtes-vous arrivée au campement?

— Cette nuit.

— Votre frère vous accompagnait?

— J'étais seule avec mon petit serviteur Djin et mon éléphant Djemma.

— Vous n'avez pas eu peur dans cette grande forêt?

Mavourita sourit fièrement.

— La fille des Rajahs, dit-elle, n'a jamais connu la peur. D'ailleurs, si un danger quelconque m'avait menacée, à un appel de ma voix mille défenseurs seraient sortis de l'ombre.

Puis elle ajouta:

— D'ailleurs, la fille du grand Roëllo doit ignorer la crainte?

— Je me fie à ma bonne étoile : voilà le secret de mon courage.

« Avez-vous vu mon père?

— Pas encore. Il cause là-bas avec mon frère. Voulez-vous que nous allions le trouver ensemble? ·

— Certes!

Légère et vive, Maryvonne sauta à bas de son hamac, et sortit de sa tente.

En se dirigeant vers le corsaire, Mavourita disait:

— Je crois que nous serons des amies...

— J'en suis sûre pour ma part, répondait Maryvonne; je sens que je vous aime déjà de tout mon cœur.

A ce moment, les deux jeunes filles étaient arrivées auprès de Roëllo, et saluaient le corsaire, ainsi que nous l'avons raconté plus haut.

Après avoir embrassé Maryvonne, le vieux Hollandais dit à ses amis:

— Nous n'avons plus une minute à perdre. Il faut nous mettre le plus tôt possible en route pour Angotka.

— Je suis entièrement à votre disposition, je vous le répète, dit le corsaire, puisque vous m'avez promis de me faire rattraper le temps employé à l'expédition.

— Et je vous le promets encore, assura Yodah.

Il ajouta, en s'adressant à sa sœur:

— Où sont campés Kerbraz et sa troupe?

— Je les ai laissés près du tombeau de Krishna.

— Bien. Nous les retrouverons facilement. Préparons tout pour le départ.

Les trois hommes s'éloignèrent. Les jeunes filles restèrent seules.

— Serait-il vrai? demanda Maryvonne, tremblante d'émotion, à sa compagne, Kerbraz Tête de Fer se trouve dans les environs?

— Il n'y a pas trois heures de marche à faire pour le rejoindre.

— Et... vous l'avez vu, ainsi que les hommes de sa troupe?

— Mais certainement, ma sœur Maryvonne.

La jeune fille hésita un instant, puis en rougissant beaucoup elle demanda à l'Hindoue:

— Son fils n'était-il pas avec lui?

Mavourita eut un malicieux sourire que la Française ne remarqua pas, et répondit d'un air indifférent:

— Son fils?... Je ne pense pas que Kerbraz eût un fils avec lui...

Maryvonne poussa un faible cri, blêmit affreusement, et tomba sur le sol où elle demeura privée de connaissance.

Au désespoir, Mavourita s'était jetée dans l'herbe à côté d'elle, et lui prodiguait les soins les plus affectueux.

— Ma chérie aimée, répétait-elle, ma sœur Maryvonne, je vous ai trompée, je suis une méchante... Mais si ! Kerbraz a son fils près de lui... son fils Louis qui est beau et vaillant comme son père, son fils Louis que vous aimez !...

Quand Maryvonne revint à elle, ses regards s'attachèrent à Mavourita avec une si douloureuse anxiété, que la petite reine, la prenant dans ses bras, la couvrit de caresses.

Et, tout en l'embrassant, elle répétait à son oreille :

— Je suis une méchante... j'ai voulu vous taquiner un peu. Mais j'ai vu votre fiancé Louis... comme vous le verrez vous-même avant la fin du jour.

A ces douces paroles, les couleurs reparurent aux joues d'églantine de Maryvonne.

— Si vous saviez comme je l'aime ! dit-elle tendrement.

— Je le sais, ma sœur, dit gravement l'Hindoue, et c'est pour cela que je me reproche mon absurde supercherie de tout à l'heure.

— Ne parlons plus de cela. Mais puisque j'ai commencé à vous faire des aveux, il faut que je vous dise aussi tous les obstacles qui s'élèvent entre Louis et moi.

— Vous voulez sans doute parler de la rivalité qui existe entre vos deux pères ?

— Comment savez-vous cela ?

— J'ai entendu mon frère et le Capitaine Noir qui en parlaient cette nuit.

— Alors vous comprenez mes désespoirs, mes craintes de tous les instants...

— Ne sait-on pas quelle est la cause de cette mutuelle haine ?

— Personne jamais n'a pu découvrir le motif qui les a si cruellement divisés.

— Je parlerai de tout cela à mon frère. Il saura bientôt ce qui nous occupe et peut-être, connaissant d'où vient le mal, trouvera-t-on plus facilement le remède.

— Comme vous êtes bonne !...

— Écoute, ma petite sœur, veux-tu que nous nous disions tu. Il me semble si froid entre nous, ce vous cérémonieux ; car je t'ai vue ce matin pour la première fois, mais il me semble qu'il y a bien longtemps que mon cœur te connaissait.

— Quelle bonne idée tu viens d'avoir, Mavourita, et comme tu dis bien tout ce que j'ai ressenti, moi aussi, dès la première minute où je t'ai vue.

Les deux enfants s'embrassèrent.

— Maintenant, dit Mavourita, il faut tout préparer pour notre départ. Tu feras le voyage avec moi, sur Djemma.

— Qui appelles-tu Djemma ?

— Mon éléphant.

— Tu as un éléphant ?

— Mais certainement. Il est doux, robuste, intelligent, et semble parfois avoir plus de raison que bien des hommes.

— Je ne le vois pas.

— Il est dans la forêt, et il viendra tout à l'heure à mon premier appel.

Tout en causant, les deux amies étaient arrivées auprès de la petite tente qui avait servi d'abri à Maryvonne.

Mavourita dit brusquement à la Française :

— Quel est donc ce grand jeune homme qui donne des ordres aux matelots ?

— C'est Guy Roëllo, mon frère.

— Comme il est pâle !...

— Il s'est épuisé en m'arrachant à la mort.

— Comme il est triste!...

Maryvonne resta silencieuse.

— Tu connais la cause de son chagrin? insista l'Hindoue.

— Oui.

— Tu ne peux pas la dire à ta sœur?

— Si, ma chère Mavourita, je vais tout te dire. Guy a le cœur déchiré par une immense douleur. Il y avait sur notre navire une jeune femme qui était admirablement belle, et semblait douce et bonne. Mon frère l'aima pour son malheur.

— Et elle ne l'aimait pas!...

— Elle joua la comédie la plus indigne, et s'amusa de mon pauvre Guy comme d'un jouet.

— Qu'est-elle devenue? A-t-elle pu se sauver?

Maryvonne eut un triste sourire.

— Elle s'est sauvée la première, dit-elle, elle était la complice de son frère et de sir Harry Linton qui firent sauter l'*Agile*, le brick de mon père.

— Horreur! s'écria Mavourita, les yeux agrandis par l'épouvante. Oh! raconte-moi, raconte-moi vite tous les détails de cette affreuse histoire.

Très brièvement, Maryvonne mit la petite reine au courant des événements qui avaient précédé l'explosion et le naufrage. Quand elle eut terminé son triste récit, elle embrassa passionnément son amie, puis jetant un long regard vers Guy, toujours sombre :

— Pauvre garçon! murmura-t-elle.

Une demi-heure après, tout était en ordre pour le départ. Mavourita avait voulu prendre Maryvonne avec elle dans son palanquin, mais Yodah l'ayant chargée d'une mission pressée pour des affiliés habitant des districts assez éloignés, elle dut à son grand regret laisser sa compagne monter un superbe cheval que le fakir avait fait équiper à son intention.

Des serviteurs noirs portaient le vieux Toussaint sur une civière. Tous les hommes étaient à pied. En tête, marchaient Roëllo et le Hollandais. Yodah, après avoir donné au corsaire des indications précises sur la marche à suivre, avait disparu dans la forêt après avoir dit à ses amis qu'il reparaîtrait au moment opportun.

A l'arrière-garde, Guy, son fusil entre les bras, allait muet et sombre, semblant ne rien voir, ne rien comprendre de tout ce qui se passait autour de lui; Maryvonne, qui ne le perdait pas de vue, poussa son cheval près de lui.

— Tu souffres, mon pauvre Guy? lui demanda-t-elle doucement.

— Je cherche à oublier, répondit le jeune homme. Mais, je t'en prie, laisse-moi seul avec mes pensées.

— Est-ce ainsi que tu oublieras?... murmura la jeune fille en s'éloignant.

Maryvonne n'était pas sans inquiétude sur l'entrevue qui allait avoir lieu entre les deux corsaires, mais elle avait toute confiance dans la prudence du Hollandais, et elle pensait bien qu'il n'aurait pas mis ces deux vieux rivaux en présence sans avoir pris ses précautions.

Mais la pensée qui, dans son esprit, dominait toutes les autres, c'est qu'elle allait voir son cher Louis. Depuis longtemps, les deux pauvres enfants ne pouvaient plus se rencontrer qu'à de rares intervalles, et sa dernière entrevue avec lui, au moment du combat des deux corsaires contre l'escadrille anglaise, avait été l'un de ces courts moments de bonheur.

On marchait depuis deux heures à peu près et le soleil était déjà brûlant. Roëllo cherchait un endroit pour faire la sieste, ainsi qu'il avait été convenu avec Yodah, qui pensait avec raison qu'une marche trop longue d'une seule traite serait trop pénible pour des hommes qui n'étaient pas acclimatés et qui n'étaient pas encore remis des fatigues du voyage.

On était arrivé à une vaste clairière qui s'ouvrait d'un côté sur une large plaine toute plantée de hautes herbes.

Tout à coup, le cheval de Maryvonne fit un brusque écart; pris d'un vertige soudain, il pointa, rua, et enfin s'élança comme un furieux, droit devant lui, complètement emballé.

Maryvonne était une écuyère consommée : elle resta donc en selle, mais ne put arriver à maîtriser sa monture.

Roëllo s'était précipité en avant, suivi du Hollandais et de Guy qui avait été attiré par les cris d'effroi poussés par les deux hommes. Mais le cheval continuait sa course vertigineuse, et il eut bientôt disparu dans un pli de terrain.

IV

LA PAGODE D'ANGOTKA

Au premier moment, Roëllo, Wouvermann et Guy s'étaient élancés sur les traces de Maryvonne; mais, comprenant bien vite la folie de leur tentative, les trois hommes s'étaient arrêtés et avaient tenu conseil.

— Votre avis, Wouvermann? demanda le corsaire.

— Je crois, répondit le Hollandais, que le mieux est de laisser ici notre petite troupe sous le commandement de Le Jéguen, et de partir tous les trois dans la direction qu'a prise le cheval emporté. Les traces nous guideront.

— Vous ne voyez pas autre chose?

— Non, mon capitaine. C'est, à mon avis, le parti le plus sage.

— A toi, Guy... Parle.

— Je ne me lancerais pas dans une poursuite inutile et qui pourrait tout compromettre, dit le jeune homme...

— Cela n'est pas répondre, objecta le Hollandais.

— Attendez, je n'ai pas fini. Je pense qu'il faut nous adresser à celui qui a été notre providence à tous depuis notre arrivée sur cette côte...

— A Yodah?...

— Oui, à Yodah, dont la puissance est fabuleuse, et qui saura bien vite où se trouve Maryvonne.

— Ah! jeune homme, s'écria le vieillard, voilà une excellente idée! Oui, mais, ajouta-t-il avec dépit, Yodah nous a quittés, et où le trouver maintenant?

— Il m'a remis ce sifflet en partant, dit Guy en tirant de sa poche une sorte de boule en vermeil, et m'a dit de siffler trois fois, si, en cours de route, nous pouvions avoir besoin de ses conseils ou de ses secours.

— Vite, alors, vite! s'écria Roëllo, fais le signal convenu.

Au moment où Guy allait porter le sifflet à ses lèvres, les buissons s'écartèrent, et Yodah parut, monté sur un superbe cheval bai.

— Inutile de parler, dit-il, je sais tout. L'un de mes serviteurs est venu immédiatement me prévenir de l'accident arrivé à ma sœur Maryvonne.

— Sauvez ma fille, Yohah ! pria le corsaire dont les traits étaient creusés par une angoisse profonde.

— Le destin de chacun est entre les mains de Bouddha ; mais j'espère bien ramener la jeune fille saine et sauve ; monte-t-elle bien à cheval ?

— Admirablement.

— Alors, voilà déjà qui va bien. Comme la bête folle a gagné la plaine et que là elle n'a dû trouver nul obstacle, je ne redoute pas d'accident. Seulement, quand le cheval épuisé s'arrêtera, Maryvonne se trouvera fort loin d'ici et dans une contrée complètement inconnue. Voilà pourquoi je veux la retrouver le plus vite possible.

— Allez, Yodah. Je me confie à votre amitié !

Le fakir allait rendre la main, quand le Hollandais dit encore :

— Et nous, qu'allons-nous faire ?

— Restez ici, ne bougez pas. Attendez-moi. Si vous voyez quelque chose de suspect, entrez sous bois. A moins d'absolue nécessité, n'engagez pas le combat si vous rencontrez quelque petite colonne anglaise.

— Bien, nous suivrons vos instructions à la lettre.

Le fakir leur fit de la main un geste d'adieu et lâcha son cheval qui fit un bond formidable et eut bientôt disparu à leurs yeux.

Pendant deux heures, les trois hommes restèrent muets, torturés de l'horrible angoisse de l'attente, craignant d'échanger les sombres pressentiments qui les assaillaient en foule.

Soudain Guy, qui faisait quelques pas en avant des arbres, s'écria :

— Le voilà !

Roëllo et le Hollandais se levèrent vivement et instinctivement se prirent par la main, car Yodah était seul.

L'Hindou venait d'un galop enragé. A trois pas de nos amis, il arrêta net son cheval qui chancela. Une seconde après, le fakir mit pied à terre, et s'avança vers les trois hommes sans s'occuper autrement de sa monture.

L'expression du visage de l'Hindou était si terrible que Roëllo cria en tendant les bras :

— Ma fille ?

— Vivante, répondit l'Hindou.

— Blessée alors, on la transporte sans doute et...

— Prisonnière !

— Comment ! Maryvonne prisonnière ! De qui...

— De sir Harry Linton.

Ce fut un véritable rugissement qui s'échappa de la poitrine du corsaire.

Le Hollandais s'enfonçait les ongles dans la chair, pour ne pas crier.

— Mais parlez, dit Guy, comment tout cela est-il arrivé ?

— Le cheval de la jeune fille l'a emmenée fort loin. Le malheur a voulu qu'il vienne s'abattre devant le campement d'un détachement anglais, commandé par Linton. Je suis arrivé trop tard. Maryvonne était déjà dans ses bras, et il menaçait de lui faire sauter le crâne si j'avançais.

— Ah ! ma pauvre enfant ! frémit Roëllo.

— Du courage. Je vous jure que, avant deux jours, votre fille vous sera rendue. Maintenant il faut agir avec résolution.

— Mais comment avez-vous pu vous tirer des mains des Anglais ? questionna Wouvermann.

21

— Linton était comme frappé de stupeur à ma vue. Il croyait voir un fantôme.

— Mais je croyais que vous ne vouliez vous découvrir à lui qu'au moment de son châtiment?

— Je n'avais pas à choisir. Les circonstances commandaient. D'ailleurs, conclut Yodah avec une effrayante assurance, le mal n'est pas grand, car l'Anglais ne verra pas trois soleils.

— Linton se rend à la pagode...

— C'est certain, mais nous y serons avant lui. Il faut nous hâter, car si nous tardions trop nous aurions le double de soldats à combattre : ceux que Linton amène avec lui et ceux qui sont de garde au temple.

— Alors, en route ?

— Donnez des ordres et marchez dans le sentier que Selim va vous indiquer. Moi, j'ai encore beaucoup à faire, vous me reverrez avant de vous être rencontrés avec Kerbraz.

Et, sans attendre une réponse du Hollandais, il rappelait son cheval qui venait à son sifflement, sautait en selle et partait au grand galop.

Roëllo semblait frappé au cœur depuis qu'il avait appris le sort de Maryvonne ; il fallut les énergiques paroles de Wouvermann pour l'arracher à sa stupeur et le forcer à se remettre en marche.

Il allait d'un pas de somnambule, et toujours cette pensée revenait battre les parois de son crâne comme un funèbre glas : Maryvonne est prisonnière de Harry Linton ! Son adorable enfant, sa chérie, sa mignonne entre les mains du bourreau de Maïssour ! C'était à devenir fou de rage...

Vers le milieu du jour, Yodah reparut, et fit faire halte à la petite colonne.

— Nous voilà près du tombeau de Krishna, dit-il à Wouvermann. Allons prévenir Kerbraz de l'arrivée de Roëllo.

— Allons.

Les deux hommes s'éloignèrent, et revinrent au bout d'un quart d'heure accompagnés de Kerbraz qui s'avança vers Roëllo.

Le corsaire le regarda venir sans avoir l'air de le reconnaître.

— Il est donc dit, commença Kerbraz de sa grosse voix, qu'il y aura toujours entre nous quelque chose ou quelqu'un qui nous empêchera de nous expliquer catégoriquement en bons matelots et en vrais corsaires !

Roëllo regarda un long moment celui qui lui parlait, puis passant la main sur son front :

— Pardon, dit-il, je ne te voyais pas,... tu ne sais pas que j'ai perdu ma fille?...

— Maryvonne !

— Oui, Maryvonne enlevée par les Anglais.

— Tonnerre!

— Nous la vengerons terriblement s'il est tombé un cheveu de sa tête. Mais il y a tout à craindre avec un assassin comme Harry Linton !

— Mille millions de gargousses ! Voilà un particulier qui aura un rude compte à rendre un jour.

— S'il a fait le moindre mal à ma fille, j'aurai son sang jusqu'à la dernière goutte.

— Bah ! Le Linton aime l'argent. Il préférera une grosse rançon.

— Il me hait. Tu ne sais donc pas que je l'ai eu prisonnier trois mois à mon bord !

— Lui?

A TROIS PAS DES FRANÇAIS, YODAH ARRÊTA NET SON CHEVAL. (P. 161.)

— Lui !

— Je ne sais rien du tout de cela ; mais le moment n'est guère propice pour un long récit. Il faut agir.

— Encore une fois, nous marchons ensemble ?

— Encore une fois.

— Et après nous reprenons notre liberté ?

— C'est dit.

— C'est dit.

Yodah vint près d'eux accompagné de Wouvermann et de Guy. Avec les deux corsaires ils tinrent un rapide conseil de guerre.

— Dans une heure, dit le fakir, nous serons à la pagode, par des chemins secrets qui raccourcissent étonnamment les distances. Je sais par mes espions que les Anglais se gardent bien. A chaque angle du temple, il y a une pièce de canon chargée à mitraille. Maintenant, je connais un côté de la muraille qui est dégradé et favorable à une escalade. J'ai un millier d'Hindous cachés dans les bois, et qui m'obéiront aveuglément. Voilà ce que je sais, voilà mes ressources. Quel est maintenant votre plan ?

— Parle, Kerbraz, dit Roëllo, ici c'est toi qui commandes.

— Bon. Je dis que, une fois entrés, nous nous chargeons du reste. Mais il faut entrer et sans perdre trop de monde. Peut-être pourrions-nous attendre la nuit et tenter l'escalade à la faveur de l'ombre ?

— Pardon, dit Yodah, les combats de nuit sont mauvais pour mes hommes, mais vous disiez à l'instant qu'une fois entrés vous vous chargiez du reste.

— Je l'ai dit et je le maintiens.

— Eh bien ! je vais lancer d'abord mes Hindous par la brèche et vous resterez à l'écart.

— Oh ! oh ! je n'aime pas beaucoup ce moyen-là, grogna Kerbraz.

— Attendez la fin. Croyant à une attaque folle des indigènes, les Anglais n'auront aucune méfiance et vous profiterez de leur stupeur quand, au moment voulu, vous passerez sur les cadavres de mes hommes pour aller jusqu'à eux.

Kerbraz regarda Yodah, puis lui prenant la main :

— Je ne vous connais pas depuis longtemps, mon camarade ; mais vous êtes un rude homme. Vous parlez du massacre de ces pauvres gens comme s'il s'agissait d'une partie de plaisir !

— Je sacrifie mes hommes à la grande cause à laquelle je me suis voué. Comme moi, la mort ne les épouvante pas, car ils savent bien que la récompense est proche, et que celui qui a donné son sang pour son Dieu reçoit de lui, en échange, l'éternelle félicité. Ne plaignez donc pas les martyrs que je vais faire ; acceptez mon plan, qui est le bon.

— Soit.

— Bien. Maintenant, suivez-moi et que tout le monde se taise. Votre monde est tout prêt, capitaine ?

— Ils n'attendent qu'un mot de moi.

— Allez chercher vos hommes. Nous vous attendons ici.

Quelques minutes après les cinquante matelots du corsaire apparurent, armés jusqu'aux dents.

Sur un signe de Yodah, tout le monde se mit en marche.

Le fakir quitta brusquement le sentier où l'on avait marché jusqu'alors, et s'engagea sous bois dans des sentiers en apparence inextricables. Au milieu des lianes, des fougères géantes, des troncs centenaires renversés dans l'herbe, le jeune Hindou marchait sans une hésitation.

Pendant une heure à peu près on marcha ainsi, et l'on arriva sur les bords d'une rivière profondément encaissée entre deux rives escarpées.

Yodah, arrivé près d'un tronc énorme de tulipier qui était étendu sur l'herbe comme un géant frappé à mort, toucha du doigt le colosse qui roula sur lui-même, découvrant une ouverture béante qui pouvait livrer passage à deux hommes de front.

— Suivez-moi, dit doucement le fakir.

Le souterrain allait en pente douce. Aux parois, étaient fixés des flambeaux de cire qui éclairaient le chemin. Un moment, la route parut étincelante de cristaux. On passait sans doute sous la rivière. Puis le terrain remonta et quelques minutes après on arrivait en face d'une roche que Yodah fit basculer avec autant de facilité que le tronc de tulipier.

On était à l'entrée d'un bois touffu, qui semblait absolument désert.

Yodah porta deux doigts à ses lèvres, et modula d'une certaine façon un sifflement très doux.

Aussitôt, avec une rapidité miraculeuse, des arbres, des lianes, des pierres, de l'herbe surgirent des Hindous armés en guerre qui demeurèrent immobiles, attendant les ordres de leur chef.

Le mouvement avait été si prompt, si inattendu que les matelots et les corsaires eux-mêmes avaient instinctivement porté la main à leurs armes.

— Nous sommes à cinq cents pas à peine de la pagode. Mes hommes vont attaquer par deux côtés afin de diviser l'ennemi. Quand vous jugerez le moment opportun vous viendrez à la rescousse.

— Comptez sur nous, fit Kerbraz. Maintenant, dit-il en se tournant vers ses matelots, voilà la chose : ces braves gens de moricauds vont avoir la faveur d'ouvrir le bal, mais c'est nous qui aurons la danse d'honneur. Veillons à travailler un peu proprement et tâchons de prouver que sur terre comme sur mer le corsaire est invincible.

Les rudes gars firent entendre un grognement approbatif et prirent leurs dispositions de combat.

Comme il promenait ses fiers regards sur ses hommes, Kerbraz fronça tout à coup le sourcil. Le pauvre Louis, pâle et défait, avait dans les yeux de grosses larmes. Il allait ouvrir la bouche pour le gronder, quand Yodah vint lui dire :

— Venez !

Déjà les Hindous avaient disparu de nouveau. Yodah se glissait dans les broussailles avec des souplesses de félin, les corsaires et les matelots l'imitaient de leur mieux.

Bientôt le fakir s'arrêta. Derrière un rideau de lianes, de convolvulus, la pagode d'Angotka se dressait, dans sa majestueuse splendeur. C'était une énorme construction surchargée de sculptures, l'un des plus beaux spécimens de l'architecture hindoue. De hautes murailles entouraient toutes les constructions. Sur la galerie, formant rempart, des sentinelles se promenaient.

Comme Yodah l'avait dit, les Anglais se gardaient soigneusement.

Tout à coup, une effroyable clameur déchira l'air, et les Français purent voir une bande de démons hurlant et grouillant qui se ruaient sur un point de la muraille où se montrait une profonde lézarde.

Les Hindous n'avaient guère que des armes blanches, si bien qu'un silence relatif succéda à leur formidable cri de guerre.

Un instant surpris par la brusque attaque, les Anglais s'étaient vite remis, et les soldats de Yodah n'étaient pas encore arrivés à la crête du mur, que déjà un canon vomissait sur eux sa mitraille.

Avec un courage incroyable les Hindous ne se décourageaient pas. Hachés, tordus par le fer et le feu, ils continuaient leur attaque ; quand l'un d'eux tombait mort, un nouveau combattant prenait immédiatement sa place.

Quelques-uns, en petit nombre, avaient pu gagner la galerie et là se faisaient bravement massacrer par les Anglais étonnés de tant de résistance de la part d'adversaires qu'ils avaient été habitués à mépriser si longtemps.

— Allons, dit tout à coup Kerbraz qui suivait toutes les péripéties de la lutte, il est temps, debout tout le monde et en avant !

D'un bond, les matelots furent dressés et se ruèrent à l'assaut en criant :

— A l'abordage !

Au milieu du combat, à travers la fumée, les détonations de la poudre, les plaintes des blessés et des mourants, les Anglais stupéfaits entendirent le terrible cri de guerre et aperçurent les formidables gaillards qui bondissaient comme des chats dans la brousse et qui étaient bientôt au pied des murailles.

Franchissant les morts, les mourants, à travers le feu, le fer, deux hommes arrivèrent ensemble sur le mur.

C'étaient Kerbraz et Roëllo.

— Mille millions ! gronda Kerbraz, tu sais bien que c'est défendu.

— Jamais personne n'aborde l'ennemi avant Roëllo, Kerbraz !

Ce n'était pas le moment des longs discours. Il y avait rude besogne, mais les corsaires y allaient de si bon cœur que bientôt toute la galerie fut nettoyée.

Avec quelques hommes, Guy et Louis enlevèrent les deux canons de la muraille.

Les Anglais étaient perdus.

Le flot des Hindous s'était écoulé à la suite des Français, et venait bientôt submerger les petits groupes de soldats qui reculaient de cour en cour et finirent par se trouver acculés au fond même du sanctuaire voué à Siva.

Il y eut là un abominable massacre. Les Hindous ne faisaient pas de quartier.

Seuls quelques malheureux, qui s'étaient rendus et réfugiés au milieu de nos marins, eurent la vie sauve, avec beaucoup de peine, car les Hindous étaient ivres de carnage, et grinçaient des dents comme des fauves en furie devant cette proie épargnée.

Yodah, rouge des pieds à la tête, avec seulement en sa face l'éclat des yeux et la blancheur des dents, parut devant Kerbraz.

— Oh ! oh ! mon camarade, dit le corsaire. Vous avez travaillé, à ce que je vois !

— Yodah est heureux, répondit le fakir, Yodah a pris du sang anglais.

Soudain Roëllo apparut.

— Vite, vite, Kerbraz, disait-il, les canons en batterie et du monde aux murs.

« Voilà les Anglais !

C'était la colonne commandée par Linton.

Yodah eut un grand rire silencieux, et dit :

— Ils viennent à leur tombe.

— Attends un peu, Roëllo, disait Kerbraz, il faut qu'ils voient bien à qui ils ont affaire. Il faut montrer nos couleurs.

Il défit sa ceinture rouge, et en tira un blanc pavillon fleurdelisé, un peu haché, mais qui n'en avait que plus fière mine.

— Le pavillon de ma *Sainte-Marie*, dit-il avec orgueil, celui des jours de grand pavois. Ce haillon-là a vu vingt combats.

Roëllo retira son chapeau.

— Tiens, Louis, continua Kerbraz en s'adressant à son fils, fais voir un peu à toutes ces peaux tannées ce que c'est qu'un fin gabier. Va-t'en mettre le pavillon à notre grand mât.

Et sa main désignait une aiguille de pierre qui dominait la coupole du temple.

— Je vais y aller, dit vivement Yodah.

— Pardon, dit Louis avec fermeté, mais le drapeau de France ne doit être touché que par un Français ! Vous me laisserez, ami Yodah, accomplir seul la mission que mon père me confie.

Le jeune homme s'élança hors de la galerie avec son précieux dépôt et, quelques minutes après, on pouvait le voir commencer sa périlleuse ascension.

C'était bien sir Harry Linton avec ses troupes de relève qui venait de sortir du bois et qui avait doublé l'étape au bruit du canon.

Le commodore était livide : de grosses gouttes de sueur ruisselaient sur son front, ses lèvres blanches balbutiaient des mots fous, et ses mains inconscientes se crispaient à l'arçon en un geste de rage.

Tout à coup, ses yeux se fixèrent sur le haut minaret où un homme venait de déployer le pavillon aux fleurs de lis qui claquait joyeux, dans le vent.

— Fusiliers ! commanda-t-il en s'adressant à la section de grenadiers qui était le plus près de lui, fusiliers, feu ! feu ! là-haut !

Et sa main frémissante désignait le pavillon de France.

Il y eut une décharge rapide, et l'on vit des débris de pierre voler autour de Louis toujours debout auprès du pavillon.

D'en bas, Kerbraz avait assisté, le cœur tordu, à cette courte scène. Mais le sentiment de l'honneur retint le cri paternel qu'il avait sur les lèvres.

— Par sections, feu ! à volonté ! commandait Linton écumant en voyant que le jeune homme n'avait pas été atteint.

Kerbraz était blême. Toute sa vie avait passé dans ses yeux.

La volée de balles passa, et Louis ne fut pas atteint.

— Attends, démon ! murmura Roëllo en ramassant une carabine chargée dont il renouvela l'amorce.

Il épaula rapidement, visa le commodore, et pressa la détente.

Le coup partit.

Un mouvement de son cheval sauva Linton d'une mort certaine. La malheureuse bête, atteinte à l'œil, fit un bond terrible, puis s'abattit entraînant son cavalier dans sa chute.

— Fatalité ! cria Roëllo.

— Bonheur ! au contraire, dit Yodah, qui avait suivi avec angoisse l'action si prompte du corsaire ; car si le grand Roëllo avait tué Linton, jamais Yodah n'aurait pardonné à Roëllo.

Kerbraz avait tout vu, ses yeux s'arrêtèrent une seconde sur les yeux du corsaire, et l'on put voir qu'une petite larme venait trembler au bord de sa paupière.

Cependant Louis descendait lentement, salué par les hourras des matelots et les cris de rage des soldats anglais.

Quant à Yodah, il n'avait repris son calme qu'après avoir vu Linton, d'abord étourdi, se remettre sur ses pieds, et donner des ordres à ses hommes.

Le commodore était dans un état voisin de la folie. Cette fortune colossale qu'il touchait presque s'évanouissait subitement, grâce à l'audacieuse attaque des Français. Un instant, le vieux marin, voyant ce rêve s'écrouler, prit à sa ceinture un pistolet qu'il arma et porta vivement à sa tempe.

Mais une pensée lui vint, et l'arme s'abaissa lentement, tandis qu'un atroce sourire glissait sur sa face pâle.

Il donna quelques instructions à son ordonnance qui alla aussitôt enlever le portemanteau du cheval tué. Le soldat revenait deux minutes après avec du papier et un crayon.

Linton rédigea une courte lettre qu'il cacheta et, appelant un sergent, il lui ordonna de mettre son mouchoir au bout de son fusil et de s'avancer de quelques pas en avant du front des troupes anglaises.

Le sergent obéit.

Au bout d'un instant, un signal semblable s'élevait sur la muraille.

— Prends cette lettre, dit alors Linton au grenadier, passe-la aux ennemis au bout de ton fusil, et attends la réponse.

Le sergent salua, prit la lettre, et exécuta ponctuellement la consigne reçue.

On vit une main qui passait par une embrasure, et prenait la missive du commodore.

Une minute après Le Jéguen, car c'était lui qui venait de la recevoir, remettait la missive à Kerbraz, car la lettre avait cette suscription : *Au commandant des troupes françaises.*

Le corsaire ouvrit rapidement le papier, mais à peine y eut-il jeté les yeux qu'il changea de visage.

Roëllo, qui était près de lui, avait le pressentiment de quelque chose d'atroce. Il dit pourtant d'une voix ferme :

— Lis tout haut, Kerbraz.

Et Kerbraz lut :

« Monsieur,

« Vous avez enlevé par surprise la pagode qui est un point stratégique auquel je tiens infiniment. Si dans dix minutes vous n'avez pas évacué cette position, et si vous n'avez pas remis entre mes mains un indigène nommé Yodah que je me réserve de reconnaître, j'aurai le regret de faire fusiller sous vos yeux une jeune femme que j'ai faite prisonnière ce matin même. Elle est la fille de l'un de vos compatriotes, le capitaine corsaire Yves Roëllo, qui commandait dernièrement le brick *L'Agile.*

« J'ai l'honneur de vous saluer.

« Commodore HARRY LINTON. »

Guy et Louis tombèrent dans les bras l'un de l'autre en sanglotant.

Kerbraz semblait atterré. Quant à Roëllo, il n'avait plus figure humaine.

Tout son sang avait reflué au cœur. Il avait l'aspect d'un mort.

Il y eut une minute d'effroyable silence.

Yodah dit simplement :

— Ne vous affligez pas, je vais aller me livrer, et, pour la rançon de la jeune fille, Linton acceptera avec joie les trésors qui sont les seules choses qu'il convoite dans la pagode.

Mais Roëllo avait redressé sa haute taille.

22

— C'est à moi de répondre, je pense, dit-il d'une voix qui ne tremblait pas.

Il prit des mains de Kerbraz le papier fatal, et, sur le revers, écrivit :

« Vous êtes un misérable que le ciel punira. Je suis un soldat dont l'honneur est sans tache. Accomplissez le monstreux attentat que vous méditez. Dieu jugera. »

Et il signa d'une main ferme :

                              « ROËLLO. »

— Qu'écris-tu ? malheureux, demanda Kerbraz qui devinait quelque funeste résolution... Tu acceptes, je pense, l'héroïque sacrifice de notre ami...

— Non ! dit le corsaire, je refuse.

Il jeta la lettre par-dessus la muraille au sergent qui la ramassa.

Quand il eut vu le soldat s'éloigner, Roëllo eut un grand geste des deux bras, puis tomba comme une masse.

V

LE TRÉSOR DES RAJAHS

— Il est mort! avait crié Guy en voyant tomber son père.

Et le pauvre garçon se tordait les mains, demandant à la mort de le prendre, lui aussi, puisque tous les siens s'en allaient, et que la vie était si peu de chose pour lui, maintenant!

Mais le Hollandais s'était jeté à genoux près du corsaire, avait fendu avec son couteau la manche de son habit, et avait vivement piqué la veine du bras. Pendant une minute, on put croire que Roëllo avait été foudroyé, mais enfin une goutte de sang noirâtre apparut, à l'ouverture de la piqûre ; bientôt le sang coulait librement.

Une minute après, il rouvrait les yeux, et fondait en larmes.

— Il est sauvé ! dit Wouvermann.

Soudain Kerbraz, qui tenait toujours les yeux fixés sur le soldat anglais qui emportait la condamnation de la pauvre Maryvonne, poussa un cri de stupeur.

— Eh ! mais, disait-il, que se passe-t-il donc là-bas?

Une fusillade bien nourrie retentissait sous bois, des soldats s'enfuyaient devant un ennemi invisible, et tout à coup, crevant le taillis de sa masse énorme, un éléphant colossal apparut, lancé à toute vitesse.

Yodah, qui regardait aussi et se tenait à côté de Kerbraz, eut une exclamation d'étonnement.

— Djemma ! murmura-t-il.

Le pachyderme, sous une pluie de balles, venait de traverser le campement des Anglais, et se dirigeait maintenant vers la pagode.

Le petit palanquin qu'il portait sur le dos restait hermétiquement clos, et l'on aurait pu croire qu'il était inhabité.

— L'aurait-il tuée ? dit encore l'Hindou.

Enfin l'éléphant vint se coller à la muraille, presque devant le groupe de nos amis.

Les rideaux du palanquin s'écartèrent, et deux têtes charmantes apparurent.

C'étaient Mavourita et Maryvonne, qui eurent bientôt fait d'escalader le rempart.

Roëllo poussa un cri de joie surhumain et serra sa fille dans ses bras avec une sorte de frénésie.

... ET KERBRAZ LUT LA LETTRE DE LINTON. (P. 169.)

Quant à Yodah, il avait repris son impassabilité, mais ses yeux conservaient une expression de bonheur indicible.

— Il s'agit maintenant de savoir comment vous avez accompli ce miracle, ma petite reine ? demanda le Hollandais.

Mavourita eut un charmant sourire et dit :

— Je vais vous satisfaire dans un instant, mais laissez-moi d'abord m'occuper de Djemma, qui a bien droit à quelques égards après le service qu'il vient de nous rendre.

L'intelligent animal haussait sa trompe par-dessus le mur et mendiait une caresse. L'Hindoue le flatta de la main, puis, lui désignant la forêt :

— Va ! dit-elle.

L'éléphant poussa un barrissement joyeux, et s'en alla en trottant vers les profondeurs du bois.

— Là, maintenant, dit Mavourita, je suis toute à vous, mon bon père, et je vais vous conter nos aventures.

« Après avoir porté les ordres que Yodah m'avait priée de transmettre, j'avais le désir de vous retrouver le plus rapidement possible. Je poussais donc ce pauvre Djemma qui, entre parenthèses, a doublé les étapes aujourd'hui, et je me dirigeais vers la pagode. Je n'en étais plus très éloignée quand j'entendis le bruit d'un combat. Je ne doutai pas que l'attaque fût commencée, et je pressais encore mon éléphant quand je tombai sur l'arrière-garde d'une troupe anglaise qui se dirigeait également sur la pagode avec toute la célérité possible. Je n'eus que le temps de me jeter sous bois pour n'être pas vue.

« Quand les Anglais arrivèrent devant la pagode, tout était fini et vous étiez vainqueurs. Désireuse de recueillir quelques renseignements qui pourraient nous être utiles, je quittai mon éléphant et je me glissai dans leur camp.

« C'est alors que j'aperçus, un peu à l'écart, tristement assise sur l'herbe, au milieu des fourgons de bagages et de munitions, ma pauvre Maryvonne. Comment était-elle tombée entre les mains des Anglais ? Je le saurais sans doute plus tard, mais, pour le moment, le plus pressé était de la sauver. J'eus vite bâti mon plan.

« Il fallait d'abord prévenir Maryvonne de ma présence sans être vue du soldat qui la gardait et qui se promenait, de long en large, à quelques pas devant elle.

« Je me glissai dans les herbes sans faire aucun bruit et sans éveiller l'attention de la sentinelle ; mais là je craignais que, en me voyant subitement, la surprise ne lui fît pousser un cri qui eût tout perdu.

« Enfin, je murmurai presque à son oreille :

« — Ne tourne pas la tête, ne fais pas un geste. C'est moi, ta sœur Mavourita, qui suis là et qui vais te sauver.

« Maryvonne ne bougea pas et resta silencieuse, mais elle eut un tressaillement dont elle ne fut pas maîtresse.

« Je continuai :

« — Réponds-moi avec la tête sans parler... Es-tu liée ?

« — Non.

« — Alors, écoute : quand tu entendras siffler trois fois, tu te lèveras et courras aussi vite que tes jambes pourront te porter, vers l'endroit où tu me verras. Est-ce compris ?

« — Oui.

« — Fais bien attention en courant de ne pas te prendre les pieds dans ta robe. Si tu tombais, tout serait perdu. Tiens-toi prête, le signal ne tardera pas.

« Je rentrai dans la forêt où je retrouvai Djemma, je l'emmenai aussi près que possible de l'endroit où Maryvonne était gardée, et je le fis coucher dans les hautes herbes.

« A ce moment, les Anglais avaient engagé avec vous une fusillade bien nourrie, et ils étaient tellement occupés de la pagode, que je pus accomplir mon dessein très heureusement.

« J'attendis le moment où le soldat était le plus éloigné de sa prisonnière, et je sifflai trois fois.

« Maryvonne s'élança, mais, par malheur, le soldat se retourna brusquement à ce moment, et, voyant fuir la pauvre fille, se mit à sa poursuite. Il fallait risquer le tout pour le tout, et aller au plus pressé.

« Au moment où l'Anglais allait atteindre Maryvonne, je déchargeai sur lui l'un de mes pistolets.

« L'homme tomba comme une masse.

« J'entraînai alors ma compagne vers Djemma, et nous nous hissâmes rapidement dans le palanquin. Puis je fis relever l'éléphant et je le lançai de toute sa vitesse à travers les Anglais. J'avais compté sur la surprise causée par cette irruption subite, mais malheureusement mon coup de pistolet avait donné l'éveil, et c'est à travers une véritable fusillade qu'il nous fallut passer. Heureusement, aucune balle ne nous-atteignit, et nous voilà saines et sauves.

Chacun félicita l'Hindoue de son courage et de sa hardiesse, et l'on raconta aux deux jeunes filles l'épouvantable forfait imaginé par Linton.

— Ma pauvre chère enfant, disait Roëllo quand ce dramatique récit fut achevé, me pardonneras-tu jamais de t'avoir sacrifiée ?

— Oh ! père, s'écria la vaillante fille en lui jetant les deux bras autour du cou, je t'aime, et je suis fière de toi.

L'audacieuse évasion de Maryvonne avait mis le comble à l'exaspération du commodore. Il délirait. Cette fois tout s'écroulait, sa dernière chance lui échappait, le trésor était à jamais perdu !

Il eut un moment atroce.

Il souhaita rester mort à cette même place. Puis, dans son cerveau fatigué, remuèrent des images de meurtre. Il rêvait d'incroyables supplices, des tortures raffinées pour ses ennemis si jamais ils retombaient dans ses mains.

Enfin, il se calma un peu et examina froidement la situation.

Les Français et les Hindous étaient maîtres de la pagode, mais la garnison européenne ne semblait pas nombreuse et devait être affaiblie par la lutte précédente. Lui, il avait sous la main trois cent cinquante hommes de troupe solide, six canons et des munitions en quantité considérable.

Il n'avait qu'à transformer le siège en blocus et, à moins d'un secours bien improbable de l'extérieur, les Français seraient bientôt réduits par la famine.

Avec un soin extrême, il établit aussitôt un cordon de sentinelles autour de la pagode, et fit mettre en batterie, en face de la brèche, quatre de ses canons. Le feu commença aussitôt, et nos amis durent se retirer immédiatement dans l'intérieur du temple. L'un des premiers boulets était venu se loger à deux pieds au-dessus de la tête de Kerbraz.

Le commodore considérait toutes ces dispositions d'un œil assez satisfait, quand il vit un homme se dresser devant lui.

C'était Allan Brecknock, que nous appellerons désormais Clamorgan pour la commodité de notre récit. A peine arrivé à Pondichéry, il avait pu grâce à l'appui de Linton se faire reconnaître comme le dernier héritier des Clamorgan, et le gouverneur lui avait fait fête ainsi qu'à Diana autour de laquelle s'empressèrent naturellement tous les jeunes officiers de la garnison. Le misérable avait facilement obtenu la permission de suivre la colonne commandée par sir Harry. Il avait assisté à la capture de Maryvonne et il avait appris ainsi le miraculeux sauvetage des Roëllo. A cette occasion, il avait fait au commodore de mirobolantes propositions afin que la jeune fille lui fût cédée ; mais Linton qui se sentait entre les mains un si précieux otage ne voulut pas s'en dessaisir et les deux hommes avaient eu à ce sujet une scène violente.

— On m'apprend que Maryvonne s'est évadée ? demanda le frère de Diana d'une voix sifflante.

— On vous a fort bien renseigné, monsieur.

— Mais c'est impossible, voyons. Une enfant, gardée par trois cents grenadiers anglais, ne s'évade pas ainsi !

— C'est pourtant comme cela.

— Ah ! si vous aviez voulu me la céder, je vous réponds bien qu'elle serait encore entre mes mains !

— J'ai des ordres à donner, monsieur Clamorgan, dit Linton en lui tournant le dos. J'ai l'honneur de vous saluer.

Et il s'éloigna, laissant Clamorgan pâle de colère.

— Insolent ! murmurait le misérable. Ah ! tu avais un autre ton avec moi quand tu croyais que les millions et la pairie m'attendaient en Angleterre ! Mais, patience ! j'arriverai à mon but malgré tous les obstacles, malgré la fatalité qui semble protéger ces Roëllo que je hais !

« Voyons, raisonnons un peu, dit-il en s'adossant à un arbre. Par un prodige extraordinaire, les trois Roëllo ont échappé à l'explosion du brick. De plus, ils sont prévenus désormais, je suis démasqué, et ils sauront se tenir sur leurs gardes ; donc ma situation est bien plus mauvaise que lorsque je me suis présenté chez le corsaire à Saint-Malo. Cependant nous sommes dans l'Inde, où l'on fait disparaître les gens plus facilement qu'en Europe... Cette petite Maryvonne était sûrement avec son père et son frère. Les deux Roëllo ne doivent donc pas être bien loin d'ici ; peut-être même sont-ils parmi les défenseurs de la pagode...

« Cependant, continua-t-il, le corsaire avait des ordres à porter au marquis de Suffren. Il ne va donc pas s'attarder beaucoup dans ces parages... La première chose, c'est d'être bien renseigné sur la position exacte de l'escadre française, afin de se placer sur la route qui mène à la côte, et d'y attendre Roëllo avec quelques bons garçons qui n'auront pas le cœur sensible... Les deux hommes morts, il ne sera pas difficile de nous débarrasser de la petite...

Le bandit eut un affreux sourire. Cette vision de meurtre gonflait son cœur d'une affreuse joie.

Il poursuivit son monologue.

— Je vais rentrer à Pondichéry au plus tôt, et causer de tout cela avec Diana qui est de bon conseil... La pauvre fille, quel coup, quand elle va savoir que les Roëllo sont toujours vivants ! C'est une affaire à recommencer, voilà tout.

Comme Linton revenait vers lui, Clamorgan l'aborda et lui dit :

— Je crois bien, commodore, que je vais vous quitter.

— A votre aise, cher monsieur.

— Vous entamez un siège qui peut être long, et j'ai d'autres choses à faire que d'attendre le résultat de vos opérations stratégiques.

— Alors, railla Linton, vous renoncez à la partie?

— Que voulez-vous dire?

— Je vous croyais plus beau joueur...

— Mais expliquez-vous?...

— Comment, au moment où vous vous retrouvez face à face avec votre vieil ennemi, vous allez tourner le dos et renoncer à la lutte?

— Roëllo est ici? dit Clamorgan, en saisissant le bras du commodore avec une sorte de violence.

— Sur l'honneur!

— Si je pouvais en être sûr...

— Ma parole ne vous suffit pas... Peut-être serez-vous moins incrédule en lisant ce papier?

Et Linton tendit à Clamorgan l'héroïque lettre que le pauvre père avait écrite deux heures auparavant, et que le sergent avait remise au vieux marin, juste au moment où Maryvonne s'échappait si heureusement.

Clamorgan jeta vivement les yeux sur le papier, qu'il rendit au commodore en lui disant:

— Je reste.

— A la bonne heure, persifla Linton. Qui sait? vous serez peut-être plus heureux sur terre que sur mer.

Mais Clamorgan ne l'écoutait déjà plus. Il était replongé dans ses pensées.

— Il faut que je fasse venir Diana, songea-t-il.

Il rentra dans sa tente, écrivit une lettre à sa sœur, et la remit à l'un des trois serviteurs indigènes qui l'avaient accompagné. L'Hindou partit avant la nuit.

Au moment où le soleil allait disparaître, le commodore fit doubler les postes pour la nuit, et recommanda la plus grande vigilance, puis il se dirigea vers sa tente afin de prendre un repos dont il commençait à avoir besoin.

Soudain, sans cause, brusquement, la pensée de Yodah lui vint.

Un petit frisson passa sur sa peau.

Il appela un soldat qui passait.

— Allumez donc ma lampe dans ma tente, dit-il.

Le grenadier rectifia la position.

— Je ne suis pas l'ordonnance de Votre Honneur.

Le commodore haussa les épaules.

— Alors cherche mon ordonnance, et dis-lui de faire ce que je t'ai dit, imbécile.

— Oui, Votre Honneur.

Et le soldat pivota mécaniquement sur ses talons.

Le commodore considérait la frêle maison de toile qui se dressait à quelques pas de lui, et une terreur invincible lui venait en la regardant. Sûrement, il devait y avoir derrière ce tissu quelque chose d'épouvantable, de terrifiant...

D'un sursaut de volonté, il secoua la peur qui l'enlaçait, et ouvrit brusquement le store.

La tente était vide.

Néanmoins, son cœur battait avec force.

Un lieutenant passait.

— Macpherson, dit le commodore, vous mettrez pour la nuit double garde à ma tente.

Le jeune homme regarda son chef avec une telle expression d'étonnement, que le vieux soldat se sentit rougir.

— Bien, commodore, dit-il, cela sera fait.

A ce moment, l'ordonnance apportait la lampe et tout ce qu'il fallait pour le souper.

— Non, fit Linton, emporte tout ça, je n'ai pas faim.

Le soldat sortit avec son panier de provisions, heureux de l'aubaine.

Resté seul, le commodore commença une longue lettre à sir James Stuart, où il lui donnait des renseignements très circonstanciés sur le désastre d'Angotka, et la situation actuelle devant la pagode, mais la fatigue l'arrêta, et il se jeta tout habillé sur son hamac, après avoir éteint sa lampe.

Une fois couché, le sommeil ne vint pas.

Une indéfinissable angoisse l'étreignait. Il sentait autour de lui flotter un péril inconnu ; des frissons continuels le secouaient tout entier.

Enfin, vaincu par la fatigue, il s'endormit, mais des cauchemars épouvantables vinrent peupler son sommeil.

Des monstres hideux, des masques effrayants entouraient sa couche et semblaient vouloir se jeter sur lui. Un oiseau géant qui avait une face humaine lui fouillait la poitrine de ses griffes d'acier. Du plomb fondu tombait goutte à goutte sur son crâne, un taureau se roulait sur lui et l'étouffait...

Il s'éveilla, baigné de sueur, et voulut se lever.

Il ne put pas.

Il eut la perception très nette qu'il était perdu.

Un bâillon étroitement sanglé sur sa bouche l'étouffait à moitié ; ses bras et ses jambes étaient enveloppés de solides lacets... Etait-ce l'épouvantable cauchemar qui continuait?...

Non, il était bien éveillé. Il voyait la lune briller par une déchirure de la toile...

Ce qui le surprit, ce fut de ne pas entendre le pas cadencé des sentinelles.

Tout à coup, il vit des ombres brunes qui se dressaient autour de lui, des bras robustes l'enlevèrent du hamac où il était couché, et deux hommes le sortirent de la tente.

Ce qui lui arrivait était tellement incompréhensible, que mille hypothèses plus absurdes les unes que les autres vinrent à l'esprit de Linton. Ces hommes qui l'emportaient étaient fous, certainement ; ne se doutaient-ils donc pas qu'ils allaient se jeter dans les hommes de garde, et qu'avant une minute l'alarme serait donnée dans tout le campement ?

Mais une fois dehors, l'effroi le terrassa : il vit deux corps gisant dans l'herbe. Les cadavres portaient l'uniforme des grenadiers. Puis une figure se pencha sur sa face et une voix murmura:

— J'ai tenu parole, bourreau de Maïssour !

Alors le misérable se laissa aller à l'épouvante qui l'envahissait. Il n'essaya même plus de réagir. Une souffrance aiguë le piquait à la base du crâne, et dans son cerveau la même horrible pensée revenait sans cesse:

— Je suis prisonnier de Yodah.

On allait sans bruit entre les troncs d'arbres. Dans son effondrement moral, le commo-

23

dore nommait avec une obstination enfantine les diverses espèces qui se dressaient devant lui. Il reconnaissait des bambous, des camphriers, des sandals, des tecks gigantesques.

Soudain, l'étrange cortège s'arrêta.

Brusquement, le vieillard eut une lueur de raison et un espoir glissa dans son cœur. A cinquante pas de lui, sur une petite éminence, la silhouette de deux soldats anglais se découpait dans un rayon de lune.

Il entendit Yodah murmurer des paroles en un langage inconnu à des personnages invisibles, et on attendit. Les deux grenadiers se promenaient toujours, du même pas cadencé.

Cinq minutes après, presque en même temps, les deux hommes disparurent sans un cri, sans un appel suprême. Il semblait qu'ils se fussent enfoncés dans l'herbe.

Alors le commodore comprit et n'espéra plus.

Les porteurs se remirent en marche. Devant ses yeux, il voyait grandir les clochetons et les minarets de la pagode ; puis le cortège s'engagea devant une étroite poterne, franchit l'entrée d'un souterrain, et l'on marcha éclairés à la lumière de torches allumées par d'invisibles mains.

Au balancement des hommes qui l'emportaient, il remarqua qu'on descendait, puis une porte s'ouvrit brusquement et un flot de lumière le força à fermer les yeux une seconde.

Quand il les rouvrit, il était dans une grotte immense qui était certainement le temple souterrain où les brahmes offraient à leurs divinités de mystérieux holocaustes.

Tout autour de la crypte se dressaient de colossales statues où les formes humaines se mélangeaient à des simulacres d'animaux. Toute la mythologie hindoue avait là ses représentants.

Au milieu du temple, un bouddha doré, énorme, semblait présider, et ses yeux faits de pierreries luisaient étrangement.

Ce fut au pied de la statue qu'on s'arrêta. On mit Linton debout et, sur un ordre donné à voix haute, ses liens tombèrent.

Il promena ses regards autour de lui, et voici ce qu'il vit :

L'immense grotte était peuplée d'une foule d'Hindous dont les milliers d'yeux semblaient tous braqués sur sa poitrine. Plus près, devant une sorte d'autel resplendissant de torches et de flambeaux, un groupe de marins, parmi lesquels il reconnut Roëllo, Guy, Le Jéguen, d'autres hommes de l'*Agile,* et enfin Maryvonne.

Le vieux soldat était d'une bravoure à toute épreuve. Il l'avait prouvé dans vingt combats ; mais, malgré tous ses efforts pour dominer l'effroyable épouvante qui le prenait à la gorge, il sentit une sueur d'agonie qui ruisselait sur ses membres.

Une voix s'éleva, et Yodah parut devant lui.

L'humble fakir avait revêtu un costume d'une richesse suprême. La soie, les pierres précieuses, les velours faisaient de ses habits une merveille de splendeur.

— Si tu crois en Dieu, disait le prince, fais ta prière, car tu vas mourir, commodore Harry Linton.

— Assassin ! rugit le misérable.

L'Hindou eut un méprisant sourire.

— Tes insultes, dit-il, ne m'atteignent pas. Tu vas être jugé.

Puis, s'adressant à Roëllo :

— Parlez d'abord, dit-il.

Le corsaire s'avança. Il n'avait dans les yeux ni haine ni colère, et ce fut d'une voix calme qu'il dit :

— J'accuse sir Harry Linton, ici présent, d'avoir, de complicité avec mon lieutenant Allan Brecknock, fait sauter mon brick *L'Agile* où près de deux cents hommes ont péri.

Le commodore détourna la tête.

— J'accuse sir Harry Linton, continua le corsaire, d'avoir, aujourd'hui même, voulu faire passer par les armes ma fille, au mépris de toutes les lois divines et humaines.

Linton courbait le front sous cette parole loyale et accusatrice.

— Quelle peine mérite-t-il? demanda Yodah.

— La mort! répondit Roëllo.

— A mon tour, maintenant, dit l'Hindou.

Et il s'avança bien en face de l'Anglais.

— J'accuse Harry Linton d'avoir fait assassiner mon frère, mes sœurs et mon père, pour voler nos trésors. Je le condamne à mort.

Il fit un pas en arrière et prononça :

— Mavourita, reine des Missoughis, venez à votre tour.

Sortant de l'ombre d'une statue où elle se tenait cachée, Mavourita, radieuse de beauté, vint se mettre en face du commodore.

Le vieillard eut un geste de stupeur.

— J'accuse sir Harry Linton, dit la petite reine dont la voix s'éleva dans le silence, pure comme un chant d'oiseau, j'accuse sir Harry Linton de m'avoir lâchement frappée de deux coups de poignard. Voici mes témoins.

Elle entr'ouvrit sa robe de soie jaune, et l'on put voir sur sa poitrine deux fines cicatrices.

Yodah reprit :

— Quelle peine Harry Linton a-t-il méritée ?

— La mort !

— Tu es jugé, dit le fakir, et tu vas mourir.

— Finissez-en, bourreaux, cria le commodore, et que mon sang retombe sur vous !

— Avant de paraître devant le Juge Suprême, qui ratifie ma sentence, je vais te montrer ces trésors pour lesquels tu as commis tant de crimes.

« Sélim, ouvre la porte.

Le noir qui se trouvait à côté du jeune prince, pressa de la main le socle de la statue du Bouddha, et ce fut aussitôt, dans l'ouverture d'un coffre subitement démasquée, un incomparable ruissellement de pierreries sur les degrés de marbre.

Les rubis, les opales, les escarboucles glissaient en longs flots sanglants, laiteux ou vermeils, parmi l'éclat éblouissant des diamants et des saphirs; les perles coulaient en longues cascades pâles parmi des remous d'émeraudes et de turquoises.

— Et maintenant, meurs! cria Yodah d'une voix terrible.

Un geste, un cri, ce fut tout.

Une lame étincela au-dessus du front du commodore et disparut, rapide comme la foudre, dans la poitrine du misérable qui s'abattit sur le sol, crispant dans les derniers spasmes de l'agonie ses mains parmi les gemmes merveilleuses. Entre ses doigts roulaient des améthystes et des topazes, et son dernier râle s'étouffa parmi les diamants et les perles.

Maryvonne pleurait, appuyée sur l'épaule de Guy.

— Et maintenant, s'écria Yodah en se dressant au-dessus du cadavre, peuple, reconnais ton souverain le rajah de Maïssour qui avait fait vœu de ne se découvrir que le jour où son père et tous les siens seraient vengés ! Vous avez un chef désormais, et, grâce à l'appui des Français, nos alliés fidèles, nous aurons bientôt chassé du sol de la Patrie l'infâme oppresseur, l'Anglais !

Un formidable hourra de joie et d'espérance s'éleva de la foule.

— Mort aux Anglais ! hurla Kerbraz.

Yodah apaisa le tumulte d'un geste.

— Nous avons de grandes choses à accomplir, reprit-il ; soyons unis, dévoués et braves, et nous serons vainqueurs. Demain nous attaquerons les Anglais qui assiègent la pagode et ils seront tous massacrés. Ayez confiance, les faits seront ainsi, je vous le dis, au nom de Dieu !

VI

LA MINE

Il nous faut expliquer en quelques mots comment Yodah avait pu s'introduire dans le camp anglais, et de quelle manière il avait pu mener à bonne fin son audacieuse entreprise.

Aussitôt qu'il avait vu sa sœur et Maryvonne saines et sauves dans la pagode, le fakir avait réuni ses principaux lieutenants et leur avait expliqué le plan hardi qu'il venait de concevoir.

Il était évident que les Anglais ne prévoyaient guère une sortie de la part des assiégés et que, avec quelques hommes résolus et adroits, il était facile de surprendre les sentinelles.

Aussitôt que la nuit fut venue, il se laissa glisser du haut des murailles avec une dizaine d'Hindous réputés pour leur courage et leur adresse et, n'ayant pour toute arme que leur terrible lacet d'étrangleurs, ils avaient rampé vers le camp et s'étaient silencieusement débarrassés de tous les hommes de garde.

Leur terrible besogne s'était accomplie sans un bruit et de façon uniforme.

Le soldat anglais sentait tout à coup une cordelette qui l'étranglait, en même temps qu'un choc aux jambes le culbutait dans l'herbe. Là, l'œuvre sinistre s'accomplissait. Il mourait sans crier.

Yodah et ses hommes se tracèrent ainsi dans le camp un funèbre chemin et arrivèrent, sans avoir donné l'éveil, jusqu'à la tente de sir Harry Linton où les deux sentinelles tombèrent foudroyées. Le retour des Hindous s'était effectué avec le même bonheur, malgré la présence du prisonnier qu'il fallait porter à bras. Nous savons le reste.

Avant de partir pour son aventureuse expédition, Yodah avait confié à nos amis qu'il croyait que le moment de se faire reconnaître par les siens était venu, et qu'il comptait frapper l'imagination des Missoughis par une mise en scène un peu théâtrale, mais qui ferait un effet extraordinaire sur tous ces esprits tournés naturellement vers le merveilleux. Il conduisit donc nos amis dans la crypte qui se trouvait sous le temple, puis il donna des ordres afin que les troupes indigènes de la garnison y fussent conduites au moment opportun. Nous avons vu que tout s'était passé ainsi que le fakir l'avait réglé, et que rien n'avait manqué au programme.

Le lendemain matin, Roëllo, qui faisait un tour sur les remparts afin de surveiller les mouvements des Anglais qui devaient être fort troublés de la disparition de leur chef, fut abordé par Yodah qui lui dit en lui tendant la main :

— Le grand Roëllo a l'air soucieux. Yodah peut-il quelque chose pour calmer son ennui ?

— J'ACCUSE SIR HARRY LINTON, DIT LA PETITE REINE, DE M'AVOIR LACHEMENT FRAPPÉE DE DEUX COUPS DE POIGNARD. (P. 179.

— Vous pouvez beaucoup, mon cher prince, répondit le corsaire, et j'ai eu des preuves de votre puissance ; malheureusement, nous nous trouvons dans une situation qui ne permettra pas à votre bonne volonté de s'exercer.

— Parlez toujours.

— Je vous avouerai que, maintenant que votre ennemi est châtié et que vous êtes remis en possession du trésor d'Angotka, l'inaction me pèse, et que je me rappelle à chaque minute que j'ai, moi aussi, une mission à accomplir.

L'Hindou dit avec son mélancolique sourire :

— Pourquoi ne pas avoir confiance en Yodah ? N'est-ce pas hier que je vous ai demandé trois jours, et que je vous ai promis que, ces trois jours écoulés, je vous guiderais moi-même vers le glorieux Suffren ?

— Je sais tout cela, mon ami, mais je sais aussi que nul ne peut rien contre l'impossible. Nous sommes assiégés, et tenter actuellement une sortie avec les faibles forces dont nous disposons, serait folie. Les Anglais sont sur leurs gardes et vont redoubler de vigilance quand ils auront constaté la mystérieuse disparition du commodore... si bien que je me demande pour combien de temps nous sommes ici.

Yodah secoua la tête :

— Je le vois bien, Roëllo, vous ne croyez pas en mon pouvoir.

— Mais je vous répète qu'il est des circonstances où le plus fort doit s'incliner.

— N'avez-vous pas entendu ce que j'ai dit hier à mes sujets. Je leur ai promis que tous les Anglais seraient anéantis aujourd'hui même... Eh bien ! j'ai encore du temps pour tenir ma promesse. Voyez, le soleil se lève à peine.

— Quels moyens comptez-vous employer ?

— Ceci est mon secret. Mais je vous affirme encore une fois que ce soir nous serons en route vers la côte. Me croyez-vous maintenant ?

— Je vous crois, Yodah ; mais si vous avez besoin de moi et de mes hommes en quoi que ce soit, je suis avec eux à votre entière disposition.

— Je vous remercie, capitaine. J'agirai seul. J'ai déjà travaillé toute la nuit à notre délivrance. Maintenant, je vous laisse. J'ai mon blessé à soigner.

— Ah ! oui, mon vieux Toussaint. Pensez-vous qu'il guérira ?

— J'en suis sûr.

Et, avec un geste d'adieu, le fakir s'éloigna de son pas souple et glissant. Il eut bientôt disparu au tournant de la galerie.

Le corsaire le suivit des yeux, et conserva les regards fixés sur le coin de muraille derrière lequel il avait disparu. Il songeait à tout ce que la France pourrait faire de grand et de glorieux dans l'Inde, avec de pareilles énergies et de semblables caractères, quand il sentit une main qui se posait sur son épaule.

Il se retourna vivement.

Kerbraz était en face de lui.

— Je te cherchais ! dit le corsaire.

Une angoisse étreignit le cœur de Roëllo. Sans doute, Kerbraz venait lui rappeler sa promesse, et lui dire que le moment était venu de vider leur vieille querelle. Certes, Roëllo n'avait pas peur de son rival, et sa haine n'était pas éteinte, mais il pensait à la mission que le Roi avait confiée à son dévouement et à son honneur. S'il succombait dans la lutte, quelle mémoire garderait-on de lui, et ne passerait-il pas pour un homme sans foi et un traître, ce marin qui, au lieu d'accomplir les ordres reçus, perdait son temps à régler des différends personnels, sans plus s'occuper des intérêts supérieurs de la Patrie?

— Je te cherchais, répéta Kerbraz, qui avait observé Roëllo pendant qu'il réfléchissait.

— Je ne pense pas que tu puisses croire que je t'évite? répondit Roëllo sur un ton agressif.

Le front de Kerbraz se plissa.

— Allons, dit-il, voilà que tu parles comme une commère. Nous nous connaissons tous deux, et ce ne sont pas de vaines paroles qu'il faut échanger entre nous. Nous savons ce que nous valons. Il faut laisser la langue aux femmes.

— Tu me cherchais, dis-tu, reprit Roëllo avec impatience, eh bien! me voilà. Que me veux-tu?

— Je veux te dire que voilà notre expédition terminée, et que désormais je suis libre.

— Bon, je comprends, tu viens me rappeler ma promesse. C'est bien, je suis à ta disposition.

— Tu ne me comprends pas.

— Parle, alors.

— Roëllo, tu m'as aidé hier, et tu as bien voulu consentir une trêve entre nous. Je ne veux pas te devoir un service.

— Ce n'est pas pour toi que j'ai aidé Yodah.

— N'importe. Tu m'as permis de mener à bien l'entreprise dont je m'étais chargé. Je te le répète, je ne veux pas être en reste avec toi.

— Je ne te demande rien.

— Voilà que tu vas tout gâter avec tes grands airs. Tu es chargé par le Roi de porter des instructions à M. de Suffren, n'est-ce pas?

— Oui.

— Bon. Moi, je n'ai plus rien à faire ici. Je joins mes hommes aux tiens, et je t'accompagne jusqu'à la côte. En même temps, j'enverrai Roch ou Louis chercher la goélette, qui viendra te prendre et te mènera plus vite à l'amiral qu'un sampan ou qu'un caboteur malais.

Une minute Roëllo resta silencieux. Un terrible combat se livrait dans son âme. La générosité de Kerbraz le touchait infiniment, mais son orgueil parlait haut, et il lui coûtait de témoigner sa gratitude à son vieil ennemi.

Kerbraz devina sa pensée.

— Tu penses bien, ajouta-t-il, que je n'agis pas ainsi pour que tu te croies mon obligé; tu m'as rendu un service, je t'en rends un autre. Je veux que nous soyons manche à manche, voilà tout.

Roëllo eut un élan du cœur.

— Merci! dit-il chaleureusement.

Et sa main s'avança vers la main de Kerbraz qui, lui aussi, comprenant la grandeur du sacrifice de son ancien matelot, allait au-devant de l'étreinte. Mais une pensée leur vint en même temps, et, en même temps, les deux mains s'abaissèrent sans s'être jointes.

Il y eut alors, entre eux, un lourd silence.

Ce fut Kerbraz qui le rompit.

— D'abord, dit-il, il faudrait sortir d'ici.

— Oui, mais comment? dit Roëllo.

— Nous passerions peut-être, avec nos soixante hommes, à travers les Anglais, mais nous perdrions la moitié de notre monde.

— C'est ce que je disais à Yodah tout à l'heure.

— Il soutient qu'il va nous tirer d'affaire.

— Oui, il me l'a dit aussi.

— Oh ! oh ! dit Kerbraz qui avait braqué sa lunette sur le camp ennemi. Voilà nos voisins qui s'agitent. Ils se sont aperçus que leur commodore manque à l'appel.

Une animation extraordinaire se remarquait en effet au camp anglais. On voyait des officiers courir et interroger des soldats. Des groupes se formaient autour des cadavres des sentinelles ; des patrouilles se mettaient en marche et s'enfonçaient sous bois.

En ce moment, Maryvonne et Mavourita, appuyées l'une sur l'autre et gracieusement enlacées, comme deux fleurs, parurent sous la galerie.

Elles vinrent tendre leur front à Roëllo ; puis Maryvonne, s'approchant de Kerbraz, lui dit doucement :

— Vous ne m'embrassez pas, papa Kerbraz ?

Le rude marin devint pourpre. « Papa Kerbraz ! » c'était le nom que la jeune fille lui donnait autrefois. Brusquement, il prit entre ses grosses mains la mignonne tête blonde, et l'embrassa à plusieurs reprises avec une sorte de violence. Il tourna ensuite brusquement les talons et s'en alla très vite pour ne pas laisser voir son émotion. Tout pensif, Roëllo avait contemplé cette scène.

— Ma chère enfant, dit-il enfin, en s'adressant à sa fille, tant d'événements se sont passés depuis ton enlèvement, qu'il me reste encore bien des choses à apprendre. Tu m'as dit avoir revu ce misérable Brecknock, il me semble ?

— Oui, mon père, répondit la jeune fille dont le joli visage s'attrista.

— As-tu pu deviner la cause de la haine qu'il nous porte ?

— C'est de cela, mon père, que je venais vous parler.

— Alors, assieds-toi là, et raconte-nous tout ce que tu as pu découvrir.

Mavourita voulut s'éloigner, Roëllo la retint :

— Restez, restez, petite reine, lui dit-il. Vous pouvez tout entendre. N'êtes-vous pas de la famille, maintenant que vous voilà la sœur de Maryvonne ?

L'Hindoue remercia d'un sourire, et s'assit à côté de sa compagne, sur un socle de colonne.

La fille du corsaire commença alors son récit.

— Vous savez comment mon cheval m'emporta. Après une heure d'une course folle, le méchant animal s'abattit en heurtant une pierre, et je fus précipitée à terre : je me relevai sans aucun mal ; mais des hommes m'entouraient, des Anglais, et, à leur tête, je reconnus avec horreur, sir Harry Linton. Quelques instants après, Yodah survenait ; mais sur la menace de me brûler la cervelle que lui adressa le commodore, il dut s'éloigner.

« Quand je fus arrivée au campement des Anglais, je me trouvai presque aussitôt en face de M. Brecknock qui parut étrangement troublé quand il m'aperçut. Mais quand ma présence lui eut révélé que nous étions vivants, il parut en proie à une terrible fureur.

« Il suivit le commodore sous sa tente et il y eut entre eux une discussion violente.

« Ils parlaient anglais, oubliant que je le comprends parfaitement, et voici ce que je pus démêler de cet épouvantable entretien :

« M. Brecknock proposait au commodore de m'acheter afin de me faire mourir ; mais le commodore résistait et disait que le grand Roëllo paierait pour moi une rançon dix fois plus forte que la somme qu'Allan pourrait offrir. La dispute dura longtemps. Mais rien ne put toucher Harry Linton qui finit par intimer l'ordre à Brecknock de sortir de sa tente. Celui-ci obéit, mais s'en alla en proférant d'horribles menaces.

24

« Maintenant, d'après ce que j'ai pu saisir, voilà la cause de la haine mortelle que nous portent Allan et Diana : il s'agit d'un immense héritage à recueillir en Angleterre, et qui ne viendra en leur possession qu'après notre mort. Car nous sommes parents éloignés, paraît-il, et c'est à nous que devrait revenir cette énorme fortune.

Quand Maryvonne eut fini, Roëllo dit :

— Je sais quelque chose de toute cette histoire ; mais j'ignorais qu'il restât encore des Clamorgan en Angleterre. N'importe ! nous savons désormais à quoi nous en tenir, nous veillerons.

— Ah ! voilà Louis ! s'écria joyeusement Maryvonne qui fut d'un bond sur ses petits pieds.

Le jeune homme apparaissait, en effet, au coin de la muraille.

— Maryvonne ! dit durement le corsaire.

L'enfant tourna vers son père ses beaux yeux noyés de larmes.

Roëllo eut honte de son mouvement, surtout après ce qui venait de se passer avec Kerbraz, et il dit, embarrassé :

— Va lui parler, puisque tu en meurs d'envie.

La jeune fille eut vite fait de rejoindre son fiancé...

La nouvelle de la disparition du commodore s'était vite répandue dans le campement anglais, et y avait jeté l'épouvante. Le coup de main était si audacieux, et la mort avait passé si près de tous ceux qui avaient été épargnés, qu'une angoisse étreignait tous ces soldats si braves devant le véritable danger mais, affolés en présence d'un ennemi invisible, dont les coups silencieux et mortels avaient fait tant de deuils.

Les cadavres des sentinelles disaient assez quel avait été le sort du commodore, et bien que les officiers anglais eussent eu presque tous à souffrir du caractère dur et autoritaire de Harry Linton, il n'en était cependant pas un qui ne le regrettât, car l'Angleterre perdait en lui un des plus habiles chefs d'escadre, l'un de ses plus glorieux marins.

Un conseil de guerre fut réuni sous la présidence de John Curtis, qui était major aux grenadiers de Sussex, et commandait en second la colonne.

— Messieurs, dit brièvement le major, j'ignorais absolument les projets du commodore, mais je crois que notre devoir est de ne pas laisser sans revanche la prise de la pagode et la mort de notre chef. Ce qu'il avait commencé, il faut le finir, et tirer vengeance de ces maudits Français qui, alliés aux Hindous, font la guerre comme eux, en vrais sauvages.

Si le major Curtis, qui n'était pas un méchant homme, avait connu le traitement que sir Harry Linton réservait à Maryvonne, il aurait peut-être parlé autrement.

Les officiers applaudirent bruyamment le discours de leur chef.

Le major continua :

— Nous conserverons toutes les dispositions établies par sir Harry Linton, en redoublant de surveillance. Les sentinelles seront doublées, c'est-à-dire qu'à vingt pas en arrière des gardes avancées nous mettrons des postes qui veilleront sur les sentinelles. La garnison de la pagode n'est pourvue que de très peu de vivres. Les assiégés seront bientôt réduits par la famine. Et maintenant, messieurs, que chacun de vous m'aide de toute son énergie et de tout son dévouement, et nous aurons bientôt réparé l'échec qu'a subi notre drapeau. Hurrah pour la vieille Angleterre !

— Hurrah pour la vieille Angleterre ! répétèrent les officiers.

Le groupe se dispersa et chacun se rendit à son poste.

Glendower Clamorgan, dont la tente était proche de celle du commodore, avait été un des premiers informés des événements de la nuit. La mort de Harry Linton — car chacun pensait bien que le vieil officier avait péri — n'était pas faite pour lui déplaire. Depuis qu'il savait que les Roëllo existaient encore et que, par conséquent, l'héritage lui échappait, le commodore l'avait traité avec un sans-gêne et une arrogance dont l'âme orgueilleuse du misérable avait été profondément blessée.

Et puis, sa dernière scène avec lui, au sujet de Maryvonne, et où il avait dû céder, restait encore présente à sa mémoire, et cuisante comme un soufflet.

Son plan était arrêté désormais. Il attendrait à la pagode sa sœur qui ne pouvait manquer de venir le retrouver, et ils décideraient ensemble la marche à suivre.

D'ailleurs, la route était toute tracée. Pour aller plus vite à la côte, Roëllo ne s'embarrasserait certainement pas d'une grosse escorte. Il s'agissait de le devancer et de lui tendre une embuscade dans un endroit favorable.

Comme, en dehors du commodore, il ne frayait avec aucun des officiers de la colonne, et comme aussi il savait parfaitement bien qu'on se bornait au blocus rigoureux, Glendower Clamorgan fit seller l'un de ses chevaux, et, prenant un fusil, il alla chasser dans la forêt.

Mavourita et Maryvonne s'étaient constituées les gardes-malade de Toussaint qui semblait maintenant tout à fait hors d'affaire. Seules, les jambes n'allaient pas encore, mais quant aux avaries de la coque, disait-il lui-même, elles étaient réparées, et il déclarait à qui voulait l'entendre que Yodah l'avait radoubé comme un maître-calfat.

Il fallut lui raconter par le menu tout ce qui s'était passé depuis le naufrage de l'*Agile*. Le récit surtout de la prise et de la mort de Harry Linton sembla le combler de joie.

— Va bien, ma fille, disait-il à Maryvonne, le failli chien a eu sa récompense, sainte Clémence, et ce qui me plaît le plus, saint Béatus, c'est qu'on lui ait fait voir le trésor, mon grand saint Victor.

Puis il avait des accès de rage folle contre Clamorgan.

— Quand on pense, répétait-il, que si je n'avais pas eu la fichue idée d'aller fumer ma pipe sur le rempart, bon saint Edouard, jamais ce forban-là ne serait venu à notre bord, saint Polydore !

Mavourita lui plaisait beaucoup, et son amour-propre était flatté par les soins qu'elle lui prodiguait.

— Ah ! si jamais je revois mon lieutenant Lacaussade, disait-il, ça lui fermera les panneaux, quand je lui raconterai que j'ai été soigné par une reine, sainte Madeleine !

Mais quand Maryvonne lui parlait du désespoir de Guy, et quand elle lui disait qu'elle était inquiète de cette morne stupeur qui l'accablait, le vieux timonier jurait et sacrait à faire trembler les murs antiques de la pagode.

Se faire du chagrin pour une mijaurée qui ne valait pas un liard, qui s'était moquée de lui durant toute la traversée et qui s'habillait en homme comme un petit-maître !

Vers le soir, Yodah, qui avait été invisible toute la journée, reparut. Il s'informa de la santé de son malade, qui l'assura lui-même de sa convalescence et lui demanda quand il serait sur pied pour pouvoir à nouveau crocher dans l'Anglais, et régler enfin ses comptes avec le Brecknock qui l'avait si traîtreusement assassiné.

— Avant huit jours, mon bon père, lui dit Yodah, vous serez guéri.

Cette assurance parut réjouir le vieux marin, mais il demanda à son médecin si par hasard, en doublant les doses de médicaments, on ne pourrait pas lui permettre d'appareiller quatre jours plus tôt.

Yodah sourit et, après l'avoir pansé, le quitta pour aller au-devant de Kerbraz et de Roëllo qui venaient à lui.

— Eh bien ! demanda le capitaine de la *Sainte-Marie*, quoi de nouveau, Yodah ?

— Vous savez que les vivres nous manquent ? ajouta Roëllo.

Le fakir répondit :

— Yodah n'a qu'une parole. Je vous ai dit que ce soir nous serions libres : ce soir les Anglais auront disparu.

— Avez-vous donc trouvé un moyen pour leur inspirer une telle panique qu'ils déguerpiront sans tambours ni trompettes ?

— J'ai dit aussi à mes sujets que les Anglais seraient exterminés.

— Vous attendez sans doute des renforts qui doivent vous venir de l'intérieur ?

— En ce cas, il faudrait nous prévenir pour combiner avec eux une double attaque.

— Yodah n'attend aucun secours, Yodah n'a besoin de personne, il agit seul, avec l'aide de Dieu.

— Cependant...

— Quand la nuit sera venue, les capitaines verront comme Yodah se venge !

Cela fut dit avec une expression si froidement terrible que les deux hardis coureurs de mer sentirent un frisson qui courait sur leur chair.

Peter Wouvermann s'approchait d'eux.

— L'heure approche, dit-il en s'adressant à Yodah.

— Elle va sonner bientôt, dit le fakir.

— Ah ! ah ! vieux diable, dit Kerbraz, il paraît que vous êtes dans la confidence ?

— Oui, et Yodah a bien fait de compter sur moi, répondit le Hollandais.

Une expression de gravité, de solennité presque, et qui ne lui était pas habituelle, se remarquait sur le visage du vieux Hollandais.

Il était calme et impassible comme un juge suprême.

Alors personne ne dit plus rien, et tous les regards se dirigèrent vers le campement anglais, où, avec soin méthodique qui ne les abandonne jamais, les soldats aux habits rouges préparaient le repas du soir.

Le soleil descendait rapidement derrière les arbres.

— Venez, mon père, dit alors Yodah.

— Voilà l'heure, murmura le Hollandais qui suivit le fakir.

Les deux hommes quittèrent la galerie, pénétrèrent dans le temple et, tournant à droite de l'autel, s'enfoncèrent dans un souterrain étroit qui descendait par une pente assez raide.

Yodah éclairait la marche au moyen d'une petite lampe qu'il avait prise en passant à l'un des piliers du sanctuaire.

Soudain, le souterrain s'élargit, les deux hommes firent encore quelques pas et se trouvèrent dans la crypte où nous avons vu se dérouler les dramatiques événements qui forment la fin du précédent chapitre. En passant au pied du bouddha, Yodah souleva sa lampe.

Le cadavre de sir Harry Linton était toujours étendu à la même place. Seulement les pierreries avaient disparu.

Le fakir s'était un moment arrêté à considérer son ennemi mort.

— Ainsi périssent tous ceux de sa race ! dit-il avec violence.

Le Hollandais lui dit doucement :

— Ne nous arrêtons pas ici, d'autres devoirs nous réclament.

— C'est vrai ! dit Yodah avec un sinistre sourire.

Et tous deux reprirent leur marche.

Dans le roc, devant eux, se dessina tout à coup une porte d'acier que Yodah ouvrit au moyen d'une petite clé qu'il prit à son cou, et il se trouva avec Wouvermann dans une longue avenue, bordée de statues colossales qui semblaient former la haie.

Au bout de cinquante pas, ils arrivèrent à un carrefour où quatre routes souterraines venaient aboutir.

Yodah et le Hollandais prirent sans hésiter la route qui se trouvait le plus à leur gauche. Ils marchèrent un quart d'heure environ, et bifurquèrent alors dans un étroit boyau qui semblait creusé récemment.

Au bout de l'étroit couloir une lumière tremblait faiblement.

— Alli ! cria Yodah.

— Me voilà, seigneur, dit une voix.

Un Hindou d'une trentaine d'années, au regard doux et intelligent, se présenta devant eux.

— Tout est prêt ? demanda encore le fakir.

— Oui, Maître !

— C'est bien !

Puis se tournant vers le Hollandais, il ajouta :

— Vous êtes bien sûr de vos calculs, mon père ?

Un sourire diabolique fit grimacer toute la figure du vieillard.

— Sois tranquille, répondit-il, je ne me suis pas trompé.

— Alors, dit Yodah en s'adressant à l'Hindou, tu mettras le feu à ta mèche quand tu auras récité dix fois les invocations de Krishna.

— Bien, Maître.

— Si par hasard la mèche s'éteignait, et si après t'être retiré tu n'entendais pas l'explosion dans le temps voulu, tu reviendrais ici, et tu mettrais le feu à la poudre.

— Oui, Maître.

— Tu as fait le sacrifice de ta vie ?

— Complet, absolu.

— Alors, si Dieu veut de toi aujourd'hui, tu es certain de vivre dans la vie future. Adieu !

— Adieu ! Maître.

Le Hollandais, avant de s'en aller, ne put s'empêcher de jeter un regard d'admiration à l'intrépide jeune homme, qui semblait aussi calme que s'il avait été dans son village, occupé aux labeurs coutumiers.

Revenus au carrefour, les deux hommes enfilèrent une autre route en tous points semblable à la première. Comme dans l'autre, ils trouvèrent un Hindou, auquel Yodah fit les mêmes recommandations qu'à Alli, et de qui il reçut les mêmes réponses.

Deux fois encore, le Hollandais et le fakir revinrent au carrefour, et deux fois encore la même scène se répéta. Enfin, ils reprirent le chemin par lequel ils étaient venus, et débouchèrent sous la galerie où tous nos personnages se trouvaient réunis. Chacun causait en regardant les feux des Anglais qui se courbaient au vent. A l'arrivée de Wouvermann et du fakir, chacun se tut.

Aux clartés de la lune, le visage de Yodah rayonnait d'une joie surhumaine, ses yeux étincelaient comme des escarboucles, ses narines palpitaient, un sourire découvrait ses dents blanches et aiguës qui semblaient prêtes à mordre.

Le Hollandais avait une mine grave, mais dans l'ombre ses prunelles avaient un éclat phosphorescent comme celles des fauves.

— Eh bien ? demanda Roëllo pour dire quelque chose, car le silence qui l'enveloppait semblait funèbre.

— L'heure va sonner, dit Yodah d'une voix lente.

Mavourita était venue se placer auprès de son frère. Appuyée à son bras, elle regardait le camp des Anglais avec des yeux ardents.

— Voyons, petit homme, il faudrait dire quelque chose, puisque vous êtes dans la confidence ? dit à son tour Kerbraz.

Mais le Hollandais ne répondit point.

Dans l'air calme, on entendait la voix d'un soldat qui chantait une vieille ballade écossaise.

— Voilà l'heure ! cria tout à coup Yodah dont la taille sembla s'élever.

« Sélim ! appelle tout le monde. Appelle les enfants de Maïssour pour qu'ils viennent contempler la ruine des infidèles que Dieu leur avait prédite par ma bouche ! Qu'ils viennent tous ! tous ! »

Ses bras, dressés comme des ailes, se levaient dans la nuit en un grand geste qui semblait grouper autour de lui tous ses Hindous.

En quelques instants, les Missoughis eurent peuplé toutes les corniches de la vieille pagode...

Alors on entendit encore la voix de Yodah qui criait :

— Fils du vrai Dieu, voyez, voyez le châtiment des maudits !

Alors ce fut effroyable et superbe.

Une gerbe de flammes s'éleva de l'endroit où les Anglais avaient établi l'un de leurs campements — celui-là même que contemplaient nos amis, — en même temps qu'une formidable détonation ébranlait le sol.

Presque en même temps, trois autres explosions semblables avaient lieu autour de la pagode qui tremblait sur ses bases puissantes et semblait prête à s'écrouler sur ses défenseurs.

Il y eut des cris humains, des rugissements de fauves affolés, puis un silence effrayant, énorme, régna tout autour du vieux temple.

Personne dans la pagode ne parlait plus.

Après avoir contemplé son œuvre avec une flamme d'orgueil dans les yeux, Yodah, s'approchant de Roëllo, lui dit :

— Mon père Roëllo, la route est libre, ainsi que Yodah l'avait promis. Demain, au lever du jour, nous nous mettrons en route pour aller vers le glorieux Suffren.

VII

L'ASSASSINAT

Roëllo et Kerbraz avaient été plutôt indignés du procédé sauvage employé par Yodah pour se débarrasser des Anglais, et ils ne lui avaient pas caché leur manière de voir, mais le fakir avait eu l'air si étonné en écoutant les reproches de nos amis, que les deux hommes jugèrent inutile d'insister.

DEVANT CETTE EFFROYABLE BOUCHERIE ILS RESTAIENT MUETS D'HORREUR... (P. 193.)

Mais ils furent plus énergiques avec Wouvermann.

— Comment avez-vous pu vous associer à ce détestable assassinat? demandait Roëllo au Hollandais.

Celui-ci eut un geste de résolution farouche.

— Que demain, dit-il, cette main-là puisse mettre le feu aux poudres qui doivent encore faire sauter des Anglais, et je serai heureux comme un dieu!

— Mais que diable! petit homme, reprit Kerbraz, ce n'est pourtant pas une manière de combattre!

— Et les Anglais! comptez donc les atrocités qu'ils ont commises! Allez demander aux villes brûlées et pillées de l'Inde le récit des horreurs dont leurs murs noircis ont été les témoins. Prenez au hasard un Hindou et demandez-lui combien les Anglais lui ont causé de deuils! Sa réponse sera prompte: il vous racontera comment sa femme a été assassinée, son père torturé, ses frères massacrés... Ne craignez rien! C'est moi qui suis dans la justice, car contre les Anglais toutes les armes sont bonnes, surtout les plus terribles.

— Ce ne sont pas les miennes, dit sèchement Roëllo.

— Au diable la sensibilité! D'ailleurs, il fallait passer à tout prix, n'est-ce pas? Eh bien! la route est libre.

— Nous pouvions toujours sortir de la pagode où et quand il nous plaisait.

— Je voudrais bien en connaître le moyen...

— Avec mes hommes et ceux de Kerbraz nous passions à travers les Anglais comme un sanglier dans les taillis.

— Oui, mais vous laissiez les trois quarts de vos hommes sur le carreau. Des braves gens ceux-là, bons bras et francs cœurs, qui seraient restés à pourrir dans la jungle! Tandis qu'avec ma mine j'ai conservé toutes ces existences, j'ai épargné bien du sang... C'est encore de l'humanité.

Pour couper court à cette discussion qui menaçait de s'éterniser, les deux corsaires descendirent et allèrent voir de près les résultats de l'explosion.

C'était horrible.

La terre, crevée par endroits, béante, formait un affreux chaos où il y avait, au milieu de rocs et de troncs d'arbres, des fleurs fraîches brutalement arrachées, et des membres humains encore palpitants. Les deux marins avaient contemplé sans frémir bien d'horribles spectacles; mais, en présence de cette effroyable boucherie, ils pâlirent, et restèrent muets d'horreur.

Mais on avait une rude étape à fournir le lendemain, et il fallait penser au repos.

Maryvonne et Mavourita s'étaient déjà retirées dans une sorte de chapelle qui leur servait de retraite.

Aux premiers rayons du soleil, la petite caravane était prête à partir. Elle se composait des marins de la *Sainte-Marie* et des survivants de l'*Agile*, avec une centaine d'indigènes que commandait Yodah.

Le fakir éclairait la marche, puis venait le gros de la colonne protégée sur ses derrières par une arrière-garde que commandait le Hollandais. De plus, sur les ailes, Yodah avait fait marcher deux petites troupes destinées à surveiller le flanc de la petite armée. Au premier signal d'alarme, tout le monde devait se replier sur le corps principal.

25

L'une des troupes formant ailes était commandée par Guy Roëllo qui recherchait toutes les occasions qui lui permettaient de s'isoler. Yodah lui avait confié — car il n'avait avec lui que des Hindous — le jeune Djin, qui parlait très couramment le français et qui pourrait lui servir d'interprète.

Guy Roëllo n'était plus le hardi compagnon que nous avons connu au début de cette histoire. Semblant vivre dans un rêve, les traits tirés, les yeux cerclés d'une cerne bleuâtre et brillant toujours d'un éclat fiévreux, morose, taciturne, le pauvre garçon faisait peine à voir. Sous son front brûlant roulait toujours la même pensée, et c'était toujours l'image de cette Diana haïe et tant aimée qui hantait ses rêves.

TROISIÈME PARTIE

CLAMORGAN CONTRE CLAMORGAN

I

LE BAILLI DE SUFFREN

Ce matin-là, M. de Suffren était de joyeuse humeur.

Il venait d'apprendre par un paquet que lui avait jeté en passant un navire hollandais, que l'ordre de Malte, dont il faisait partie, avait changé sa charge de commandeur en celle de bailli qui est la plus haute après celle de grand maître et, bien qu'il ne fût pas ambitieux, le brave chef d'escadre n'était pas sans être flatté par cette distinction qui le faisait désormais marcher de pair avec les plus grands seigneurs.

M. de Suffren, au premier abord, ne payait pas de mine.

C'était un gros homme, de petite taille, aux traits vulgaires ; mais cette physionomie commune était éclairée par des yeux admirables, des yeux lumineux, des yeux rayonnant de courage et de génie. Quand, au moment du combat, ce puissant regard tombait sur les matelots, il faisait du plus timide un héros, et doublait l'ardeur des vaillants.

Le bailli était vêtu, suivant sa coutume, d'une culotte de soie noire et d'une veste de grosse toile bise. Il portait des bas de soie blanche et des escarpins vernis ornés de boucles en brillants, mais sur sa tête sans perruque était placé le plus étrange chapeau qu'on pût voir.

C'était un énorme feutre gris aux bords démesurés qui, suivant l'humeur de son propriétaire, prenait toutes les formes et toutes les attitudes. Quand M. de Suffren était triste, le bord du devant tombait mélancoliquement sur ses yeux ; quand M. de Suffren était en colère, le feutre s'enfonçait, entièrement rabattu, comme un immense éteignoir.

Ce jour-là, le feutre, placé bien droit sur la tête, se relevait fièrement par devant à la Henri VI. Le signe était infaillible : M. de Suffren avait des idées couleur de rose.

L'amiral arpentait donc le pont de son *Héros*, un magnifique navire de 74, en causant amicalement avec M. de Moissac, son capitaine de pavillon, pour lequel il avait une vieille et solide affection.

— Eh bien ! Moissac, dit-il, j'ai réalisé mon rêve. Nous sommes maîtres de la mer, et Hughes refuse maintenant le combat toutes les fois qu'il aperçoit le pavillon de France.

— C'est une belle revanche des hontes du dernier règne, monsieur le bailli, répondit le capitaine, et c'est à vous que nous la devons.

— Oui, dit Suffren, j'ai fait beaucoup, je le constate sans fausse modestie : je sais ce [ue je vaux. Mais que n'aurais-je pas fait s'il y avait eu un peu de discipline dans mes équipages et parmi mes capitaines !

Le grand marin avait malheureusement raison. Vingt fois il avait vu la victoire lui échapper, grâce à l'esprit haineux d'un certain nombre de capitaines qui, au moment décisif, l'avaient peu ou mal secondé. Ces messieurs étaient jaloux des succès de l'amiral, et n'hésitaient pas à compromettre les intérêts de la Patrie pour assouvir leurs rancunes personnelles !

Les deux officiers se promenèrent un instant en silence, puis Suffren reprit :

— Laisse faire le temps, et tous ces fous qui veulent m'empêcher d'accomplir mon œuvre seront ou assouplis ou brisés. Et alors... alors... tu verras !

Les yeux superbes du marin étincelaient, resplendissant de force et de confiance.

Une ombre passa sur son front.

— Pas de nouvelles de France ! ajouta-t-il. Il faudrait cependant qu'il vienne, cet ordre que j'ai demandé et qui mettrait sous ma dépendance Duchemin et Bussy, pour les empêcher de faire des sottises.

A ce moment les yeux se portèrent sur un petit bâtiment dont le gabarit indiquait l'origine malaise et qui faisait force de voiles pour accoster le *Héros*. L'escadre croisait alors en face de Trinquebar, et attendait trois bâtiments qui avaient été se faire réparer à Ceylan, avant de reprendre les opérations.

— Il vient à nous, dit Moissac, qui, avec sa longue-vue, suivait la manœuvre du petit navire.

— Laisse arriver ! alors, dit le bailli ; peut-être nous apporte-t-il justement ce que j'attends.

Des ordres furent donnés. On diminua la voilure du vaisseau qui changea un peu sa route, de façon à permettre au malais de le rejoindre plus tôt.

Vingt minutes après, le petit bâtiment rangeait le bord du vaisseau.

Un homme, qu'à son costume on reconnaissait pour un Européen, gravit rapidement l'échelle, tandis que Suffren et Moissac se portaient à la coupée.

Le nouveau venu venait d'arriver sur le pont.

C'était un petit homme sautillant, rouge de peau, noir de poil, dont les yeux noirs avaient un éclat extraordinaire.

— Boufre ! ! dit-il en se secouant comme un chien mouillé, voilà qui va mieux à présent : j'ai mis le pied sur la terre de France.

Le remuant personnage prononçait *Freince*, avec un diable d'accent qui sentait son Midi.

— Un compatriote ! dit Suffren en souriant, à l'oreille de Moissac.

Justement, le petit homme s'adressait à l'amiral qui était un peu en avant.

— Pardon, excuses, disait-il, tout le monde et la société, vous ne pourriez pas, mon garçon, me conduire à M. de Suffren à qui j'ai pas mal de choses à dire ?

Moissac, furieux, allait apprendre au malappris à qui il parlait, mais le bailli le retint d'un mot et d'un geste.

Très poliment, il dit en saluant, à l'étrange personnage :

— Vous désirez parler à l'amiral, monsieur ?

— Mais je vous l'ai déjà dit, bagasse de troun de l'air !

— Veuillez me donner votre nom.

— Marius Lacaussade, second à bord de l'*Agile*, capitaine Roëllo.

— TREMBLECARGUE ! S'ÉCRIA MARIUS EN FUREUR, JE NE VOIS PAS CE QUE J'AI PU DIRE DE SI PLAISANT ! (P. 199.)

Notre vieille connaissance, après avoir énuméré ses nom et qualité, se redressa fièrement, comme s'il eût été le Grand Turc en personne.

— Eh bien, monsieur Lacaussade, dit Suffren, si vous voulez attendre un moment, je vais vous mettre en présence de l'amiral.

— Dépêche-toi, mon garçon, continua Marius décidément familier ; et si tu ne me laisses pas trop longtemps en panne, il y aura pour toi une bonne bouteille à la première escale.

Suffren n'y tenait plus, se tenait les côtes.

Le visage de Marius flamba comme une fournaise.

— Tremble cargue ! jura-t-il, je ne sais vraiment pas ce que j'ai dit de si plaisant !

Mais Suffren s'était redressé, et, avec un accent de noblesse suprême, il dit au lieutenant de Roëllo :

— Vous pouvez parler, monsieur, c'est assez plaisanter : vous êtes en présence de l'amiral.

Marius ouvrit des yeux énormes, fut troublé une seconde, mais se remit bien vite, et, d'un ton moitié humble, moitié narquois, il répliqua :

— Je vous demande d'agréer toutes mes excuses, monsieur le marquis. J'ai eu bien tort d'oublier la leçon de mon bon maître le curé de Ventéjoul...

— Et que disait-il, votre abbé ? demanda le bailli que tout ce dialogue amusait.

— Il disait, amiral, qu'il ne faut pas se fier au plumage, et que les éperviers sont moins bien habillés que les pies.

Cette fois, Suffren se mit à rire franchement.

— Vous êtes un joyeux compagnon, mon maître. Maintenant, dites-nous quelles nouvelles vous apportez ?

— Eh ! monsieur le marquis, je ne viens pas vous donner des nouvelles, puisque c'est moi, au contraire, qui viens en chercher.

— Qu'est-ce que vous voulez dire ?

— Je viens vous demander, amiral, où se trouve mon capitaine ?

— Quel est-il ?

— Roëllo.

— Roëllo de Saint-Malo, Roëllo l'Abordage ! le fameux corsaire ?

— En personne vivante et naturelle.

— Mais je ne sais pas où il est.

— Vous l'avez envoyé en mission ?

— Mais je ne comprends pas un mot à tout ce que vous me dites !

— Voyons, voyons, dit Marius qui commençait à sentir l'impatience lui monter à la tête, vous connaissez bien Roëllo ?

— De réputation, certes.

— Eh bien ! alors...

— Mais je ne l'ai jamais vu.

— Vous ne l'avez jamais vu ! répéta Lacaussade dont les poings se crispèrent ; alors, c'est qu'il est mort !

L'émotion du brave marin était si touchante, que Suffren lui dit avec bonté :

— Remettez-vous, lieutenant, et tâchons d'éclaircir tout cela. Vous dites donc que vous veniez à mon bord pour retrouver votre capitaine ?

— Oui, amiral.

— Pourquoi devait-il être ici ?

— Parce qu'il avait à vous remettre les instructions données par le Roi, au sujet de la campagne de l'Inde.

Ce fut au tour de Suffren d'être ému.

Il dit très vite :

— Que contenaient ces instructions ?

— Ça, je n'en sais rien. La dernière fois que j'ai vu Roëllo, c'était à déjeuner, chez lui, à Saint-Malo, avec M. de Simiane, qui venait de lui apporter les dépêches de Versailles.

— Mais, tonnerre ! je n'ai rien reçu, moi ! D'ailleurs, comment se fait-il que vous n'ayez pas embarqué avec votre capitaine ?

— La veille au soir, amiral, j'ai été frappé d'un coup de couteau qui m'a mis à deux doigts de la mort.

— Quelque rixe ?

— Non, monsieur le marquis, frappé traîtreusement, de nuit et par derrière.

— Qui a fait cela ?

— Je n'en sais rien, amiral, on m'a jeté un manteau sur la tête avant de me donner le coup de couteau. Au surplus, je ne me connais pas d'ennemi, hormis les Anglais bien entendu, que je verrais tous crever comme des chiens sans plus m'en occuper que d'une vieille pipe !

— C'est étrange ! murmura Suffren.

Puis, il reprit au bout d'un instant :

— Qu'on ait frappé Roëllo, je le comprendrais encore, mais vous, son lieutenant, dans quel but ?

— Voilà quatre mois que je me le demande, amiral. Ah ! j'ai eu le temps de réfléchir, allez ! Quand j'ai repris connaissance, j'étais à l'hôpital, et l'*Agile* était parti ! J'enrageais.

« Au bout de huit jours, je m'échappe de la cambuse comme un voleur, car jamais le médecin ne m'aurait laissé sortir, je m'embarque de nuit sur une goélette marchande qui allait au Cap. Au Cap, je trouve un portugais en partance pour Ceylan, je saute dedans, et à Ceylan je trouve cette gabarre qui m'a amené à votre bord.

Le bailli avait écouté les explications de Lacaussade d'un air pensif.

— Vous êtes donc parti de Saint-Malo huit jours après l'*Agile*, qui est bon marcheur à ce qu'on m'a dit…

— Il n'y a pas une plus jolie coque sur toute la côte, interrompit vivement le lieutenant.

— Vous faites escale au Cap et à Ceylan, poursuivit Suffren, et vous arrivez avant Roëllo ; voilà, en effet, qui est incompréhensible

— Il lui est arrivé malheur, amiral ! c'est sûr.

— Peut-être a-t-il rencontré quelque vaisseau anglais qui l'aura capturé.

— Si Roëllo a rencontré un anglais plus fort que lui, dit Lacaussade avec un accent qui frappa l'amiral, Roëllo est mort, car Roëllo n'amènera jamais son pavillon.

— Cependant…

— Je le connais peut-être, reprit Marius avec véhémence, voilà quinze ans que nous nous battons côte à côte.

— Voilà qui est grave, dit Suffren, songeur.

Puis, se tournant vers le capitaine, qui avait assisté sans mot dire à tout l'entretien :

— Moissac, il faut s'informer. Envoyez des ordres pour que le *Jason* et la *Mouche* aillent explorer les côtes jusqu'à la hauteur de Madras. Qu'on s'informe auprès des indigènes s'il n'y a pas eu un naufrage ou un combat dont ils auraient eu connaissance.

Moissac avait déjà fait quelques pas pour aller transmettre les ordres de son chef, quand il s'arrêta brusquement, et s'adressant à Suffren :

— Le matelot de vigie signale une voile, dit-il.

— Eh ! garçon, cria le bailli en dirigeant ses regards vers la hune, qu'est-ce que nous avons devant nous ?

— Je ne peux pas encore distinguer, amiral, répondit une voix lointaine.

— Allons, dit Suffren en se parlant à lui-même, il vaut toujours mieux aller se renseigner en personne.

Bien qu'on ne lui demandât pas son avis, Marius répondit :

— Ça, c'est vrai, le curé de Ventéjoul le disait aussi.

Cependant, le bailli avait gagné les haubans de misaine, et, avec une aisance et une légèreté qu'on n'aurait jamais pu soupçonner dans ce gros corps, il s'élevait dans les cordages, et il eut bientôt disparu derrière une voile, aux yeux ahuris de Lacaussade, qui dit entre ses dents :

— Pécaïre ! voilà un gabier comme on n'en voit guère ! Du diable si j'aurais cru que ce pot à tabac pût grimper ailleurs qu'à son escalier de dunette.

Puis, l'instinct du marin l'emportant, le lieutenant se mit à chercher sur l'horizon la voile signalée.

Pendant un instant, sa main en abat-jour sur ses yeux, il promena ses regards sur l'immensité.

Tout à coup:

— La voilà ! s'écria-t-il.

C'était un point noir imperceptible, qui grossit pourtant assez rapidement.

Il continua son monologue :

— On ne voit pas ses couleurs ; mais le gabarit est bien français, et puis un anglais n'irait pas se jeter ainsi dans la gueule du loup. Il y a longtemps qu'il a dû reconnaître nos quinze voiles !

— Bien raisonné, mon garçon, dit une voix sonore à côté de lui.

Marius se retourna vivement. C'était l'amiral qui était redescendu de sa hune.

— Ah ! monsieur le marquis, dit le Marseillais en s'inclinant, je ne demanderais qu'à avoir un équipage composé de gabiers tels que vous. Sur l'honneur, vous aviez l'air d'un chat, en gravissant les enfléchures.

L'amiral eut un sourire de contentement.

— Un gros chat, en tout cas, dit-il.

Puis il ajouta :

— Nous avons devant nous la *Brillante,* qui me sert de mouche d'escadre. Il y a dix jours que je l'ai envoyée à la recherche de William Hughes qui est encore plus agile que moi quand il s'agit de fuir devant mes canons.

— Oh ! amiral, dit Marius, d'un ton suppliant, je ne sais rien, moi. Si vous vouliez être assez bon pour me donner quelques petits renseignements sur ce qui s'est passé par ici ?...

— C'est bien simple, mon garçon ; j'ai battu Hughes trois fois en deux mois. D'abord à Trinquemalle, ensuite à Mazulipatam, enfin, il y a quinze jours, ici même.

— Vive le Roi ! cria Marius en jetant son bonnet en l'air. Ah ! pourquoi faut-il que

26

jamais dans cette bagasse de vie on n'ait une joie complète! Voilà que j'apprends nos victoires au moment où il me faut pleurer mon capitaine!

— Espère encore! Qui sait? la mer a de telles surprises!

— Il est mort, vous dis-je, monsieur le marquis, sans quoi, vous l'auriez déjà vu.

La *Brillante* s'approchait avec rapidité.

On pouvait admirer maintenant ses formes gracieuses et sa mâture hardie.

— Amiral, dit M. de Moissac, la frégate signale que son capitaine va venir à bord.

— Bien. C'est qu'il y a quelque chose de nouveau. Fais lofer, Moissac, afin que la chaloupe aborde sans trop de mal.

Il y avait quelque chose de merveilleux dans la façon dont Suffren était obéi sur son navire.

Les ordres s'exécutaient sans à-coup, avec une incroyable promptitude. On aurait dit qu'il était le cerveau de ces huit cents hommes embarqués sur cette énorme masse, et que officiers et matelots n'étaient que les membres intelligents et obéissants de cette volonté.

Avec sa lorgnette, il regardait la manœuvre de la *Brillante* qui laissait porter en plein sur le vaisseau-amiral, conservant toute sa voilure.

— Beauffremont veut faire du zèle, dit-il avec un demi-sourire à Moissac qui était revenu près de lui. Il veut faire oublier sa conduite au dernier combat.

M. de Beauffremont, commandant de la *Brillante*, avait été l'un de ces officiers qui, au combat de Trinquebar, avaient empêché le glorieux marin d'anéantir la flotte anglaise.

C'était toujours la même rivalité qui paralysait souvent le bailli, le même mauvais vouloir qui faisait des victoires stériles de rencontres qui auraient pu être décisives.

Cependant la chaloupe venait d'être mise à l'eau et volait sur la mer sous l'effort de douze rameurs.

Un quart d'heure après, elle accostait à la hanche tribord du *Héros*.

Un jeune officier portant le sévère uniforme de capitaine de corvette vint à la rencontre de Suffren qu'il salua profondément.

— Quoi de nouveau, monsieur de Beauffremont? demanda le bailli.

— Impossible de découvrir la flotte anglaise, amiral.

— Je commence à croire que sir William Hughes en a assez.

— C'est aussi mon avis, car nous avons battu la mer plus haut que Madras, et nous n'avons pu recueillir aucune indication touchant les Anglais.

— Et c'est tout ce que vous avez appris durant votre croisière?

— Nous avons rencontré une épave par le travers de Pondichéry.

Instinctivement, Marius se rapprocha.

— Une épave?

— Oui, amiral, ou plutôt les débris d'un navire qui a dû périr en vue des côtes.

— De quelle nationalité était ce vaisseau? Avez-vous pu le savoir?

— C'était certainement un navire français.

— Pas un navire de guerre, je pense?

— Ce devait être un bâtiment marchand. Mais en tout cas, nous serons facilement fixés sur son origine, car nous avons pu recueillir une pièce importante de son tableau d'arrière sur laquelle on pouvait encore lire son nom.

— Et ce navire s'appelait?

— L'*Agile*.

Il y eut un cri sourd.

— Malheur ! rugit Marius, je vous disais bien qu'il était mort !

Une grande tristesse vint assombrir le visage du bailli.

— C'était un bon marin et un brave soldat, dit-il.

— Vous connaissiez le capitaine ? dit, après un regard étonné à Marius qu'il n'avait pas remarqué jusqu'alors, le jeune officier de marine.

— Le capitaine de l'*Agile* avait nom Roëllo l'Abordage.

— Le célèbre corsaire ?

— Lui-même. Il m'apportait des instructions du Roi... Voilà une bien déplorable catastrophe. Mais, dites-moi, n'avez-vous pu rien trouver de plus sur le lieu du sinistre ?

— Nous avons croisé pendant quatre heures dans les mêmes parages, dans l'espérance de sauver quelque naufragé, mais nous n'avons rien rencontré que des épaves de toutes sortes qui ne laissaient aucun doute sur la perte du navire.

Marius sanglotait.

Suffren lui prit la main.

— Allons, du courage, mon camarade, dit-il d'une voix affectueuse.

— Roëllo était tout pour moi, gémit le Marseillais. Je n'ai plus qu'à me jeter à la mer, puisque Roëllo est mort et que l'*Agile* est coulé !

— Vous avez quelque chose de mieux à faire, lieutenant. Rien ne vous prouve que tout l'équipage ait péri. Ceux des officiers et des matelots qui ont pu se sauver dans les chaloupes ont pu facilement atteindre la terre... Eh bien, il faut aller à leur recherche.

Une lueur d'espoir brilla dans les yeux humides de Lacaussade.

— Oui, oui, amiral, balbutiait-il, vous avez raison. Il reste une chance... Eh bien ! il ne sera pas dit que Marius Lacaussade n'aura pas tout tenté pour retrouver son capitaine ! Vite, monsieur le marquis, donnez-moi une chaloupe, une barque, n'importe quoi, et jetez-moi sur la côte qui est en vue...

— Un instant, mon ami, dit doucement Suffren, vous oubliez que cette terre que vous voyez est au pouvoir des Anglais.

— Que m'importe ! Je saurai bien les éviter.

— Êtes-vous déjà venu dans l'Inde ?

— Dix fois, amiral ! Je connais l'Inde comme ma poche, et je parle l'hindoustani peut-être mieux que le français.

— Alors il n'y a plus à hésiter. Je vous ferai débarquer cette nuit même.

— Merci, amiral, merci de tout mon cœur. Vous pouvez compter sur l'éternelle gratitude de Marius Lacaussade.

Suffren le remercia du geste, et presque aussitôt un enseigne se présentait devant lui.

— Qu'y a-t-il, monsieur de Kesbern ? demanda le bailli.

— Une barque indigène qui demande à accoster.

— Des fruits, sans doute, qu'on vient nous vendre ?

— Non, amiral, nous avons hélé l'embarcation, et un Européen que j'y trouvai nous a demandé à être conduit devant vous sans retard.

— A-t-il dit son nom, ou de la part de qui il venait ?

— Non, amiral.

— N'importe ! Dites-lui d'accoster.

Sans plus s'occuper de l'incident, le bailli interrogea minutieusement M. de Beauffremont afin de connaître le plus exactement possible l'endroit où le naufrage avait eu lieu. Le jeune officier le satisfit le mieux qu'il put, et il allait se retirer, quand un nouveau personnage parut devant Suffren.

C'était l'inconnu qui avait demandé à parler à l'amiral.

A sa vue, Marius jeta un cri terrible, fit deux pas vers lui, puis se rejeta en arrière et resta immobile, comme frappé de stupeur.

— Votre nom, monsieur? demanda l'amiral.

— Yves Roëllo, répondit l'homme.

M. de Suffren laissa échapper une exclamation de joyeuse surprise.

— Ah! monsieur, dit-il en tendant au marin une main que celui-ci serra machinalement, voilà une heureuse rencontre. M. de Beauffremont ici présent venait à l'instant même de me signaler le naufrage de votre navire dont il avait retrouvé les épaves.

— Oui, j'ai fait naufrage, en effet, dit le corsaire d'une voix glacée.

— C'est comme ce brave garçon, dit Suffren en poussant vers le marin Lacaussade dont les dents claquaient de frayeur. Il ne voulait pas croire à votre mort, et allait se mettre à votre recherche...

Roëllo laissa tomber un regard terne sur Marius, et ne sembla pas étonné de sa présence.

Le corsaire avait vieilli de dix ans. Ses traits étaient ravagés et flétris. Ses yeux mornes, ses joues creuses, sa barbe longue changeaient tellement son habituelle physionomie, qu'on pouvait excuser l'effroi de Marius qui avait cru voir apparaître le spectre de son capitaine.

— Mais je cause, dit Suffren avec courtoisie, et je m'aperçois que je manque à tous les devoirs de l'hospitalité. Vos vêtements sont en lambeaux, et vous avez dû supporter beaucoup de privations depuis votre naufrage. Vous plairait-il de descendre dans ma cabine, où l'on vous fournira tout ce dont vous pouvez avoir besoin?

Roëllo inclina la tête, et dit d'un ton singulier :

— Oui, j'ai beaucoup souffert. Mais je n'ai pas une minute à perdre. Aussitôt ma mission accomplie, monsieur le marquis, je vous demanderai la permission de regagner la côte.

— Il sera fait suivant votre désir, capitaine. Vous avez les instructions de Versailles?

— Je les avais, amiral.

— Vous n'avez pu les sauver au moment où la tempête a fait couler votre navire?

— Je n'ai pas essuyé de tempête et mon navire n'a pas coulé. Il a sauté.

— Un accident... un combat?

— Non, un crime!

La surprise de Suffren augmentait à chaque mot de ce singulier entretien.

— Mais nous reviendrons sur tout cela plus tard, continua le corsaire de sa voix sans timbre; pour le moment, une seule chose doit nous occuper: les ordres du Roi et l'intérêt de la France.

— Vous saviez donc ce que contenaient les dépêches que vous étiez chargé de m'apporter?

— M. de Simiane avait eu la bonté de m'en faire prendre connaissance, afin que je pusse vous en faire part de vive voix en cas d'accident.

Puis voyant l'amiral rester silencieux:

— Je pense, monsieur le marquis, que vous aurez confiance en moi... Vous ne me connaissez pas, et je n'ai personne pour me recommander auprès de vous...

— Quand on s'appelle Roëllo, dit, chaleureusement l'amiral, on n'a pas besoin de parrains. Venez, capitaine, j'ai hâte de connaître les décisions de la Cour.

Il entraîna le corsaire dans sa cabine, où les deux hommes restèrent enfermés trois longues heures.

Marius, resté seul sur le pont, se demandait s'il rêvait ou s'il n'était pas pris de démence; si c'était bien Roëllo qu'il venait d'avoir devant les yeux.

Enfin les deux marins remontèrent l'escalier des cabines.

Le bailli de Suffren paraissait rayonnant.

Roëllo avait conservé la même attitude.

— Alors, répétait l'amiral en l'accompagnant, vous ne voulez pas vous reposer même une nuit à mon bord ?

— Il faut que je parte, je vous assure, répondit le corsaire.

— Vous êtes maître de vos secrets, capitaine, mais je me demande, maintenant que vous avez accompli votre mission, quels soins impérieux peuvent vous réclamer si vite à terre?

— Je vais vous le dire, répliqua lentement Roëllo : mon fils doit être mort à l'heure qu'il est, et ma fille a disparu.

Gravement, Suffren retira son chapeau, et salua très bas.

Puis il murmura:

— Voilà un homme !

Mais Marius avait entendu. Il s'accrocha au bras de Roëllo en disant :

— Ce n'est pas possible, capitaine, ce que vous venez de dire là... Guy !... Maryvonne! Tonnerre de bagasse! J'embarque avec vous ! Je ne vous quitte plus...

Les deux hommes étaient descendus en bas de l'échelle où la barque était toujours amarrée.

— Viens si tu veux, dit Roëllo qui ne regardait même pas son compagnon.

Le Marseillais n'avait pas attendu la permission pour sauter dans l'embarcation à côté de son capitaine.

— Pousse ! commanda le corsaire aux marins malais qui conduisaient le sampan.

La barque s'éloigna du navire. On mit au vent la voile de paille de riz, et l'on vogua vers la terre.

Roëllo, assis au pied du mât, avait caché sa tête dans ses mains, et semblait indifférent à tout ce qui se passait autour de lui.

Marius grommelait, tout en ne quittant pas des yeux le corsaire :

— Si je ne deviens pas fou, je promets à la Bonne Vierge un cierge de dix livres... en cire fine !...

II

LE FEU A LA JUNGLE

Il nous faut maintenant revenir sur nos pas et raconter tous les événements qui ont précédé l'entrevue de Roëllo et du bailli de Suffren.

Rappelons en quelques mots la situation de nos différents personnages.

Guy Roëllo est parti en avant, commandant un petit corps indigène qui formait le tiers à peu près de l'effectif général.

Les corsaires, avec le gros de la troupe et les marins, coupent au plus court dans la direction de la côte.

Quant à Diana et à son frère, nous saurons bientôt ce qu'ils sont devenus.

C'est à Roëllo, à Kerbraz, à Yodah, à toute la colonne principale que nous allons maintenant revenir. Les deux corsaires marchaient côte à côte, et se parlaient peu. Néanmoins, il semblait que leur terrible haine diminuait à ce contact de tous les instants qui leur rappelait, à chaque minute, les bonnes années d'autrefois où les deux hommes n'avaient qu'un cœur et qu'une même volonté.

Maryvonne suivait attentivement cette détente qui se produisait entre les deux marins, et ne perdait pas une occasion de rapprocher ces deux êtres si bien faits pour s'entendre et pour s'aimer. Louis Kerbraz et Roch Arvor, sans compter le Hollandais, étaient les innocents complices de la jeune fille, et tout faisait prévoir que la campagne ne s'achèverait pas sans que les deux farouches ennemis se fussent réconciliés.

Quant à Toussaint, à qui Yodah avait permis de parler, il s'en donnait à cœur-joie, et il eût été parfaitement heureux si son docteur l'avait laissé marcher.

— J'en ai assez, vous savez, mon prince, disait le vieux timonier, de me faire promener comme une demoiselle, sainte Gabrielle. Et puis, c'est très mauvais pour moi, saint François : le mouvement de ces gaillards-là me donne le mal de mer, saint Exupère !

Yodah souriait mais restait inflexible, et le pauvre Toussaint en était réduit, pour charmer ses loisirs, à chercher dans son esprit éminemment ingénieux quelles tortures savantes il pourrait infliger à Clamorgan une fois qu'il l'aurait entre les mains.

Cependant on faisait du chemin. Maryvonne, qui partageait le palanquin de Mavourita, racontait à son amie toute son existence, et la petite reine lui faisait un récit de sa jeunesse. Ces deux charmantes créatures s'aimaient tendrement, et c'était un gracieux spectacle que ces deux têtes brune et blonde encadrées dans les rideaux de soie pourpre.

On était arrivé au milieu du jour quand un des Hindous qui servaient d'éclaireurs à la petite troupe accourut vers Yodah et lui dit d'une voix haletante :

— Prince ! nous sommes entourés d'ennemis.

— Vite, parle ! dit le jeune homme.

— Dans les bois, de tous côtés, il y a des Anglais.

— C'est impossible !

— Je les ai vus de mes yeux.

Yodah ne pouvait douter de la sincérité de l'homme qui lui parlait.

Il appela du geste Roëllo et Kerbraz qui cheminaient à quelques pas de lui, et il leur fit part de ce qu'il venait d'apprendre.

— Quelque incroyable, ajouta-t-il, que me paraisse la nouvelle, je vous préviens. Nous pouvons toujours prendre nos précautions. Faites le nécessaire. Moi, je vais aller savoir ce qui se passe.

Il appela l'Hindou, qui se tenait à quelque distance, et partit avec lui dans la direction que lui indiqua son guide.

Roëllo fit faire halte aussitôt à la colonne.

La situation d'ailleurs n'était pas mauvaise. La petite troupe occupait une brousse en forme de plateau qui dominait la forêt. Kerbraz fit aussitôt faire quelques abatis d'arbres qui, sans présenter une bien sérieuse défense, étaient cependant suffisants pour arrêter une première attaque.

Pendant une heure environ, on attendit le retour de Yodah.

Enfin l'Hindou reparut.

— Avant un quart d'heure, dit-il aux corsaires, nous serons attaqués. J'ai eu toutes les peines du monde à échapper aux Anglais. Je ne comprends pas cette attaque soudaine. Mais le choc sera rude.

— Vous avez reconnu les troupes ? demanda Kerbraz.

— Trois bataillons de réguliers et deux escadrons de lanciers de Lincoln.

— Ont-ils du canon ? demanda Roëllo à son tour.

— Une batterie et deux obusiers.

— Cependant, il est impossible que ces troupes aient été prévenues de notre victoire et des événements qui se sont passés à la pagode.

— Pourquoi donc ? reprit Roëllo ; est-ce que Linton n'a pas pu envoyer un exprès à Pondichéry aussitôt qu'il s'est aperçu de la prise de la pagode ?

— C'est vrai, dit Kerbraz pensif.

Yodah s'était avancé vers Djemma qui s'était arrêté ainsi que tout le monde, et s'adressant à Maryvonne :

— Ma sœur Maryvonne, vous ne pouvez rester avec Mavourita.

— Et pourquoi, je vous prie ? demanda la blonde fille.

— Parce que Mavourita va aller accomplir une mission qui peut être périlleuse.

— Raison de plus pour que je reste auprès d'elle.

— Votre père vous réclame auprès de lui.

— Alors il me faut obéir, dit la jeune fille en soupirant.

Djemma s'agenouilla, et Maryvonne descendit.

— Il faut aller prévenir Guy, continua Yodah en s'adressant à sa sœur.

— Bien. Que lui dire ?

— Que nous sommes attaqués par les Anglais. Qu'il se replie sur nous en s'éclairant avec le plus grand soin, afin de ne pas tomber au milieu des lignes ennemies.

Il ajouta après avoir réfléchi un moment :

— D'ailleurs tu le guideras. Reste avec lui, c'est plus sûr. Tu connais tous les chemins de la forêt.

Une rougeur colora le front de la jeune Hindoue.

Yodah la regarda avec étonnement.

Mais ce n'était pas l'heure des explications.

— Va ! dit-il simplement, et que le ciel veille sur toi.

Mavourita siffla doucement. Djemma se releva et partit au grand trot.

Yodah la suivit quelque temps des yeux ; puis, quand elle eut disparu, il ramena ses regards sur les préparatifs de défense faits par les deux corsaires.

Les marins, abrités derrière des troncs d'arbres, faisaient bonne contenance, mais il lui sembla que ses Hindous étaient inquiets.

Il se dirigea vers eux, parcourut leurs rangs, et leur adressa quelques paroles d'encouragement.

Puis il revint vers Roëllo qui causait avec Le Jéguen, et lui dit :

— Nous allons être attaqués dans cinq minutes.

— Nous sommes prêts à recevoir l'ennemi, répondit le marin.

— A vous, je veux parler, dit Yodah en baissant la voix : nous y resterons tous.

— Bah ! dit le corsaire, nous en avons vu d'autres.

— Nous sommes deux cents à peine. Ils sont deux mille. Ah ! si nous avions eu le temps, nous aurions pu nous mettre en retraite !

Le front de Roëllo se plissa.

— Ne vous fâchez pas, mon père Roëllo, dit le fakir qui avait remarqué le mouvement du corsaire; il n'y a pas de déshonneur à reculer, quand la partie est trop inégale.

Le marin allait répondre quand Yodah s'écria :

— Attention ! les voici.

Au même moment, une volée de balles vint frapper les abatis d'arbres et de branchages.

Les Anglais étaient là.

Sir Harry Linton, en trouvant la pagode occupée par les Français et les Hindous, s'était bien gardé de prévenir le gouverneur de Pondichéry des événements qui venaient de se passer. Il comptait bien reprendre la pagode en peu de temps, et, de la sorte, il aurait annoncé à la fois l'échec et la victoire.

Malheureusement pour lui, l'aventure avait tourné autrement, et sir James Stuart, gouverneur de Pondichéry, n'aurait rien su sans le billet envoyé par Clamorgan à sa sœur. Mais Diana, qui n'avait pas les mêmes raisons que Harry Linton de tenir cachée la défaite des troupes anglaises, s'était immédiatement rendue au palais du gouverneur, et lui avait communiqué la lettre qu'elle venait de recevoir. En même temps, elle le priait de lui donner des porteurs.

Sir James Stuart lui offrit de suivre la colonne qu'il allait former le plus rapidement possible pour marcher sur Angotka, afin qu'elle pût voyager plus sûrement ; mais Diana, que la nouvelle de l'existence des Roëllo venait de jeter dans une rage froide, et qui avait hâte de se retrouver avec son frère, repoussa les offres du gouverneur, et insista pour avoir des porteurs.

Sir James fit droit à sa demande et, deux heures après, la jeune fille sortait de Pondichéry.

Le gouverneur, de son côté, n'avait pas perdu de temps : il avait réuni tout ce qu'il avait pu trouver de troupes, et n'avait laissé à Pondichéry que le nombre d'hommes strictement nécessaire pour la défense de la ville.

Il y avait sept heures qu'il était parti de Pondichéry, quand deux des cipayes qui lui servaient d'éclaireurs vinrent le prévenir qu'une troupe assez nombreuse leur barrait la route.

Sir James Stuart, voulant se rendre compte par lui-même de la situation, mit son cheval au galop, et suivit les deux Hindous.

Les guides lui firent gravir une éminence d'où il pouvait découvrir six lieues de pays, et bientôt le vieil officier, grâce à sa lorgnette, distingua la troupe des corsaires et les Hindous de Yodah.

— Mille diables ! murmura-t-il, voilà qui est particulier. Ces gaillards-là ne peuvent être que les défenseurs de la pagode, mais que s'est-il passé là-bas ? Sont-ce des vainqueurs ou des vaincus, que j'ai devant les yeux ? Pourtant, si Linton était parvenu à les déloger, il se serait mis certainement à la poursuite des fuyards...

Et les hommes qu'il avait devant les yeux montaient en bon ordre et avec trop d'assurance, pour avoir l'ennemi derrière eux.

Il revint sur ses troupes et fit faire halte à tout le monde. Il avait pu compter les forces de son adversaire, et pensait qu'en surprenant les Français il en aurait facilement bon marché.

Heureusement, ainsi que nous l'avons dit, Yodah avait été prévenu à temps et avait pu permettre ainsi à nos amis de faire un semblant de défense.

Sir James Stuart s'aperçut bien vite de ce qui se passait, et ne put réprimer un mouvement d'humeur.

Son officier d'ordonnance, voyant la contrariété de son chef, voulut faire sa cour, et ne réussit qu'à augmenter l'irritation de celui qu'il espérait calmer.

John Tremlett était un jeune homme rose et blond comme une demoiselle, et avait la prodigieuse assurance de la jeunesse anglaise, qui ne doute de rien et qui croit tout possible pour celui qui vit et combat à l'ombre du drapeau britannique.

— Votre Honneur va culbuter ces drôles, je pense? dit le jeune homme avec un petit sourire entendu.

— Je vais essayer, au moins, monsieur, répondit le vieux soldat.

— Ces chiens de Français vont se rendre à la première sommation.

— Regardez d'abord comment ils vont répondre à notre première décharge.

Deux compagnies de tirailleurs s'étaient avancées à l'extrême lisière des bois et commençaient un feu très vif.

La riposte ne se fit pas attendre.

Mais les marins étaient tous de merveilleux tireurs et, sous les balles, une quinzaine d'Anglais roulaient morts ou blessés.

— Par saint George! hurla sir James Stuart, nous allons perdre tout notre monde si nous continuons de la sorte. Allons, John! allez porter mes ordres. Faites rentrer sous bois ces deux compagnies, et revenez ici le plus vite possible, j'aurai encore besoin de vous.

Le jeune homme rendit la main à son cheval et fut rapidement auprès du major Farmer auquel il transmit l'ordre qu'il venait de recevoir; puis, pour prouver que ces chiens de Français ne lui faisaient pas peur, il lança son cheval dans la plaine, et caracola un instant devant leurs retranchements.

Deux coups de feu partirent seulement du côté des corsaires, et aussitôt John Tremlett sentit son cheval s'effondrer sous lui, mortellement atteint au ventre, tandis qu'une seconde balle enlevait le chapeau du jeune officier.

De loin, sir James Stuart avait assisté à cette scène.

Quand il fut rassuré sur le sort du jeune homme, il ne put s'empêcher de trouver que la leçon était bonne et calmerait sans doute pour un temps les stupides fanfaronnades de son officier d'ordonnance.

Quand il arriva auprès de son chef, John Tremlett resta muet, rouge comme une cerise, et les yeux baissés.

— Vous n'avez pas exécuté mes ordres, monsieur! dit le gouverneur d'une voix sévère.

— Cependant, Votre Honneur, balbutia le malheureux, les deux compagnies...

— Vous avais-je prié d'aller faire des exercices de cirque en dehors du bois?

— Excellence... Votre Honneur!...

— Vous êtes stupide, monsieur, et vous voilà maintenant bien accommodé pour porter mes ordres! Je vais être obligé de démonter un lancier, ou bien de vous faire donner l'un de mes chevaux de main, pour que vous n'ayez pas l'air absolument ridicule.

Cette verte semonce fut reçue par le jeune homme qui ne broncha point, mais des larmes jaillirent de ses yeux.

— Allons, John, reprit le gouverneur en adoucissant sa voix, ne pleurez pas comme un enfant de dix ans, pour une réprimande.

Cette fois, John Tremlett éclata en sanglots.

27

— Vite, mettez-vous en selle puisqu'on vous amène un cheval, et écoutez bien ce que je vais vous dire.

Le pauvre garçon monta vivement la bête qu'on venait de lui amener, et dit en saluant :

— A vos ordres, Votre Honneur !

— Dites au major Farmer qu'il aille prendre position avec tout son monde en arrière des retranchements ennemis. Captain Morris ira se poster sur la droite avec ses grenadiers, et major Smith ira occuper avec son bataillon ces ruines que vous voyez à droite. Il faut que ces différents postes soient reliés entre eux par un cordon de lanciers. Vous préviendrez en passant sir Ned Darnlay, que je dispose de ses cavaliers... Enfin, aussitôt que toutes nos troupes auront pris leurs nouvelles positions de combat, vous ferez mettre deux pièces en batterie, avec ordre de commencer le feu immédiatement contre les défenses des Français... Allez !

Le jeune homme partit à fond de train pour aller faire exécuter les ordres dont il était porteur, et bientôt sir James Stuart vit ses troupes commencer les différents mouvements qu'il venait de prescrire.

De la sorte, les Français étaient complètement entourés, et, à moins d'un miracle, ils étaient irrémédiablement perdus.

Kerbraz et Roëllo avaient vu avec désespoir la manœuvre des Anglais, mais que faire ? Ils avaient espéré une minute que James Stuart tenterait une attaque de front, ce qui leur aurait permis de masquer leur retraite en sacrifiant quelques hommes. Mais maintenant ils étaient cernés.

On avait bien envoyé prévenir Roch Arvor et Guy qui commandaient les deux petites troupes qui marchaient en flanqueurs, mais quels secours espérer de ces contingents qui ne formaient pas à eux deux un effectif de cent cinquante hommes ?

Soudain le canon tonna, et deux boulets vinrent passer au-dessus de nos amis.

— Cette fois-ci, dit Kerbraz qui bourrait sa pipe, je crois que nous sommes parés à couler bas.

Son regard tomba sur Louis et Maryvonne qui se tenaient par la main, pâles mais résolus.

— Pauvres enfants ! murmura-t-il.

A ce moment, un boulet mieux pointé vint faire sauter deux énormes troncs.

— Tonnerre ! gronda le corsaire, ah ! si nous étions seulement en mer, avec ma *Sainte-Marie* sous les pieds, on vous rendrait la politesse de belle façon !

Puis, se tournant vers Roëllo :

— Dis donc, Yves, dit-il, va-t-on se laisser massacrer comme des poulets, sans seulement faire voir aux habits rouges que nous avons bec et ongles ?

— Commande, répondit laconiquement le marin, et je te suis où tu voudras.

— Eh bien ! m'est avis, mon fiston, qu'il n'y a qu'à charger les Anglais : nous y resterons tous ; mais, au moins, nous nous serons fait un bel enterrement.

— Mourir n'est rien, murmura Roëllo, mais ma mission à Suffren, qui l'accomplira ?

Kerbraz se gratta la tête.

— Écoute, dit-il après un moment de réflexion, il y a peut-être un moyen : tu vois la troupe que nous avons à notre droite — il désignait la troupe du captain Morris, —

c'est là où il y a le moins du monde : c'est là qu'il faut attaquer. Nous nous formons en colonne, tu te mets au centre avec ta fille, et nous leur passons sur le ventre. Peut-être pourras-tu te sauver une fois que ceux qui resteront debout seront de l'autre côté des lignes anglaises.

Roëllo haussa les épaules.

— Tu m'as vu quelquefois derrière les camarades? demanda-t-il.

— Il ne s'agit pas ici de bravoure ; on te connaît, mais ta vie est précieuse, et ce serait un crime que de l'exposer.

— Trouve autre chose.

— C'est toi qu'on devrait appeler Tête de Fer. Voyons, décidons-nous, car le temps presse.

Jusqu'à présent les boulets anglais n'avaient pas fait une victime, mais les frêles retranchements étaient hachés, et, avant cinq minutes, marins et Hindous allaient être entièrement à découvert et à la merci des Anglais.

A ce moment, les regards de Roëllo se portèrent sur le vieux Hollandais qui venait d'abaisser son fusil dans la direction de l'ennemi.

Le coup partit. Peter Wouvermann tendit le cou et dit à haute voix :

— Cinq !

— A qui en avez-vous ? demanda le corsaire.

Le vieillard se retourna.

— Aux Anglais ! répondit-il en chargeant son fusil. Je compte ceux que j'abats.

— A cette distance, vous ne pouvez pas les atteindre !

— Vous croyez ? dit le Hollandais avec un sourire. Eh bien ! donnez-vous la peine de regarder. Tenez, voyez-vous ce cavalier, là-bas ?

— Parfaitement, celui qui se hausse sur ses étriers ?

— Lui-même. C'est un homme mort, mon capitaine.

— Mais il est à près de mille pas !

— Ça ne fait rien à la chose.

Tout en parlant, le Hollandais avait abaissé son arme. Il pressa sur la détente et, quand la fumée fut dissipée, Roëllo put voir le malheureux lancier jeté à bas de son cheval, tandis que sa monture s'enfuyait au galop.

— Voilà qui est merveilleux, dit le corsaire, et des troupes ainsi armées seraient invincibles.

— Regardez-moi ce joujou-là, dit Wouvermann en tendant son mousquet à Roëllo.

Le marin prit l'arme, et l'examina curieusement.

C'était une longue carabine qui, au premier aspect, ne se distinguait que par son fini des fusils de luxe tels qu'on les faisait à l'époque.

Après l'avoir examinée en tous sens, le corsaire rendit l'arme au Hollandais.

— Je ne vois pourtant rien d'extraordinaire...

— Parce que vous avez mal regardé, mon capitaine : voyez l'intérieur du canon, dit-il en le lui montrant. Il n'est pas lisse comme dans nos mousquets habituels. J'ai eu l'idée d'y faire tracer un pas de vis qui prend ma balle à la sortie du tonnerre, et lui imprime un foudroyant mouvement de rotation, grâce auquel je double la portée et la justesse de mon arme.

Kerbraz, qui s'était approché, écouta sans mot dire toute la démonstration de Wouvermann ; mais, quand il eut fini, il dit aux deux hommes :

— Je vous trouve admirables, en vérité. Comment ! Nous n'avons pas trois heures à vivre, et vous discutez des questions de balistique !

— Bah ! répondit insoucieusement le Hollandais, faire cela ou autre chose, c'est tout comme, puisque le sort qui nous attend est toujours le même.

— Voyons, adoptes-tu mon plan ? demanda Kerbraz à Roëllo.

— Si c'est pour me cacher au milieu de tes hommes, j'aime mieux mourir ici ; si nous attaquons l'Anglais, je serai au premier rang, à côté de toi.

— Tu feras comme tu voudras.

— Ce n'est pas malheureux !

— Tu te feras même tuer si ça te fait plaisir.

Mais, en même temps, Kerbraz pensait qu'il serait là et que, une fois dans l'action, il pourrait protéger Roëllo malgré lui.

— Bon ! dit le corsaire, du moment qu'on ne me traite plus en petit garçon, j'en suis.

Il regarda tout autour de lui, et ajouta :

— Où donc est Yodah ?

— Tiens, c'est vrai, dit Kerbraz, il y a bien une heure que je ne l'ai pas vu.

— Il doit être en train de préparer quelque chose pour notre salut, dit le Hollandais. Il ne tardera pas à reparaître.

Comme s'il eût entendu la conversation des trois hommes, à ce moment même Yodah parut au-dessus des troncs d'arbres que la mitraille était en train de mettre en miettes. Il fit un signe de la main à ses amis et, un instant après, il était auprès d'eux.

— Yodah, dit Kerbraz, en votre absence, nous avons décidé de faire une sortie désespérée. Il me semble qu'en attaquant le petit corps qui est à notre droite, quelques-uns d'entre nous auraient chance de passer.

L'Hindou secouait négativement la tête.

— Vous serez tous massacrés, mes capitaines, dit-il lentement. Sir James Stuart vous lancerait dans les jambes les cavaliers qu'il a en réserve, et vous seriez mis en pièces avant d'avoir eu le temps de vous reconnaître. J'ai, pour sortir d'ici, un moyen qui vaut mieux.

Les trois hommes se rapprochèrent.

— Examinez le vent, continua le fakir.

Les deux marins relevèrent la tête.

— Sud-est, dit Kerbraz.

— Donc, le vent pousse en plein contre nos ennemis. Considérez maintenant cette plaine couverte de hautes herbes séchées par le soleil brûlant de nos pays. — Je viens d'aller l'examiner de près. Elle s'étend sans une interruption jusqu'à la forêt. — Voilà donc tout ce qu'il nous faut pour nous tirer d'affaire.

— Alors vous comptez ?... commença Wouvermann.

— Mettre le feu à la jungle, mon vieil ami ; et tandis que la flamme nous protégera de trois côtés, nous attaquerons en arrière les seules troupes qui resteront immédiatement dangereuses.

Cette fois, Kerbraz n'y put tenir. Il sauta au cou de Yodah, et l'embrassa à plusieurs reprises.

— Tant pis ! disait-il... Oh ! je suis trop content ! Voilà un tour bien imaginé ! Ma bonne Sainte Vierge, vous aurez un cierge de cinquante livres !

Yodah dit simplement :

— Il faut nous hâter ; mais ne prenons nos dispositions de combat que lorsque la fumée nous aura dérobés aux regards de James Stuart : il ne faut pas qu'il devine nos projets.

— Oui, oui, vous avez raison, dit Roëllo. Mettons d'abord le feu.

— Laissez-moi faire avec mes Hindous, dit le fakir.

— Vous êtes notre sauveur, nous devons vous obéir, dit Kerbraz. Ah ! c'est dur tout de même de rester les bras croisés, tandis que ces pauvres diables s'éreintent pour nous !

— Nous nous rattraperons tout à l'heure, dit Roëllo qui avait repris toute sa bonne humeur.

Au moment où Yodah allait franchir la palissade, un Hindou couvert de sueur, de poussière et de sang, se dressa devant lui.

— Maître, la Reine m'envoie vers vous, dit-il en hindoustani.

— Bien, parle !

— Elle vous prévient qu'elle ne peut vous rejoindre. Elle a trouvé le jeune marin très grièvement blessé, dans la forêt.

Yodah eut un sursaut.

— Guy blessé ! Par qui ? Aurait-il été attaqué ?

L'Hindou poursuivit, impassible :

— La Maîtresse m'a dit de vous dire qu'il avait été frappé par la femme du navire.

— Diana ! murmura l'Hindou, pensif. Comment l'a-t-il rencontrée ?...

« Nous éclaircirons tout cela plus tard, dit-il en relevant la tête. Pour le moment, il s'agit de nous tirer d'ici.

Et comme l'Hindou restait toujours immobile devant lui :

— Qu'attends-tu ?

— Le Maître a-t-il quelque chose à me commander ?

— Non.

— Dois-je retourner auprès de la Reine, ou bien dois-je rester auprès du Maître ?

— Reste ici, tu ne traverserais pas les lignes anglaises.

— Je les ai déjà traversées, pourtant.

— Je le vois bien, mais ça n'a pas été facile. Qu'est-ce que cette déchirure que tu portes à l'épaule ?

— Une blessure que m'a faite un Anglais avec sa lance.

— Et l'Anglais vit toujours ?

Un furtif sourire glissa sur les lèvres du Missoughi.

— Il est mort ! dit-il.

— Bien ! Maintenant, repose-toi.

L'Hindou s'accroupit à l'endroit où il se trouvait, mit sa tête entre ses bras, et ne dit plus rien.

Cependant Yodah, avec une vingtaine d'hommes, venait de sortir du camp.

Roëllo et Kerbraz, qui les observaient, virent pendant quelques instants les corps souples se glisser dans les herbes, puis la jungle se referma sur eux, et l'on ne vit plus rien.

Tout à coup Wouvermann, qui observait les mouvements des Anglais, s'écria :

— Est-ce que ces drôles voudraient traiter avec nous ? Voyez donc, ils élèvent un drapeau blanc !

— Eh bien, dit Kerbraz, on va leur faire signe que nous ne voulons pas recevoir de parlementaire.

— Il faut le recevoir, au contraire, dit Roëllo.

— Et pourquoi donc, je te prie ?

— Pour gagner du temps.

— Tu as, ma foi, bien raison. Attends un peu, on va leur rendre la politesse.

Le corsaire attacha son mouchoir au bout d'une baguette de fusil, et presque aussitôt l'on vit un officier qui descendait au galop vers le campement français.

C'était John Tremlett, que James Stuart avait envoyé.

Quand il fut à dix pas des troncs d'arbres, il salua — on lui avait recommandé d'être poli, — et demanda :

— Puis-je entrer ?

— Comment donc, cher monsieur ! goguenarda Kerbraz, vos canons ont fait tant de brèches à nos murs de bois, que ce ne sont pas les portes qui manquent.

L'Anglais fit faire quelques pas à son cheval, et se trouva en présence des trois hommes.

— Messieurs, dit-il, lequel de vous commande ici ?

— C'est moi, monsieur, dit Kerbraz.

— Voulez-vous en ce cas m'accorder quelques instants d'entretien particulier ?

Kerbraz se mit à rire.

— Pas tant de façons, répliqua-t-il, ce sont des amis qui sont autour de moi. Vous pouvez parler.

— Mon général, continua l'officier anglais, m'envoie vous dire que, si vous voulez vous rendre à discrétion, vous aurez la vie sauve.

— Comment avez-vous dit ça, monsieur le Goddem ? rugit Kerbraz, dont le front s'embrasa... Vous avez une fière chance d'être venu ici en parlementaire, sans quoi vous passeriez un fichu quart d'heure !

— Mais pourtant, monsieur, insista l'Anglais, vous êtes absolument perdus; et, si vous en doutez, j'ai les pouvoirs nécessaires pour conduire l'un de vous examiner nos positions.

— Mon petit monsieur, dit Kerbraz en débourrant sa pipe, allez dire à celui qui vous envoie que vous avez vu, de vos yeux vu, ce qui s'appelle vu, trois gaillards qui s'appellent le Capitaine Noir, Roëllo l'Abordage et Kerbraz Tête de Fer, et que ces trois gaillards vous ont dit que, plutôt que de se rendre, ils aimeraient mieux, je ne dis pas mourir, mais subir toutes les tortures les plus raffinées que vous puissiez imaginer dans votre cervelle de vingt ans.

— Bien parlé, Jean ! dit Roëllo.

Le vieux Hollandais lui serra la main.

— C'est de la démence ! dit encore John Tremlett.

— Et pourquoi donc, monsieur, je vous prie ? Je ne trouve pas notre situation aussi précaire que vous voulez bien le dire.

— Vous êtes cernés !...

— C'est pour cela que nous allons nous donner un peu d'air, et élargir la ceinture de vos soldats qui nous étouffe.

— Vous n'allez pas tenter une sortie, je suppose ! dit Tremlett stupéfait.

— Mais si, mon cher monsieur, mais si.

— Vous n'avez pas deux cents hommes !

— Certainement non.

— Et c'est avec de pareilles ressources que vous comptez forcer nos lignes ?

— Mais oui, seulement il est bien permis de s'aider de quelque petit stratagème...

— Que voulez-vous dire ?

BIENTÔT LA FLAMME JAILLIT... (P. 217.)

— Quand ce ne serait que celui-ci.

Sur plusieurs points, dans la plaine, de légères colonnes de fumée montaient vers le ciel.

Bientôt la flamme jaillit...

— Le feu à la jungle ! répétait le jeune Anglais, les yeux agrandis de stupeur.

— Parfaitement, mon officier, et maintenant allez dire à votre général que je lui donne rendez-vous dans Pondichéry avant un mois, et rappelez-vous bien que jamais un corsaire n'est pris — c'est comme le roi, au jeu d'échecs.

Tremlett ne bougeait pas.

— Il faudrait vous en aller, monsieur, insista Kerbraz. Vous allez nous gêner infiniment.

Et, doucement, prenant le cheval du jeune homme par la bride, il le mit dehors.

Du camp anglais, on entendait des cris de rage impuissante, mais on ne voyait rien, car un immense rideau de flammes s'élevait entre la forêt et les retranchements français.

Machinalement, John Tremlett, absolument hébété, reprit la route du quartier général, sans réfléchir à l'obstacle infranchissable qui lui barrait le chemin.

— Et maintenant, en avant, dit Yodah, qui surgit subitement à deux pas des corsaires.

— Par colonne !... commença Kerbraz.

— Non, mon capitaine, dit le Hollandais, laissez-moi faire. Je connais la guerre de l'Inde. Faites disperser votre monde le plus possible afin de rendre le tir moins meurtrier, avec ordre de se rallier à trente pas des lignes ennemies.

— Eh bien ! commandez vous-même, vieux diable, dit le corsaire en riant ; puisque voilà les marchands d'huile qui se mêlent de faire la guerre, moi j'ai bien envie de m'établir épicier !

Le Hollandais ne se l'était pas fait dire deux fois et donnait à tout le monde des instructions nettes et facilement exécutables.

Soudain, on entendit une voix lamentable qui disait :

— Mais laissez-moi donc ! saint Timoléon ; ce serait trop fort qu'on sonnerait encore une fois le branle-bas, saint Lucas, et que je ne serais pas à mon poste d'abordage, saint Euriage !

C'était Toussaint Joël, qui faisait des efforts désespérés pour quitter sa civière et qui adressait à ses porteurs des objurgations qui les laissaient complètement insensibles.

— Silence ! dit rudement Yodah ; et, s'adressant à son tour aux porteurs, il leur donna quelques ordres brefs.

Le Jéguen, Kerbraz, le Hollandais, Roëllo et Louis avaient mis Maryvonne au milieu d'eux.

— Y sommes-nous ? demanda Kerbraz.

— Quand vous voudrez, dit Yodah.

— Alors, les enfants, en avant, à l'abordage !

— Vive le roi ! crièrent les matelots. Mort aux Anglais !

Ce fut dans la brousse un rapide éparpillement, et major Farmer, qui avait déployé ses deux compagnies en présence de l'attaque des Français, ne savait plus où diriger le feu de ses hommes.

Tout avait disparu dans les hautes herbes.

28

Soudain, à trente pas des grenadiers, Kerbraz dressa sa haute taille.

— A moi ! Kerbraz ! cria-t-il.

En une minute, il eut tout son monde autour de lui.

— Chargez ! hurla-t-il en se ruant en avant.

Les Anglais n'eurent le temps que de faire une seule décharge. Les Français étaient sur eux.

Le combat fut court, mais acharné, terrible.

Enfin les Anglais furent culbutés et la petite troupe, considérablement diminuée, se rallia à peu de distance, sur un petit mamelon découvert.

Les grenadiers de Farmer en avaient assez. Ils se reformaient sans grand enthousiasme et sans songer à poursuivre nos amis.

Mais les pertes étaient énormes parmi les Français. Le Jéguen était tué avec cinq matelots. Presque tous les autres, blessés. Blessé, Roëllo ; blessé, Kerbraz. Le Hollandais n'avait pas une égratignure. Louis, frappé en pleine poitrine, avait perdu connaissance.

Tout à coup, Roëllo, qui avait essuyé son front couvert de sang, poussa un cri terrible.

— Maryvonne !

Chacun regarda.

La jeune fille n'était plus là !

Le corsaire se raidit, redressa sa haute taille, mais n'eut pas une larme.

— Pour l'honneur ! murmura-t-il.

Yodah s'avança vers lui, le considéra un instant, puis, lui prenant la main :

— Mon père est fort contre la douleur. C'est bien. Qu'il prépare son cœur, car il va souffrir encore.

— Que veux-tu donc qu'il m'arrive de plus ? dit-il d'une voix sourde.

— Mon frère Guy a été frappé dans la forêt par Diana, la femme du navire. Mavourita le soigne.

Roëllo fléchit comme si un coup de marteau lui eût défoncé le crâne, mais il se remit très vite et, horriblement pâle, il dit encore :

— Pour la France !

Puis, prenant la main de Yodah, il ajouta avec un calme effrayant :

— Conduis-moi à Suffren, le temps presse.

III

RENCONTRE

Le fakir resta un instant silencieux, puis dit enfin, en s'adressant au corsaire :

— Je ne te conduirai pas auprès du grand Suffren.

— Que veux-tu dire ? balbutia Roëllo stupéfait.

— Je veux dire que je vais te donner un homme sûr pour aller à la côte, tandis que moi je vais me mettre à la recherche de mon frère Guy et de ma sœur Maryvonne.

Sans mot dire, le marin étreignit les mains de l'Hindou, tandis que ses yeux se remplissaient de larmes.

Le soir même, Roëllo, sous la conduite d'un guide choisi par Yodah, se dirigeait vers la côte, tandis que le fakir s'engageait seul dans la jungle, et dans une direction diamétralement opposée.

Il avait été convenu que Kerbraz, le Hollandais et les matelots attendraient au campement le retour des deux hommes.

Yodah était le lendemain matin à Pondichéry. Présentant l'aspect d'un vieux mendiant, couvert de haillons, le prince était méconnaissable. Il se rendit immédiatement dans la ville noire, où il se fit bientôt reconnaître d'un des innombrables agents qui le renseignaient si bien sur tous les mouvements de ses ennemis. Celui-ci s'appelait Kohlili, et Yodah le comptait parmi ses plus fidèles.

A la vue de Yodah et du signe imperceptible qui le fit reconnaître, l'Hindou s'inclina profondément, et dit en démasquant l'entrée de sa petite maison :

— Entre, Maître, tu es chez toi.

Yodah entra, et la porte se referma derrière eux.

— As-tu des nouvelles? demanda le fakir.

— Oui, dit l'Hindou.

— Parle.

— Ceux que l'on nomme Clamorgan sont arrivés hier soir avec les troupes maudites. Ils ramenaient avec eux une jeune fille française que tu connais bien. A peine arrivé, Clamorgan a été mandé chez le gouverneur, qui lui a demandé de lui céder sa prisonnière ; Clamorgan a d'abord refusé, mais en présence des menaces de James Stuart, il s'est incliné et a promis de lui donner la jeune fille.

— Alors, Maryvonne est maintenant au pouvoir du gouverneur?

— Non, Maître. A peine rentré chez lui, Clamorgan a prévenu sa sœur, et aussitôt que la nuit est tombée, ils sont partis précipitamment en emmenant la jeune Française.

Yodah ne put retenir un mouvement de dépit.

— Sais-tu seulement par où ils se sont sauvés ?

— Ils sont sortis de la ville par la porte de Ranamarapatam, ils ont pris la chaussée d'Aranki.

— Bien. Maintenant, dis-moi : sais-tu quelque chose de ma sœur ?

— La reine Mavourita avait retrouvé le jeune Roëllo, ainsi que le Maître l'avait ordonné ; mais quand elle eut su ce qui venait de se passer au campement, elle a licencié les Missoughis, et a emmené le blessé sur Djemma. Djin, seul, accompagnait notre reine.

— Comment le jeune Français a-t-il été blessé, le sais-tu ?

— Oui, Maître. Après la mort du bandit, du bourreau, de Linton enfin, Clamorgan, apprenant que Roëllo et ses enfants se trouvaient dans la pagode, avait écrit à sa sœur qui était restée ici, afin qu'elle vînt s'entendre au plus vite avec lui, au sujet des mesures à prendre. Au reçu de son message, elle quitta aussitôt Pondichéry, et vint se heurter avec ses porteurs à la troupe que commandait le jeune Roëllo, qui l'arrêta. Maintenant, que se passa-t-il, nul ne pourra le savoir. Ils collationnèrent ensemble, et restèrent seuls. Diana partit en recommandant qu'on respectât le sommeil du Français. Quand enfin on entra dans la case, on trouva le jeune homme frappé d'un coup de poignard.

Après avoir entendu le récit de ces événements, Yodah réfléchit longuement. Il se fit donner par Kohlili les indications les plus précises sur l'endroit où se trouvait Guy au moment de l'attentat, et bientôt il ne douta plus de la retraite choisie par sa sœur. Elle avait dû transporter le blessé au Tombeau de Delhour, vieille pagode abandonnée, dont les ruines majestueuses s'élevaient au milieu de la forêt d'Anangki.

Sur son ordre, Kolhili amena au prince un cheval de pure race, mais pauvrement harnaché, et le soir même il se mettait en route.

Au bout de trois jours de voyage, Yodah arriva comme le soir tombait au Tombeau de Delhour. Il lâcha son cheval dans les bois et, caché dans les hautes herbes, il attendit la nuit. Quand tout fut enveloppé d'ombres, il se glissa hors de sa cachette et pénétra dans le temple.

Lorsqu'il s'engagea dans la grande crypte, ce n'était plus que ténèbres et silence. Le fakir allait doucement, à pas glissants, et on aurait dit qu'il voyait tout et se dirigeait avec sûreté au milieu des colonnes encore debout et des pierres écroulées.

Tout à coup, il s'arrêta net.

Du sol jaillissait une lueur.

L'Hindou se baissa et glissa son poignard dans la rainure lumineuse. Une large dalle bascula sans bruit, découvrant les premières marches d'un escalier dans lequel Yodah s'engagea hardiment. Tout en descendant, il remarquait que la lumière qui l'avait guidé venait du haut d'un mur barrant un palier large de quelques pieds à peine, mais sans rejoindre la route.

Avec des précautions infinies, s'aidant des aspérités de la muraille, Yodah se hissa jusqu'à l'ouverture et regarda.

En reconnaissant les personnes qui se trouvaient dans la chambre souterraine, il eut de la peine à retenir un cri de joie.

Sous ses yeux, presque à les toucher, il voyait Mavourita, Guy Roëllo et le petit Djin. Un instant il crut rêver, tellement la rencontre lui semblait invraisemblable.

Pourtant, c'était bien l'évidence.

Mavourita, soutenant doucement la tête de Guy dont la faiblesse était extrême, donnait à boire au blessé, tandis que Djin préparait des bandes de fin lin qui allaient sans doute servir à un pansement.

Le fakir allait manifester doucement sa présence, afin de ne pas surprendre trop brusquement ceux qu'il venait de retrouver, quand il lui sembla entendre un bruit en haut de l'escalier qu'il venait de descendre.

Il n'y avait pas à hésiter.

Il se laissa glisser dans la chambre et, avant que Djin épouvanté et Mavourita stupéfaite aient pu prononcer une parole ou faire un mouvement, il avait vivement éteint la lampe et murmuré d'une voix qui ressemblait à un souffle :

— Pas un mot. Il y va de la vie.

Il y eut dans cette crypte obscure un moment de silence tragique.

Puis on entendit des pas qui se rapprochaient.

Il n'y avait pas à s'y tromper : deux personnes descendaient les degrés.

Les pas s'arrêtèrent devant la porte et une lueur filtra au-dessus du mur.

On put distinguer alors quelques paroles échangées à voix basse.

— Tu vois bien que tu t'es trompé, disait l'un des deux personnages.

— Il faudrait d'abord savoir ce qu'il y a derrière cette porte, reprenait l'autre. Je t'affirme que j'ai vu une ombre glisser tout à l'heure dans le temple. Et puis, cette dalle enlevée, n'est-ce pas un indice ?

— C'est sans doute quelque pauvre diable d'hindou qui vient se réfugier ici pour la nuit et qui ne s'inquiète guère de nous...

Dans la chambre, Guy murmura avec une expression d'horreur inexprimable:

— C'est elle !...

— N'importe, reprenait au dehors l'autre voix; au point où nous en sommes, nous

ELLE L'AVAIT FRAPPÉ D'UN COUP DE POIGNARD. (P. 219.)

devons nous méfier de tout et redoubler de prudence. Un homme est entré là. Il faut que je le trouve.

— Tu vois bien que le souterrain s'arrête ici.

— Oui, mais je vois aussi cette porte et je veux savoir ce qu'il y a derrière.

Il y eut une pesée sur le lourd panneau qui résista.

Clamorgan fit encore un effort, puis dit à Diana :

— Jamais je n'en viendrai à bout tout seul ; j'ai remarqué dans la galerie une barre de fer oubliée, qui va me servir.

— Va.

— Comment, tu vas rester ici seule !

— Tu sais bien que je n'ai jamais connu la peur.

— Oui, tu es vaillante, mais ici il ne faut pas faire de bravade inutile. Viens avec moi.

— Allons, dit Diana ; mais voilà bien des précautions superflues !

Le frère et la sœur s'éloignèrent.

Quand le bruit de leurs pas se fut insensiblement éteint, Yodah dit à ses compagnons :

— Nous avons de courts instants devant nous. Il faut en profiter le mieux possible.

— Ordonne, frère, dit Mavourita, nous obéirons.

— D'abord, cette chambre a-t-elle une autre issue que cette porte ?

— Non, c'est une chambre funéraire. C'était là qu'on disposait les corps des brahmes avant de les porter au bûcher.

— Alors, sortons au plus vite.

— Mais Guy ? dit vivement Mavourita, il n'est pas en état de nous suivre.

— Nous le porterons.

— Laissez-moi ici, gémissait le jeune homme, laissez ces misérables en finir avec moi !

— Mon frère Guy n'a donc pas confiance en moi ? dit doucement le fakir. Qu'il me laisse faire et tout ira bien.

Sans attendre la réponse du jeune marin, Yodah avait soulevé les épaules du blessé avec d'infinies précautions.

— Djin, dit-il, soutiens les jambes de mon frère.

Le petit serviteur obéit.

— Bien ; maintenant ouvre la porte, Mavourita.

— C'est fait.

— Alors, en avant, et que Siva nous protège.

La petite troupe s'engagea résolument dans l'escalier. Mavourita marchait en tête.

Les fugitifs — on peut bien leur donner ce nom — arrivèrent sans encombre dans l'intérieur de la pagode. Mais, une fois là, Yodah prit dans ses bras Guy souffrant d'incroyables tortures, et ce fut lui qui marcha en avant. Il se dirigeait dans l'obscurité avec une extrême facilité et tous les détours du vieux temple semblaient lui être familiers.

Il arriva au pied de l'escalier intérieur qui conduisait au faîte de l'édifice et commença à gravir les degrés. Ses compagnons l'imitèrent.

Le fakir monta une quarantaine de marches, puis s'arrêta.

On était arrivé à une sorte de plate-forme qui prenait jour en arrière des statues dont le temple était entièrement revêtu.

Yodah déposa doucement Guy sur le sol. Le jeune homme était évanoui.

Aux clartés lunaires qui glissaient par les intervalles que laissaient entre elles les divinités de pierre, le visage du pauvre garçon paraissait livide.

— Vishnou soit avec nous ! dit Mavourita qui se pencha vers le blessé. Vois donc, Yodah, comme il est pâle !

Yodah regarda longuement sa sœur sans répondre. Celle-ci, confuse, détourna la tête.

Le fakir dit enfin :

— Notre frère Guy vivra.

Les beaux yeux de Mavourita se levèrent et Yodah put y lire une joie et une reconnaissance infinies.

Le fakir la considéra avec mélancolie :

— Tu aimes le Français ? dit-il.

— Je ne sais si cela s'appelle aimer, répondit la jeune fille ; mais il me semble que je mourrais si j'étais séparée de lui.

— Est-ce bien la fille des rajahs qui parle ainsi ? dit Yodah avec emportement.

— Tu m'as appris, frère, à ne jamais déguiser ma pensée. Pourquoi voudrais-tu qu'aujourd'hui, pour la première fois, mes lèvres ne te disent pas ce que chante mon cœur ?

Le fakir resta silencieux, puis, au bout d'un instant, Mavourita put l'entendre murmurer :

— Que la volonté suprême soit accomplie !

Il n'y avait pas dix minutes que nos amis avaient quitté leur refuge quand Diana et Clamorgan redescendirent l'escalier. Ils s'étaient munis d'une longue barre de fer qui avait dû faire partie de la ferrure de l'une des étroites ouvertures par où l'air et la clarté pénétraient dans le temple.

Quand ils arrivèrent devant la porte ouverte, les deux misérables restèrent un instant comme anéantis et demeurèrent à la même place sans pouvoir avancer d'un pas.

— Entrons, dit enfin Allan d'une voix farouche.

Il secoua la torche de résine qu'il portait à la main, afin d'avoir plus de lumière, et il pénétra dans la chambre des morts.

Diana le suivit.

— Le misérable s'est joué de nous ! gronda sourdement l'Anglais ; tandis que je le croyais bien loin, il attendait derrière cette porte notre départ pour pouvoir fuir !

« Quand je pense que nous le tenions ! ajouta-t-il avec rage. Regarde, Diana, cette chambre ne présente aucune issue ; le brigand était pris comme un renard au gîte.

— Qu'est-ce que cela ? fit Diana qui venait de ramasser à terre un lambeau d'étoffe.

Elle s'approcha de la torche et dit encore, après avoir soigneusement examiné sa trouvaille :

— Un morceau de voile de femme hindoue... Que veut dire cela, Allan ?

Clamorgan demeurait perplexe.

— Diable ! diable ! répétait-il. C'est pourtant bien une silhouette d'homme que j'ai vue se glisser tout à l'heure entre les statues du temple ! Voyons encore, peut-être trouverons-nous quelque nouvel indice qui nous mettra sur la voie.

Ils continuèrent leur examen, mais ne purent rien découvrir. Ils allaient se retirer, quand Clamorgan fit entendre une sourde exclamation.

— Qu'y a-t-il ? demanda Diana.

— Viens voir, petite sœur.

La jeune fille se rapprocha de Clamorgan qui, penché sur le sol, lui désignait quelques taches brunes et humides qui mouchetaient la poussière grise du caveau.

— Du sang !... murmura-t-il.

Diana l'interrogea du regard.

— Oui, oui, continua-t-il, tu n'y comprends rien, pas plus que moi... Essayons pourtant de faire un peu de jour dans ces ténèbres. Récapitulons... D'abord mon homme, agile comme un chat, qui glissait dans l'ombre... Il n'était pas blessé, celui-là, je t'en réponds !... Ensuite une femme qui se trouvait dans cette chambre... Maintenant, voilà, est-ce la femme qui est blessée, ou une autre personne? Dans cette dernière hypothèse, nos ennemis seraient encore plus nombreux que nous ne le croyions, car ce n'est pas une femme qui pourrait à elle seule transporter un blessé.

— Au lieu de tirer de savantes déductions, dit Diana avec humeur, nous ferions mieux de tâcher de savoir ce que ces gens-là sont devenus. Ils ne peuvent être loin.

— Tu as raison, nous perdons un temps précieux ; mais agissons avec prudence, car maintenant les rôles sont changés, et les brigands connaissent nos forces, tandis que nous ne savons rien d'eux.

Les deux misérables furent bientôt dans l'immense salle de la pagode. Ils allaient doucement, scrutant minutieusement du regard tous les coins d'ombre, écoutant tous les bruits.

Soudain, en même temps, ils poussèrent un cri étouffé.

Devant eux, brillait par terre le poignard de Yodah.

L'arme s'était détachée de la ceinture du fakir, au moment où il avait pris Guy entre ses bras.

— Oh ! oh ! murmurait Clamorgan qui avait ramassé le poignard et qui le contemplait en amateur, voilà un bijou qui n'a jamais tenu dans la main d'un paria. Regarde, Diana, les belles ciselures ; vois la superbe émeraude qui est enchâssée dans le pommeau, et ces brillants, et ces incrustations d'or...

Le poignard de Yodah était, en effet, une arme superbe, tout en restant une arme terrible. La lame était faite du meilleur acier qui eût jamais été trempé à Delhi ; quant à la poignée, c'était un éblouissement.

— Mais il y a peut-être longtemps que ce poignard est là, objecta Diana.

— Je soutiens qu'il n'y était pas hier, reprit l'Anglais en ricanant ; la lame est étincelante comme si elle sortait de sa gaine, et il n'y a pas un grain de poussière sur les ornements du manche.

— Alors.

— Alors il appartient certainement à l'un de ceux que nous poursuivons, et il donne une indication précieuse sur la direction qu'ils ont prise.

D'ailleurs la piste n'était pas difficile à suivre. Au bout de quelques instants, on pouvait distinguer les pas de nos amis imprimés sur le sable fin dont les dalles du temple étaient couvertes.

— Allons ! allons ! Nous les tenons, répétait Clamorgan d'un ton joyeux. Diana, mon enfant, prends la torche, moi j'ai besoin de mes deux mains libres.

Il prit dans sa ceinture un pistolet double, qu'il arma.

— Halte ! commanda-t-il tout à coup, nous sommes arrivés.

L'escalier de la tourelle s'ouvrait devant eux.

— Hum ! hum ! murmurait Allan qui s'était effacé, je n'aime pas beaucoup ces escaliers-là, c'est traître en diable !

Et il sondait toujours les profondeurs de l'ombre, d'un œil inquiet.

— Misérable lâche ! articula en français une voix terrible, bourreau d'enfant, tu trembles quand tu penses que tu vas te trouver en face d'un homme !...

Clamorgan devint livide de rage, et s'élança en avant.

Diana, d'un bond, fut à ses côtés.

Ils gravirent tous deux les premières marches avec une agilité merveilleuse. Clamorgan, affolé de l'outrage, n'avait plus conscience du danger...

Soudain il s'arrêta brusquement et se rejeta si violemment en arrière sur sa sœur, que la jeune fille faillit tomber.

Devant eux s'ouvrait un gouffre...

En même temps un bruit épouvantable, que répercutaient mille fois tous les échos du temple, retentissait, tandis qu'une colonne de poussière aveuglante montait du trou béant qui venait de se creuser devant les deux Anglais.

Une dizaine de degrés venaient de s'effondrer dans quelque abîme.

— Passe maintenant, si tu peux, reprit dans l'ombre la même voix railleuse, passe, lord Glendower Clamorgan.

Une sueur froide perlait au front d'Allan.

— Qui es-tu, démon ? articula péniblement le bandit.

— La vengeance !... reprit la voix, qui semblait maintenant lointaine.

Clamorgan redescendit ce qui restait de l'escalier, en chancelant comme un homme ivre.

Quand il sentit le sol de la pagode sous ses pieds, il reprit un peu d'assurance, et promenant autour de lui des regards inquiets, il dit à sa sœur, avec un tremblement :

— Tu as entendu... cette voix?...

— Mais certainement, je l'ai entendue; mais regarde-moi, me vois-tu troublée en quoi que ce soit? Penses-tu qu'il y a là quelque chose de surnaturel? Nous avons devant nous l'un de nos ennemis. Lequel? nous ne le savons pas. Lui nous connaît. Il vient de couper toute communication entre lui et nous, il est désormais inutile de chercher à le rejoindre. Seulement, comme il est bien évident que le personnage ne s'est pas emprisonné à perpétuité pour le beau plaisir de nous échapper, il est aussi évident qu'il a d'autres moyens de quitter le refuge aérien qu'il s'est choisi. Voilà la situation brièvement et nettement résumée, je crois... Dans ces conditions, il ne nous reste qu'une chose à faire: sortir d'ici au plus vite, et trouver un autre abri...

— Mais où aller?

— Dans la forêt d'abord, nous verrons ensuite.

— Tu oublies donc que les hommes de sir James Stuart sont à notre poursuite?

— Je n'oublie rien ; mais j'aime mieux affronter les ennemis de la forêt, que ceux de la pagode. Quelque chose me dit que ceux-ci sont les plus dangereux.

— Nous ne pouvons cependant abandonner Maryvonne !

— Elle viendra avec nous.

— Et si elle refuse ?

— Je saurai bien l'y contraindre.

— Allons, tu as réponse à tout, et, ma parole d'honneur, c'est toi qui mériterais d'être le chef de la famille. Je viens d'avoir tout à l'heure un moment de défaillance...

— Bien excusable, mon cher Allan, car la vie que nous menons n'est guère propre à calmer les nerfs...

Diana s'arrêta brusquement et, saisissant son frère par le bras :

CLAMORGAN LEVA LA TORCHE MAIS IL NE PUT RIEN DISTINGUER. (P. 229.)

— N'as-tu rien entendu? demanda-t-elle à voix basse.

— Non, rien...

— Attends un peu... J'aurais juré que quelqu'un se glissait derrière nous à pas de velours.

— C'est le vent qui roule les feuilles mortes sur les dalles.

— Non, non... je t'assure...

Clamorgan éleva au-dessus de sa tête sa torche, et la secoua à plusieurs reprises, mais ni lui ni sa sœur ne purent rien distinguer.

— Tu te seras trompée, dit Allan en reprenant sa route.

Diana ne répondit rien, et suivit son frère; mais elle se retourna plusieurs fois, comme si elle eût été poursuivie par un invisible ennemi.

Une dernière fois, Clamorgan, remarquant son manège, lui dit:

— Tu perds l'esprit, en vérité!

Hâtons-nous de dire que le bruit que Diana avait entendu n'était pas imaginaire, mais il était tellement léger, tellement subtil, qu'il fallait l'oreille exercée de l'Anglaise pour le percevoir.

. . . .

Retournons un instant auprès de nos amis, et reprenons notre récit au point où nous l'avons laissé.

Nous avons entendu Mavourita laisser échapper le secret de son âme, et, après un moment de révolte, nous avons vu Yodah se résigner.

Il rêva durant un long moment, les yeux fixés sur les étoiles. Peu à peu son beau visage se rasérénait, comme ces ondes pures qu'un choc a troublées et qui reprennent leur placidité après quelques rides qui vont en s'effaçant graduellement.

Le fakir prit enfin la main de Mavourita et lui dit avec une grande douceur:

— Ma sœur ne m'a pas encore conté comment elle a retrouvé mon frère Guy.

La jeune Hindoue remarqua que, pour la première fois, en sa présence, Yodah ne disait pas: *notre* frère Guy.

La jeune fille donna tous les détails que nous connaissons déjà. Elle expliqua comment elle avait retrouvé Guy blessé dans la hutte en feuillage.

Quand le jeune homme avait repris connaissance, il avait eu une affreuse crise de désespoir. Cette femme pour laquelle il aurait donné sa vie et qui voulait lui prendre lâchement la sienne!... Cette femme qui avait menti jusqu'au dernier moment pour accomplir plus sûrement son abominable forfait!

« A quoi bon vivre, maintenant? » pensait-il. Et le pauvre garçon continuait à revivre en pensée les heures si heureuses de la traversée; il se croyait par moments le jouet d'un rêve. Non! cela n'avait pas existé. Ou alors c'était une autre femme, ce n'était pas Diana! Mais une souffrance aiguë qui lui traversait la poitrine venait l'assurer bien vite de la réalité des faits, et il tombait dans un morne abattement, n'écoutant même pas les douces paroles de Mavourita qui s'efforçait de le consoler...

Par ses émissaires, la jeune Hindoue avait connu les événements qui s'étaient passés au camp après son départ. Elle avait su la position critique des corsaires, le stratagème de Yodah, et enfin le sanglant combat des Français, de Kerbraz et de Roëllo, contre le bataillon de Samuel Farmer.

Elle avait d'abord songé à rejoindre les corsaires, mais elle avait dû bientôt renoncer à ce projet, car elle se serait sûrement heurtée aux colonnes anglaises qui lui barraient la route. La vaillante fille eut bientôt pris son parti. Comprenant qu'il fallait d'abord mettre son blessé en sûreté, elle pensa sur-le-champ au tombeau de Delhour dont elle connaissait merveilleusement les ruines.

Elle était arrivée sans encombre au vieux temple, et là elle avait congédié tous ses hommes, ne gardant auprès d'elle que le seul Djin. Elle pensait avec raison que la présence d'une troupe nombreuse dans la pagode serait trop vite connue des Anglais.

Comme elle finissait son récit, Yodah lui demanda :

— Comment faisais-tu pour te procurer des provisions ?

— Le petit Djin allait en acheter dans les villages voisins, répondit la jeune fille.

— Maintenant, dis-moi, comment va notre blessé ? tu as dû examiner la plaie avec soin, quels symptômes as-tu remarqués ?

— Hélas ! répondit la jeune fille avec tristesse, il y a bien longtemps que Guy Roëllo serait guéri, car je panse sa blessure avec ce baume de Sideira dont tu m'as donné le secret et dont tu connais les vertus, mais le désespoir qui le ronge retarde constamment la guérison. De plus, dans son sommeil toujours agité, il déplace souvent ses bandages, et ce soir même la blessure s'est rouverte.

— Mais alors, ma pauvre Mavourita, tu crois qu'il songe toujours à cette odieuse femme ?

— Oh ! il ne l'aime plus ! dit vivement l'Hindoue.

— Non, mais il y pense toujours ! dit Yodah.

Il ajouta au bout d'un instant :

— Qu'espères-tu alors, pauvre fille ?

Mavourita baissa le front sans répliquer.

— Maintenant, à mon tour de te mettre au courant des derniers événements. Ma présence ici a dû te sembler inexplicable.

— Rien de toi ne m'étonne, répondit Mavourita ; tu peux ce que tu veux, tu es le Maître.

— Tu n'as même pas la curiosité de savoir pourquoi Allan Clamorgan et Diana se sont réfugiés ici ?...

— C'est toi sans doute qui, en les poursuivant, les as forcés à se cacher dans le vieux temple ?

— Ils ignorent ma présence ici.

— Alors je ne comprends plus !

— Clamorgan et sa sœur se sont réfugiés au tombeau de Delhour pour mettre à l'abri une prisonnière qu'ils ont faite.

— Une prisonnière ?

— Oui, une femme, et que tu connais...

— Moi ?

— Oui, certes, et que tu aimes.

— Son nom ? demanda l'Hindoue avec une angoisse qui faisait trembler sa voix.

— Maryvonne !

— Mais ils vont la tuer ! s'écria la pauvre fille avec épouvante.

— Rassure-toi. Si les deux misérables avaient eu l'intention de faire disparaître Maryvonne, en ce moment elle serait déjà morte. Ils la gardent dans je ne sais quel ténébreux dessein.

— Alors Maryvonne est près de nous ?

— Sans doute.

— Mais il faut la sauver !

— J'étais venu ici pour cela, et c'est en la cherchant que je vous ai trouvés... Chut ! continua le fakir en baissant la voix et en prêtant l'oreille, il me semble qu'on marche dans le temple.

Il s'élança dans l'escalier de la tourelle, et, arrivé au milieu à peu près des degrés, chercha à tâtons le long du mur.

— Bon ! murmura-t-il, je le tiens.

La main avait rencontré le haut d'un fort bambou qui paraissait entrer dans les marches de pierre.

A ce moment, Clamorgan et Diana venaient de s'arrêter au pied de la tourelle. C'est alors que le fakir avait apostrophé l'Anglais si rudement. Quand il vit qu'ils commençaient à monter, Yodah posa de toutes ses forces sur le bambou, et une partie de l'escalier s'effondra.

Malheureusement, la machine avait agi trop tôt, et les deux misérables étaient encore une fois sauvés.

Le fakir n'avait réussi qu'à creuser un abîme infranchissable entre lui et les deux Anglais. Mais il avait rêvé mieux.

Quand il entendit Diana et Clamorgan s'éloigner, il n'eut plus qu'une pensée : les suivre, afin de découvrir la retraite où ils avaient caché la malheureuse Maryvonne.

Mais sa manœuvre avait tourné contre lui, car la route était coupée, maintenant.

Il remonta en courant le reste de l'escalier, et dit à Mavourita :

— Ne bouge pas avant mon retour.

— Bien, frère.

— Si, par hasard, il m'arrivait malheur, tu connais le second escalier qui descend dans le temple ?

— Oui, frère.

— Tu le prendrais pour te sauver avec Guy, car par ici l'escalier est effondré.

— C'est donc ce bruit que j'ai entendu il n'y a qu'un instant ?

— Oui. Maintenant, adieu.

Il posa ses lèvres sur le front de la jeune fille ; puis, suivant la galerie qui régnait en arrière des statues de Bouddha, il arriva bientôt à une ouverture qui donnait sur un nouvel escalier. Il s'y engagea sans hésiter.

Une minute après, il était dans le temple, et c'était lui que Diana avait entendu.

Il avait bien remarqué que la jeune fille se détournait ; aussi, pour ne plus éveiller son attention, Yodah, s'enlevant sur les poignets avec une force incroyable, continua son chemin en se glissant le long de la corniche qui, à hauteur d'homme, soutenait des bas-reliefs religieux qui couraient tout le long de la muraille.

Tout à coup, Yodah vit les deux Anglais s'arrêter un instant, puis disparaître subitement comme si la terre les eût engloutis.

Mais cette disparition ne parut pas surprendre l'Hindou qui murmura :

— Ils descendent au temple de Myhassor.

Il abandonna aussitôt sa route aérienne, sauta sans bruit sur le sol et, sans hésiter, gagna rapidement l'endroit où les deux Anglais avaient disparu. Il tâta avec ses pieds nus et trouva bientôt les bords d'une ouverture assez grande pour livrer passage à un homme. Il se laissa glisser et ses pieds rencontrèrent bientôt un sol en pente qui s'enfonçait assez rapidement.

Après deux minutes de marche, il aperçut dans le lointain la torche de Clamorgan qui brillait faiblement dans l'air plus lourd.

— Cette fois-ci, murmura le fakir avec un terrible accent de menace, tu ne m'échapperas pas, Anglais maudit!

Il porta la main à sa ceinture, puis s'arrêta net, comme frappé de la foudre.

Yodah n'avait plus son poignard...

Le vengeur était désarmé!

IV

DÉSESPOIR

Il avait été convenu avec Roëllo, avant son départ, que, de toute façon, Kerbraz attendrait son retour, et qu'il lui laisserait les indications nécessaires pour le retrouver facilement, si quelque colonne anglaise le forçait à abandonner la position où il se trouvait.

Quand le corsaire, accompagné de Sélim, fut parti, quand Yodah eut quitté le camp à son tour après avoir pansé Louis Kerbraz dont la blessure n'était heureusement pas grave, Kerbraz, après avoir veillé au salut de la petite troupe qui lui restait, tint une sorte de conseil de guerre dans lequel il appela le Hollandais, Roch Arvor et Toussaint Joël qui commençait à se traîner.

— Mes amis, leur dit-il, la situation n'est pas brillante et, après avoir examiné avec soin l'endroit où nous nous trouvons, je vous dirai en plus que nous sommes mal placés en cas d'attaque. Derrière nous, nous avons un ruisseau profond qui est une fâcheuse ligne de retraite, sur nos flancs nous sommes absolument découverts, et il n'y a guère que sur notre front que nous pourrions soutenir avec succès un combat assez vigoureux. Dans ces conditions et, étant donné que Roëllo ne sera pas de retour avant une dizaine de jours, en mettant les choses au mieux, je vous demande si nous ne devrions pas choisir un campement plus abrité et plus facile à défendre? Parlez, vous d'abord, vieux diable, dit-il au Hollandais.

— La chose importante pour nous, mon capitaine, n'est-il pas vrai, dit Wouvermann, c'est de rallier Roëllo le plus rapidement possible. Vous êtes de mon avis? Bon. Eh bien! nous serons toujours mieux ici qu'ailleurs, et je suis persuadé que les Anglais, après le désastre d'Angotka et l'incendie de la jungle, ne se risqueront plus en rase campagne sans des effectifs considérables, qu'ils mettront un certain temps à rassembler.

— Donc, votre avis est que nous restions ici?

— Absolument.

— Bien. A ton tour, Roch, parle.

— Il faut parler, mon capitaine? demanda l'honnête second qui sentait une sueur froide lui couler dans le dos.

— Mais oui. Tu as bien entendu le vieux diable; il a donné son avis, à ton tour de donner le tien.

L'angoisse de Roch Arvor augmenta. Comment faire? Il était de l'avis du Hollandais, mais jamais il n'oserait contrecarrer son capitaine. La situation était critique, et le vieux marin aurait mieux aimé affronter le feu de vingt caronades, que de continuer cette conversation qui prenait décidément pour lui mauvaise tournure.

— Vous savez, capitaine, essaya-t-il, parler n'est pas mon fort, et tout ce que vous ferez sera bien fait.

— Mais, animal, tu as pourtant une opinion...

— Eh ! eh !

— Faut-il rester ici ?

— Dame !...

— Faut-il nous en aller?

— Ma foi...

— Mais, triple brute, sais-tu bien que je finirais par te rompre les os si tu continuais longtemps pareille antienne !

— Capitaine, alors promettez-moi que vous ne vous mettrez pas en colère si je dis ce que je pense?

— Mais, malheureux, voilà dix minutes que je ne te demande pas autre chose !

— Vous promettez de ne pas vous fâcher ?

— Mais oui !

— Eh bien ! capitaine, je suis de l'avis de Wouvermann : je crois que si nous restons ici, nous serons mieux qu'ailleurs. D'abord parce que, si nous sommes vus, nous voyons aussi de notre côté ; et quant au ruisseau, il ne m'inquiète guère, j'ai été le visiter tout à l'heure : il y a un gué, où cinq hommes peuvent passer de front. Tout notre monde sera à l'abri avant que l'ennemi ait pu nous envoyer une seule décharge.

Tout cela fut débité d'une haleine et, quand il eut fini, Roch Avor respira bruyamment.

Kerbraz avait écouté, sans pouvoir placer un mot, le discours de son lieutenant ; mais, quand il eut cessé de parler, sa colère éclata, terrible.

— Eh ! failli chien, dit-il, tu te mêles de trancher du grand général ! Voyez-vous ce beau museau qui n'a jamais quitté le pont de son brick et qui veut raisonner guerre et bataille comme le Grand Frédéric en personne ! Il faut que tu sois bête comme un pingouin pour ne pas comprendre que lorsque ton capitaine a parlé tu n'as qu'à te taire.

— Mais, mon capitaine, c'est vous qui...

— Tais-toi, malheureux.

— Cependant, vous aviez promis...

— Quoi... qu'est-ce que j'avais promis ! fit Kerbraz, rouge comme un coq, et roulant des yeux furibonds.

— Vous aviez promis de ne pas vous mettre en colère.

Kerbraz devint violet.

— Je suis en colère? écumait-il ; non, mais je vous en prie, regardez un peu cet âne bâté qui dit que je suis en colère. Répète-le donc un peu que je suis en colère !

Et Kerbraz ayant pris Roch à la cravate le secouait comme un prunier au temps des fruits mûrs.

— Mais, sapristi ! mon capitaine, dit le Hollandais en venant au secours du vieux marin, vous étranglez mon ami Roch.

— Je suis en colère, ah ! je suis en colère !... répétait le corsaire.

— Il est certain, dit avec flegme le vieux Peter, que vous n'êtes pas en colère le moins du monde, mais je me demande comment vous seriez si vous étiez en fureur.

Cette simple observation changea le cours des idées de Kerbraz qui éclata de rire et lâcha l'infortuné Roch Avor à moitié suffoqué.

Le Hollandais et Toussaint riaient aussi de bon cœur, bien que les braves gens n'eussent guère envie de rire.

Quant à Roch, il voulut se mettre à l'unisson, mais son cou lui faisait très mal, et il ne put que produire une épouvantable grimace.

— A ton tour, maintenant, vieux Toussaint, dit Kerbraz quand l'hilarité fut un peu calmée.

Toussaint toussa, cracha, et dit d'un ton sentencieux :

— Pour moi, m'est avis que notre capitaine a dit d'attendre en cet endroit, grand saint Éloi, et que les autres feront ce qu'ils voudront, saint Léon, mais que pour moi je resterai au mouillage qu'il a fixé, sainte Félicité, jusqu'à ce qu'il revienne, sainte Sébastienne.

— Allons ! voilà qui tranche la difficulté, dit Kerbraz avec bonne humeur ; comme nous ne voudrons pas laisser tout seul un vieux brave tel que toi, nous resterons aussi. D'ailleurs, vous êtes tous contre moi, et la majorité ici doit avoir force de loi aussi bien qu'au Parlement.

Kerbraz, à la suite de ce conseil mémorable, conserva donc la position où il se trouvait à l'issue du combat avec les Anglais ; mais, en chef prudent, il fit doubler les postes avancés et, de peur de surprise, il commandait des rondes incessantes. Comme il avait dans la personne des Hindous de merveilleux batteurs d'estrade, il n'y avait guère de surprise à craindre.

Pendant une douzaine de jours, la vie s'écoula monotone. Louis se remettait doucement, mais rien ne pouvait vaincre sa mélancolie. Il croyait bien Maryvonne à tout jamais perdue pour lui. Kerbraz et le Hollandais passaient leur temps à se quereller sur les sujets les plus futiles et, malgré toutes les recommandations du corsaire, Toussaint Joël poussait des pointes hardies dans toutes les directions, pour voir s'il n'apercevrait pas au bout d'un sentier, la silhouette de son cher capitaine.

Un matin qu'il avait encore été plus loin que d'habitude, le vieux timonier aperçut un Européen qui s'avançait dans la direction du camp en se dandinant gracieusement avec autant d'insouciance que s'il eût été sur la place du Carrousel, au lieu de traverser l'une des parties les plus sauvages et les plus redoutées de la jungle.

L'étrange personnage, vêtu richement et de couleurs voyantes, était suivi de deux serviteurs indigènes dont l'un abritait des ardeurs du soleil au moyen d'un immense parasol.

— Bon, bon, se dit Toussaint qui s'était jeté dans la brousse, voilà certainement un Anglais en promenade qui ne se doute pas de la plaisanterie que je lui réserve. Avance, mon bonhomme, avance encore un peu, on va rire un brin.

Du même pas indolent, le voyageur s'avançait dans la direction du camp français, et Toussaint combinait son plan d'attaque.

Depuis qu'il était remis de sa blessure, le vieux marin, émerveillé des prodigieux tours d'adresse accomplis par les Hindous avec leur lasso, avait pris des leçons avec les plus habiles d'entre eux, et il était rapidement devenu, grâce à son coup d'œil et à son solide poignet, d'une assez jolie force.

— Tout va bien, pensa-t-il, mon Anglais va venir à portée, et je vais le cueillir comme une fleur — Toussaint à ses heures était plein de poésie ; — seulement, c'est le parasol qui me dérange. Comment diable me débarrasser de cet engin gênant ?

Le vieux marin rêva un instant.

Tout à coup sa physionomie s'illumina.

Il avait trouvé son moyen.

Toussaint Joël avait pour principe qu'il ne faut jamais perdre son temps, aussi avait-il entrecoupé les leçons de lasso avec des études approfondies sur les cris des oiseaux et des animaux.

Il s'enfonça donc dans la brousse, et il imita avec une rare perfection le cri du singe noir, ce ravissant animal que les chasseurs anglais prisaient fort.

Son attente ne fut pas trompée.

Le voyageur fit un signe. L'homme au parasol s'écarta et, tandis que l'Anglais prenait son fusil des mains du deuxième serviteur, Toussaint remarqua que sa future victime avait le visage couvert d'une gaze transparente qui le protégeait tant bien que mal contre les piqûres des moustiques.

— Ah! mon gaillard, cette fois je te tiens, murmura Joël. On ne dira plus au camp que je suis un vieux bon à rien.

Tout en monologuant, le bonhomme avait déroulé son lacet qu'il portait autour des reins, et, choisissant son endroit, il attendait de pied ferme l'Anglais supposé.

Celui-ci venait sans défiance, le nez en l'air, cherchant dans les hautes branches d'un palmier où pouvait bien être le quadrumane dont il avait entendu les cris.

Pour la seconde fois, Toussaint, qui ne perdait pas son gibier de vue, modula avec un étonnant dilettantisme l'appel du singe noir à sa compagne.

L'homme approchait toujours.

— Attention! murmura Toussaint, ne faisons pas honte à nos maîtres.

Il balançait son lacet.

Le voyageur fit dix pas encore.

Derrière lui les deux serviteurs semblaient en extase devant le palmier où le singe toujours invisible se tenait si obstinément caché.

— Pousse! cria Toussaint par une vieille habitude de mer.

Le cordon s'échappa en sifflant, et vint garrotter l'infortuné voyageur qui lâcha son fusil en appelant ses serviteurs à l'aide. Mais un coup de pistolet partit des buissons, qui suffit à mettre les deux Hindous en fuite.

Alors Toussaint donna une violente secousse, et le prisonnier tomba par terre.

D'un bond, le vieux marin fut sur sa victime.

— Rends-toi, sale Anglais, disait-il, ou sinon je te saigne comme un poulet.

Et le malheureux, toujours à plat ventre, sentait sur sa nuque le froid d'un couteau.

— Rends-toi, reprit Joël, ou j'enfonce!

— Mille millions de Canebières, gémit l'infortuné, vous n'allez cependant pas me juguler tout vif, mon pitchoun!

— Un Français! murmura Joël hébété.

— Un Français de Marseille, hé donc! rectifia le prisonnier.

— Ah çà! je rêve...

— En voilà une façon de prendre les gens à la ligne, c'est indécent!

— Parbleu! voilà une voix que je connais, pensa Toussaint, tout à fait désorienté.

— Allons, mon camarade, reprit le vaincu, laissez-moi souffler, que diable! nous causerons ensuite, mais vous êtes très lourd, mon garçon, et je ne suis pas du tout à mon aise.

— Non, non, je rêve, répétait le vieux, c'est impossible!

— Ah! mais, ah! mais, j'aime bien qu'on plaisante, mais je vais me fâcher tout de même, foi de Laucassade.

Toussaint eut un cri. D'un effort, il retourna le malheureux, et lui arracha le voile de gaze qui lui couvrait la figure.

A la vue de son prisonnier, il recula avec une expression de réelle terreur dans les yeux. On aurait dit qu'il venait de voir le diable.

— Marius! Mon Marius ! bégaya-t-il...

— Bouffre! disait l'autre en se mettant sur ses pieds, voilà que j'ai des connaissances dans ce pays de sauvages, à présent!

Mais, quand il se fut mis sur ses pieds, il se secoua un peu, et ses regards se portèrent sur Joël.

— Té, mon bon, dit-il en ouvrant les bras... est-ce que j'ai la digue-digue; c'est-y toi, ou ton fantôme, mon matelot?

Pour toute réponse, le vieux timonier courut étreindre son frère d'armes, qui lui rendit avec usure ses embrassades.

Ils étaient vraiment touchants, ces deux rudes soldats qui avaient des larmes dans les yeux en se retrouvant.

— Je pleure comme une bête, saint Exégète, disait Toussaint.

— J'ai les bossoirs mouillés comme deux oursins, reprenait Marius.

— Mon Marius !

— Mon Toussaint !

— Ah çà, diable ! dit Joël quand les premiers transports furent un peu calmés, comment se fait-il, mon saint Myrtil, que je te retrouve, lieutenant, dans cette contrée de vent debout, après t'avoir laissé à l'hôpital avec un grand couteau dans l'estomac, glorieux saint Thomas ?

— C'est bien simple, je m'ennuyais loin de l'*Agile* et des camarades, et j'ai embarqué comme j'ai pu pour rejoindre tout le tremblement.

— Mais ta blessure ?

— Bah ! en deux jours j'étais sur pieds. Je voulus d'abord fréter un bâtiment à mon compte pour venir vous trouver, mais il n'y en avait plus sur rade.

A cette gasconnade de Marius, Toussaint ne broncha pas.

Marius fut un peu froissé de ne pas produire plus d'effet. Il insista :

— Quand je dis qu'il n'y en avait pas, j'exagère, il y en avait bien un. Un bel espagnol de cinq cents tonneaux, fin comme une demoiselle, gréé comme un bijou. J'allai voir le capitaine et je lui proposai de l'affréter...

— Eh bien ? demanda Toussaint qui voulait placer un mot pour avoir l'air de s'intéresser à la chose.

— Crois-tu que cette bagasse m'a répondu qu'il avait son fret pour Lisbonne, et qu'il ne pouvait faire affaire. Je lui ai proposé d'acheter la cargaison, le navire, et l'équipage par-dessus le marché... Il a refusé encore.

— Tu n'y mettais peut-être pas le prix, lieutenant?

— Moi? Ah çà, ne me connais-tu plus, m'as-tu jamais vu lésiner sur quelque chose en ce monde, hé petit ? Eh bien ! avec l'Espagnol j'ai été jusqu'à trois cent mille écus.

— Mais tu n'aurais jamais pu payer pareille somme !

— On voit bien que tu ne connais pas ma fortune, riposta Marius vexé.

— Tout cela ne me dit pas comment te voilà dans nos eaux, mon matelot, dit Toussaint qui trouva prudent de rompre les chiens.

— Oh ! c'est toute une affaire, mon pitchoun. Sache seulement pour ta gouverne que j'ai eu celui de parler confidentiellement avec le grand Suffren, qui est le premier marin du monde, étant du Midi.

EH! EH! DIT JOEL, IL ME SEMBLE QUE VOILA TES BRAVES SERVITEURS QUI REVIENNENT... (P. 239.)

— Mais alors, dit Toussaint avec émotion, tu as peut-être eu des nouvelles du capitaine ?

— Quel capitaine, mon enfant ?

— Eh parbleu ! le nôtre, notre Roëllo.

— Il me suit.

— Ah ! que je suis content, saint Goustan ! cria Joël en sautant encore une fois au cou de Marius.

— Eh ! oui, poursuivit le Marseillais, nous nous sommes retrouvés à bord du *Héros*, et je ne le précède que d'une heure.

— Ah ! mon Marius !

— Ah ! mon Toussaint !

— Mon lieutenant !

— Ma caillou !

Marius s'arrêta net dans ses effusions.

— Mais me diras-tu, à ton tour, ce que tu faisais sur cette route à pêcher à la ligne les honnêtes gens qui veulent chasser les singes ?

— Je t'avais pris pour un Anglais, lieutenant.

— Avais-tu donc la berlue, un compère-loriot, une taie sur l'œil ?...

— C'est ton damné masque en étoffe qui est cause de tout.

— Ah ! c'est vrai, je n'y pensais plus, moi. Une satanée invention pour faire étouffer les gens !

— Eh ! dit Joël qui venait de regarder dans la campagne, il me semble que voilà tes braves serviteurs qui reviennent.

— Ah ! les tristes carcasses, ils m'ont abandonné comme une vieille épave, au milieu du danger ! Je croyais que tu en avais tué un, mon Toussaint.

— Je l'ai manqué.

— C'est dommage.

— Mais vois donc, lieutenant, derrière eux voilà d'autres voyageurs.

— Là, mais, dit Lacaussade qui regarda à son tour, c'est le capitaine avec son escorte ! Roëllo avançait rapidement.

Quand il fut à quelques pas, il aperçut son vieux timonier, mais Toussaint hésita avant de le reconnaître.

Le brillant corsaire Yves Roëllo, qui même en montant à l'abordage était mis comme un marquis de cour, n'avait plus figure humaine. La barbe longue, les cheveux en broussaille, les traits creusés, les yeux hagards, il ressemblait plutôt à un bandit qu'à un capitaine.

— Roëllo ! cria pourtant Toussaint en lui tendant les bras.

Le corsaire l'arrêta d'un geste.

— A-t-on des nouvelles de ma fille ? demanda-t-il avec une effrayante angoisse dans les yeux.

Joël laissa retomber ses bras, et baissa tristement la tête.

— A-t-on des nouvelles de mon fils ? demanda encore Roëllo avec une voix rauque qui faisait mal à entendre.

Pour la seconde fois, Toussaint resta silencieux.

Tout le visage du corsaire se crispa, mais il ne fit pas entendre une plainte.

— Le sort m'éprouve, dit-il seulement ; je l'ai mérité, sans doute.

Marius et Toussaint avaient le cœur serré, en présence de cette immense infortune à laquelle ils ne pouvaient apporter aucun soulagement.

Roëllo resta quelque temps immobile.

Enfin il baissa la tête, et passa la main sur son front.

Un triste sourire glissa sur ses lèvres, et il tendit la main à Toussaint qui la serra avec respect.

— Mon pauvre Joël, disait le corsaire, je te demande pardon de ne t'avoir pas parlé comme je le fais, tout d'abord, mais je ne pouvais pas parler d'autre chose que de mes enfants, mon pauvre gars.

— Oh ! capitaine, balbutia Toussaint.

— En route ! dit Roëllo, il me tarde d'être au camp. Maintenant que ma mission est remplie, je vais pouvoir me rappeler que j'ai été père.

Les trois hommes se mirent silencieusement en marche.

Tout à coup Roëllo demanda brusquement :

— Et Yodah ?

Toussaint hocha la tête.

— Nous ne l'avons pas revu depuis votre départ, capitaine.

Roëllo chancela comme si on l'eût frappé en plein cœur.

— Mes enfants sont morts ! dit-il d'une voix sourde.

V

LE PLAN DE DIANA

Le long couloir formait un coude ; Clamorgan et sa sœur disparurent un instant, et Yodah précipita sa course pour ne pas les perdre de vue. Arrivé au tournant du souterrain, il s'arrêta net, se colla contre la muraille et, avec d'infinies précautions, avança sa tête le long de la saillie de la paroi, afin de découvrir les deux Anglais.

Diana et Allan n'étaient pas à dix pas de lui.

Mais ils n'étaient pas seuls, Abden et Kephra, deux noirs gigantesques serviteurs des Anglais, se tenaient immobiles devant leurs maîtres.

Clamorgan disait :

— Les policiers de James Stuart ont perdu la trace, alors...

— Ils nous cherchent en ce moment dans les champs d'indigo de Kahiva, répondit Abden.

— Bien ; de ce côté rien à craindre. Maintenant, vous allez veiller ici. Nous avons des ennemis dans le temple. Voilà une provision de torches. Conservez le souterrain perpétuellement éclairé, et tuez quiconque tenterait de forcer le passage. D'ailleurs, je suis à deux pas d'ici ; au premier cri d'appel, je viens.

— Bien, Maître, tu seras obéi, dit Kephra.

Abden, pendant ce temps, allumait deux torches qu'il fichait dans les joints élargis des pierres. Le souterrain était illuminé d'une lueur rougeâtre.

Diana et Clamorgan continuaient leur marche, et disparurent dans une baie pleine d'ombre qui s'ouvrait sur une des parois du couloir.

Yodah rentra dans l'obscurité, et s'appuyant à la muraille il réfléchit longuement.

Désormais, il était impossible de pénétrer jusqu'à Maryvonne par cette voie. Il était évident pour le fakir que Clamorgan avait caché sa prisonnière dans l'une des nombreuses cryptes du temple souterrain de Myhassor qui s'étendait sous la pagode. Il le connaissait bien, ce mystérieux sanctuaire aux voûtes sombres, où sont sculptés à même le roc d'épouvantables arabesques et de montrueux simulacres.

Il y a là un peuple d'animaux symboliques, qui rampent, qui s'accroupissent comme de vivants piédestaux sous les colonnades, qui se dressent avec leurs faces épouvantables aux corniches des plafonds. Tous les mauvais génies de la théogonie hindoue semblent sortir, nains ou géants, des parois des rocs souterrains, en agitant leurs chevelures de couleuvres et leurs bras armés de haches ou de poignards. Yodah se rappelait bien y avoir vu des fêtes de fakirs... Alors c'était féerique. Le vieux temple s'illuminait aux flammes de Bengale, et les adorateurs, plus hideux encore que leurs dieux, tourbillonnaient dans ce labyrinthe de colonnades infinies. Les statues des démons, les têtes des taureaux, des lions, des éléphants, les groupes gigantesques des bas-reliefs s'agitaient dans une lueur verdâtre et confuse, et les échos intérieurs de la montagne semblaient les mugissements joyeux de ce peuple de monstres remerciant leurs fidèles...

Et dans la nef la plus reculée de ce lugubre édifice se tenaient les conseils sacrés et se célébraient les rites. Là se dresse l'informe statue de Déera, sur un piédestal de roc noir. A droite, à gauche de l'autel, on distingue confusément deux bas-reliefs à figures gigantesques : l'un représente le combat de Dourga et de Myhassor, l'autre le supplice du meurtrier de Siva...

Tout en remuant ces souvenirs, Yodah cherchait un moyen de salut pour la pauvre Maryvonne. Soudain, il eut un mouvement de joie... Mais oui, il se le rappelait parfaitement, la statue de Siva tournait sur elle-même par un mécanisme ingénieux qu'il connaissait bien. Cette disposition permettait de frapper l'esprit des fidèles au moyen d'apparitions qui semblaient sortir du rocher même. Maintenant, il s'agissait de retrouver l'entrée de l'escalier qui y donnait accès. Mais Yodah n'était pas inquiet ; malgré les années écoulées, les ruines accumulées, les plantes parasites poussées follement entre les pierres, il ne doutait pas de retrouver bien vite l'escalier sauveur.

Il s'éloigna de son pas glissant, et il eut bientôt disparu dans les ténèbres.

C'était bien en effet dans le temple de Myhassor que les deux Anglais s'étaient réfugiés, mais ils étaient restés dans une sorte de vestibule qui précédait le sanctuaire.

Le frère et la sœur s'assirent sur un débris de statue, après qu'Allan eut planté sa torche dans la muraille.

— Eh bien ! petite sœur, dit Clamorgan, nos affaires ne sont pas brillantes.
— Pourquoi désespérer? répondit la jeune fille.
— Ah ! tu as la confiance tenace !
— Nous traversons un mauvais moment, voilà tout ; la chance tournera.
— Veux-tu que nous fassions un petit résumé de la situation ?
— Va toujours, cela nous fera passer le temps.
— Nous avons contre nous : *primo*, toutes les forces anglaises du Mysore sous le commandement du gracieux James Stuart. On nous recherche comme des malfaiteurs, on nous traque comme des bêtes fauves, et notre signalement doit être envoyé à tous les postes des deux provinces ; *secundo*, Roëllo et les marins français : ceux-là me font plus peur que les Anglais, mais aussi en les combattant nous pouvons arriver à la réalisation de nos espérances, il y a donc compensation ; *tertio*, les Hindous fanatiques que commande ce maudit fakir qui s'est mis du parti des Français.

« En un mot, l'Inde entière est liguée contre nous, et les trois partis qui s'y déchirent s'unissent pour nous faire la guerre.

— Tant mieux ! murmura Diana dont les yeux rayonnaient d'orgueil, voilà comment j'aime la lutte.

Clamorgan poursuivit sans lui répondre :

— Pour combattre la moitié de l'Asie, nous sommes deux, avec, comme alliés, deux bandits qui nous abandonneront quand notre argent sera épuisé. Voilà la situation.

— Oui, mais tu oublies de dire, reprit Diana, que nous avons un otage, ce qui nous donne une force énorme et nous permet de combattre avec avantage.

— L'aurons-nous encore dans une heure d'ici ? murmura Allan avec découragement.

Les sourcils de Diana se froncèrent.

— En tout cas, personne ne nous la reprendra vivante ! Mais pourquoi s'alarmer ? Notre retraite est sûre.

— Nous avons des ennemis au-dessus de notre tête. Ils peuvent d'un instant à l'autre découvrir notre cachette.

— Nous aurons toujours le temps de fuir.

— Où aller ?

— Ah ! voilà où je t'attendais. Il faut pourtant prendre un parti. Nous ne pouvons rester éternellement ici.

— D'ailleurs notre présence serait rapidement signalée par le mystérieux adversaire qui nous a parlé dans l'escalier de la tourelle.

— Alors, que comptes-tu faire ?

— Voilà mon plan. Je voudrais remonter dans l'intérieur et trouver une retraite sûre où nous pourrions cacher Maryvonne. Une fois débarrassés d'elle, nous reprendrions toute notre liberté d'action, et nous pourrions nous occuper un peu de nos chers cousins Roëllo.

Clamorgan prononça ces derniers mots avec un épouvantable sourire.

Diana hocha la tête.

— C'est tout ce que tu as imaginé ? demanda-t-elle.

— Ma foi, oui.

— Eh bien ! je ne te fais pas mon compliment.

— Propose autre chose.

— C'est ce que je vais faire.

Diana se leva et parla avec une énergie virile.

— Ton plan est absurde : d'abord, par qui ferais-tu garder la jeune fille ? Ensuite, que veux-tu que nous fassions tous deux seuls contre ces forces que tu énumérais tout à l'heure ? Tu le vois bien, c'est de la démence.

— Alors ?

— Alors il faut un peu égaliser les chances, et tenter sur mer ce que nous ne pourrions accomplir sur le sol de l'Inde.

— Sur mer ?

— Oui. Là nous pourrons égaliser la partie.

— Mais où trouver un navire et un équipage ?

— Nous achèterons l'un, nous engagerons l'autre.

— Nos ressources sont presque épuisées...

— Nous sommes riches.

— Voyons, Diana, perds-tu l'esprit?... si j'ai cent louis encore dans ma ceinture, c'est le bout du monde.

— Nous allons avoir plus de cent mille livres.

— Qui te les donnera ?

— Ce poignard.

Elle tira brusquement de sa poitrine le poignard de Yodah, et, le tendant à son frère :

— Veux-tu examiner un instant, lui dit-elle, les pierres enchâssées dans le manche ? L'émeraude du pommeau vaut à elle seule plus de vingt mille livres, et les cinq diamants de la garde trois fois autant.

— C'est vrai ! murmura Clamorgan qui devenait pâle.

Diana continua :

— Nous vendons ces pierres le plus rapidement possible, et nous gagnons la côte.

— Notre signalement doit être donné à tous les ports anglais.

— Sa Majesté le Roi de Portugal a encore des établissements dans l'Inde.

— Oui, tu as raison.

— D'ailleurs, je ne pense pas que nous soyons forcés d'en venir à cette extrémité. Tu peux te déguiser facilement, et tous les signalements se ressemblent.

— Mais Maryvonne ?

— Nous l'habillerons en homme. Il est bien certain que les gouverneurs de ville ou les maîtres de port n'iront pas s'inquiéter d'un vieux marchand, musulman par exemple, et d'un ménage d'Anglais qui voyagent avec lui, quand on leur a dit de tâcher de mettre la main sur un grand diable dans la force de l'âge, accompagné de deux jeunes filles.

— Bravo !

— Tu vois, tu reprends courage.

— Tu es une vaillante, petite sœur.

— Eh non ! seulement, je ne perds pas la tête à la première difficulté qui se présente.

— Allons, j'ai mérité le reproche. Maintenant, veux-tu me permettre de faire une objection ?

— Parle.

— Je suppose que tout s'est passé comme tu l'indiques. Nous avons vendu les pierres, acheté un navire, enrôlé un équipage, et nous voilà au large ; mais à quoi tout cela nous sert-il, si Roëllo continue à nous chercher à travers l'Inde ?

Diana eut un sourire.

— Tu n'avais pas prévu cela, petite sœur ?

— Si, dit-elle tranquillement.

— Qui préviendra le corsaire ?

— Maryvonne.

Allan resta un moment stupéfait.

— Tu es le diable, dit-il à sa sœur en l'embrassant.

Puis il reprit :

— Mais la petite va refuser.

— Bah ! si elle ne veut pas, tu sais les moyens de la faire obéir.

— C'est vrai. Je vais aller la chercher.

— Attends un peu. D'abord il faut que la mission de Maryvonne ait tous les caractères possibles d'authenticité. Nous avons affaire à des adversaires rusés, il faut l'être plus qu'eux.

— Je m'en rapporte à toi.

— Il faut dénicher un bout de papier informe et chiffonné qu'elle sera censée avoir trouvé dans un coin, oublié par nous par mégarde. Elle peut avoir conservé sur elle un crayon. Donc, de ce côté rien d'invraisemblable. Maintenant, rien ne s'oppose à ce que, profitant d'un relâchement de surveillance, elle ait remis sa lettre à un Hindou qui s'est chargé de la porter en échange d'une de ses bagues...

Allan réfléchissait.

— Non, dit-il, cela ne vaut rien. Roëllo se méfiera. Il nous connaît trop maintenant pour pouvoir croire que nous laissons notre prisonnière communiquer avec les indigènes. Je crois préférable de faire tomber cette lettre ici même, au moment de notre départ.

— Explique.

— Maryvonne a entendu notre conversation. Elle connaît nos projets, elle sait aussi que notre présence dans le temple n'est plus un mystère pour ses amis. Elle pense bien que, après notre départ, tout sera fouillé. Elle jette précipitamment cette lettre au moment où on l'entraîne, avec la certitude que sa missive sera retrouvée.

— Cette fois, je m'incline. Je n'aurais pas inventé cela.

— Tiens, continua Allan en retirant de son portefeuille un morceau de papier qu'il déchira et froissa dans ses mains, voilà qui fera l'affaire.

— Parfaitement ; et voilà un crayon. Va chercher Maryvonne.

Clamorgan se leva, alluma une nouvelle torche à celle qui finissait de se consumer, et disparut dans les profondeurs de la sombre crypte.

Cinq minutes après il revenait, soutenant, portant presque la fille de Roëllo.

Maryvonne n'était plus reconnaissable.

Pâle, d'une blancheur de cire, son fin visage s'était émacié ; dans cette face douloureuse, il n'y avait plus de vivant que les yeux, encore grandis par la souffrance et qui brillaient d'une lueur de folie.

Elle regardait autour d'elle avec effroi. Quand elle aperçut Diana, elle cacha sa tête dans ses mains.

— Allons ! ne faisons pas la petite maîtresse, dit rudement l'Anglaise, nous n'avons pas de temps à perdre.

— Mettez-vous là, dit à son tour Allan, en lui indiquant un fût de colonne qui pouvait servir de table, et écrivez ce que je vais vous dicter.

Il avait mis devant elle le papier, et il lui tendait le crayon.

— Que voulez-vous de moi ? balbutia la malheureuse enfant, d'une voix sourde.

— Tu ne veux pas écrire une lettre à ton père ? dit Diana, penchée sur elle.

— Oh ! si, dit vivement Maryvonne en avançant la main pour saisir le crayon.

— Eh bien ! écris : *A Monsieur Roëllo, au campement de Mavarapatam...*

La pauvre fille écrivit trois mots ; puis, repoussant le papier :

— Non ! non ! dit-elle avec force, c'est quelque nouvelle infamie que vous préparez...

— Vas-tu écrire ! grinça Allan qui lui broyait le poignet.

— Laissez-moi, vous me faites mal... Ah ! j'ai deviné, n'est-ce pas ? Je le vois bien à l'expression furieuse de vos visages, c'était un piège que vous vouliez tendre à mon père... Je n'écrirai pas ! je n'écrirai pas !

— Tu écriras malgré toi, sotte fille, dit Diana en la poussant vers Allan ; endors-la.

— Je ne veux pas ! cria Maryvonne, en cherchant à fuir. Vous m'épouvantez. Au secours ! au secours !

— Allons, silence, folle ! dit-il en lui mettant brutalement la main sur la bouche.

Puis, plongeant ses yeux dans ses yeux :

— Dors ! dit-il.

L'enfant se débattit. Les rudes mains du bandit froissaient ses poignets frêles.

— Je ne veux pas ! je ne veux pas ! balbutia-t-elle en détournant la tête.

— Dors, je le veux !

Les paupières de Maryvonne battirent, ses prunelles roulèrent avec une expression d'épouvante hagarde, puis ses yeux se fermèrent.

Maryvonne dormait.

Clamorgan lâcha la jeune fille.

— Viens ! dit-il.

D'un pas automatique, la pauvre enfant suivit l'Anglais.

— Ramasse le crayon.

Maryvonne obéit.

— Prends le papier.

Elle attira la feuille à elle.

— Ecris ce que je vais te dicter.

La fille de Roëllo, les yeux clos, attendait.

— Hein ? dit Allan se tournant vers sa sœur, d'un air de triomphe, voilà qui finirait bien par convaincre tous nos sceptiques de Londres.

— C'est merveilleux, dit Diana, et j'avoue que la première fois que tu as essayé de l'endormir, je croyais à quelque supercherie.

— J'avais remarqué, durant la traversée, la nature nerveuse de la petite, et plus d'une fois j'avais observé qu'elle supportait mes regards avec peine. Aussi hier, quand j'ai essayé, devant sa résistance pour monter en palanquin, j'étais presque sûr du succès.

— Mais au fond, qu'y a-t-il dans tout cela ? Quelque diablerie ?

Clamorgan éclata de rire.

— Est-ce bien toi, Diana ma sœur, dit-il, qui parles de la sorte ? Je te croyais au-dessus de ces vulgaires préjugés !

Il reprit, en parlant sérieusement :

— Il y a en nous et autour de nous une force dont nous ne connaissons ni l'origine, ni la puissance, et que l'homme arrivera peut-être un jour à dompter. Nous ne pouvons jusqu'à présent que constater des phénomènes, mais le pourquoi nous échappe.

— C'est étrange ! murmura Diana.

— Pour le moment, je me sers de l'influence que j'ai sur elle. Tu vas voir que je ne vais rencontrer aucune résistance. C'est une machine entre mes mains.

Maryvonne attendait toujours, le crayon aux doigts, la main sur le papier.

— Tu vas écrire ceci : *A Monsieur Roëllo, au campement de Mavarapatam.*

La fine main pâle courut sur le papier, écrivant l'adresse indiquée.

Clamorgan regarda sa sœur.

— Es-tu convaincue, maintenant ? dit-il.

Diana dit oui de la tête.

— Maintenant, continua-t-il, il s'agit de savoir ce que nous allons écrire à M. Roëllo.

— Veux-tu me laisser dicter ?

— Oui.

— M'entendra-t-elle ?

— Certainement, si je lui dis de t'entendre.

Clamorgan continua en élevant la voix, et s'adressant à Maryvonne :

— Tu vas écrire ce que Diana va te dicter, et tu vas entendre ce que Diana va te dire.

Puis à sa sœur :

— Va, maintenant.

Et Diana dicta, et Maryvonne écrivit :

« Mon cher papa,

« Je suis prisonnière de ces misérables Anglais qui nous ont fait tant de mal. Je sais par eux que nous avons des amis dans le temple où ils me tiennent cachée, et j'espère que cette lettre que je vais jeter au moment du départ sera trouvée par quelqu'un de nos amis. Je vous écris d'abord pour vous dire que je vais bien et qu'ils ne m'ont pas trop maltraitée et aussi pour vous aviser de leurs projets que j'ai pu surprendre alors qu'ils me croyaient endormie.

« Clamorgan et sa sœur comptent m'emmener en Angleterre. Ils vont aller acheter un navire à Goa et quitter l'Inde. Oh ! mon cher papa, si vous pouviez barrer la route à ces vilaines gens et m'arracher de leurs mains ! Je vous en supplie, sauvez-moi, je ne puis continuer à mener une pareille existence, mes forces s'épuisent et je sens que c'est la mort à brève échéance si je ne suis pas délivrée. D'ailleurs, ils ne sont pas bien redoutables, ils n'ont avec eux que deux méchants noirs qui me font bien peur... J'entends du bruit... je vous embrasse de tout mon cœur, ainsi que... »

Diana s'arrêta.

— Eh bien ? demanda Allan qui suivait avec intérêt la confection de l'étrange document.

— C'est tout.

— Tu ne la fais pas signer ?

— Inutile, le père reconnaîtra bien l'écriture.

— Mais pourquoi diable parler de Goa ?

— Parce que nous allons nous diriger sur Madras.

— Voilà qui va bien. Quand partons-nous ?

— Le plus tôt possible.

— Je suis à tes ordres.

— Les chevaux ne sont pas loin ?

— Abden et Kephra les ont laissés à l'abri dans la forêt, à une portée de fusil d'ici, les ont entravés, et on leur a serré les naseaux pour qu'ils ne hennissent pas.

— Alors, en route.

— Tu ne veux pas manger quelque chose ?

— Demain matin j'y penserai. Mais je boirais bien. J'ai grand'soif.

— Voici ma gourde.

— Qu'est-ce qu'il y a là-dedans ?

— De l'eau-de-vie de France.

— Bah ! donne toujours.

Et avec une crânerie étonnante, Diana mit à ses belles lèvres le goulot du flacon, et but une longue gorgée du brûlant liquide.

— Préviens les hommes, dit-elle en rendant la gourde à son frère.

Clamorgan alla jusqu'au couloir, et revint bientôt avec les deux Malabares.

— Vous n'avez rien vu ni rien entendu de suspect ? questionna Diana.

— Rien, maîtresse.

C'ÉTAIT UN CRANE HUMAIN QU'IL VENAIT DE RAMENER AU JOUR. (P. 250.)

— Bon. A présent, laisse tomber la lettre là, bien en évidence.

Clamorgan obéit.

— A merveille... Maintenant, réveillons-nous Maryvonne ?

— Gardons-nous-en bien. Les ennemis rôdent aux environs ; si elle était réveillée, elle pourrait crier, et nous faire découvrir.

Sans répondre, Diana prit Maryvonne par le bras, et l'entraîna.

Les deux Malabares marchaient devant, portant des torches, et Clamorgan, le pistolet au poing, fermait la marche.

La petite troupe traversa dans toute sa largeur l'immense temple souterrain. Arrivés devant la statue de Déera, les noirs s'arrêtèrent un moment. Abden souleva une large dalle qui découvrait une ouverture béante, et tout le monde s'engagea dans un étroit couloir qui semblait s'enfoncer dans les entrailles de la terre.

Ils marchèrent longtemps, puis la pente se transforma soudain en montée, et après une ascension assez rude qui dura bien un quart d'heure, les Anglais, les Malabares et la pauvre Maryvonne débouchèrent brusquement au milieu des ruines amoncelées derrière la pagode.

— Ouf ! dit Clamorgan, on est mieux tout de même ici, et c'est bon de respirer l'air pur. Où sont les chevaux, Kephra ?

— Par ici, maître.

Le noir, qui venait d'éteindre soigneusement les torches, s'élança en avant, montrant la route.

. . . .

Yodah était rapidement sorti de la pagode, et avait gagné un monticule où il croyait découvrir facilement l'entrée du souterrain. Au bord d'un petit lac et sous les clartés livides de la lune, des ruines fantastiques se dressaient. C'étaient les restes d'un petit temple élevé en l'honneur de Pouléar, à peu de distance du grand tombeau. La pierre se voilait de mousse, d'euphorbes, de genêts et d'aloès ; par intervalles, surgissaient quelques énormes têtes de dieux hindous dont le granit repoussait toute végétation et qui conservaient encore, aux étoiles, la hideuse attitude que leur avait donnée l'architecte hindou. Quand la clarté des astres, tamisée par le feuillage des lentisques, descendait sur les faces rudes de ces simulacres, on aurait cru voir les géants de l'Iliade hindoue de Ravana sortir des tombes pour recommencer la guerre de Ceylan.

Ce paysage lugubre était trop connu de Yodah pour l'impressionner : néanmoins, il resta quelques secondes à le contempler dans un recueillement religieux.

Puis il reprit sa marche, escaladant les pierres colossales, glissant dans d'inextricables fourrés, dérangeant dans leur sommeil des animaux et des oiseaux nocturnes qui s'enfuyaient avec des bruits étranges.

Arrivé devant un énorme portique où l'image du dieu à trompe d'éléphant se voyait encore ;

— Ce doit être ici, murmura-t-il.

Il fit encore deux pas en avant, mais soudain il sentit le sol se dérober sous ses pieds. Il voulut se retenir à un genêt, qui céda sous son étreinte, et il se sentit précipité dans le vide.

Le choc fut rude, bien que le sol sur lequel il était tombé présentât une élasticité qu'on ne s'attendait guère à rencontrer dans ce dédale de pierres. Mais néanmoins Yodah resta étourdi un moment.

Quand il revint à lui et qu'il voulut se relever, il poussa un cri d'atroce douleur. Sa jambe gauche refusait de le porter. Cassée ou luxée, elle ne pouvait plus supporter le poids de son corps.

Yodah étendit les mains autour de lui, et constata qu'il était tombé sur un lit de feuilles sèches et de branchages que le vent avait apportés au fond du trou où il se trouvait.

Il regarda au-dessus de sa tête. Il aperçut un coin du ciel et trois étoiles.

Alors, malgré les souffrances atroces qu'il endurait, il se traîna, cherchant à se rendre compte de l'endroit où il venait de tomber si malheureusement. Deux fois, il recommença ses investigations. A la deuxième tentative, il n'y avait plus de doute à conserver : il se trouvait au fond d'un puits assez vaste.

Yodah ne pouvait rien tenter pour sa délivrance avant le jour. Il ramassa tout ce qu'il put de feuilles, qui lui servirent de couverture, et, malgré une forte fièvre qui l'agita long-temps, il finit par s'endormir.

Quand il s'éveilla, le soleil était déjà haut. Son premier regard fut pour sa jambe, qui lui parut démesurément enflée. Après un examen minutieux du membre malade, un sourire de joie éclaira la face grave du fakir. Il n'y avait pas de fracture, tout le mal se réduisait à une forte entorse.

Ensuite il examina sa prison, et, après deux minutes d'examen, il put se convaincre qu'à moins d'être insecte ou oiseau il était impossible de sortir du silo où il était enfermé.

C'était une sorte d'entonnoir dont la partie inférieure était malheureusement dans un parfait état de conservation. Aucune fissure ne permettait de mettre la main ou le pied. A deux hauteurs d'homme à peu près, le mur était dégradé et envahi par les plantes parasites. A cet endroit, une évasion aurait été possible, mais comme y atteindre ?

La situation semblait désespérée. Pourtant, l'intrépide jeune homme ne se découragea pas. Il commença par masser son pied malade avec une habileté, une science remarquables.

Au bout d'une heure, l'enflure avait diminué, et Yodah pouvait se tenir debout.

Satisfait de cette première constatation, il déchira une partie de sa ceinture et se banda fortement la cheville.

Il fit une nouvelle tentative, et cette fois c'est à peine s'il ressentit encore une douleur sourde.

Alors il réfléchit longtemps, cherchant, dans sa cervelle fertile en expédients, s'il ne trouverait pas quelque moyen de se tirer d'affaire.

Depuis quelques instants, ses yeux s'étaient portés sur les pierres qui avaient roulé dans le fond du puits au moment de l'écroulement de la partie de muraille dont nous avons parlé.

Il commença à les réunir au bas de la lézarde, mais, quand elles furent toutes en tas et qu'il fut monté sur cet escabeau improvisé, il s'aperçut qu'il s'en fallait encore d'au moins trois pieds pour atteindre la fissure.

A l'aide d'une grosse branche, il remua la couche d'humus déposée au fond de sa prison, pour découvrir quelques autres débris qui pussent lui permettre d'exhausser son piédestal.

Soudain, il tressaillit.

La branche venait d'amener au jour un crâne, avec d'autres ossements humains.

Yodah se rappela que le puits était destiné à recevoir les prêtres prévaricateurs, qui étaient condamnés à y mourir de faim.

Néanmoins, il continua sa besogne, mais sans succès. Il retrouva encore d'autres ossements, mais il ne découvrit plus une seule pierre.

Sans perdre de temps, Yodah démolit son édifice et entassa à la même place toutes les feuilles et tous les débris qui couvraient le sol. Sur cet amas, il réédifia sa pyramide de pierres, et enfin se hissa au sommet.

Il n'atteignait pas encore la lézarde...

Il empila les quatre ou cinq crânes qu'il avait mis de côté et fit une nouvelle tentative. Il s'en fallait encore de plus d'une grande main !

Alors Yodah défit tout son ouvrage, couvrit de nouveau tout le sol de sa litière de feuillage, s'étendit sur cette triste couche et ferma les yeux en murmurant :

— La sainte volonté de Siva soit à jamais bénie !

VI

UN CŒUR DE PÈRE

Quand Roëllo arriva au camp, la première personne qu'il aperçut fut Louis Kerbraz, qui semblait un spectre.

Le pauvre garçon, dont la blessure avait été rapidement cicatrisée, avait au cœur une autre plaie qui le minait sourdement. Jamais il ne parlait de Maryvonne ; mais si, par hasard, son nom était prononcé devant lui, il devenait pâle comme un mort.

Roëllo jeta sur lui un sombre regard. La vue du fils de Kerbraz lui faisait mal. Il pensait à ses enfants. Mais quand le jeune homme, après avoir un instant hésité, vint se jeter dans ses bras, le corsaire l'étreignit avec émotion contre sa robuste poitrine.

Roëllo s'informa ensuite de Kerbraz. Il était à la chasse avec le Hollandais. Alors le corsaire demanda de l'eau, car il avait grand'soif, et, après avoir bu, il alla s'étendre un peu à l'écart sous de grands bambous. Peut-être voulait-il réellement se reposer, peut-être voulait-il rester seul avec sa douleur.

Lacaussade et Joël, le premier mouvement d'effusion passé, étaient retombés dans un mutisme complet. Ils n'avaient plus rien à se dire : ils pensaient tous deux aux souffrances du chef bien-aimé.

Vers le soir, Kerbraz revint avec Wouvermann. Les deux hommes avaient fait bonne chasse et semblaient moins soucieux que d'habitude, mais quand ils apprirent l'arrivée de Roëllo leurs fronts se rembrunirent et ils ne parlèrent plus.

Quand l'heure du repas arriva, Joël voulut aller réveiller son capitaine, mais Kerbraz commanda qu'on respectât son sommeil. D'ailleurs Lacaussade était là pour donner tous les renseignements désirables, et l'honnête lieutenant ne demandait pas mieux que de parler.

Après avoir raconté son entrevue avec Suffren et sa rencontre à bord du *Héros*, Marius conta avec une verve étourdissante toutes les péripéties de leur voyage. Avec leur petite escorte, les deux marins avaient été dix fois attaqués pendant le retour. Tantôt les pirates, tantôt les Hindous, tantôt les Anglais leur barraient le passage. Dans l'une de ces rencontres, Sélim avait trouvé la mort en couvrant de son corps Roëllo qui allait infailliblement périr. Le brave marin conta tout cela sans omettre aucun détail ; mais, arrivé à l'épisode du lasso, il crut de sa dignité de le passer sous silence, et Joël se garda bien de compléter le récit de son ami.

— Qu'allons-nous faire, maintenant ? demanda Kerbraz.

— Mes chers amis, dit une voix forte, vous n'avez qu'à vous rembarquer. Vous avez fait pour moi tout ce qu'il était humainement possible de faire. Je vous remercie du fond du cœur, et je vous rends votre liberté.

C'était Roëllo, qui venait de paraître au milieu des marins.

— Es-tu fou, dit brusquement Kerbraz, et penses-tu que nous allons te laisser seul sur cette chienne de terre hindoue ?

— D'abord, mon ami, je ne serai pas seul; Marius, Joël et mes matelots sont avec moi.

— Alors tu refuses notre aide ? demanda Kerbraz dont le front s'empourpra.

— Non, je l'accepte, dit Roëllo en lui tendant la main.

Le corsaire la serra avec vigueur, tandis que ses yeux devenaient humides.

— Ah ! mes amis, dit le Hollandais qui les observait avec émotion, voilà une poignée de main qui me fait bien plaisir.

— Et à nous aussi, dit Kerbraz, n'est-ce pas, matelot ?

Pour toute réponse, Roëllo se pencha vers lui, et les deux hommes s'embrassèrent.

— Je l'avais toujours dit, moi, d'abord, pétilla Marius, qu'entre deux matelots comme ça, il ne pouvait y avoir rien de grave.

— Au fait, dit Wouvermann avec un malicieux sourire, quelle pouvait bien être cette grande querelle qui vous divisait ainsi ?

Les deux corsaires parurent également embarrassés.

— Bon, bon, dit le Hollandais, gardez vos secrets. L'essentiel est que vous soyez réconciliés.

— Pour toujours, dit Roëllo.

— A la vie à la mort, comme autrefois, dit Kerbraz.

— A la bonne heure, dit Toussaint Joël, on va avoir de l'agrément, mon grand saint Clément !

— Maintenant, disait Roëllo, j'espère, j'ai la conviction que je retrouverai mes enfants.

— Où peut être Yodah ?

— C'est le point qui m'inquiète. Il a dû arriver malheur au brave garçon.

— Et Mavourita ?...

— Nous bavardons comme des femmes, conclut Kerbraz, il faut agir.

— Tu as raison, matelot. Rien ne nous enchaîne plus désormais, nous sommes libres de nos mouvements ; convenons de la marche à suivre.

— Alors, parle.

— A mon avis, il faut remonter au point de départ pour retrouver le fil qui nous guidera jusqu'à Maryvonne.

— Bon.

— Voilà donc Maryvonne prisonnière des bandits. Ils l'emmènent probablement à Pondichéry.

— C'est même certain.

— Je crois donc que la première chose que nous avons à faire, c'est de savoir à Pondichéry et auprès du gouverneur lui-même tout ce qu'il a pu apprendre sur le sort de ma fille.

— Mais, pour cela, il faudrait un sauf-conduit.

— James Stuart est un loyal soldat. Il ne profiterait pas lâchement de ma confiance en son honneur.

— James Stuart est un Anglais, interrompit Wouvermann : c'est dire que le meilleur ne vaut pas un chien crevé. Mais ne vous inquiétez pas de cela. C'est moi qui irai à Pondichéry, j'aurai les renseignements, et personne ne soupçonnera dans la ville la présence du Capitaine Noir.

— Quels moyens comptez-vous employer?

— Cela me regarde. Ne vous inquiétez pas de moi. Je ne cours aucun risque.

— Soit! j'accepte votre généreux dévouement, mon brave ami; et que le sort vous protège!

— Bien, dit Kerbraz; mais que ferons-nous, nous autres, pendant que le vieux diable ira à la ville?

— Mon avis est, dit le Hollandais, que vous m'attendiez ici; mais rien ne vous empêche de profiter du temps que vous passerez à m'attendre. Vous n'avez qu'à battre l'estrade et à pousser quelques pointes du côté de la pagode d'Angotka. Vous connaissez à peu près l'endroit où Guy avait fait halte et où cette misérable Diana l'a frappé.

— Vous parlez comme un livre, Peter, dit Kerbraz, et nous suivrons vos instructions.

— Alors, puisque tout le monde est d'accord, il ne me reste plus qu'à partir, conclut Wouvermann en se levant.

— Voulez-vous que nous vous escortions jusqu'en vue de la ville? demanda Roëllo.

— Mon cher ami, je vous l'ai déjà dit, je tiens à faire mes petites affaires tout seul.

— Allons, il faut céder.

— C'est ce qu'il y a de mieux.

— Pendant votre absence, dit Kerbraz, nous tâcherons d'occuper utilement nos loisirs.

— Servez-vous des Hindous, ils sont prudents, rusés et fidèles.

« Eh bien! continua le Hollandais en se soulevant à demi, qu'y a-t-il donc? Voyez, Roëllo.

Le corsaire fut vite sur ses pieds, et regarda autour de lui.

Deux Hindous accouraient vers les Français en manifestant une émotion extraordinaire.

Un peu en arrière, un matelot de Kerbraz courait aussi.

Mais, tandis que les Hindous, sans s'arrêter auprès de nos amis, continuaient leur course vers le campement indigène, le matelot s'arrêtait net devant Kerbraz, et saluait militairement.

— Eh bien! garçon, quoi de neuf? demanda le corsaire.

— Une troupe est signalée, capitaine.

— De quel côté?

— Elle vient de la plaine.

— Nombreuse?

— Deux hommes et un éléphant qui paraît monté.

— Voyons, mon ami, interrogea le Hollandais, je ne pense pas que ce puisse être un pareil cortège qui te rende, toi, Le Moal, blême comme un suaire, et qui fasse courir ces imbéciles d'Hindous comme des dératés. Il doit y avoir autre chose.

— C'est que, fit le Breton avec embarras, on a cru reconnaître l'éléphant.

— Et quel est-il, cet éléphant merveilleux?

— On croit... que... c'est celui de la princesse Mavourita.

A ces mots, Roëllo chancela comme s'il avait reçu une balle en plein cœur.

— Tiens, tiens, dit le Hollandais qui cherchait à cacher son émotion sous une plaisanterie, voilà qui va peut-être m'éviter un voyage.

Tous s'étaient levés et se dirigeaient à grands pas vers la ligne de bambous qui leur masquait la vue.

Roëllo marchait comme un somnambule. Il allait les yeux hagards, les bras tendus.

Le rideau d'arbres fut bientôt franchi.

Le Moal n'avait pas menti. Tout près d'eux, le cortège annoncé gravissait la pente qui menait jusqu'au campement.

Un peu en avant de l'éléphant marchait un homme d'une effrayante maigreur.

La face était décharnée et les yeux s'ouvraient, énormes, dans ce masque macabre.

Le premier, Roëllo le reconnut.

— Yodah ! cria-t-il avec un accent déchirant.

Kerbraz, le Hollandais, Joël, Marius, Roch Arvor et les marins formaient un groupe sombre et silencieux. Une même angoisse étreignait tous ces cœurs, et tous les regards étaient fixés sur le palanquin que l'éléphant balançait de son pas lourd et qui restait hermétiquement clos.

Le fakir s'inclina devant le corsaire, et dit de sa voix grave, quand il fut devant lui :

— Je suis heureux de revoir mon père Roëllo.

— Ma fille ! gémit le marin en tendant ses bras vers l'Hindou, comme s'il eût espéré que, par quelque impossible prodige, le fakir allait jeter Maryvonne sur son cœur.

Yodah baissa la tête.

Roëllo, à cette trop compréhensible mimique, cria dans un sanglot :

— Morte !

— Non, mon père, dit vivement l'Hindou, ma sœur Maryvonne est vivante.

— Prisonnière, alors ?

— Oui.

— Toujours aux mains des bandits anglais ?

— Oui.

— Et mon fils ?

— Mon frère Guy est dans le palanquin, sous la garde de Mavourita. Mon père va le voir dans un instant.

Un râle de joie s'échappa de la poitrine du corsaire, et, saisissant Yodah, il l'embrassa à plusieurs reprises avec une sorte de frénésie.

Djemmah venait de s'agenouiller. On vit d'abord descendre, par l'échelle de soie, Mavourita dont le charmant visage montrait des traces de fatigues et de larmes ; puis Guy, très pâle et chancelant, soutenu par la jeune fille, descendit à son tour du palanquin.

Roëllo courut à lui et, le soulevant dans ses bras robustes, il l'emporta en courant jusqu'au campement, comme une proie. Et, au milieu de ses larmes, il lui parlait d'une voix berceuse. Le terrible coureur de mers se faisait maternel et trouvait des mots exquis de douceur et de tendresse pour parler à ce fils qu'il avait cru perdu à jamais et qu'il revoyait vivant.

Kerbraz, devant ce groupe touchant du père et de l'enfant, ne se gênait pas pour pleurer tout son soûl ; Joël luttait depuis deux minutes avec une grosse larme qui finit par glisser le long de son nez, et Marius, plus ému encore que les autres, accumulait toutes les expressions admiratives, joyeuses et familières, qui ont cours forcé des Catalans à la Canebière.

Le Hollandais considérait Roëllo et Guy avec des regards attendris. Seul, Louis Kerbraz restait sombre.

Les premiers transports une fois calmés, le corsaire se rappela qu'il y avait là quelqu'un à qui il n'avait rien dit et qui cependant avait bien droit à toute sa gratitude.

Il se tourna vers Mavourita qui se tenait près de lui, et la baisant longuement au front, il lui dit :

— Merci, ma fille.

A ce simple mot, l'Hindoue détourna la tête avec embarras, et une furtive rougeur monta aux pommettes de Guy.

— Té ! mon matelot, murmura Marius à l'oreille de Toussaint, voilà une histoire de brigands qui pourrait bien se terminer par de belles noces ! As-tu relevé le trouble de la pitchounette ?

— Eh bien ! lieutenant, il n'y a pas à dire, saint Casimir, riposta le vieux, mais la brunette est jolie comme les amours, mon glorieux saint Flour.

Cette courte scène n'avait pas échappé à Yodah. Il avait vu la rougeur de Guy, l'embarras de sa sœur ; ne se croyant pas observé, il laissa échapper un soupir.

— Pourquoi s'attrister ? dit une voix derrière lui, tu n'empêcheras pas ces enfants de s'aimer, et je ne connais pas sur terre un cœur plus loyal que Guy Roëllo.

Yodah tressaillit et se retourna.

C'était le Hollandais qui venait de parler.

Sans mot dire, le fakir lui tendit la main, qu'il serra fortement.

Le vieil homme venait de répondre à l'angoisse de son cœur.

Puis l'Hindou s'éloigna, allant parler à ses hommes qui l'accueillirent avec une joie délirante. Depuis de longs jours, ils croyaient leur chef disparu pour jamais, et son retour inespéré augmentait la foi qu'ils avaient en lui, et l'espoir en leur cause.

Tandis qu'il s'entretenait familièrement avec les siens, Yodah vit Roëllo qui venait à lui.

— Je ne sais rien, lui dit Roëllo, en lui prenant les mains, ou plutôt je ne sais qu'une seule chose, c'est que je vous dois le salut de mon fils ; mais j'ai une fille, et je viens vous demander si vous avez pu découvrir quelque indice pour nous permettre de la délivrer ?

— Mon père Roëllo sera contenté tout à l'heure, répondit l'Hindou ; pour le moment, qu'il me laisse m'occuper des enfants de ma race. Nous ne pouvons rien entreprendre avant demain.

Le corsaire lui fit un signe amical de la main, et revint à Guy qui, appuyé sur Louis, s'entretenait avec les survivants de l'Agile.

Le jeune homme répondait affectueusement à ses matelots, mais il semblait inquiet. Tout à coup, son visage s'éclaira : il venait de voir Mavourita qui sortait d'une tente qu'on avait préparée à la hâte pour elle.

Le soir, autour du feu qu'on avait allumé aussi bien pour combattre l'humidité de la nuit que pour éloigner les bêtes féroces, Yodah, quand le repas frugal fut terminé, prit la parole, et, s'adressant à Roëllo :

— Mon père Roëllo, dit-il, vous avez voulu m'interroger, je suis à vos ordres.

Le corsaire, qui, par dignité, n'avait rien voulu laisser paraître de son impatience, dit très vite :

— Que savez-vous de Maryvonne ?

Louis Kerbraz s'était levé et, penché sur le fakir, il attendait ses paroles avec angoisse.

— La fille de Roëllo, dit l'Hindou, a été prise dans le récent combat qui a eu lieu tout près d'ici, lors de l'incendie de la jungle.

— Oui, dit Roëllo, c'est ici même qu'elle a disparu.

Alors le fakir raconta son voyage à Pondichéry, son entrevue avec Kohlili, et les différents événements que nous avons rapportés dans les précédents chapitres.

Il dit aussi comment, en cherchant le passage qui conduisait à l'escalier souterrain, il était tombé au fond d'un puits, en s'y foulant le pied. Très succinctement, il raconta ses angoisses, ses essais pour recouvrer sa liberté, et enfin la résignation qui lui était venue, avec la certitude qu'il n'avait plus qu'à attendre la mort.

Arrivé à cet endroit de son récit, il se tourna vers sa sœur, et lui dit :

— C'est à toi de continuer, maintenant, parle.

La gracieuse fille inclina la tête en signe d'assentiment, et commença en ces termes :

— Le soleil s'était déjà levé deux fois et Yodah n'avait pas reparu. Malgré le tourment que me causait cette absence prolongée, je cachais mes angoisses à Djin et à Guy, car je ne voulais pas leur retirer leur courage. Le troisième jour je n'y tins plus. Je recommandai mon blessé à Djin, et, seule, je commençai mes recherches. Je visitai avec un soin minutieux toute la partie supérieure du vieux temple, et je ne découvris nul indice. Alors, après avoir allumé une torche dont je m'étais munie, je descendis dans les caveaux qui conduisaient au temple souterrain de Myhassor. Là, je pus bientôt me convaincre que la crypte avait été récemment habitée. Mille vestiges indiquaient la présence de l'homme ; des débris de torche, des restes de nourriture, un bout de corde, des cendres encore tièdes, prouvaient que plusieurs personnes avaient élu domicile en cet endroit.

« Enfin, voici ce que je trouvai, ce qui ne pouvait plus laisser subsister aucun doute.

Mavourita, tirant de sa poitrine la lettre de Maryvonne, la tendit au corsaire.

Roëllo s'en empara d'un mouvement farouche, et ses yeux s'emplirent de larmes quand il reconnut l'écriture de sa fille ; il lut avidement, d'abord tout bas, ensuite tout haut, l'étrange missive.

Chacun se taisait.

Chose étrange, un grand trouble se manifestait dans toute la personne de Roëllo. Il reprenait la lettre, la relisait, demeurait songeur, et, finalement, dit à voix basse :

— C'est bien l'écriture de Maryvonne, et pourtant je jurerais que ce n'est pas elle qui a écrit cette lettre !

Un sourire glissa sur le visage pâle de l'Hindou.

— Mon père Roëllo, dit-il, a tout de suite deviné avec son cœur ce que Yodah a mis bien du temps à découvrir.

— Que voulez-vous dire ?

— Laissez Mavourita terminer son récit, nous reviendrons tout à l'heure à la lettre de Maryvonne.

Chacun se tut, et Mavourita reprit :

— Je pus suivre sans difficulté le chemin que les Anglais avaient parcouru pour sortir du temple ; ils n'avaient même pas eu le soin d'effacer leurs traces. Je retrouvai également l'endroit où ils avaient attaché les chevaux ; mais rien ne m'éclairait sur le sort de mon frère. Je pensai d'abord qu'il avait suivi Clamorgan et Diana à la piste, mais je réfléchis bien vite qu'il m'aurait certainement prévenue s'il avait pris semblable résolution. D'autre part, je ne pouvais croire qu'il eût été surpris par les Anglais ; Yodah n'aurait pas succombé sans se défendre, et nulle part je n'avais remarqué trace de lutte. Je réfléchis longtemps, et enfin voici ce que je décidai : comme les Anglais étaient partis, je n'avais plus rien à craindre pour Guy ; je résolus donc d'explorer les environs du tombeau de Danlour. Je connaissais la fidélité de Djemmah, mon éléphant, et je savais bien qu'il ne

ALORS CE FUT VÉRITABLEMENT FANTASTIQUE. (P. 260.)

33

devait pas être loin ; je l'appelai avec mon sifflement accoutumé, et bientôt je vis accourir la brave bête qui manifesta sa joie de me revoir par quelques gambades qui m'auraient fait rire à un autre moment. Je me hissai sur ma formidable monture, et, partant du point où je me trouvais, je commençai à faire décrire un large cercle à Djemmah autour du tombeau de Danlour. Pendant les deux tiers du trajet, tout alla bien ; mais, arrivé à quelque distance des ruines du temple de Pouléar, mon éléphant commença à donner des signes d'inquiétude. Il s'arrêta bientôt brusquement, puis, remuant ses oreilles et reniflant avec force, il partit au grand trot dans la direction des ruines. Je voulus le remettre dans le bon chemin, mais tout fut inutile ; mon Djemmah n'écoutait plus ma voix. Confiante en son instinct, je ne le contrariai plus, mais je décrochai et j'armai ma petite carabine à deux coups qui était suspendue dans le palanquin, afin d'être prête à tout événement.

« Tout à coup, Djemmah s'arrêta comme s'il eût été subitement changé en pierre, et, en me penchant, je vis que nous nous trouvions à l'orifice d'une sorte de puits qui me parut assez profond. Tout d'abord je ne distinguai rien ; mais, mes yeux s'accoutumant peu à peu à l'obscurité, il me sembla apercevoir une forme humaine.

« Je forçai Djemmah à s'agenouiller, je descendis du palanquin, et je regardai de nouveau au fond du puits...

« Avec une inexprimable horreur, je reconnus mon frère !

« Au premier moment, je crus que je n'avais plus sous les yeux qu'un cadavre, et je me tordis les mains, sanglotant, et, dans ma détresse, appelant un impossible secours.

« Soudain, Yodah me parut avoir fait un mouvement.

« — Yodah ! mon frère, Yodah ! criai-je, tendant mes bras impuissants vers lui, est-ce bien toi ?

« Il se souleva un peu, et il me sembla que je voyais un spectre.

« — Mavourita ! dit-il d'une voix faible.

« Puis il retomba privé de sentiment sur le sol, et je crus qu'il venait d'exhaler son dernier souffle.

« Je restai à genoux sur le bord de ce puits maudit, n'ayant plus une idée, ne sentant plus rien, folle.

« Yodah se ranima au bout de quelque temps, et murmura :

« — J'ai faim !

« Je cueillis quelques bananes que je jetai au malheureux qui s'en saisit et les dévora avidement.

« Je pris ensuite dans le palanquin une gourde remplie de vin, du riz, et je lui descendis le tout au moyen de mon écharpe que je dénouai.

« Quand le pauvre Yodah fut un peu restauré, il me raconta comment il était tombé dans ce puits, qui avait failli être son tombeau ; puis nous cherchâmes ensemble les moyens de le sortir de l'horrible trou.

« Plusieurs projets furent proposés, puis repoussés.

« Enfin Yodah, auquel j'avais conté la merveilleuse sagacité avec laquelle Djemmah l'avait découvert, me dit brusquement :

« — C'est Djemmah qui m'a retrouvé, c'est Djemmah qui me sortira d'ici.

« Et comme je le considérais avec stupéfaction, me demandant s'il n'avait pas subitement perdu l'esprit, il ajouta :

« — Laisse-moi faire.

« Il se leva en chancelant, et fit au pied de la muraille un amas de tout ce qu'il put trouver dans le fond de sa prison, pierres, branchages, feuilles mortes. Il monta sur la petite éminence qu'il venait d'édifier, et s'adressant à l'éléphant :

« — Couche-toi, lui dit-il.

« L'intelligent animal obéit. Il courba ses gros genoux et pencha sa tête au-dessus du puits. De sa trompe, il caressait doucement le front et les mains de mon frère.

« — Prends-moi, lui dit alors Yodah.

« Alors ce fut véritablement fantastique.

« Avec précaution, Djemmah enroula sa trompe sous les épaules de Yodah, le souleva sans effort, et une minute après je pouvais embrasser mon frère.

« Mais l'émotion avait été trop forte et, après m'avoir serrée dans ses bras, il roulait évanoui sur l'herbe.

Mavourita se tut et chacun, pendant ce silence, tourna la tête pour envoyer un regard reconnaissant au bon Djemmah qui, à quelques pas de là, profilait sa silhouette puissante sur le ciel plein d'étoiles.

Yodah reprit le récit de sa sœur au point où elle l'avait laissé.

— Je revins rapidement à moi, dit-il, et mon premier soin fut de remercier Brahma qui m'avait si visiblement protégé. Ensuite, Mavourita me raconta tout ce qui s'était passé depuis mon départ du tombeau de Danlour, et me montra la lettre de Maryvonne.

« Au premier moment, je crus aveuglément aux lignes tracées de la main de ma sœur et je me résolus à retrouver la trace des bandits anglais et à repartir à leur recherche sans perdre un instant.

« J'allai embrasser Guy, mais comme je le trouvais encore trop faible pour entreprendre un long voyage qui pouvait n'être pas sans dangers, j'ordonnai à Mavourita de m'attendre dans cet asile de la pagode où nul ne viendrait les chercher. Puis, je m'enfonçai dans la forêt, après avoir pris quelque nourriture. Je montai Djemmah dont Mavourita n'avait pas besoin durant mon absence.

« Je rentrai à Pondichéry et, prenant avec moi le seul Kohlili, car pour ce que j'allais tenter je ne pouvais être seul, je commençai la chasse.

« Nous partîmes à la tombée du jour.

« Je n'eus pas de peine à retrouver la piste de mes Anglais, mais ils avaient sur moi une grande avance, et marchaient avec une grande célérité.

« Une chose m'étonnait : c'est qu'ils suivaient une direction absolument différente de celle qu'ils auraient dû prendre pour aller à Goa. Ils tournaient littéralement le dos à la ville portugaise.

« Le dixième jour de marche et, après m'être assuré que les bandits étaient toujours devant moi, je me trouvai en face d'une énorme ville blanche.

« C'était Madras.

— Madras ! répéta Roëllo qui avait suivi tout ce récit avec une émotion croissante.

— Je ne pouvais pas me tromper. Je connais la ville aussi bien que Pondichéry, et avant d'arriver je savais parfaitement où la route que je suivais allait me mener.

— Alors, cette lettre de Maryvonne ? demanda Kerbraz.

— Est fabriquée de tout point, riposta vivement l'Hindou.

— Non, non, dit Roëllo en secouant la tête, c'est bien Maryvonne qui a écrit cette lettre.

— Mais alors, dit le Hollandais, c'est tout à fait incompréhensible.

— On l'a peut-être forcée à l'écrire, en la menaçant de mort ? suggéra Kerbraz.

— Maryvonne se serait fait tuer, mais elle n'aurait pas écrit.

— Alors on lui a fait boire quelque breuvage qui lui avait fait perdre la tête, qui avait annihilé complètement sa volonté !

Yodah tressaillit, comme si une pensée qu'il n'avait pas encore eue venait subitement mettre un peu de lumière dans ces ténèbres, mais il ne dit rien.

— En tout cas, conclut le Hollandais, tout cela ne sert plus à rien, maintenant que nous savons, grâce à Yodah, que le Clamorgan est à Madras. L'essentiel est d'arrêter vite le plan que nous allons exécuter.

— Mais si les misérables quittent la ville, objecta Roëllo, comment saurons-nous où ils sont allés ?

Yodah dit simplement :

— J'ai laissé Kolhili à Madras. Vous pouvez être sûr qu'il ne quittera pas le meurtrier d'une seconde et que l'Anglais ne fera pas un pas sans que je le sache.

VII

LA « SAINTE-MARIE »

Il y avait déjà dix jours que Yodah avait rejoint ses amis, quand le fakir annonça au corsaire qu'il venait de recevoir des nouvelles de Madras, et que sa fille était en bonne santé. Le pauvre père eut, à cette nouvelle, des larmes de joie et de reconnaissance.

— Comment m'acquitterai-je jamais envers vous ? dit-il avec effusion à l'Hindou en lui serrant les mains

— En continuant de m'aimer, répondit doucement le jeune homme.

Puis il ajouta :

— Nous allons agir, maintenant. Le moment est venu. Il faut d'abord que nous retrouvions le capitaine Kerbraz.

Kerbraz n'était pas loin ; il fumait mélancoliquement sa pipe, regrettant un peu le pont de son navire.

Roëllo l'appela.

En trois enjambées, il fut auprès de nos amis.

Le corsaire le mit rapidement au courant des nouvelles que Yodah venait de recevoir de Kohlili, puis il céda la parole au fakir.

— Capitaine, dit ce dernier, savez-vous où se trouve votre navire ?

— Il doit croiser entre Pondichéry et Madras, répondit Kerbraz.

— Il y a bien de l'eau entre ces deux cités !...

— Oui, mais tous les trois jours un canot vient dans un endroit connu de moi seul pour attendre mes ordres.

— Voilà qui va à merveille.

— Nous allons reprendre la mer ? demanda Kerbraz avec joie.

« Ah bien ! voilà ce que je puis appeler une bonne nouvelle !

— Le Clamorgan maudit est en train d'armer un navire à Madras.

— Il quitte l'Inde !

— Oui, mais il emmène Maryvonne.

— Tonnerre !... Alors la lettre de la petite n'était donc pas une invention ?

— Le fond était vrai, mais l'on cherchait à nous égarer dans les détails. On nous envoyait à Goa, tandis qu'ils étaient à Madras.

— Ah ! ma foi, je ne serais pas fâché de trouver la barque de ce vilain oiseau par le travers de ma *Sainte-Marie*.

— C'est une satisfaction que vous aurez bientôt, sans doute.

— Mais comment a-t-il pu acheter ou louer un navire ? Quelles ressources avait donc le misérable ?

— C'est moi qui lui ai fourni l'argent.

Cette fois les visages des deux marins exprimèrent un tel ahurissement que Yodah, malgré son impassibilité ordinaire, ne put réprimer un sourire.

— Comment, vous, Yodah ! dit Roëllo, mais c'est impossible !

— Je ne dis pas que ce soit de bonne volonté, répondit le fakir ; mais sans moi ils n'auraient certainement pas pu partir de Madras.

— Expliquez-vous, Yodah, vous parlez par énigme.

— Vous savez que je portais toujours un poignard que vous avez maintes fois admiré, et qui me venait de mon père...

— Oui... oui... eh bien ?

— Ce poignard, je l'avais perdu dans le tombeau de Danlour. Il était tombé de ma ceinture au moment où je portais Guy dans mes bras. Les bandits l'ont retrouvé. Ils en ont vite estimé la valeur et, aussitôt arrivés à Madras, ils l'ont échangé contre des billets de la banque d'Angleterre.

— Quelle fatalité !

— Mais, en dehors de sa valeur matérielle, dit Roëllo, ce poignard représentait pour vous un précieux souvenir, une pieuse relique...

— Aussi l'ai-je rapidement fait revenir en ma possession.

— Comment ? fit Kérbraz surpris.

— Ce poignard !... commença Roëllo.

— Le voilà, dit simplement le fakir en tirant de sa ceinture l'arme merveilleuse et en la tendant aux deux corsaires.

Après un moment de silence, Roëllo dit à Yodah avec un sourire :

— Il y a des instants où je me demande si vous n'avez pas à votre disposition des légions de génies qui obéissent au moindre de vos ordres, qui préviennent même vos désirs.

— Ne m'attribuez pas un pareil pouvoir, Roëllo, et pour vous prouver combien tout cela est simple, je vais vous expliquer en deux mots l'aventure.

— Volontiers !

— Kolhili, qui était, comme vous le savez, à Madras pour surveiller les Clamorgan, a su bien vite qu'Allan était en train de vendre un poignard d'une grande valeur à Sourah Berdar, le riche joaillier de Madras. Comme ce dernier est l'un de mes fidèles, Kolhili s'aboucha facilement avec lui, vit l'arme, la reconnut pour la mienne et le dit à Sourah Berdar. Celui-ci, aussitôt, chargea Kolhili de me la faire parvenir. Vous voyez que tout cela est bien naturel.

— N'importe ? mon cher prince, il n'y a pas un potentat du monde qui puisse se vanter d'être servi comme vous !

— Ah ! ma foi, conclut Kerbraz, c'est un beau trait que celui de ce banquier qui perd résolument une somme rondelette...

— Cent vingt-cinq mille livres, dit négligemment le fakir.

— Bigre !

— Mais il sait bien, ajouta Yodah avec un sourire, qu'avec moi il ne perdra rien...

— Pour revenir à notre homme, demanda Kerbraz, pourriez-vous, vous qui êtes si bien renseigné, me dire ce que c'est que le navire que Clamorgan est en train d'armer à Madras ?

— Rien de plus facile.

— C'est prodigieux ! murmura Roëllo.

— Le vaisseau de Clamorgan se nomme le *Hunter*, c'est un beau brick de six à sept cents tonneaux. Il a été construit à Liverpool, il y a dix ans, et allait de Pondichéry à Madras avec un chargement de riz.

— Peuh !... un bâtiment marchand ! fit Kerbraz avec dédain.

— Attendez. Clamorgan a recruté un équipage de cinquante hommes qui sont bien les plus hardis coquins qu'on ait vus dans les mers des Indes...

— Voilà qui va mieux.

— Ce n'est pas tout... Le brigand a acheté des canons, et maintenant le *Hunter* a vingt-quatre caronades à votre service.

— Tant mieux, morbleu ! dit Kerbraz, il y aura de l'agrément ! Quand partons-nous ?

— Le plus tôt possible.

— Vous n'attendez pas, demanda Roëllo, qui pensait à Maryvonne, quelque nouveau message de Kolhili ?

— Kolhili n'écrira plus.

— Et pourquoi donc ?

— Parce que Kolhili est mort.

— Mort !...

— Oui, assassiné par Allan Clamorgan.

— Horreur !

— Le pauvre garçon, qui savait l'intérêt que je portais à Maryvonne, avait cru qu'il la pourrait sauver. Il s'était mis en rapport avec elle et, dans la nuit, ils devaient fuir ensemble. Je ne sais par quel diabolique prodige le bandit eut des soupçons ; mais il se cacha dans la chambre, et, au moment où mon Hindou pénétrait par la fenêtre, il lui cassait la tête d'un coup de pistolet.

— Le misérable !

Des larmes de rage jaillissaient des yeux de Roëllo.

— Mais, demanda Kerbraz, comment pouvez-vous avoir tous ces renseignements sur la mort de Kolhili, puisque c'est justement Kolhili qui était votre émissaire là-bas?

— Il n'était pas seul. Plus de vingt hommes sont attachés aux pas de Clamorgan. Je sais tout ce qu'il fait minute par minute ! Maintenant, mon cher capitaine, pouvez-vous m'indiquer l'endroit où nous pourrons communiquer avec votre goélette?

— C'est bien facile : l'embouchure du petit ruisseau qui se jette dans la mer après avoir arrosé le village de Chattiram.

— Bon, bon, je sais ce que vous voulez dire. Nous pouvons y être en huit jours.

On prévint aussitôt tout le monde du départ. Tous semblaient joyeux. Seuls Guy et Mavourita paraissaient accablés de tristesse.

On se mit en marche le soir même ; Guy était maintenant assez fort pour supporter les fatigues d'un long voyage. D'ailleurs on lui avait réservé une place sur le dos de Djemmah.

La petite colonne se composait d'une quarantaine d'Européens, matelots de l'*Agile* ou de la *Sainte-Marie*, et d'une vingtaine d'Hindous. Yodah avait licencié les autres, jugeant inutile la présence d'une troupe trop nombreuse. Grâce aux soins du fakir, tout le monde était monté, soit à cheval, soit à éléphant, et grâce à cette précaution le voyage pouvait s'effectuer dans des conditions de rapidité remarquables.

Le huitième jour, ainsi que Yodah l'avait présumé, on arrivait à Chattiram et l'on campait.

Kerbraz, Roch Arvor et Lacaussade étaient montés sur un petit promontoire pour tâcher de découvrir la *Sainte-Marie*, mais ils n'aperçurent pas une voile ; la mer semblait déserte.

La nuit se passa sans incident.

Au jour, Kerbraz était remonté à son observatoire, et, de ses yeux aigus, dardait les flots lointains.

Le fidèle Roch Arvor était à côté de lui.

Tout à coup, le corsaire laissa échapper un cri :

— Une voile !

Roch abrita, de sa main, ses yeux, et dit tout bas :

— Deux voiles !

Furieux, Kerbraz se retourna. Si bas qu'eût parlé son lieutenant, il avait entendu. Il gronda :

— Tu as dit deux voiles, je crois ?

Roch Arvor se renferma dans un étroit silence, tandis que le marin observait encore et plus attentivement la mer.

Une joie illumina sa face puissante.

— Trois voiles ! dit-il.

Le lieutenant ne broncha pas, mais il regarda à son tour. Au bout d'une minute il dit :

— Escadre !

Mais Kerbraz ne pensa même pas à lui répondre.

— La flotte de Suffren ! cria-t-il dans un élan.

En effet la mer se peuplait. Les points noirs avaient grossi. On pouvait parfaitement distinguer, à présent, et sans l'aide d'une lorgnette, les silhouettes majestueuses des vaisseaux de France.

Kerbraz descendit en courant, et vint annoncer la bonne nouvelle à ses amis. Tous coururent au bord de la mer pour contempler la flotte du bailli.

— Mais dans tout ça, dit Lacaussade, je ne vois pas la *Sainte-Marie*.

Kerbraz lança un regard furieux au Marseillais.

— La voilà, dit simplement Roch Arvor.

Le regard furieux se métamorphosa en regard aimable sur le lieutenant.

— Où donc, la goélette ? continua Lacaussade, je ne vois que des vaisseaux de ligne et des frégates.

— Mauvaise vue, dit Roch. Par le rocher en face de nous, la *Sainte-Marie*.

Marius faillit se fâcher. Il aurait bien voulu soutenir envers et contre tous que la goélette n'existait pas. Mais il fallait bien se rendre à l'évidence.

DANS LA NUIT, ILS DEVAIENT FUIR ENSEMBLE. (P. 263.)

Quittant la ligne des vaisseaux de guerre, gracieuse et légère comme une mouette, la *Sainte-Marie* cinglait vers la côte.

Une heure après un canot abordait.

Le Mouët, le premier maître, qui commandait le navire en l'absence des officiers, sauta le premier à terre et, s'approchant de Kerbraz, il dit simplement, comme s'il l'avait quitté la veille :

— La chaloupe est parée, capitaine.

— Bien, mon garçon, dit Kerbraz, en lui serrant chaleureusement les mains. Quoi de nouveau à bord ?

— Nous avons croisé dans ces parages, mon capitaine, suivant vos ordres. Le temps a été beau.

— Voilà, j'espère, une navigation de plaisance que je vous ai réservée là !

— Pas tout à fait, capitaine.

— Ah ! bah !

— L'escadre anglaise croisait devant Madras, et, une nuit, sans m'en douter, j'ai passé à travers.

— Diable ! Mais alors tu te trouvais entre les vaisseaux de Hughes et la côte.

— Oui, capitaine. Mais, heureusement, les Anglais ignoraient ma présence. J'ai même essayé de faire une prise dans les eaux de Madras, mais le brigand m'a échappé.

— Un bâtiment de commerce ?

— Oui, capitaine, le *Hunter*, un brick qui peut aller dans les sept cents tonneaux.

Yodah et Roëllo eurent un cri de surprise.

Le Mouët les regarda avec étonnement.

— On t'expliquera tout cela plus tard, dit Kerbraz en remarquant le mouvement du jeune homme. Dis-nous maintenant comment tu as pu connaître son nom ?

— En virant il m'a présenté son arrière et, avec ma lunette, j'ai pu déchiffrer son tableau.

— Autre chose. C'est bien la flotte française qui est devant nous ?

— Oui, capitaine.

— Comment Suffren est-il dans ces parages ?

— Il cherche William Hughes qui, depuis un mois, refuse constamment le combat.

— Je vois que nous arrivons au bon moment, dit Kerbraz en se frottant les mains.

— Pardon, mon ami, dit Yodah, pourrais-je adresser une question à ce jeune homme ?

— Dix, si vous voulez !

— Merci. Pourriez-vous me donner la date exacte, monsieur, de votre rencontre avec le *Hunter* ? demanda Yodah en s'adressant à Le Mouët.

— Il y a vingt jours, répondit le jeune marin.

— Il n'y a pas eu combat ?

— Je lui ai envoyé quelques coups de canon qui n'ont fait à l'anglais que des avaries insignifiantes.

— Mais, interrompit Kerbraz, c'est donc un bien rude marcheur que ce *Hunter* ?

— C'est un bon bateau, capitaine ; mais je l'aurais eu tout de même, s'il ne s'était allégé en jetant sa cargaison à la mer.

— A la bonne heure ! dit le corsaire, dont le front soucieux s'éclaira.

Puis, se tournant vers Roëllo :

— Que décides-tu, matelot, embarquons-nous sur-le-champ ?

— Je crois qu'il est de notre devoir de ne pas perdre une minute, répondit le corsaire, que l'idée de Maryvonne dominait toujours.

— Alors, en route, j'ai hâte d'avoir sous mes pieds le pont de ma goélette.

« Tu vas nous prendre avec toi, garçon, dit-il en s'adressant à Le Mouët. Roch, Lacaussade et Toussaint resteront à terre pour surveiller l'embarquement de tout le monde. Aussitôt à bord, je vous enverrai les embarcations nécessaires.

Alors Roëllo, qui semblait très ému, dit à Yodah :

— Mon père, mon ami, nous allons nous quitter. Je prierai Siva jusqu'à mon dernier souffle, pour qu'il vous rende en bonheur tout ce que vous avez fait pour moi.

A ces mots, Mavourita et Guy Roëllo, tous deux pâles d'émotion, s'étaient instinctivement rapprochés l'un de l'autre. Leurs mains se cherchaient. Les malheureux enfants conservaient les yeux fixés sur Yodah.

De sa bouche allait sortir, pour eux, la vie ou la mort.

Le fakir prit la main que lui tendait le corsaire, et la conserva dans les siennes.

— Mon père Roëllo, dit-il lentement, je ne vous quitte pas encore. Si Kerbraz veut bien de moi à son bord, je poursuivrai le ravisseur avec vous. Vous m'avez aidé jusqu'à la réussite dans mon entreprise, je resterai avec vous jusqu'à ce que Maryvonne vous soit rendue.

Mavourita et Guy échangèrent un regard d'indicible joie.

— Mais je le crois bien ! que je veux vous garder, disait rondement Kerbraz, et le plus longtemps possible !

— Eh bien ! dit malicieusement le Hollandais en s'approchant de la jeune Hindoue, tu vas être bien seule, ma fille, en l'absence de ton frère !

Des larmes vinrent aux yeux de la pauvre enfant.

Mais Yodah avait compris tout ce qui se passait dans l'âme de sa sœur.

Il laissa tomber sur les deux jeunes gens un regard d'infinie bonté, et dit avec mélancolie :

— Mavourita viendra avec moi sur le navire.

— Ah ! mon frère, mon bon frère, dit la gracieuse enfant en se jetant au cou de son frère et en cachant sur son épaule sa tête rougissante.

Quant à Guy, il était ivre de bonheur. Il n'entendit même pas Wouvermann qui lui disait avec un petit rire :

— Quelle belle chose que l'amour fraternel !

Kerbraz donna ses dernières instructions à Roch Arvor, on embarqua les quelques bagages de nos amis qui prirent place dans la chaloupe.

Kerbraz était à la barre.

— Pousse ! commanda-t-il de sa voix sonore. Avant partout !

La légère embarcation glissa sur les flots calmes.

Quand Kerbraz eut mis le pied sur le pont de la *Sainte-Marie*, tous les matelots le saluèrent de longs hourras. Il remercia tous ces braves gens en quelques paroles émues, puis il s'occupa de ses passagers. Bien que l'espace fût un peu restreint, chacun arriva à se caser tant bien que mal.

A cinq heures du soir, le dernier convoi amenait tout ce qu'il restait à terre de matelots, et Kerbraz dit à Roëllo, qui se tenait près de lui sur la dunette :

ON MIT LA CHALOUPE A LA MER. (P. 271.)

— Maintenant, matelot, dis-moi ce que tu comptes faire? Mes hommes, mon navire et moi, sommes à tes ordres.

— Merci, ami. A mon avis, je crois que le plus sage serait de rallier l'escadre et de nous rendre auprès de Suffren. Par ses mouches, ses éclaireurs, il doit avoir connaissance de tous les bâtiments suspects qui rôdent dans les environs. Peut-être pourra-t-il nous donner quelques renseignements sur le *Hunter*?

— Entendu, répondit Kerbraz.

Il cria d'une voix de stentor :

— En haut tout le monde !

Et l'appareillage commença.

Une demi-heure après, la *Sainte-Marie* avait le cap au nord-est, et filait à grande allure, vent sous vergues.

Bientôt on eut connaissance de la flotte française et, quand la nuit tomba, la goélette commença à louvoyer, attendant le jour.

Au matin, les passagers de la *Sainte-Marie* avaient sous les yeux un admirable spectacle.

Les quarante navires de la flotte du bailli barraient la mer en une ligne menaçante.

La goélette arbora fièrement son pavillon, et cingla à toutes voiles dans la direction des vaisseaux de guerre.

Bientôt on découvrit le *Héros* ; Kerbraz gouverna à le ranger au plus près, et fit, par signaux, la demande de venir à bord.

Du *Héros*, on répondit immédiatement.

Des pavillons montèrent et descendirent le long des drisses. L'autorisation était accordée.

La chaloupe fut mise à l'eau, et dix minutes ne s'étaient pas écoulées que Roëllo et Kerbraz étaient en présence du grand Suffren.

Son premier mot, en apercevant Roëllo, fut :

— Ah! capitaine, comme je suis aise de vous revoir! Puis-je vous être bon à quelque chose ?

— Amiral, permettez-moi d'abord de vous présenter mon ami Louis Kerbraz, capitaine de la *Sainte-Marie*.

— Oh! oh ! je vous connais, capitaine, dit avec un sourire le bailli ; je vous connais presque aussi bien que les Anglais, qui se plaignent de vous très fort, paraît-il.

Le rude marin rougit sous l'éloge, mais il répondit sans embarras :

— Mon Dieu, monsieur le marquis, les quelques petites choses que j'ai pu faire ne méritent pas tant de compliments.

— Si, si, monsieur, vous avez fait plus que votre devoir, et si je puis vous être utile en quoi que ce soit, usez de moi largement, je vous prie.

— Justement, amiral, mon ami Roëllo et moi, nous venons vous demander un service.

— Parlez, vous ne pouviez pas me faire plus de plaisir.

— Avez-vous entendu parler d'un brick anglais armé en course, nommé le *Hunter* ?

M. de Suffren chercha un instant dans ses souvenirs ; puis, relevant la tête avec une vive expression de contrariété :

— Hélas ! non, monsieur, dit-il.

— Mon Dieu ! murmura Roëllo, Yodah se serait-il trompé ?

— Vous seriez curieux d'avoir des renseignements sur ce bâtiment ? demanda le bailli avec bonté.

— Oui, amiral, dit Roëllo d'une voix sourde, car sur ce bâtiment se trouve ma fille que des misérables m'ont enlevée !

— Oh ! c'est vrai ! J'oubliais les terribles paroles que vous m'aviez dites en quittant mon bord. Votre fils ?

— Sauvé, par bonheur, mais ma fille est aux mains de deux assassins, qui n'ont épargné son sang que parce qu'ils veulent le mélanger à celui de mon fils et au mien !

— Quelle est cette épouvantable histoire ?

En peu de mots, Roëllo eut vite fait de mettre l'amiral au courant de tout.

— Mais c'est abominable ! dit celui-ci quand il eut fini, et je vais donner des ordres pour que, partout où mes navires rencontreront le *Hunter*, ils lui donnent une chasse sans merci. Puis-je autre chose pour vous ?

— Hélas ! non, monsieur le marquis. Mais, de mon côté, si je puis vous être bon à quelque chose ?...

— Mon navire serait grandement honoré de combattre sous vos ordres, dit vivement Kerbraz.

— Merci, mes braves amis, dit le bailli en leur serrant les mains. Je n'ai plus besoin d'éclaireurs, et c'est le seul service que vous pourriez me rendre. Dans quelques heures j'espère forcer Hughes, qui m'évite depuis un mois, à un combat définitif. Il ne peut plus m'échapper.

— Vous connaissez la position de la flotte anglaise, amiral ?

— Elle croise devant Madras. Hughes a d'abord voulu fuir ; mais, sur des ordres formels venus de Londres, il a dû se résoudre à couvrir Madras, où l'on craint un débarquement de troupes françaises.

— Et vous avez bon espoir, monsieur le marquis ?

— Si le vent ne change pas, poursuivit l'amiral avec animation, les Anglais sont perdus. Je les écrase, et leur puissance dans l'Inde est anéantie à jamais !

Il y eut un silence ; puis, s'adressant aux deux corsaires, il leur dit avec bonté :

— Allez, messieurs, et fasse le ciel que vous réussissiez dans votre entreprise. Tous mes vœux vous accompagnent.

Ils prirent congé de l'amiral, et eurent bientôt fait de rejoindre la *Sainte-Marie*.

Tout le monde à bord était anxieux ; mais, quand on sut le résultat de l'entrevue avec Suffren, une morne consternation se peignit sur tous les visages.

— Mon père Roëllo, ne désespérez pas encore, dit doucement Yodah ; notre croisière commence à peine, et nous n'avons pas encore atteint les parages où doit se trouver le *Hunter*.

— Mais entre lui et moi, dit douloureusement Roëllo, je vais trouver la flotte anglaise !

— Vous n'aurez pas besoin d'aller si loin. Si vous cherchez Clamorgan, Clamorgan vous cherche, soyez-en sûr. Le misérable n'est pas un coquin vulgaire. La formidable haine qu'il vous porte s'assouvira mieux dans un combat décisif, que dans les basses intrigues qu'il a employées jusque-là.

— Ah ! puissiez-vous dire vrai !

Cependant, poussée par un bon vent, la flotte française faisait de la route, et le lendemain matin, au réveil, Suffren avait la joie d'apercevoir la flotte anglaise rangée sur trois lignes, et couvrant la rade de Madras.

Désormais le doute n'était plus possible. William Hughes ne pouvait plus éviter le combat.

Suffren fit hisser au grand mât son pavillon amiral, et fit venir à son bord tous les capitaines de vaisseau.

La lutte suprême allait s'engager.

VIII

VAINCRE OU MOURIR !

Tout près l'un de l'autre, à l'avant, Guy Roëllo et Mavourita semblaient étrangers à tout ce qui se passait autour d'eux. Ils ne parlaient pas, ils regardaient sans les voir les longues lames berceuses qui venaient mourir aux flancs du navire, ils songeaient, absorbés tous deux par la même pensée.

Mavourita ne pouvait plus s'en défendre : elle aimait Guy. Du premier jour, elle avait senti son cœur obéissant à une force mystérieuse qui allait vers le jeune homme. Elle avait voulu résister au sentiment nouveau qui l'envahissait, mais tout avait été inutile, et maintenant, considérant ces flots qui les enveloppaient tous deux, elle songeait que d'autres flots bientôt allaient la séparer pour jamais de celui qui était le fiancé de son âme. Parfois, bafouant son rêve, elle se prenait en pitié. Comment jamais avait-elle pu croire que Guy pourrait un jour être son époux ! En vérité, c'était folie ! Tout les séparait. La race, la religion, et, plus que tout, l'impérieuse volonté de Yodah. Non, certainement, le fils de Doulah Singh ne consentirait à aucun prix à l'union de sa sœur, la fille des Rajahs, avec le jeune marin de France ! Elle avait eu un espoir au tombeau de Dænlour, le cœur de Yodah avait paru s'amollir, et elle avait espéré que, de ce côté, du moins, il n'y aurait pas d'obstacle à son bonheur ; mais, depuis, l'attitude de son frère avait bien changé. Il lui parlait à peine et, dans toute occasion, lui montrait une froideur qui la désespérait.

Et Roëllo, de son côté, consentirait-il davantage ? Pour lui, Mavourita n'était qu'une indienne, une païenne, une sorte de sauvage, à peine plus civilisée que les autres !

Enfin, Guy, quels étaient ses sentiments réels ? Jamais un aveu n'était sorti de ses lèvres. Sans doute, il était bon et tendre pour elle ; mais tout ce qu'il lui disait d'affectueux, était-ce seulement l'effusion d'un cœur reconnaissant ? Oui, l'amour qu'il avait eu pour cette Anglaise maudite, cet amour funeste était mort pour toujours ; mais cette tristesse affreuse dans laquelle il semblait se complaire, n'était-ce pas l'indice d'un irrémédiable chagrin, d'une douleur que le temps ne pourrait pas calmer ?

Et la pauvre Mavourita sentait les heures glisser comme l'eau d'une source vive, et chaque minute passée la rapprochait de l'horrible instant des adieux.

Quant à Guy, il ne voyait pas si loin. Encore engourdi, comme convalescent, après la double blessure qu'il avait reçue, il ne comprenait qu'une seule chose, c'est qu'il ressentait une infinie douceur à savoir Mavourita près de lui. Depuis l'instant où, en ouvrant les yeux, il avait vu la jeune fille à son chevet, la soignant avec un dévouement passionné, il s'était accoutumé à sa présence. Quand Mavourita n'était plus là, il sentait un froid au cœur ; et quand elle paraissait, il lui semblait que c'était un rayon de soleil qui perçait la nuit de son âme.

Pour la première fois depuis de longs jours, le jeune homme s'interrogeait sérieusement. Jusqu'alors, il s'était laissé aller au charme de cette présence, sans bien démêler les sentiments qu'elle lui inspirait. Mais le coup qu'il avait reçu au moment de l'embarquement, quand il avait pu croire que Mavourita était perdue pour lui, l'avait brusquement éclairé.

Une seconde, le souvenir de Diana vint le poigner. N'était-ce pas ainsi qu'il avait passé de longues heures près d'elle, écoutant ses jolis mensonges, se grisant de sa beauté? Dans le miroir vert des eaux marines, leurs deux silhouettes se confondaient, semblant s'unir pour jamais... Tout remué de ce souvenir mauvais, il leva un visage craintif, comme s'il eût redouté de revoir, par quelque prodige, la méchante fille revenue auprès de lui ; mais ses yeux rencontrèrent les yeux purs de Mavourita, un grand apaisement se fit en lui, et il détourna la tête, comme s'il eût craint de laisser deviner les pensées qui l'agitaient. La jeune fille baissa brusquement ses longues paupières, tandis qu'un flot rose colorait ses traits délicats... Cela fut très court; mais, dans ce regard, ils avaient échangé leurs âmes.

— Hé Joël !
— Lieutenant ?
— Attrape à relever le petit bateau qui vient sur nous.
— Mais, mon Marius, le petit bateau est un beau brick.
— Il me fait l'effet d'une coquille de noix, au milieu de toutes ces grandes carcasses.
— En tout cas, voilà une jolie coque bien marine, ma bonne sainte Séraphine!
— Il évolue comme un marsouin, mille bagasses !
— Pourquoi qu'il ne porte pas ses couleurs à la corne d'artimon ? saint Philodéon.
— Té ! as-tu perdu la tête, pour demander de semblables choses ? il ne peut être que d'Angleterre, puisque c'est au milieu des lignes anglaises qu'il évolue.

Toussaint allait répliquer à son ami Marius, quand un cri leur fit brusquement tourner la tête.

— Capitaine ! criait Le Moët, capitaine !
— Qu'y a-t-il? demanda Kerbraz, debout sur la dunette, la main à la barre.
— Le brick, là... par notre travers...
— Hé bien ! le brick... je le vois comme toi.
— C'est le *Hunter* !

Un rugissement terrible domina le bruit des flots et le fracas du canon qui commençait à se faire entendre, et Roëllo, livide d'émotion, les yeux étincelants de colère, se cramponnant au bordage d'où il semblait qu'il voulût s'élancer, dévorait de ses regards brûlants le léger navire qui se jouait comme un grand cygne sur la mer.

Maryvonne était là !

Sa fille chérie ! elle était à bord de ce vaisseau maudit dont à peine une portée de canon le séparait...

Le premier moment d'étonnement passé, Kerbraz reprit tout son calme, et demanda à Le Moët:

— Tu es sûr de ne pas te tromper?
— Sûr, capitaine.

— Alors, voilà le moment venu de convenir de ce que nous allons faire. Hé ! Roëllo, allons, matelot !...

Lentement, comme à regret, le corsaire détourna la tête.

— Tu entends ce que dit Le Moët ? reprit Kerbraz.

— Oui... Maryvonne est là.

— Que faut-il faire ?

— Attaquer le bandit qui vient nous braver, dit Roëllo avec exaltation.

— C'est aussi mon avis.

Et de sa voix qui roula comme un tonnerre, il commanda :

— Branle-bas de combat !

— Ma caillou, disait Marius à Joël, je crois que nous allons rire...

— Oui, mon Marius, il va y avoir tout à l'heure une jolie contredanse.

— J'aime cette musique-là, matelot ; qu'est-ce que tu veux, c'est une faiblesse.

— Un petit abordage en douceur est bien mignon aussi, grand saint Elie !

— Il en faut pour tous les goûts, mon Joël.

— Et puis, dans le corps-à-corps on peut retrouver des particuliers avec qui des fois on aurait un vieux compte à régler.

— Oh ! ton Clamorgan, tu as encore son coup de couteau en travers de l'estomac.

— C'est bien dit, lieutenant, car je n'ai jamais pu le digérer.

— Tu pourras peut-être le faire passer tout à l'heure.

— Peut-être... Mais, dis donc, lieutenant, à propos de coups de couteau, il ne t'est jamais venu d'idée au sujet du tien ?

— Jamais ; qui veux-tu que ça puisse être ? Personne n'en voulait à Saint-Malo à Marius Lacaussade. J'ai toujours eu idée que c'était quelqu'un qui m'avait pris pour un autre.

— Et moi, j'ai dans l'idée que c'était un failli gars qui savait bien ce qu'il faisait et à qui il s'adressait.

— Allons, vieux loup, décapelle un peu ta pensée.

— Je veux dire que c'est peut-être bien le même couteau qui nous a frappés tous les deux !

— Eh ! quoi donc, à ton idée ce serait le Clamorgan ?

— Lui-même.

— Eh ! bouffre ! pourquoi donc cela ? je ne lui ai jamais rien fait, à cette coquinasse !

— Oui, mais tu le gênais.

— Ah ! voilà du nouveau, je gênais M. Clamorgan !

— Non, mais tu gênais M. Brecknock, qui ne pouvait pas embarquer sur l'*Agile* s'il n'y avait pas un officier de manquant, pour une cause ou pour une autre, au moment de l'appareillage.

Marius s'aplatit le front d'une claque énorme.

— Té ! mon pitchoun, voilà que j'y vois clair. C'est sûrement le brigand qui a fait le coup !

— Parbleu !

— Mais, dis-moi donc... il y a longtemps que tu as cette idée-là sur Clamorgan ?

— Depuis que j'ai pu connaître le paroissien, mon bon saint Gratien, c'est-à-dire depuis le naufrage de l'*Agile*, mon bon saint Cyrille.

— Et pourquoi me dis-tu la chose seulement à cette heure ?

— C'est pour que tu aies plus de plaisir tout à l'heure sur le pont de l'anglais, si tu te rencontres nez à nez avec ce vilain gars, saint Nicolas !

Marius prit les mains de Joël et les serra avec force.

— Ah ! mon matelot, dit-il, tu me fais un fier plaisir, mais je te revaudrai ça.

— Bon, bon, nous recauserons de tout cela plus tard, saint Gaspard ; voilà le bal qui va commencer, saint Barnabé !

Certes, jamais les corsaires et Clamorgan n'auraient pu trouver pareille occasion de combattre. Quatre-vingts vaisseaux de ligne les entouraient, et allaient être témoins de leur duel mortel.

Les flottes française et anglaise n'étaient pas encore aux prises et, seuls, dans l'immense espace laissé libre, les deux petits navires manœuvraient pour se joindre et s'attaquer, luttant de finesse et d'habileté.

Au bout de cinq minutes, Kerbraz avait deviné l'intention de l'Anglais.

Le plan de Clamorgan était bien simple : il consistait à attirer la *Sainte-Marie* le plus près possible de la ligne anglaise, et là, par une habile manœuvre, de venir mettre avec son *Hunter* la goélette entre deux feux.

— Attends un peu, mon bonhomme, disait Kerbraz entre ses dents, je te prépare une petite plaisanterie à laquelle tu ne t'attends pas.

Et, d'après ses ordres, la *Sainte-Marie* laissa porter en plein sur le *Hunter*.

. . . .

A bord du *Hunter*, il y avait déjà longtemps qu'on avait reconnu la *Sainte-Marie*. Clamorgan était à son banc de quart, le visage rayonnant de joie. Près de lui se tenait Diana. On pouvait lire dans ses yeux l'espoir prochain de la haine prête à s'assouvir. Son beau visage était comme déformé par une expression d'implacable férocité. Elle avait repris les vêtements de son sexe.

— Ah ! disait Clamorgan, tu avais raison, petite sœur, c'était bien sur mer qu'il fallait combattre.

— Tu es sûr du succès ?

— Je te dis que je les tiens !

— Une idée, frère.

— Parle.

— Si je faisais monter Maryvonne, pour lui montrer le navire où sont ses amis ?

— A merveille, va vite. Petite sœur, tu aurais fait un tortionnaire merveilleux, car tu es pleine d'imagination.

Cinq minutes après, Diana reparut, traînant derrière elle la malheureuse fille de Roëllo.

— Tiens, regarde sur la mer, disait Diana en lui désignant la *Sainte-Marie* ; reconnais-tu cette goélette qui est là-bas ?

Mais Maryvonne semblait ne rien entendre. Elle ne voulait pas laisser voir sa douleur à ses bourreaux.

— Allons, dit Clamorgan furieux, assez de comédie, coquine ; regarde ce que te montre Diana, je le veux.

Alors, sous l'étreinte de cette volonté triomphante, elle abaissa ses regards sur la mer.

D'abord, elle ne distingua rien, puis, tout à coup, ses yeux se fixèrent.

— La *Sainte-Marie* ! murmura-t-elle.

— Oui, continua Clamorgan, la *Sainte-Marie*, où sont réunis ton père, ton frère, tes amis ; la *Sainte-Marie* que je vais attaquer tout à l'heure et broyer sous une trombe de fer et de flamme avec tout ce qu'elle contient.

— Grâce ! pitié ! dit faiblement la jeune fille en tendant les mains.

— Ah ! tu supplies maintenant, ricana-t-il, tu n'es plus hautaine et méchante. J'aurai donc eu la joie de te voir humiliée, orgueilleuse créature !

Sous l'outrage, Maryvonne se redressa.

— Merci, dit-elle, vous me rappelez à mon devoir et à la réalité. On n'implore pas les bêtes féroces. Faites de moi ce que vous voudrez, dit-elle en remarquant un geste menaçant de Clamorgan, vous ne m'arracherez plus désormais aucune plainte, ni une prière.

— Tu crieras de peur et de douleur cependant, reprit-il avec rage, quand, au milieu des cadavres de tous ceux que tu as aimés, je te conduirai à ton tour palpitante, et que je lèverai mon couteau sur ta tête.

Maryvonne eut un dédaigneux sourire.

— Ah ! ces Français, que je les hais ! continua le bandit ; ça va être double joie pour moi de les exterminer !

— Vous parlez beaucoup, dit Maryvonne d'un ton méprisant ; mais nous vous verrons à l'œuvre tout à l'heure.

— Tu n'attendras pas longtemps, maudite fille ; regarde ! l'imbécile corsaire tombe dans le piège que je lui ai tendu.

Malgré tous ses efforts, la pauvre fille se sentit pâlir. Elle ne comprenait rien à la manœuvre de Kerbraz qui semblait venir de bonne volonté se jeter dans la gueule du loup. Pourtant, elle connaissait l'habileté du corsaire, et d'ailleurs elle pensait bien que son père devait être aussi à bord de la goélette.

— Branle-bas de combat ! commanda Clamorgan à son tour.

Une agitation fébrile anima à l'instant le pont jusque-là silencieux et calme du *Hunter*. Autour de Maryvonne, les matelots passaient, portant des piques, des haches, de la poudre, des boulets. La jeune fille était bien accoutumée à ce spectacle, mais toutes ces têtes de bandits l'épouvantaient.

Clamorgan avait recruté son équipage comme il avait pu, et il n'avait pas été d'un choix difficile. Toutes les races du globe étaient représentées dans cette agglomération d'hommes. Des Anglais, des Nègres, des Chinois, des Malais. Il y avait aussi trois matelots portugais et des Indiens du Coromandel.

Pour dominer un pareil équipage, il ne fallait pas moins que la main de fer de Clamorgan. Les premiers jours avaient été durs, et il s'en était fallu de bien peu qu'une révolte n'éclatât.

Peu après sa sortie de Madras, un matelot de vigie s'étant endormi à son poste, il le condamna à recevoir douze coups de corde.

Aussitôt des murmures éclatèrent.

Clamorgan, blême de rage, fait rassembler tout le monde sur le pont.

— On réclame ? demande-t-il de sa voix coupante.

Tous se taisent, mais enfin, honteux de leur lâcheté, deux grands Anglais s'approchent de Clamorgan.

— Capitaine, dit l'un d'eux, plus de peine corporelle, ou sans ça nous te faisons ton affaire !

— Oui, dit l'autre ; si tu ne donnes pas la grâce de Smith, on te fait faire le grand saut !

— Vous venez d'insulter votre commandant, dit Clamorgan d'une voix terrible, je vous condamne à mort !

Et avant qu'on eût pu soupçonner son dessein, il déchargeait à bout portant ses deux pistolets sur les deux misérables qui roulèrent foudroyés.

— Maintenant, dit-il, sergent d'armes, amène-moi le matelot Smith.

L'infortuné, qui venait d'assister à la scène que nous avons racontée, était plus mort que vif.

— Dépouillez cet homme jusqu'à la ceinture, sergent, continua l'Anglais de sa voix brève. Amarrez-le à deux barres du cabestan... Bien.

Puis se tournant vers l'équipage :

— Qui d'entre vous a encore quelque chose à dire ?

Personne ne souffla mot ; un silence de mort régnait sur le pont.

Alors, après un instant d'attente, s'adressant au contre-maître chargé de l'exécution :

— Tiens-toi paré à frapper, dit-il, et ferme, sinon je te fais amarrer à sa place... Envoyez !

L'exécution eut lieu sans qu'il y eût un murmure. Le patient, rhabillé, reprit son rang. Les gens de l'équipage s'attendaient à l'ordre de se disperser ; Clamorgan ne le donna pas.

L'heure du dîner sonna, Clamorgan la laissa passer et, ses pistolets aux poings, continua de se promener devant ses marins.

Un grain montait à l'horizon. Un maître demanda la permission de diminuer la toile.

— Bien, dit Clamorgan, je vais te donner du monde... Que personne sans mon ordre ne sorte des rangs ! Qu'après la manœuvre, chacun s'empresse d'y rentrer.

Quelques hommes seulement furent chargés d'amener une partie des voiles.

La nuit tomba brusquement ; Clamorgan se promenait toujours, prêtant l'oreille, attendant un symptôme, un mouvement...

Point de repos. L'immobilité, le silence. Un chef résolu à faire un nouvel exemple !

De temps en temps, il grondait :

— Allons ! murmurez, matelots !... Plaignez-vous ! Dites quelque chose !... Ah ! coquins, vous ne me connaissez pas encore !

Au bout de six heures interminables, il s'arrêta, et commanda :

— Tribordais par le flanc droit ! Bâbordais par le flanc gauche ! Pas accéléré ! Sur l'avant, serrez en masse... marche !

Puis il attendit durant quelques minutes encore.

Les hommes, exténués de fatigue, privés de leur repas de midi, redoutant toujours quelque acte de fureur, piétinaient, marquant le pas.

Enfin, les rangs furent rompus, le souper servi ; toutes choses, à bord, reprirent leur cours accoutumé.

Et, depuis, aucun mouvement d'insoumission ne s'était manifesté dans l'équipage. Clamorgan avait dompté ces brutes.

Debout sur la dunette, Clamorgan observait toutes les manœuvres de la *Sainte-Marie*. La goélette n'avait pas changé sa route

À L'ABORDAGE! (P. 282.)

— Allons ! murmura-t-il ; le diable me les livre !

Il descendit et alla passer l'inspection des postes de combat. Il s'assura par lui-même que rien ne manquait pour le service des poudres, des petites armes, ni des rechanges.

Tout en circulant dans la batterie, il encourageait ses hommes à bien faire :

— Canonniers, l'ennemi sera sur nous avant une heure. Attention à votre pointage. Du sang-froid, surtout, du sang-froid. Ne vous pressez jamais ! Il faut pointer avec précision et toucher. Boulets noyés ne servent qu'à l'ennemi. Nous aurons la victoire, je vous en réponds, et je vous livre le français quand vous l'aurez amariné.

Enfin, il remonta sur son banc de quart et fit diminuer la toile. On amena les perroquets, on remplaça le grand foc par la trinquette et l'on attendit l'adversaire.

Vers trois heures de l'après-midi, la *Sainte-Marie* et le *Hunter* se trouvaient à portée de la voix.

Maryvonne, qu'on semblait avoir oubliée, cherchait à distinguer, sur le pont de la goélette, ceux qui lui étaient si chers.

Diana avait remarqué le mouvement. Elle prit brusquement par le bras la malheureuse fille, et l'entraîna dans sa cabine dont elle ferma la porte à clef.

Puis elle remonta sur le pont et, malgré les instances de son frère, voulut rester près de lui.

Clamorgan ne comprenait rien à la route que tenait la goélette. Tout à coup, il se frappa le front.

— Parbleu ! murmura-t-il... j'y suis ! Le damné corsaire, plus fort en équipage, plus faible en canons, voudrait nous enlever à l'abordage. Nous allons rire !

Durant dix minutes, les deux navires joutèrent de manœuvres sans brûler une amorce. Enfin, se croyant en position de foudroyer la hanche de la *Sainte-Marie* avec ses pièces de l'avant, il commanda le feu.

Une effroyable bordée, à laquelle riposta Kerbraz, enveloppa les deux bâtiments d'une épaisse fumée...

Quand l'épais rideau fut déchiré par le vent, Clamorgan s'aperçut avec effroi que, loin d'avoir souffert, la *Sainte-Marie*, par une évolution soudaine, était sur le point de l'aborder.

— La barre au vent ! Brassez carré ! commanda-t-il d'une voix frémissante.

Avec une présence d'esprit égale à l'audacieuse habileté de Kerbraz, il lui échappait en le contraignant à un combat d'artillerie vent arrière.

Les deux navires ayant l'un et l'autre peu de voiles, la fumée serait chassée en avant par la brise devenue ronde. Plus de surprise possible, par conséquent.

Kerbraz essayait toujours de se rapprocher ; mais, par un travail semblable du gouvernail, Clamorgan maintenait la distance, qu'il tentait au contraire d'augmenter, mais sans y parvenir.

Elle était d'une petite portée de pistolet.

On courait parallèlement ainsi, comme de conserve, sous la même allure, derrière la colonne de fumée tourbillonnante.

Une spirale de flocons blancs, rougeâtres, irisés, parfois tachés de bandes noires, était formée par le mariage des vapeurs de l'un et l'autre bord. Elle se tordait d'abord en avant, au ras des eaux, ou enfin s'évanouissait en linéaments subtils.

Durant une longue demi-heure, on se canonna fiévreusement.

Clamorgan est maintenant sûr de réduire son adversaire.

— Ah ! Diana, crie-t-il avec une joie délirante, nous triomphons enfin !

36

IX

LA COURSE A L'ABÎME

Tous les deux sur la passerelle, tous les deux soudés l'un à l'autre, semblant un seul être pensant et agissant, les deux corsaires étaient à la roue du gouvernail.

Les Anglais, sur l'ordre de Clamorgan qui les voyait superbes et forts au milieu de l'ouragan de mitraille qui s'abattait sur le pont, les avaient pris pour point de mire. Mais un charme invisible protège les deux hommes. Autour d'eux tout s'abat, tout est fauché par le vent de mort que crachent les canons du *Hunter*... Eux seuls, invulnérables, observent, attendent, guettent l'instant favorable.

— Capitaine ! crie dans le fracas Toussaint Joël qui fumait tranquillement sa pipe, le lieutenant dit que je n'ai plus l'œil bon. Laissez-moi pointer, et je vous réponds que ça ne sera pas de la poudre perdue.

— Va, vieux, et vise à démâter.

Joël, aussitôt qu'il a l'autorisation souhaitée, saute, leste comme un mousse, sur la pièce qu'il a choisie. Il écarte le pointeur qui grogne un peu et, s'écrasant sur le canon, pointe avec un soin minutieux.

Le vieux tient compte de tout : de la houle, de l'inclinaison du navire, du vent ; il met le feu lui-même et se jette vivement en arrière pour éviter le recul et pour juger de l'effet.

— Vive le Roi ! crient les matelots de la *Sainte-Marie*.

Le mât de hune du *Hunter* vient en bas, écrasant deux Anglais dans sa chute, paralysant la manœuvre.

— Hé ! mon Marius, fait le vieux étincelant de joie, on a toujours l'œil à sa place.

— Tout de même, riposte Lacaussade avec un bon rire, tu ne t'es pas trop rouillé, vieille bagasse !

Kerbraz profite du désordre causé par cette grave avarie.

Les ordres circulent sans bruit. Point de commandement au porte-voix, pas de mouvement tumultueux que l'Anglais puisse remarquer. Attention... Kerbraz ne fera qu'un signe qui est compris de tous.

Brusquement, la goélette change d'allure et de route.

Pour les gens du métier, on dirait que soudain elle a lofé de huit quarts. Elle tente l'abordage par l'extrême avant du *Hunter*.

Clamorgan pousse un cri de rage. Il lofe en hâte, mais n'évite le choc que grâce à une avarie de la *Sainte-Marie* : un boulet vient de faire sauter en éclats la roue du gouvernail. Par miracle, les deux corsaires ne sont pas atteints.

Mais l'ouragan de projectiles vomi par le *Hunter* a passé trop haut, ne faisant aucun mal à l'équipage, coupant seulement des manœuvres basses sans importance.

Cependant, les matelots anglais crient :

— Hourra !

Mais déjà, par une admirable contre-manœuvre, Kerbraz est revenu à la charge, et Clamorgan est de nouveau menacé.

Il faut dire que Kerbraz, avant le combat, avait donné des ordres merveilleux de précision et de simplicité. Timoniers, gabiers, gens de la manœuvre, chacun sait si bien son rôle, que, sans le moindre désordre, l'équipage s'est, en un clin d'œil, débarrassé des cordages coupés en les hachant au ras des vergues.

En même temps, Roëllo était descendu dans le faux-pont et la barre de gouvernail était saisie par ses mains habiles. Joël et Lacaussade l'avaient suivi et l'aidaient de leurs bras puissants.

Par une arrivée rapide, la *Sainte-Marie* aborde le *Hunter*. Le bout-dehors de beaupré du corsaire s'engage dans les haubans de misaine.

Kerbraz a enfin réussi son audacieuse manœuvre.

Alors Roëllo abandonne la barre à Lacaussade et s'élance sur le pont.

Une hache au poing, terrible, les yeux lançant des flammes, il jette son cri furieux :

— A l'abordage !

Et Kerbraz répète en bondissant à ses côtés :

— A l'abordage !

Les hommes se pressent derrière eux. Guy, Louis Kerbraz, le Hollandais, Joël sont là, ardents, enthousiastes, n'attendant qu'un signal pour sauter à bord de l'ennemi.

Mais, par malheur, le bout-dehors de la *Sainte-Marie* casse net, et la goélette glisse, mais sans déborder.

Quoi que fassent les Anglais, les deux navires ne se séparent pas. Ils se heurtent, s'étreignent, se prolongent vergues contre vergues, canons contre canons.

Le bois éclate, la toile se déchire, le fer grince.

A chaque instant, ce sont d'épouvantables secousses.

— En avant ! en avant ! hurlent Kerbraz et Roëllo.

Mais Clamorgan improvise une résistance terrible.

La mousqueterie éclate. On se sabre, on se tue à bout portant.

Kerbraz est plein d'espoir, ses gens avancent ; les deux bords sont toujours bien accostés.

Cependant, au bout de deux grandes vergues, se livrait un effroyable combat aérien.

Clamorgan a compris que là est le péril : il faut à tout prix séparer le *Hunter* de la *Sainte-Marie*. Il s'élance dans les vergues avec trois hommes, et se trouve bientôt en présence de Le Moët et de trois gabiers qui cherchent à accrocher des grappins.

Bientôt, les pistolets sont déchargés, on se bat à l'arme blanche.

Trois Anglais et deux Français ont péri.

Clamorgan, resté seul, pare un coup de sabre, hache une corde, décroche un grappin, pare un second coup de sabre, est pris à la ceinture par Le Moët et blessé par l'autre gabier français dont il a saisi le pied.

Tous deux sont suspendus à la même corde.

L'Anglais, avec une adresse merveilleuse et une force herculéenne, s'élance dans l'espace, entraîne avec lui les deux Français, hache le pied de l'un, étrangle l'autre, se rattrape à un cordage et remonte continuer son travail de décrochement.

Le malheureux Le Moët roula entre les deux navires, et l'on ne sut jamais s'il était mort étouffé, écrasé ou noyé.

Enfin, Clamorgan dégagea la vergue, tandis que son premier maître parvenait à se débarrasser d'une ancre qui allait servir les abordeurs, et à briser les dernières attaches des deux navires.

— Tonnerre ! hurle Kerbraz, ils nous échappent !

Brusquement, les deux vaisseaux viennent d'être séparés.

A bord du *Hunter*, l'artillerie tonne de nouveau.

Roëllo se tord les poignets, désespéré, fou ! Il a touché de ses mains ce navire où sa fille est prisonnière, et il n'a pu la délivrer.

Guy et Louis ne retiennent pas leurs larmes. Les braves enfants ont fait des prodiges, mais on ne lutte pas contre l'impossible.

Le *Hunter* fuit rapidement maintenant, sous toutes ses voiles.

Mais Kerbraz ne veut pas laisser s'échapper sa proie.

— En haut tout le monde ! commanda-t-il. Allons, garçons, il ne faut pas que l'anglais nous échappe ; mettez tout dessus, ne perdez pas un fil de toile !

Les manœuvres ordonnées furent exécutées avec une rapidité merveilleuse, et la *Sainte-Marie*, forçant son allure, se rapprocha du *Hunter*.

Les deux navires filaient dans l'énorme corridor formé par les flottes ennemies, qui avaient suivi avec un intérêt passionné le duel épique des deux adversaires.

— Alors, disait Marius à Joël, c'est bien ce grand sec que tu m'as montré tout à l'heure qui est le Clamorgan ?

— En personne naturelle et vivante.

— Et sa sœur, cette grande et belle fille qui a cassé la tête de ce pauvre Maresco d'un coup de pistolet ?

— Oui, c'est Diana Clamorgan.

— Té ! voilà une petite bergère pour laquelle je me sens tout plein d'amitié ; mais quant au frère, je le reconnaîtrai maintenant n'importe où. Oh ! quelle belle figure de coquinasse !

— Dire que c'est moi qui ai amené ce brigand-là à Roëllo ! dit Joël d'un air piteux.

— C'est un joli cadeau que tu nous as fait là, matelot ; et quand je pense que ce gredin, c'était mon poste qu'il occupait, j'en ai des frissons de rage qui me secouent des pieds à la tête.

— Tiens, tiens, dit Joël, regarde donc nos capitaines, ils n'ont pas l'air bien content !

Roëllo venait en effet de monter sur la passerelle

Il parlait à voix basse à Kerbraz.

— Je viens de la cale.

— Eh bien ?

— Il y a déjà trois pieds d'eau.

— Tonnerre !

— Il faut agir sans perdre une minute.

— Tu as vu l'avarie ?

— Elle doit être par notre hanche de tribord, mais je ne l'ai pas découverte.

— Il faut l'aveugler à tout prix.

— Mais avant tout, aux pompes.

— Tu as raison. Garçons ! commanda-t-il d'une voix forte, il va falloir changer d'exercices, il faut bien varier un peu. Tout à l'heure vous vous êtes battus, ensuite vous avez été vous promener dans la mâture, maintenant, pour vous dégourdir les bras, vous aller pomper en douceur. Le chien d'anglais nous a fait un trou dans le ventre. Nous lui ferons payer ça avec le reste. Aux pompes!

Tandis que les pompes, mises en mouvement par les bras vigoureux des matelots, commençaient à tenter d'épuiser la voie d'eau, Roëllo et Kerbraz qui avait laissé la barre à Louis, descendaient dans la cale.

Après un rapide examen, Roëllo dit :

— L'eau a encore monté.

— Il faut pourtant la trouver, cette damnée ouverture ! dit Kerbraz qui promenait dans tous les coins les rayons de son falot.

— Veux-tu qu'on change le chargement de façon à incliner suffisamment le bâtiment pour qu'on puisse clouer des plaques de plomb sur les trous de boulets ?

— Cela nous ferait perdre du temps, dit Kerbraz. Attendons quelques minutes, nous allons bien voir si les pompes franchissent.

Ils restèrent tous deux silencieux, assis sur des tonneaux, étudiant avec un soin minutieux le mouvement de l'étiage.

— Je ne crois pas que nous en prenions plus, dit Kerbraz après un long moment.

— Je ne crois pas que le niveau diminue, dit Roëllo en hochant la tête.

— Eh bien ! dit impétueusement Kerbraz, maintenons-nous, c'est tout ce qu'il nous faut.

— Pourrons-nous nous maintenir ? fit Roëllo avec un soupir.

— Peut-être pourrions-nous, avec des paillets et des toiles goudronnées, faire passer une voile sous la carène pour emmailloter la coque ?

— Cela ferait perdre du temps... objecta Roëllo qu'une angoisse poignait au cœur.

— C'est vrai, matelot, avisons au plus pressé. D'abord à l'anglais ! Viens un peu voir ce qui se passe en haut.

Ils remontèrent sur le pont.

La situation n'était guère changée.

Néanmoins, comme, au moment où Roëllo lui avait révélé l'avarie de la coque, Kerbraz avait fait diminuer la voilure, le *Hunter* avait gagné et dépassait maintenant les derniers vaisseaux de la ligne française.

— Allons ! allons ! cria le corsaire en empoignant son porte-voix, il ne faut pas laisser échapper l'anglais.

Et il commanda :

— En haut tout le monde !

« En haut les gabiers de hunes !

« Larguez ! Bordez ! Amarrez !

De nouvelles voiles ouvrirent leurs ailes au vent et la *Sainte-Marie* reprit de la vitesse.

. . . .

A bord du *Hunter*, Clamorgan écumait de rage.

— Ah! Diana, Diana ! répétait-il, fuir devant eux, quelle honte !

— Que veux-tu, répétait la jeune fille, on ne lutte pas avec la fortune !

— Ah ! si j'avais eu de bons canonniers ! Ils seraient tous engloutis depuis une heure.

— Il ne faut pas trop demander. Nous étions bien perdus quand les deux navires étaient liés comme par des mains de fer, et cependant ton courage et ton adresse nous ont sauvés du péril.

— Je ne retrouverai plus jamais l'occasion perdue. C'est à peine maintenant si je suis maître de ma manœuvre, avec mon mât de hune démoli, et c'est tout juste si je vais pouvoir leur échapper...

— Gare ! gare dessous ! crièrent, en ce moment, des voix de matelots.

Et presque en même temps, la vergue de misaine venait en bas avec un bruit épouvantable, couvrant le pont de mille débris.

Le visage de Clamorgan était horrible à contempler. Sur les joues livides se marquaient des taches rouges ; ses lèvres tremblaient, ses yeux, qui n'avaient rien d'humain, semblaient prêts à sortir des orbites ; il voulut parler, il ne put pas.

Enfin, il courba la tête sur ses bras repliés, et un furieux sanglot le secoua.

Clamorgan pleurait.

Au bout d'une minute, il releva son visage ravagé par une torture morale effrayante.

— A présent, dit-il à sa sœur d'une voix sourde, à présent rien ne peut plus nous sauver.

— Qui sait ?

— Rien, te dis-je. Dans une heure, les maudits corsaires seront sur nous.

. . . .

A bord de la *Sainte-Marie*, Kerbraz avait rassemblé une sorte de conseil de guerre.

Roëllo, Guy, Louis, Yodah, le Hollandais, Roch Arvor, Lacaussade et Toussaint Joël étaient réunis sur la dunette.

— Mes chers compagnons, dit Kerbraz, je veux vous exposer la situation telle qu'elle est et prendre votre avis. Nous avons reçu un boulet dans la coque, et il nous a été impossible de retrouver la voie d'eau afin de tenter de l'aveugler. Cependant nous savons certainement que l'avarie est à tribord. Justement, c'est de ce côté que nous donnons de la bande. Si nous continuons une heure seulement ainsi, nous coulons, car les pompes ne franchissent plus ; si d'autre part nous changeons nos amures, le brick anglais nous échappe. Parlez, que faut-il faire ? J'attends votre conseil !

— Je me récuse, dit Roëllo en se levant ; je suis son père.

— Je me récuse, dit Guy ; je suis son frère.

— Pour moi, dit le Hollandais, je veux bien donner mon avis, mais auparavant il faut que je fasse une question.

— Faites, vieil homme.

— Combien de temps nous faut-il pour rejoindre l'anglais, en continuant comme nous sommes à présent ?

— Trois quarts d'heure à peine.

— Nous pouvons tenir une heure sur l'eau sans couler ?

— Je l'espère.

— Alors, il n'y a pas à hésiter. Sus à l'anglais !

— Parle, dit Kerbraz à Roch Arvor.

— Je pense comme le vieux diable, répondit le Breton.

Louis, Yodah, Joël firent la même réponse.

Lacaussade dit comme eux, mais il ajouta :

— Tout de même, si l'on pouvait mettre encore un peu de toile…

— Hé bien ! mes chers amis, conclut Kerbraz, nous avons tous la même pensée. Maintenant, agissons tous d'un même effort. Que tout ce qu'il y a d'hommes disponibles se mette aux pompes. Nous avons quatre pieds d'eau dans la cale ; quand il y en aura huit, nous coulerons. Louis va descendre pour nous tenir au courant des progrès de la mer ; moi, je vais gouverner de mon mieux, et j'espère que nous aurons l'anglais avant d'être obligés de nous mettre à la nage.

Sans dire un mot, chacun gagna son poste.

Et la course à l'abîme commença.

Ils étaient sublimes d'héroïsme, en vérité, ces hommes qui, simplement, sans grandes phrases et sans forfanterie, se lançaient dans la plus hasardeuse des aventures. Leur salut était dans ce brick qui fuyait là-bas ; mais, avant de pouvoir y mettre le pied, il allait falloir subir un combat mortel. De plus, aussitôt qu'il se trouverait à portée, le Clamorgan ne manquerait pas de recommencer le feu, et qui sait si une autre avarie ne viendrait pas hâter l'agonie du malheureux navire ?

Cependant, sur la passerelle, Kerbraz et Roëllo causaient tranquillement. La crainte ne pouvait rien sur ces deux hommes de fer.

— Eh ! matelot, disait Kerbraz, je crois que la bonne chance est avec nous ; il vient de leur arriver un accident dans la mâture.

— Oui, oui, fit vivement Roëllo qui avait pris la lunette. Leur vergue de misaine est venue en bas.

— Hardi, les gars ! cria joyeusement Kerbraz en s'adressant à son équipage. L'anglais vient d'avoir une grosse avarie ; il a une aile cassée. Il sera à nous dans un quart d'heure. Et vous savez, garçons, il faudra enlever ça vivement, si vous ne voulez pas avoir les pieds mouillés.

— Hourrah pour Kerbraz ! Hourrah pour Roëllo ! répondirent les matelots électrisés.

Alors on vit Louis qui, arrivé en haut de l'escalier, se tourna vers son père.

— Hé bien ? interrogea le corsaire.

— L'eau monte toujours, répondit le jeune homme.

— Quelle hauteur ?

— Cinq pieds et demi.

— Nous sommes bons ! Redescends.

La *Sainte-Marie* gagnait visiblement sur le *Hunter*.

Avec sa longue-vue, Kerbraz suivait avec attention tous les mouvements qui se produisaient à bord de l'anglais.

Tout à coup, il cria :

— Couchez-vous tous !

On obéit.

Un vent de feu et de flammes passa sur la goélette.

— Maintenant, garçons, rendez-lui sa politesse ; mais pointez à démâter seulement, n'abîmez pas votre maison de tout à l'heure.

La *Sainte-Marie* riposta de toute sa bordée.

Le mât d'artimon du *Hunter*, fauché au ras du pont, s'abîma dans la mer.

— Cette fois-ci, dit joyeusement le corsaire, je ne donnerais pas deux deniers de leur peau.

Soudain la voix angoissée de Louis se fit entendre.

— Père ! père !

— Qu'y a-t-il ?

— L'eau monte avec rapidité, nous avons de nouvelles avaries.

— Quelle hauteur ?

— Près de sept pieds.

— Bigre ! Allons, les grands moyens... et puis un peu plus tôt, un peu plus tard... Attention... ! Ah !... couchez-vous, mille tonnerres !

Une nouvelle décharge vint s'abattre sur le malheureux navire.

— Feu partout ! rugit Kerbraz qui commençait à perdre patience.

— Bon, le voilà rasé comme un ponton, c'est tout ce que je demande...

— Père ! père ! sept pieds d'eau dans la cale, cria Louis.

— Alors il n'y a pas à hésiter... Les canons par-dessus bord ! commanda Kerbraz.

En quelques instants, les lourdes pièces furent jetées dans la mer.

Allégée, la goélette se releva un peu.

Les deux navires étaient maintenant à une portée de pistolet l'un de l'autre.

Le *Hunter* ne pouvait plus manœuvrer. La misaine venait de s'effondrer et les matelots taillaient à grands coups de hache pour débarrasser le brick du mât rompu.

— Mes enfants, voilà le moment ! cria le corsaire.

Il se fit, à bord des deux vaisseaux, un silence profond.

On entendit seulement Clamorgan qui commanda :

— Feu !

La *Sainte-Marie* gémit sous le coup, mais ne put pas répondre. Les canons étaient au fond de l'eau.

— C'est fini, les camarades, c'est la hache qui va parler... dit Kerbraz. Tiens, Roëllo, je l'aborde de bout en bout... on aura plus de place pour entrer...

Sous la main habile du corsaire, la goélette encore obéissante vint se ranger bord à bord avec le *Hunter*.

Les grappins mordirent partout de leurs ongles d'acier, et les deux navires, liés l'un à l'autre, ne formèrent plus qu'un seul champ de bataille.

— Hardi les gars ! A l'abordage !

La lutte mortelle s'engagea.

Ensemble, Kerbraz et Roëllo avaient sauté sur le pont du *Hunter*.

X

LE PONT DU « HUNTER »

D'abord seuls, les deux corsaires, qui avaient été accueillis à bout portant par les pistolets de Clamorgan et de Diana, virent bientôt autour d'eux quelques-uns de leurs hommes.

Kerbraz et Roëllo luttaient comme deux lions ; parfois ils disparaissaient sous la masse des assaillants, mais bientôt on les voyait reparaître triomphants de la furieuse mêlée.

Les coups de feu, maintenant, éclataient plus rares. C'était la hache, la pique ou l'épée qui tuaient, c'était le corps à corps, l'étreinte mortelle.

Les hommes engagés par Clamorgan sur le *Hunter* savaient bien qu'ils n'avaient rien à espérer des vainqueurs, et ils combattaient en désespérés.

Soudain, Roëllo, se dégageant brusquement d'un groupe d'Anglais qu'il effondra, courut au bordage.

D'un regard, il parcourut le pont désert de la *Sainte-Marie*.

Joël et Lacaussade, qui avaient vu son mouvement, l'avaient suivi.

— Il n'y a plus personne à bord ? demanda Roëllo d'une voix haletante.

— Personne, capitaine, répondit Marius.

— Alors, coupons vite les amarres, les filins, les chaînes de grappins, sans quoi la goélette va nous entraîner avec elle dans l'abîme.

Le Marseillais et le Malouin avaient compris le danger.

La *Sainte-Marie* coulait rapidement.

Les trois hommes, avec une force surhumaine que l'imminence du péril décuplait encore, coupaient, hachaient, taillaient les mille liens qui retenaient la goélette au brick anglais.

Enfin, une dernière amarre tranchée, la pauvre *Sainte-Marie* s'éloigna brusquement du *Hunter*.

Il était temps.

Le navire vira tout à coup lof pour lof, puis il piqua de l'avant dans la mer, comme si une griffe formidable l'eût tiré au fond de l'eau, et s'abîma en moins d'une minute.

Alors Roëllo et ses deux fidèles se rejetèrent dans la mêlée.

Clamorgan faisait des prodiges.

Au milieu du pont à peu près, retranché avec ses hommes derrière les débris du mât de misaine qui, assemblés à la hâte, formaient une barricade, il se défendait avec le courage du désespoir.

Trois fois les Bretons s'étaient rués sur l'obstacle, trois fois ils avaient dû reculer. Et les morts s'accumulaient au pied du retranchement.

— Il faut en finir! hurla Kerbraz qui rugissait de fureur... A nous deux, matelot! cria-t-il en voyant Roëllo près de lui... Montrons à ces faillis gars ce que valent les marins de Bretagne.

Et les deux hommes s'élancèrent, la hache au poing.

Enragés, fous de colère des paroles de leurs chefs, les matelots de la *Sainte-Marie* se ruèrent derrière eux.

Le choc fut terrible; mais l'élan donné était irrésistible et la barricade fut franchie, et, comme un flot vainqueur, la ruée des assaillants déborda de toutes parts.

Clamorgan enleva Diana dans ses bras et la porta à l'arrière, à l'abri de l'escalier des cabines.

La misérable fille se débattait.

— Laisse-moi, dit-elle, laisse-moi, je veux encore tuer; puisque nous sommes perdus, il faut venger notre trépas. Qu'espères-tu encore, quel chimérique espoir peux-tu conserver à présent? nos hommes se font tuer un à un, mais dans cinq minutes les corsaires seront sur nous...

Un râle d'impuissante fureur soulevait la poitrine de Clamorgan.

Tout à coup, une joie sinistre crispa sa bouche, fit briller ses yeux.

— Ah! tu veux tuer, dit-il, tu veux tuer avant d'être tuée... Eh bien! Diana ma sœur, je te laisse la suprême joie d'aller frapper Maryvonne.

— Oh! oui, fit-elle avec un mouvement vers l'escalier.

Puis se ravisant:

— Elle dort, ajouta-t-elle, elle ne se verra pas mourir.

— Attends... je vais...

Mais il n'acheva pas...

Une clameur furieuse éclata tout près de lui, et en même temps, à deux pas, Roëllo, rouge de sang, haletant de carnage, criait:

— Ma fille! où est ma fille?

Clamorgan fit un bond en arrière et découvrit Diana.

Sans s'occuper de la jeune fille, Roëllo rejoignit Clamorgan et s'élança.

37

Les deux hommes se saisirent dans une étreinte formidable.

Roëllo avait laissé échapper sa hache et Clamorgan n'avait plus d'arme dans les mains.

Cependant Diana avait fait un mouvement pour rejoindre son frère, mais la route était barrée : Guy Roëllo était devant elle.

A sa vue, elle poussa un cri de folle.

— Guy !... vivant !.

Le jeune homme ne répondit pas. Très pâle, il s'avançait sur elle.

Elle eut un mouvement de faiblesse.

— Ne me tuez pas ! implora-t-elle.

Un sourire de mépris glissa sur les lèvres du jeune marin.

Elle vit le sourire, et se reprit.

Adossée au bastingage, elle ne pouvait aller plus loin. En avançant la main, Guy aurait pu la toucher.

— Je te hais ! souffla-t-elle avec un incroyable accent de rage.

— Je vous pardonne, dit le jeune homme d'une voix grave.

Alors Diana se redressa :

— Je ne veux pas de tes pardons... J'emporte ma haine dans la mort ! Je vous maudis, toi et les tiens !

Et, avant que le jeune homme eût pu soupçonner son dessein, elle avait franchi le bordage, et s'était jetée dans les flots.

Guy se précipita au bastingage.

D'abord il ne vit rien au milieu des débris de toutes sortes qui couvraient la mer, puis Diana reparut.

Ses yeux clairs fixés sur le jeune homme conservaient une implacable expression de défi ; ses lèvres s'ouvrirent, et une dernière fois elle cria :

— Soyez maudits !

Puis une vague la roula dasn ses flots glauques, et elle disparut pour jamais.

Alors Guy courba la tête et pleura.

Une petite main qui se posait sur son épaule lui fit relever le front.

C'était Mavourita, qui le regardait avec une angoisse infinie.

— Tu l'aimais encore ? murmura-t-elle.

— Non, répondit le jeune homme dont le beau visage reprit tout son calme, Guy Roëllo ne peut avoir au cœur deux affections.

La jeune Hindoue porta la main à sa poitrine et chancela.

Guy s'élança pour la soutenir, et, quand elle rouvrit les yeux, elle vit son fiancé qui lui souriait...

La lutte de Roëllo et de Clamorgan avait été furieuse, mais courte.

Sentant qu'il allait être étouffé dans les bras nerveux du corsaire, le misérable avait réuni toutes ses forces, et, d'un brusque effort, échappant à l'étreinte de Roëllo, il s'était dégagé et, s'accrochant aux filins de beaupré, il avait gagné la civadière.

Là, ayant une minute de répit, il voulut tirer de sa ceinture un pistolet dont il aurait foudroyé le corsaire, mais l'arme lui échappa des mains. Il fit un mouvement pour la retenir, perdit l'équilibre, et tomba dans le gouffre où il disparut.

Alors Roëllo se retourna et contempla le pont du *Hunter*.

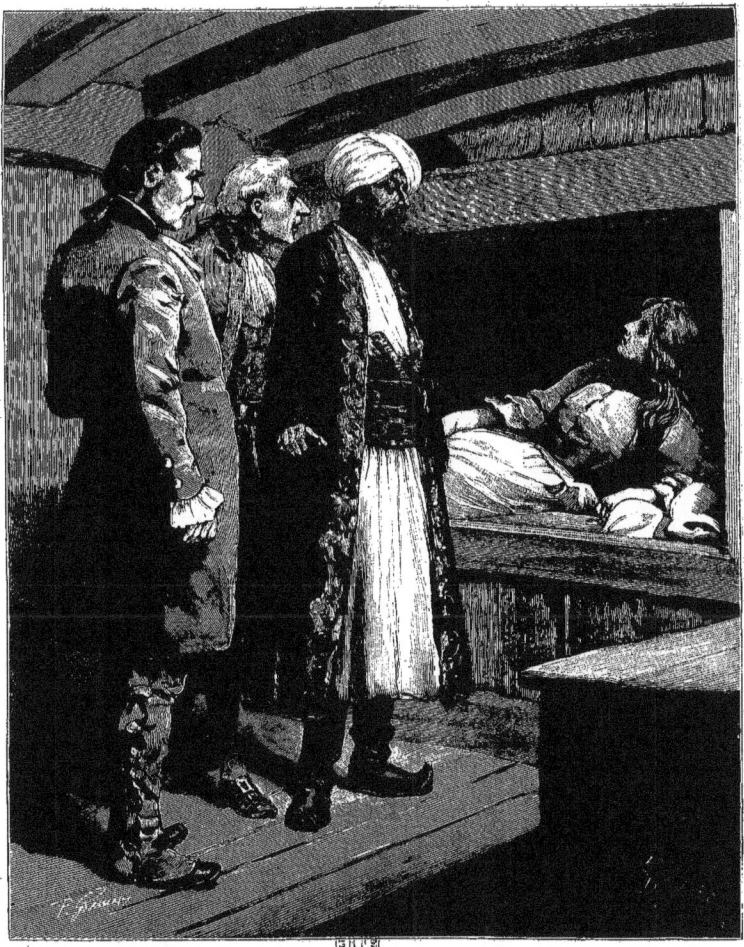

LES LONGUES PAUPIÈRES DE MARYVONNE SE SOULEVÈRENT LENTEMENT. (P. 294.)

Le combat était fini. Dans des mares de sang baignaient des monceaux de cadavres. Dans l'atroce tuerie on n'avait pas fait de quartier, tout l'équipage anglais était détruit.

Les Bretons étaient vainqueurs...

— Hourrah ! criaient les Malouins.

— Vive Kerbraz ! Vive Roëllo !

En ce moment, les deux corsaires se rejoignirent.

— Es-tu blessé, matelot ? demanda vivement Kerbraz en remarquant la pâleur de son ami.

— Non,... quelques égratignures.

— Et le Clamorgan ? et Diana ?

Sans mot dire, Roëllo montra la mer.

— Voilà qui est fâcheux, dit Kerbraz. J'avoue que j'aurais été bien aise de voir là leurs deux cadavres. Avec de pareils bandits on n'est jamais trop sûr qu'ils soient bien morts... Et Maryvonne ?

Roëllo pâlit encore.

Il prit les deux mains de Kerbraz et les serra avec force.

— Voilà, mon ami, dit-il, pourquoi en ce moment le cœur me manque. Je n'ai pas tremblé dans le combat, mais à présent je suis faible comme une femme... J'ai peur, Kerbraz, j'ai peur...

Le corsaire n'était guère rassuré ; il voulut pourtant remonter son matelot.

— Bah ! tu te montes la tête. Ils l'ont cachée quelque part. Nous finirons bien par la découvrir.

— Vivante ? interrogea Roëllo avec une si navrante expression que le rude marin détourna la tête.

— Tu vois bien, gémit le pauvre père, tu as les mêmes craintes que moi.

— Mais non, tu es fou...

— Ah ! je lis dans tes yeux !

— Quand nous resterons là à hésiter, nous ne changerons rien à la réalité des faits. Sois homme, Roëllo. Viens, nous allons visiter le navire.

Le malheureux eut encore une résistance. Il murmura :

— J'ai peur.

Mais Kerbraz l'entraîna dans l'escalier des cabines.

La première porte qu'ils ouvrirent était celle de la cabine de Clamorgan. A côté, c'était la cabine de Diana. Une autre cabine était vide.

Une dernière porte restait.

Roëllo eut un frisson.

Kerbraz essaya d'ouvrir ; la cabine était fermée.

D'un vigoureux coup d'épaule, il enfonça le panneau.

Par le sabord une faible lumière venait qui laissait la couchette dans la pénombre.

Roëllo poussa un cri terrible.

Sur le cadre, une femme était étendue.

— Ils l'ont tuée ! rugit le corsaire au paroxysme de la douleur.

La pauvre Maryvonne, froide et blanche comme un marbre, ne donnait pas signe de vie.

— Morte ! morte ! mon enfant, ma fille ! sanglotait Roëllo, écroulé au pied de la couchette.

— Oh ! les misérables ! grondait Kerbraz qui serrait les poings, tandis que de grosses larmes coulaient sur ses joues bronzées.

Cependant Roëllo avait pris le corps de l'enfant dans ses bras, et, sous ses baisers fous, il cherchait à réchauffer son front glacé.

— Maryvonne ! ma petite Maryvonne ! répétait-il, tu n'es pas morte,... ils s'ouvriront encore, tes beaux yeux, je verrai encore ton sourire, j'entendrai encore ta chère voix,... ma petite fille,... réponds-moi,... c'est ton papa... qui est là... Méchante,... c'est pour me faire peur, n'est-ce pas ?

Et c'était lamentable, ce désespoir du pauvre père. Qui jamais aurait pu reconnaître, dans cet homme tordu par la douleur, le hardi coureur de flots qui avait vu tant de tueries et tant de deuils sans qu'une émotion eût fait battre son cœur plus vite !

Puis il recula, farouche, et laissa retomber le corps charmant sur le cadre.

— Je suis fou... elle est morte ! C'est fini... Maryvonne est morte, Maryvonne est morte !

— Maryvonne est vivante ! dit une voix grave.

Les deux corsaires eurent un mouvement de stupeur.

— Yodah ! murmura Kerbraz.

Le fakir, qui avait suivi les deux marins et qui avait assisté sans mot dire au début de l'horrible scène, s'approcha du lit, se pencha sur la jeune fille, et, après l'avoir considérée un moment, dit de sa voix tranquille :

— Elle dort !

— Impossible !

— Folie !

— Elle dort, vous dis-je, reprit-il avec autorité. Et puisque vous doutez, je vais l'éveiller en votre présence.

Avec des gestes mystérieux, le fakir promena ses mains sur le visage et sur les épaules de la jeune fille, et enfin lui souffla sur les yeux.

Les longues paupières de Maryvonne se soulevèrent lentement.

— Ma fille ! cria Roëllo, qui voulut se précipiter.

— Prodige ! murmura Kerbraz, qui instinctivement se signa.

— Ne vous montrez pas encore, dit Yodah, qui avait retenu le pauvre père.

Ensuite il recommença ses passes magnétiques, et Maryvonne regarda autour d'elle. Elle semblait reconnaître ceux qui l'entouraient, mais ses prunelles étaient sans flamme.

— Mon rêve, balbutia-t-elle.

Et elle referma les yeux.

— Elle vit, Kerbraz, elle vit, matelot ! disait Roëllo qui, sans y faire attention, broyait dans ses mains les mains de son ami.

— Maintenant, allez-vous-en, dit Yodah à voix basse. Laissez-moi tout seul avec elle. Dans un instant, elle va reprendre toute sa connaissance, et l'émotion du premier moment serait trop forte.

Roëllo obéit comme un enfant.

Au moment de franchir le seuil, il se retourna et dit au fakir d'une voix suppliante :

— Ne tardez pas trop, Yodah.

Le fakir le rassura avec un bon sourire, et Roëllo, suivi de Kerbraz, sortit de la cabine, ivre de joie.

En haut de l'escalier, avec, dans les yeux, une horrible angoisse, Guy Roëllo et Louis Kerbraz attendaient.

— Maryvonne ? demandèrent-ils dans un même cri.

— Ah ! mes enfants, embrassez-moi ! s'écria le corsaire en les attirant tous deux sur sa poitrine.

Puis, en quelques mots, il les mit au courant de ce qui venait de se passer.

Alors tout le monde attendit, en silence, et sur ce navire où, tout à l'heure, éclatait la foudre au milieu des hurlements des corsaires et des râles d'agonie des mourants, on aurait entendu voler une mouette.

Soudain, soutenue par Yodah, Maryvonne parut.

Une minute elle resta extasiée, contemplant son père, son frère, son fiancé, tous ceux qu'elle aimait, et, d'un élan, elle se jeta dans les bras de son père.

ÉPILOGUE

I

— Té! mon Joël !

— Hé ! mon Marius !

— Ne te l'avais-je pas dit, mille tremble*meints!*

— Qu'est-ce que tu m'avais dit, matelot?

— Que toute l'aventure finirait le mieux du monde.

— Y a pas à dire, le Grand Manitou a bien fait les choses.

— Hé ! regarde un peu ces deux pitchouns, si ça ne fait pas du soleil au cœur !

— Ils ne se lassent pas de se regarder, mais ils ne se parlent pas...

— C'est qu'ils ne sont pas de Marseille !

C'était sur le pont sanglant du *Hunter* que les deux braves marins, que nos lecteurs n'ont pas eu de peine à reconnaître, devisaient de la sorte, tout en contemplant Louis Kerbraz et Maryvonne qui, les mains enlacées, les yeux dans les yeux, restaient muets, n'osant croire encore à leur bonheur.

A quelques pas, Mavourita et Guy Roëllo restaient silencieux également; mais sur le visage de la jeune Hindoue aussi bien que sur celui du fils du corsaire se lisait un morne désespoir.

Plus loin, Roëllo, Kerbraz, Yodah et le Hollandais tenaient une sorte de conseil.

— Tu as visité la coque, matelot? demandait Kerbraz.

— Sèche comme un grenier, répondit le corsaire, aucune avarie.

— Bon ! De ce côté-là, rien à craindre ; mais la mâture a un peu plus souffert, dit gaîment le capitaine de la *Sainte-Marie*.

— Nous sommes rasés comme un ponton.

— Sauf le beaupré, il ne reste plus un bout de bois où l'on puisse accrocher de la toile.

— Nous ne pouvons cependant pas attendre ici qu'un navire complaisant vienne nous prendre à la remorque !

— Il faut établir un mât de fortune.

— Avec quoi ? Nous n'avons plus un bout-dehors.

— Permettez, dit Roëllo; il nous reste encore une dizaine de pieds du mât de misaine ; avec la grande vergue qui est accrochée le long du bord, nous pourrons construire une espèce de machine qui pourra recevoir un peu de toile. De ce côté-là, pas d'inquiétude, j'ai visité la soute aux voiles, elle est bien garnie.

33

— Alors, à l'œuvre ! dit Kerbraz. A combien pouvons-nous être de terre ?

— Avec un bon navire, dit Yodah, on y serait en deux heures.

— Nous mettrons deux jours, voilà tout.

— Mais sur quel point de la côte allons-nous aborder ? objecta Roëllo.

— Nous avons beaucoup dérivé dans le sud, depuis notre rencontre avec la flotte, répondit Yodah ; en descendant encore un peu, nous retrouverons le mouillage de Chattiram.

— Admirable ! dit Kerbraz, il y a là des bois superbes. Nous nous construirons un petit gréement d'aventure et nous nous rendrons tranquillement à Trinquemalle, où nous pourrons faire remâter solidement le *Hunter*.

— Trinquemalle ! murmura Roëllo, dont les yeux rencontrèrent ceux de Kerbraz.

— Oui, Trinquemalle, dit rudement Kerbraz, dont la face s'empourpra. Je sais bien que c'est là... mais il n'y a pas à choisir.

— Écoute, matelot, jurons que nous ne ferons rien pour la revoir.

— C'est juré.

— Et puis, qui sait ?... Depuis cinq ans, Marguerite Van Eyck doit être loin.

Tout ce dialogue avait été échangé à voix basse, mais le Hollandais n'en avait pas perdu une syllabe. Au dernier mot, un joyeux étonnement plissa tout son vieux visage ; mais, pour détourner l'attention, il se hâta de dire :

— Allons, mes amis, nous n'avons pas de temps à perdre, si nous voulons être parés avant la nuit.

Chacun se mit aussitôt à la besogne. Les marins français, bien diminués, hélas ! avaient nettoyé le pont aussi bien qu'ils avaient pu, en le débarrassant de tous les débris qui l'encombraient et en le lavant à grande eau, mais par endroits on distinguait encore de larges plaques rouges que l'eau avait été impuissante à faire disparaître.

En deux heures d'un travail acharné, on réussit à établir une sorte de machine fragile à laquelle on adapta une grand'voile latine. La trinquette et les focs furent changés, et l'on put se mettre en route avant le coucher du soleil.

Le vent, heureusement, était favorable, mais on ne marchait pas vite, et ce ne fut que dans la matinée du lendemain qu'on aperçut la terre.

Yodah ne s'était pas trompé dans ses pronostics. Le *Hunter*, que l'on avait baptisé le *Malouin*, se trouvait bien au mouillage que la *Sainte-Marie* avait occupé quelque temps auparavant.

Mais, au moment de descendre à terre, nos amis s'aperçurent qu'ils n'avaient pas une seule embarcation.

— Diable ! fit Kerbraz à cette nouvelle, nous ne pouvons cependant pas aller au rivage à la nage !

— Pourtant, dit Roëllo, j'avais remarqué une chaloupe qui était à la remorque.

— C'est vrai, dit Lacaussade, je l'ai encore vue hier soir.

— Le filin a dû casser pendant la nuit.

— Mais, au fait, j'aperçois encore le bout de la drisse. Allons voir un peu comment est arrivé l'accident ? dit Roëllo.

Tout le monde courut à l'arrière, et le vieux Joël amena à lui le filin qui traînait dans la mer. Il y jeta un seul regard et blêmit.

— Oui, murmura Kerbraz qui avait regardé par-dessus l'épaule du timonier, l'amarre a été coupée.

— Coupée !... fit vivement Roëllo.

— Tiens, regarde !

Roëllo prit le filin à son tour, et l'examina longuement.

Sans mot dire, il laissa tomber l'amarre, mais son front s'était assombri.

Alors Kerbraz chuchota à son oreille :

— Es-tu bien sûr qu'il soit mort ?

— Je l'ai vu couler sous mes yeux, répondit Roëllo du même ton.

— Enfin, cette chaloupe n'est pas partie toute seule ! Qui a coupé l'amarre ?

— Peut-être un malheureux Anglais qui était caché à bord, et qui a profité de la nuit et de l'embarcation pour s'enfuir...

— Oui,... peut-être...

Les deux hommes restèrent un instant silencieux et sombres, tous deux tenaillés par la même pensée.

— Il faut pourtant aller à terre, dit Lacaussade.

— On va construire un radeau, mon bon saint Bruno, riposta Toussaint Joël. Ça n'est pas difficile, saint Cyrille, et puis il n'y a pas d'autre moyen, saint Damien !

Il fallut bien en arriver là, et ce fut une nouvelle journée de travail et d'efforts.

On passa encore une nuit à bord du brick, et, au lever du soleil, on s'embarqua sur une espèce de plate-forme qui n'était pas d'un gabarit bien élégant. Mais elle pouvait transporter nos amis jusqu'à la côte, et c'était tout ce qu'on demandait.

Les deux corsaires et leurs enfants, Yodah et Mavourita, le Hollandais et une dizaine de matelots prirent place sur le radeau, qui ne se comporta pas trop mal et arriva sans avaries au rivage.

Nos amis eurent bientôt pris terre, et l'on s'occupa d'un campement.

Déjà les marins coupaient du bois pour faire des huttes, quand Yodah s'avança vers Roëllo, et lui dit avec une grande tristesse :

— Mon père Roëllo, je viens vous faire mes adieux.

Des larmes vinrent aux yeux du corsaire.

— Mon cher enfant, dit-il avec émotion, vous voulez déjà nous quitter ?

— Il le faut, mon père ; à présent que j'ai rempli ma tâche, à présent que Maryvonne vous est rendue, je me dois à mon peuple, car il reste encore des Anglais sur la terre de l'Inde.

— Mon cœur se brise, Yodah, en pensant à cette séparation.

— Moi aussi, j'ai l'âme pleine de tristesse ; mais, quand le devoir commande, il faut obéir.

— Ah ! mon fils, restez avec nous quelques jours encore.

— A quoi bon prolonger nos adieux et notre souffrance de savoir qu'il faut nous quitter ?

— Soit, Yodah, allez combattre pour la noble cause que vous défendez. Vous la ferez triompher, je l'espère, car c'est la cause de la justice. Maintenant, je n'ai rien de plus à vous dire, car les mots exprimeraient mal tout ce que mon cœur garde de tendresse pour vous. Sans vous, sans votre dévouement, mes enfants n'existeraient plus : mon fils, ma fille...

— Je vais vous demander, mon père Roëllo, d'en adopter une autre.

— Que voulez-vous dire ?

— Votre fils Guy aime ma sœur Mavourita.

— Quoi ! fit Roëllo avec joie, vous consentiriez ?

— Il le faut bien ! dit Yodah avec mélancolie ; Guy est l'élu de son cœur...

« Vous l'aimerez bien,... reprit-il, après un moment de silence.

— Comme ma propre fille, je le jure !

— J'ai confiance en vous, mon père.

— Il faudrait prévenir ces enfants, dit le corsaire, et ne pas retarder leur joie.

— J'allais les appeler.

Guy et Mavourita étaient à peu de distance. Au premier signe de Roëllo, ils accoururent...

— Embrasse Yodah, dit le marin à Guy, il veut bien te donner sa sœur.

Le pauvre garçon se croyait le jouet d'un rêve ; mais, quand il vit le jeune homme qui lui tendait les bras, il courut s'y jeter avec un cri de joie délirante.

Mavourita ne pouvait croire à son bonheur.

Elle riait et pleurait à la fois.

Enfin, elle vint s'abattre sur la poitrine de Roëllo, qui lui prodigua les plus tendres caresses.

Bientôt chacun fut informé de l'heureux événement, et Maryvonne et Louis ne furent pas les derniers à témoigner leur joie aux jeunes fiancés.

— Mais, ma parole, dit Kerbraz, toi, Maryvonne, et toi, Louis, je vous trouve admirables. Vous agissez comme si vous étiez promis l'un à l'autre, et vous n'avez même pas obtenu le consentement de vos parents.

Les deux jeunes gens restèrent interdits en entendant le corsaire.

Bientôt des larmes jaillirent des yeux de Maryvonne.

— Eh ! bien ! quoi... s'écria Kerbraz en se précipitant vers la jeune fille, voilà que je la fais pleurer, à présent !... Mais, mon enfant, c'était pour rire : tu resteras toujours ma fille chérie, si tu veux bien accepter pour époux ce grand coquin de Louis qui ne mérite pas son bonheur.

Pour toute réponse, Maryvonne tendit à Louis sa petite main, qu'il baisa tendrement.

— Vous me laisserez offrir à ces enfants leurs bagues de fiançailles, dit Yodah en tendant à Louis et à Guy deux bagues splendides qu'il venait de retirer de ses doigts.

— Mais c'est une merveille que ces joyaux, et ces anneaux valent une fortune ! dit Kerbraz.

— Ce sont de pures bagatelles, reprit le fakir, mais je compte donner à ma sœur une dot digne d'elle et de moi.

— Mon cher enfant, dit vivement Roëllo, sur ce point nous allons cesser de nous entendre. Tous les trésors de la terre n'ajouteraient rien à cette perle unique qu'est Mavourita, et votre or doit être réservé pour la lutte que vous allez continuer. De la dot de Mavourita, faites du bronze pour les canons, du plomb pour les balles, de l'acier pour les sabres. Voilà ce qui sera vraiment digne d'elle et de vous.

Yodah s'inclina.

— Vous êtes meilleur et plus grand que moi, dit-il, profondément ému.

— Ma foi ! s'écria le Hollandais d'une voix joyeuse, je suis bien content de voir que tout cela finit comme à la comédie. Eh ! eh ! mes capitaines, qui aurait prévu un pareil dénouement, quand vous vouliez échanger des boulets de 12 en guise de politesse !

Une nuance d'embarras se peignit sur les loyales figures des deux corsaires.

— Allons ! continua le vieil homme avec bonhomie, je le connais, votre secret, et je vais vous édifier sur le compte de Marguerite Van Eyck.

Les deux hommes firent un même geste, comme pour arrêter les paroles qui allaient sortir de la bouche du Hollandais.

Le bonhomme les contemplait d'un air malicieux.

— Pas un mot de cette malheureuse !... murmura Roëllo.

— Mille diables ! répliqua Wouvermann en éclatant de rire, j'ai bien le droit d'en parler, je pense, puisque c'est ma femme.

Les deux corsaires ouvrirent en même temps la bouche pour parler ; mais leur stupéfaction était si profonde, qu'ils ne purent articuler un mot.

Peter Wouvermann jouit un instant de l'effet produit.

— Allons, dit-il avec son fin sourire, vous semblez tous me prendre pour un fou. Écoutez, maintenant, mon histoire, qui est un peu celle de nos deux amis Roëllo et Kerbraz.

Chacun se rapprocha pour mieux entendre le récit du Hollandais.

— En 1775, commença Wouvermann, j'étais pour mon commerce à Batavia, et j'allais reprendre la mer, quand je fus invité à une fête que donnait le gouverneur. Là, je fis la rencontre d'une jeune fille qui s'appelait Marguerite Brougam, et qui passait, sans flatterie, pour la plus belle femme de la colonie. Elle vivait modestement avec sa mère qui était veuve. Il courait de mauvais bruits sur le compte du père ; certains allaient même jusqu'à dire qu'il avait été pendu à Ceylan par les Anglais, pour crime de piraterie.

« Ici, il faut vous faire ma confession tout entière : je perdis complètement la tête, j'oubliai tout, et je demandai la main de la belle Marguerite.

« Des amis que j'avais à Batavia furent désolés de ma résolution ; ils m'opposèrent la différence d'âge et de fortune, les origines plus que douteuses de la jeune fille, que sais-je ? Je ne voulus rien entendre, et comme la mère s'était empressée d'agréer ma demande, le mariage était fait en moins d'un mois.

« J'étais donc l'époux de Marguerite Brougam. Ah ! mes amis, quelle femme, quel démon ! Méchante, haineuse, me rudoyant à propos de tout ! La vie, au bout de six semaines de ménage, n'était plus tenable.

« Je résolus d'emmener ma femme en Hollande. Là, ce fut le dernier coup ; il n'y avait pas six semaines que nous étions installés à Rotterdam, que je fus pris d'étranges douleurs qui me déchiraient les entrailles. J'eus des soupçons, et bientôt j'acquis la certitude que la misérable créature m'empoisonnait tout doucement, afin d'hériter de moi le plus vite possible ; car il faut vous dire, mes amis, que, comme un imbécile, je l'avais faite légataire de toute ma fortune.

« J'aurais dû la livrer à la justice ; mais une absurde faiblesse me retint, et je pris un autre parti.

« Prétextant un voyage pressé aux Iles, je la laissai à Rotterdam ; puis, au bout de quelques mois, je lui fis annoncer officiellement mon décès à la Havane, grâce à la connivence du gouverneur, qui était de mes amis.

« Entre temps, comme vous le pensez bien, j'avais modifié mes dispositions testamentaires, et je ne lui laissais juste de quoi ne pas mourir de faim.

« Je changeai de nom, et courus le monde. Un jour, j'appris que la belle Mme Van Eyck — car tel est mon véritable nom — était retournée à Batavia, où elle cherchait à faire de nouvelles conquêtes.

« Et il a fallu que cette odieuse femme, dit-il en terminant, se trouvât sur la route de deux braves gens tels que vous, pour séparer des cœurs qui auraient dû battre toujours à l'unisson !...

Les deux corsaires semblaient très embarrassés, et se taisaient.

— Voulez-vous, reprit le Hollandais, qu'après avoir raconté mon histoire, je dise aussi la vôtre ?

Et comme les deux corsaires se taisaient toujours, Wouvermann continua :

— Je vois cela d'ici. Pendant une relâche, vous avez trouvé à Trinquemalle la belle Marguerite qui vous a fait perdre la tête à tous deux ; vous avez voulu l'épouser, et elle s'est amusée à vous exciter l'un contre l'autre. Connaissant votre caractère à l'un et à l'autre, elle savait bien que jamais Roëllo ne laisserait Kerbraz devenir son époux, et réciproquement. N'ayant rien à faire de vous, elle voulut au moins vous séparer à jamais, et semer la haine dans vos cœurs ; car, je vous le dis, cette femme est le vice et le mal incarnés. La misérable n'a que trop bien réussi, et il a fallu une succession de circonstances providentielles, pour que vous m'entamiez pas une lutte fratricide.

« C'est cela, n'est-ce pas ?

Les deux hommes, un peu confus, baissèrent la tête ; puis, d'un même mouvement, se jetèrent dans les bras l'un de l'autre.

— Eh bien ! dit le Hollandais en riant, voilà la première fois que ma femme aura participé à une bonne action !

. . . .

Un mois après, le *Malouin*, soigneusement réparé, quittait la rade de Trinquemalle et cinglait vers la France.

A Ceylan, les deux amis avaient pu apprendre une nouvelle qui les avait comblés de joie.

Le bailli de Suffren avait complètement défait devant Madras la flotte de William Hughes, et Yodah avait remporté sur les Anglais une brillante victoire aux portes mêmes de Pondichéry.

Le Hollandais avait appris avec une certaine satisfaction que sa femme avait épousé, en désespoir de cause, un rajah de l'intérieur de l'île, qui la battait copieusement pour lui réformer le caractère.

II

MORTE LA BÊTE !...

Au moment où il était tombé à l'eau, Clamorgan avait renoncé à la lutte. Il était vaincu, et il acceptait les conséquences de sa défaite. Il avait joué sa vie dans une partie mortelle, il avait perdu, il payait.

Cependant, quand il se sentit couler, quand il sentit l'asphyxie qui commençait à lui serrer la gorge, un impérieux désir de vivre, un sursaut d'espoir, une peur affolante du gouffre qui l'attirait, firent qu'il risqua un effort suprême pour remonter à la surface, au risque de recevoir une balle dans la tête au moment même où il apparaîtrait à la surface des flots.

Mais il reparut assez loin du navire, et personne ne le remarqua.

Avec un admirable sang-froid — car il avait repris toutes ses facultés, maintenant

CLAMORGAN, DANS SA PETITE BARQUE, ÉTAIT SEUL SUR LA MER. (P. 305.)

qu'il ne voulait plus mourir, — il fit le plus rapidement possible provision d'air, et plongea de nouveau.

Deux ou trois fois, il renouvela ce manège, et parvint à atteindre une épave qui était le but de ses efforts depuis qu'il l'avait aperçue.

C'était une pièce de la grand'hune, où étaient restés accrochés des bouts de cordages et des lambeaux de voiles.

Il eut vite fait de s'improviser dans ces débris une retraite, peu commode, mais sûre, car personne n'aurait l'idée d'aller chercher sous ces toiles pour retrouver Clamorgan que Roëllo avait mille raisons de croire à jamais englouti au fond de l'eau.

Toute la journée, il put surveiller les travaux du *Hunter*, puis il se façonna avec son couteau, qu'il avait eu la chance de conserver, deux sortes de pagaies au moyen desquelles il pouvait manœuvrer un peu son étrange esquif.

Quand le soir tomba, il se rapprocha du navire.

Désormais, tout son espoir était d'atteindre cette chaloupe qui flottait à l'arrière du brick.

En vue d'un malheur, d'un naufrage ou d'une défaite, il avait fait préparer cette chaloupe pour lui et Diana. Elle contenait des provisions et des armes... Ah ! s'il avait pu arriver jusqu'au canot !

Insensiblement, il raccourcissait la distance qui le séparait du *Hunter*. Quand le navire mit à la voile, il n'était pas à une encablure de lui.

Enfin, jugeant le moment propice, il se laissa glisser dans la mer, et gagna la chaloupe en nageant doucement.

Il y entra avec beaucoup de peine ; puis, quand il y fut, il coupa le filin qui la retenait au vaisseau.

C'était le moment critique.

Malgré les ombres de la nuit, peut-être l'homme de quart allait-il s'apercevoir que la chaloupe s'en allait en dérive. S'il prévenait, tout était perdu.

Mais les marins qui montaient le *Hunter* étaient accablés de fatigue, et la surveillance des hommes de quart n'était guère à craindre.

Quand le jour parut, le *Hunter* avait disparu à l'horizon : Clamorgan, dans sa petite barque, était seul sur la mer.

Alors il hissa sa voile, et, grâce à la boussole qu'il trouva dans l'un des coffres de sa chaloupe, il mit le cap sur Madras.

Ce fut seulement alors qu'il prit quelque nourriture. Le misérable n'avait rien mangé depuis trente heures.

Quand la nuit vint, il espéra prendre du repos, après avoir amené sa voile ; mais le sommeil le fuyait. Vaincu ! Il était vaincu ! Et, en une rapide vision, tous les événements de ces quatre derniers mois repassèrent devant ses yeux : Saint-Malo, le coup de couteau à Lacaussade, l'embarquement, les combats en mer, l'explosion de l'*Agile* et puis les terribles jours de la pagode d'Angotka, la prise de Maryvonne et surtout cette terrible scène où James Stuart l'avait traité de bandit, enfin la lutte suprême, et la défaite, et le désastre... Et le souvenir de Diana revenait. Dans ce cœur de bête féroce, une seule affection avait trouvé place, c'était Diana. Depuis qu'il l'avait vue périr sous ses yeux sans rien pouvoir faire pour lui porter secours, il n'y avait plus en lui qu'une formidable haine, qu'une férocité de brute qui n'attendait que l'occasion de s'assouvir.

Qu'allait-il faire, maintenant ?

D'abord gagner une terre anglaise. Là, il aviserait. Heureusement, il avait pu sauver

39

une trentaine de mille francs qu'il portait dans sa ceinture, en or et en billets de la Banque d'Angleterre. Avec une pareille somme, on va partout.

Le lendemain, il s'inquiéta en ne rencontrant pas de bateaux anglais. La victoire avait cependant dû certainement rester à William Hughes. Sans doute, il chassait les navires français désemparés.

Réconforté par cette consolante pensée, il se mit aux avirons, car le vent était tombé tout à fait, et, vers le milieu du jour, il reconnut la côte de Madras. Il vint alors une petite brise de terre dont il profita, et il put aborder au quai assez rapidement.

Deux mois et demi plus tard, Clamorgan se faisait jeter sur la côte française dans les environs de Morlaix, et s'avançait dans le pays avec les plus grandes précautions ; mais, au premier village où il s'arrêta, il apprit que la paix était signée entre la France et l'Angleterre.

Il prit aussitôt la poste, et, le lendemain, il était à Saint-Malo.

Pour éviter d'être reconnu, ce qui était bien improbable, étant donné le peu de temps qu'il avait passé dans la ville, il avait mis une grande barbe, et se faisait passer pour un armateur de Hambourg, venu pour étudier la construction navale à Saint-Servan.

Il se faisait appeler Hans Goldstein, et ne parlait plus le français qu'avec un abominable accent tudesque.

Tous les jours, durant six semaines, il resta sur le port à guetter l'entrée des navires.

Enfin, un matin, un navire inconnu fut signalé, et, malgré quelques changements dans son gréement, Clamorgan reconnut, avec un inexprimable battement de cœur, son *Hunter* qui ramenait au port ses vainqueurs.

Au dedans de lui, il renouvela ses serments de haine, plus terribles que jamais. De plus, il avait Diana à venger.

Quand les Malouins eurent appris que le navire étranger qui venait d'entrer dans le port ramenait Kerbraz et Roëllo, ce fut une allégresse universelle, et quand les corsaires débarquèrent, bras dessus bras dessous, les braves habitants firent éclater des transports de joie.

Bientôt les détails de l'expédition furent connus dans toute la ville, et Mavourita surtout obtint un prodigieux succès ; chacun voulait visiter le *Hunter* ; Kerbraz ayant très gracieusement donné toutes les autorisations qu'on voulait, la foule se pressait sur le pont du navire.

Quelques-uns de ces gens qui n'ont rien à faire que d'observer les actes de leurs semblables, remarquèrent que Hans Goldstein était venu trois fois, et que, chaque fois, il avait visité le vaisseau dans tous ses détails.

En même temps qu'on annonçait les noces des enfants des corsaires, les deux matelots voulurent réunir tous leurs amis dans un superbe banquet ; mais chacun des deux marins voulait que la fête se donnât chez lui.

Pour trancher la difficulté, le Hollandais suggéra que le pont du *Malouin* était l'endroit par excellence où devait se donner le repas, ce qui concilia tout.

Clamorgan fut un des premiers avisés de cette décision, et il résolut de la mettre à profit.

La veille du jour où devait se donner le banquet, il trouva un moyen de monter à bord du navire, grâce à la complaisance d'un second maître, qui trouvait l'Allemand bien aimable, et surtout bien généreux. D'ailleurs, dans le désordre occasionné par les apprêts, personne ne s'occupait de ce bon Germain, qui souriait toujours et qui parlait d'une façon si drôle.

CETTE TERRIBLE SCÈNE OU JAMES STUART L'AVAIT TRAITÉ DE BANDIT... (P. 305.)

Sûr de ne pas être observé, Clamorgan descendit jusqu'à la sainte-barbe, dont la porte était fermée. Il en fit sauter la serrure, et pénétra dans la soute aux poudres.

Le misérable, quand il eut éclairé tous les coins de la soute avec la petite lanterne dont il s'était muni, ne put retenir un cri de rage.

Les poudres avaient été débarquées de la veille, par les soins de Roch Arvor, qui était la prudence même.

Mais Clamorgan avait l'infini génie du mal. Puisque, grâce à la précaution du lieutenant, il ne pouvait recommencer son exécrable forfait de l'*Agile*, il allait trouver autre chose. Tous ses ennemis ne sauteraient pas, c'était entendu ; mais tous ses ennemis couleraient au fond de l'eau.

La résolution une fois prise, il alla jusqu'à la cabine du charpentier, où il prit les instruments qui lui étaient nécessaires, puis, ayant fermé la porte de la sainte-barbe, il se mit à attaquer le flanc du navire. Il commença par découper un grand panneau, de plus de cinq pieds carrés, qu'il entama de telle sorte que le moindre choc devait le faire céder. Cela n'était que la première partie de son travail ; il remit l'autre au lendemain, qui était le jour du banquet.

Le lendemain matin, Saint-Malo était en fête.

Les corsaires avaient lancé trois cents invitations, et avaient fait bien des malheureux et surtout des malheureuses ; mais, comme il était impossible d'inviter toute la ville, Roëllo avait annoncé qu'à l'occasion des mariages il y aurait un bal monstre où tout le monde serait convié.

Nos amis étaient rayonnants de joie, et l'immense table, dressée sur le pont et protégée par une tente, était garnie de la façon la plus élégante. Les dames de Saint-Malo avaient tenu à prouver qu'elles étaient les plus riches bourgeoises de France, et elles avaient, pour la circonstance, réalisé des merveilles de luxe et de goût.

Lacaussade était magnifique, éblouissant dans un habit de toile d'argent qui le tenait raide comme un mât de flèche. A tous ses doigts, étincelaient des bagues invraisemblables, et les boutons de sa veste étaient en brillants.

— N'est-ce pas que je suis brave, ainsi vêtu ? demandait-il au vieux Toussaint.

— Tu es le plus beau de tous, répondait tout bas Joël, qui avait toujours eu une naïve admiration pour son matelot.

Et Marius Lacaussade se rengorgeait.

La table était servie avec une abondance et un raffinement extraordinaires. La chronique malouine nous a conservé le menu : il y avait six potages, douze entrées, quatorze rôtis, dix entremets, et des compotes de toutes sortes, et des gâteaux de toutes espèces.....

Mais le succès fut pour une énorme pièce en nougat qui représentait fidèlement le *Malouin*, toutes voiles dehors et naviguant majestueusement sur des flots de sucre et d'angélique.

Toussaint Joël déclara qu'il avait fait le tour du monde, mais qu'il n'avait jamais rien vu de plus beau.

Marius daigna trouver la pièce de son goût.

Cependant... il se rappelait en avoir vu une plus grande encore, à Marseille !

Toussaint allait défendre Saint-Malo, quand il resta immobile, les yeux fixes, une sueur froide au front.

Il se remit vite.

Sans affectation, et comme si son service l'eût appelé, il quitta la table, où personne ne remarqua son absence, et alla s'installer en observation derrière le mât de misaine, qui le cachait entièrement.

Or, voilà ce que Joël avait vu.

Un moment, ses regards s'étaient portés par hasard sur le groupe des quelques personnes privilégiées qui, ne pouvant prendre part au festin, avaient cependant obtenu d'assister au repas, et c'était alors qu'il avait eu ce trouble dont nous avons parlé.

Et c'était Hans Goldstein qui avait bouleversé à ce point l'honnête matelot…..

Il faut dire d'ailleurs, qu'à ce moment Hans Goldstein, ne se croyant pas regardé, s'observait moins, et que Hans Goldstein ne souriait plus du tout d'un air bonasse. Même, ses yeux, qui se fixaient incessamment sur Roëllo et ses enfants, brillaient d'un éclat de haine sauvage.

Comme le moment des toasts était arrivé, et que Kerbraz se levait pour remercier ses invités de leur présence, Hans Goldstein, ou plutôt Clamorgan, crut que l'instant était venu d'achever son œuvre de mort.

A l'instant où les applaudissements éclataient, il disparut par le panneau de l'avant, et s'affala par l'échelle.

Personne ne l'avait vu.

Il le croyait, du moins….. Mais Joël, qui avait reconnu les terribles yeux du bandit, s'était glissé derrière lui. Sans bruit, il le suivit dans sa promenade à travers le navire. Mais quand il le vit s'arrêter devant la soute aux poudres, un tremblement nerveux agita le bonhomme, qui eut bientôt réprimé ce mouvement d'émotion.

Tout à coup, il respira mieux. Clamorgan venait d'ouvrir la porte, et Toussaint avait pu constater que la soute était vide.

— Ah ! gredin, pensa-t-il, tu es volé….

Cependant il remarqua que l'Anglais semblait se soucier fort peu de l'absence des poudres : il s'apprêtait à donner encore quelques coups de ciseau à son panneau.

— Ah ! bandit !….. gronda Joël.

Puis Clamorgan, les préliminaires de son crime accomplis, tira de sa poche un paquet de la grosseur et de la forme d'un saucisson, qu'il engagea dans la paroi du navire.

Cette fois, Joël avait compris.

L'Anglais ayant préparé tout pour ouvrir une formidable voie d'eau dans le navire, il ne fallait plus qu'un choc pour livrer passage à la mer.

Ce choc, ce pétard qu'il venait de disposer allait le produire.

Déjà Clamorgan allumait la mèche…

— Misérable ! rugit le vieux timonier, cette fois-ci j'aurai ta peau !

Allan voulut se mettre en défense, mais Toussaint était déjà sur lui, et l'avait renversé.

Clamorgan fit un effort suprême, mais le couteau du brave Breton disparut dans la poitrine du bandit :

— Pour moi ! dit-il.

La lame se releva, et s'abaissa de nouveau :

— Pour Marius !

Il frappa une troisième fois, disant :

— Pour que tu n'en reviennes pas !

Il ramassa la lampe, éclaira le visage du misérable dont les yeux ouverts semblaient encore défier.

Mais le cœur, troué, ne battait plus.

YODAH AVAIT ÉTÉ TUÉ A MADURAM, AU MOMENT OU IL RELEVAIT L'UN DE SES HOMMES, FRAPPÉ A·SES CÔTÉS. (P. 318.)

Cette fois, Allan Clamorgan était bien mort.

Joël tira la porte de la sainte-barbe, après avoir constaté que le panneau ne céderait pas immédiatement, et il remonta sur le pont.

Là, il se lava les mains dans une seille, et revint tranquillement s'asseoir à sa place.

— Qu'as-tu, matelot? remarqua Lacaussade qui commençait à être très gai; tu as une figure d'enterrement!

— Tu es fou, mon Marius!... commença-t-il.

Mais Joël remarqua un signe de Roëllo qui l'appelait. Il se rendit aussitôt auprès de son capitaine.

Les deux corsaires étaient à côté l'un de l'autre.

— Dis donc, Joël, fit Roëllo, est-ce que tout est prêt pour le feu d'artifice?

— Avant de nous occuper de cela, commença le vieux qui parlait à l'oreille des deux hommes, j'ai à vous dire que le Clamorgan est à bord!

Kerbraz, qui portait un verre de champagne à ses lèvres, trembla si fort, que la moitié du contenu tomba sur la nappe.

Roëllo devint pâle comme un mort.

Voyant l'effet produit par ses paroles, le vieux timonier se hâta d'ajouter:

— Mais, rassurez-vous, je viens de le tuer, il y a un petit quart d'heure.....

En ce moment, les convives saluaient les jeunes gens, radieux de beauté et de bonheur:

— Vivent les fiancés!... Joie et longue vie aux accordés!

— Ah! mon Joël, murmura Roëllo en tenant les mains du bonhomme, les pauvres enfants!... C'est encore toi qui leur fais le plus beau cadeau de noce!...

. . . .

Huit jours après, le double mariage avait lieu, avec toute la pompe imaginable; et, désormais, nos amis n'ont plus d'histoire: ils sont heureux.

Une seule ombre vint ternir leur bonheur.

En 1785, on apprit que Yodah, après une défense héroïque, avait été tué à Maduram, au moment où il relevait un de ses hommes, frappé à ses côtés.

FIN

40

TABLE DES MATIÈRES

ÉPILOGUE

TABLE DES ILLUSTRATIONS

CHATEAUROUX

TYPOGRAPHIE ET STÉRÉOTYPIE A. MAJESTÉ ET L. BOUCHARDEAU